Le Requiem de l'horloge

Première édition numérique : Gaïa Village Publications octobre 2011

Illustration de couverture, graphisme et composition : Jérôme Toret

ISBN : 978-2-493396-03-7

Le Requiem de l'horloge

Thriller

À toi auprès de qui le temps relâche
toujours son emprise,

À tous ceux qui ont cru avec moi
au martèlement de la trotteuse,

Le Requiem de l'horloge

Thriller

Dans un futur proche...

13h

Tac, tac, tac. Entendez-vous le pas cadencé de la trotteuse ? Entendez-vous approcher le messager de la Mort ?

12h59. *Tac, tac, tac...*

Retranchée derrière un épais bloc de verre, l'horloge murale, ronde et massive, égrenait implacablement les secondes. Avec son liseré bleu, son fond blanc et ses imposants chiffres arabes noirs, elle n'avait rien d'exceptionnel. Pourtant, quelque chose d'angoissant, de pénétrant, s'en dégageait. Cela résultait-il de sa dimension et de l'assourdissant tintement de sa trotteuse ?

Non, la gêne venait d'ailleurs... de cette désagréable impression d'omnipotence peut-être, de règne farouche exercé sur la vaste pièce qui s'aplatissait timidement devant elle. Éclairée par quelques néons fixés au plafond, qui diffusaient une vive clarté, la salle en elle-même avait un aspect froid et sinistre avec ses murs d'un gris pâle, sa moquette d'un bleu terne ou bien encore son mobilier disparate et dépouillé.

Sur la gauche de l'horloge, une petite table en bois, basse et carrée, reposait au milieu de deux fauteuils et d'un canapé en cuir noir. Non loin de ce simili-salon, un lavabo d'un blanc immaculé et un repose-serviettes, surplombés tous deux d'un solide miroir, figuraient un coin « salle de bains » – auquel il fallait encore ajouter, encastré dans un angle de la pièce, un long paravent dissimulant des toilettes.

Si l'on repartait sur la droite de l'horloge cette fois, un grand espace vide menait vers une table ronde en bois massif, assortie de quatre chaises. Placée là comme pour marquer une frontière invisible, elle semblait délimiter cette partie de la pièce en deux ensembles bien distincts. D'un côté un coin « cuisine » avec, calés contre le mur, une petite commode et un réfrigérateur qui ronronnait doucement. De l'autre un curieux tapis roulant à l'arrêt, à la taille d'un homme moyen et relié à une large trappe rectangulaire percée à même le mur. Hermétiquement fermée, elle ne laissait apparaître aucun système d'ouverture.

Mais le plus surprenant, dans cet endroit ô combien singulier, résidait sans nul doute dans l'imposant sas d'entrée – situé immédiatement sur la gauche de l'horloge – qui, telle une inébranlable sentinelle, paraissait protéger jalousement cette salle de toute intrusion inopinée. Fait dans de solides matériaux qui semblaient tout droit sortis de quelque base spatiale, il était pourvu d'une serrure aussi impressionnante par sa taille que par son aspect futuriste et complexe. Comme pour préserver un lourd secret…

13h. Dans un cliquetis électronique, le sas s'ouvrit lentement sur l'intérieur de la pièce. Aussitôt un homme frêle, affublé d'un jogging gris et de tennis noires, se présenta dans son embrasure. Un grand « 1 » de couleur jaune barrait sa poitrine tandis qu'un épais bracelet métallique enserrait son poignet droit. Le regard fuyant derrière des petites lunettes rondes, l'individu s'arrêta un court instant sur le pas de la porte avant de prendre une profonde inspiration et de pénétrer plus avant dans la salle.

Immédiatement derrière lui, un autre homme apparut. Contrairement à son prédécesseur, il n'hésita pas et, les yeux fixés dans la contemplation de ses chaussures, il s'engouffra sans tarder dans la pièce. Habillé à l'exact identique, il arborait le chiffre « 2 » pour seule différence vestimentaire.

Sans le moindre battement de temps, un troisième homme lui succéda. Plus décontracté en apparence et un sourire désinvolte figé aux lèvres, il s'inclina dans une révérence insolente. Puis se redressant avec une fausse précipitation, il mima un mouvement d'esquive exagéré pour laisser la place à une femme chétive qui triturait nerveusement l'imposant bracelet attaché, comme pour ses compagnons, à son poignet droit. Vêtus tous deux de la même tenue de bagnard, ils affichaient respectivement les numéros « 3 » et « 4 ».

Ensuite il y eut comme un raté dans la parade. Pendant quelques longues secondes… *tac, tac, tac*… personne ne se présenta. Puis le « 5 », un homme corpulent au crâne dégarni et au visage ruisselant de sueur, s'immobilisa net dans l'encadrement de la porte. Soudainement décidé à retourner sur ses pas, il fit mine de reculer.

Mais une jeune femme, gratifiée du chiffre « 6 » et sur le visage de laquelle se lisait une implacable détermination, l'en empêcha, le bousculant sans ménagement pour le dépasser. Alors, comme s'il venait de franchir une barrière invisible, le gros homme, les yeux clos et le teint blafard, se résigna enfin à avancer… A ses côtés, le « 7 », un homme à la peau noire dont les lèvres s'agitaient doucement dans une prière muette, pénétrait à son tour dans la pièce.

L'assemblée étant désormais au complet, le sas put se remettre paresseusement en mouvement sous les regards inquiets et résignés des nouveaux venus, hormis le numéro « 6 » qui, les poings serrés, resta jusqu'au cliquetis final le dos tourné à la porte. L'horloge venait de marquer avec indolence 13h01.

Pendant un moment qui parut une éternité, les sept hommes et femmes restèrent comme pétrifiés, incapables du moindre geste ni de la moindre parole. Seule la trotteuse faisait entendre sa voix lancinante : *tac, tac, tac*…

Et puis **Six** fut la première à bouger. Se retournant vivement, elle dévisagea un à un ses compagnons. La peur, le désespoir et la fatalité se lisaient sur leurs visages livides et exsangues. Leurs yeux, noyés dans les remous terribles d'une angoisse difficilement contenue, ne semblaient pas même la voir. Seul l'homme au numéro « 3 » se montrait réceptif, lui adressant en retour un petit sourire assorti d'un clin d'œil complice.

Même s'il ne reçut pour toute réponse qu'un soupir sarcastique, l'intéressé ne sembla pas s'en émouvoir. Et, se raclant bruyamment la gorge, il lança à la cantonade :

— Décidément, cet endroit est encore plus triste qu'à la télé !

Personne ne lui répondit. Cependant, comme si cette remarque venait de leur redonner vie, ses compagnons se mirent à examiner avec une attention accrue les contours de ce qui était devenu d'un coup leur **cellule**. Pendant un bref instant, **Trois** fit de même avant de reprendre la parole, affublé cette fois d'un large sourire :

— Si vous voulez mon avis, les producteurs devraient virer leur chef décorateur.

Hormis **Six** et **Sept** (ce dernier n'ayant pas entendu la boutade, concentré tout entier dans ses discrètes dévotions), tous les autres accueillirent ce trait d'esprit d'un petit rire nerveux.

— Pour un mausolée, ce n'est pas si mal, murmura finalement **Deux** d'un air maussade.

Opinant du chef, **Trois** le considéra quelques instants. Puis, tournant vivement les talons, il se dirigea d'un pas décidé vers le coin « cuisine », lançant d'un air presque joyeux :

— Eh bien mes amis, si on s'installait !

13h03. Alors que **Trois** s'évertuait à inspecter méthodiquement ce qui se trouvait dans la commode et le réfrigérateur, **Un** continuait d'examiner avec fébrilité les moindres recoins de la salle. Planté au beau milieu, en proie à un subtil mélange de contrariété et d'angoisse, il plissait les yeux derrière ses lunettes, tout en se mordant nerveusement les lèvres. « Mais où peuvent être ces fichues caméras ? ».

Obnubilé par son investigation méticuleuse, il ne remarqua pas ses compagnons qui se mirent à déambuler dans la pièce, sans trop savoir cependant où aller... « Ah, ça y est ! J'en vois une... Ils avaient raison. C'est sacrément discret. Cette saloperie passerait presque inaperçue. »

Il observait maintenant, avec un regard effrayé, un petit trou de deux ou trois centimètres de diamètre, percé dans le mur en face de lui. La caméra miniature optique, dernière création d'un service audiovisuel de pointe, se terrait derrière, inaccessible et fureteuse. Pendant un instant il resta ainsi, comme hypnotisé.

Puis sa tête s'agita en tous sens et il en vit une autre. Là, dans le coin supérieur ! Et là encore ! ... Ici, au plafond... Et là, à côté du lavabo ! Oh oui, il y en avait suffisamment pour ne rien rater du spectacle. Ah, les vautours ! Cette pièce était un vrai gruyère.

Il s'immobilisa d'un coup, le souffle court, réalisant avec horreur qu'elles devaient en ce moment même toutes être braquées sur lui. Sur cet impudent qui osait les traquer…

Affalée sur le canapé en cuir, **Six** observait ses compagnons d'un air moqueur et renfrogné. Malgré ses traits tirés, son teint blafard et son regard froid et déterminé, une beauté sombre et sauvage se dégageait d'elle. Ses cheveux noirs mi-longs, retombant en de longues mèches devant un visage fin et harmonieux ainsi que ses yeux, couleur de jais, contribuaient pour beaucoup à cette impression. Mais quiconque l'aurait observée avec attention n'aurait pas tardé à découvrir autre chose derrière cette seule apparence physique. Quelque chose de plus enfoui, de plus douloureux… une expression de colère ou pire de rage froide et endormie.

Visiblement amusée par les déambulations errantes de ses compagnons (elle était pour le moment la seule à s'être assise), elle se mit à les jauger les uns après les autres. Étaient-ils prêts à mourir comme elle ? Savaient-ils ce que signifiait réellement le fait de franchir cette porte ? Allait-elle devoir supporter jusqu'à la fin leurs lamentations et leurs pleurs ? Une chose était sûre en tout cas, elle ne les laisserait pas la fragiliser. Dans cette pièce désormais, c'était chacun pour soi, et elle n'avait pas de temps à perdre en discussions métaphysiques ou en sentimentalisme déplacé. Les désirs tardifs de repentance, les doutes sur l'au-delà, les regrets jamais formulés, elle exécrait tout cela au plus haut point. Ils étaient l'apanage des faibles et de ceux qui n'assumaient pas leurs actes. Ce n'était pas le sien.

Il ne lui fallut pas beaucoup de temps pour cataloguer chacun des candidats. Pour elle, trois catégories se distinguaient. La première rassemblait **Un**, **Quatre** et **Cinq**. Les faibles, les inconscients ! Ceux qui avaient présumé de leurs forces ou qui n'avaient pas pleinement accepté la signification de leur présence ici.

Parmi ces trois-là, **Cinq** était sans aucun doute le pire. Sa corpulence repoussante avec son ventre rebondi, ses joues épaisses et son double menton dégoulinant, sa transpiration abondante qui ruisselait sur son visage et qui collait sa chemise à son corps disgracieux, sa longue mèche de cheveux bruns qu'il ramenait vainement sur le dessus de son crâne pour dissimuler une calvitie avancée, ses petits yeux de fouine qui roulaient furieusement dans leurs orbites, tout son être lui inspirait du dégoût. Au point que c'est avec répugnance qu'elle le vit s'étaler lourdement sur un des fauteuils, cherchant pendant un instant auprès d'elle un regard fraternel… Il perdait son temps, elle n'éprouverait aucune pitié pour lui.

Tout comme pour **Quatre** d'ailleurs – la seule autre représentante féminine – qui, toute fébrile, n'avait pas tardé à se précipiter derrière **Trois** pour l'assister dans sa fouille méthodique du coin « cuisine ». Non pas pour l'aider, elle semblait tout juste bonne à trembler, mais afin de se trouver simplement à ses côtés, comme s'il allait pouvoir la protéger de la mort qui s'abattrait bientôt. Bon sang, cette gourde représentait tout ce qu'elle détestait ! C'était ce genre de personne qui n'assumait rien et qui avait continuellement besoin de l'assistance des autres.

Il suffisait de l'observer quelques instants pour comprendre qu'elle n'avait rien à faire ici. Ses cheveux d'un blond terne, rassemblés en un vague chignon, ses traits par trop marqués pour apporter une véritable douceur féminine, son air pincé et presque revêche lui donnaient des semblants de vieille fille. À moins que ce ne fût l'une de ces mères de famille qui, délaissée par son mari et déçue par des enfants ingrats, s'était laissée enfermer dans une morne routine qui l'avait peu à peu fanée. Peu importe à vrai dire ! Elle aussi passerait son temps à se plaindre et à se lamenter.

Et **Un** ! Quel beau tableau lui aussi ! Il paraissait tellement nerveux qu'il donnait l'impression d'être prêt à exploser. D'ailleurs, cela ne faisait aucun doute : il craquerait à un moment ou un autre, il s'effondrerait dans une crise de nerfs qui ne manquerait pas de paniquer les autres candidats. Il faudrait alors le calmer, voire même peut-être le neutraliser. Avec un peu de chance, son cœur lâcherait… mais il ne fallait pas y compter. Oh non, ces maudits médecins avaient trop bien fait leur travail. Tout comme les producteurs qui sélectionnaient avec soin chacun des participants au **Requiem**.

Finalement, sa présence ici n'avait rien de très étonnant, même si elle avait espéré jusqu'au bout ne pas être confrontée à un névrotique. Quelle plaie ! Pendant un instant, elle le fixa avec attention. De taille modeste et sans aucun charisme, l'homme n'aurait en temps normal pas payé de mine avec ses cheveux bruns coupés courts, ses petites lunettes rondes cerclées de métal, et sa barbe naissante qui lui mangeait le visage. Mais là, dans cette pièce, alors qu'il traquait les caméras, agité d'inquiétants soubresauts nerveux, il avait quelque chose d'effrayant. Qu'il ne vienne surtout pas se frotter à elle ! Il lui en coûterait...

La deuxième catégorie, dans laquelle elle s'incluait, était celle des gens déterminés au mental solide qui ne comptait, selon elle, qu'une seule autre personne : **Sept**. Ce dernier, pourtant, n'avait au premier abord rien d'impressionnant. Puis, en l'observant bien, on décelait chez lui une force d'âme qui résultait visiblement d'une foi indéfectible dans le Tout-Puissant. Et ici, dans cette prison, dans cette antichambre de la Mort, la religion était sans doute une alliée au moins aussi précieuse que la colère.

Perdant d'un coup son sourire sarcastique, elle se mit à le jauger avec intérêt. L'homme, d'une peau noire d'ébène, portait les cheveux coupés très courts, comme s'il sortait tout droit d'un casernement militaire. Un fin collier de barbe ombrageait le pourtour de ses lèvres, toujours mobiles et silencieuses. Depuis son entrée dans la salle, il n'avait pas bougé, la tête baissée, raide et renfermé dans ses interminables dévotions, alors qu'un chapelet glissait doucement entre les doigts de sa main droite. Se sentant sans doute observé, il releva soudain les yeux mais la jeune femme avait déjà détourné la tête. Assurément, celui-ci tiendrait bon et serait utile aux autres candidats, si tant est que la mort l'épargne assez longtemps... Et à tout prendre, elle préférait nettement des dévots zélés à des pleurnichards tremblotants.

De sa rapide investigation collective, il ne restait donc que **Deux** et **Trois**. Les membres de la troisième catégorie : celle des individus qu'elle n'arrivait pas encore à cerner totalement. À commencer par le désinvolte, pour le moins inattendu en ces lieux, **Trois**. N'était-ce qu'un fanfaron qui finirait par se dégonfler comme une baudruche ? Était-il inconscient au point de ne pas réaliser qu'il jouait ici sa vie ? Se donnait-il un genre ou faisait-il toujours preuve du même style décalé ? Il était encore trop tôt pour le dire même si, pour elle, il ne pouvait exister de toute façon que deux cas de figure : ou bien c'était un clown qui se dissimulait derrière des artifices théâtraux, ou bien il était incontestablement le plus solide d'entre eux.

Au regard de sa seule apparence, elle penchait cependant plutôt pour la première option. Sa peau au bronzage impeccable, comme s'il sortait tout juste d'une séance d'UV, ses cheveux blonds ébouriffés et dressés sur sa tête dans une savante coiffure, sans oublier la fine mouche qui lui barrait le menton, lui donnaient des airs de jeune premier – une impression que renforçaient encore la finesse de ses traits, ses jolis yeux verts et sa belle stature. Oui décidément, son physique était trop parfait, trop en décalage ici pour qu'elle s'enlève de la tête l'idée que c'était juste un branleur.

En fait, et tout bien réfléchi, **Deux** était incontestablement le plus mystérieux pour le moment. Hormis un visage triste mais au demeurant agréable avec ses cheveux ondulés couleur châtaigne, assortis de pattes qui lui descendaient jusqu'aux lobes des oreilles, il n'avait rien laissé paraître de ses émotions depuis son entrée dans la salle. Après en avoir fait le tour, il s'était simplement planté devant le miroir qui surplombait le lavabo, sans s'y intéresser toutefois, avant de s'asperger longuement le visage d'eau froide. Alors qu'il s'essuyait avec l'une des serviettes disposées à cet usage, son regard croisa soudain le sien. Fugitivement car intimidé peut-être, **Deux** tourna rapidement la tête. Pas assez vite cependant pour que **Six** ne remarque une étrange lueur dans ses yeux. Quelque chose d'indéfinissable qu'elle n'arrivait pas à déchiffrer.

Affalé lourdement sur l'un des fauteuils, et après avoir inspecté brièvement l'horloge – il était maintenant 13h05 – **Cinq** se mit en devoir d'examiner avec soin l'imposant bracelet qui enserrait, tel un carcan, son poignet droit. Pas de doute, c'était de la haute technologie. Le verrou magnétique était une forteresse inexpugnable sans la clé adéquate. Quant à l'idée de le forcer manuellement, il valait mieux y renoncer sous peine de s'esquinter les doigts. Un bon marteau ou un chalumeau aurait peut-être fait des miracles... Mais à quoi bon penser à tout cela ? Il n'y en avait pas ici. Ce bracelet ne pouvait pas être retiré, c'était un fait indiscutable. Et d'ailleurs, même si quelqu'un était sur le point d'y parvenir, le poison se déverserait immédiatement dans ses veines. Le mécanisme, entièrement automatique, était trop bien conçu, les producteurs fourbes et cruels ne voulant laisser à personne la possibilité de gâcher la représentation.

En définitive, c'était ce bracelet la vraie prison, et non pas ces murs ou bien encore cette porte. Il était la condition sine qua non pour rentrer dans cette pièce et pour participer à ce jeu sinistre, chaque candidat se voyant « menotté » de cet étau morbide, symbole d'une mort prochaine. Une petite capsule d'un cocktail empoisonné, dont la composition s'apparentait à un secret d'État, était soigneusement renfermée en son sein. Reliée à un système déclencheur qui ne pouvait s'activer qu'à distance, elle comprenait de fines aiguilles, quatre en tout, qui se plantaient au moment choisi dans le poignet de la malheureuse victime, injectant en une seconde le poison mortel. La douloureuse agonie pouvait alors commencer. Car il ne fallait pas que la mort soit trop rapide. C'était là tout l'intérêt du **Requiem de l'horloge**. Le public devait pouvoir étancher à satiété sa soif morbide…

Cinq secoua la tête pour chasser de son esprit les images de mort qui lui venaient. S'il voulait tenir, il se devait de faire abstraction au maximum de toutes ces données. Mais comment faire ? Comment oublier qu'une loterie macabre venait de démarrer il y avait quelques minutes et que maintenant, quel qu'en soit son déroulement, elle ne se terminerait que dans six heures ? Comment oublier qu'une seule des personnes présentes dans cette pièce en ressortirait vivante ? Comment oublier qu'il lui restait peut-être moins d'une heure à vivre ?

Il le devait pourtant. C'était cela ou jouer au funambule au bord du précipice de la folie. Et alors, ne serait-ce pas préférable de sombrer dans la démence ? Ne représentait-elle pas justement le seul moyen d'oublier ? À cette pensée amère, **Cinq** ricana doucement en songeant qu'il fallait déjà être fou pour participer à ce jeu. Mais il confondait ici folie et désespoir dont la séparation est parfois si ténue.

- Messieurs dames, si vous voulez bien m'écouter. Voici ce qui ressort de l'inventaire et de la débordante générosité des producteurs.

Trois se fendit d'un petit sourire ironique avant de poursuivre :

- Deux boîtes pleines de gâteaux secs variés, six tablettes de chocolat, noir ou au lait, trois paquets de pain complet en tranches, et une corbeille de fruits divers pour la petite commode. Du lait, du jus d'orange et de l'eau minérale, plate ou gazeuse, pour le frigo. Quatre bouteilles pour chaque boisson. Pas de quoi faire un festin, vous en conviendrez, mais assez pour couper les petites faims ou se désaltérer.

Pendant qu'il énumérait les provisions, **Trois** s'appliqua à placer les victuailles sur la grande table en bois, en sortant du réfrigérateur une boisson de chaque type et en vidant totalement la commode. Au moment où il allait en refermer les portes, il se redressa vivement.

- Ah, j'oubliais ! Nous avons également tout un jeu de gobelets en plastique.

Les saisissant, il les examina un instant avant de fixer un des petits orifices qui désignait, à même le mur, l'emplacement d'une caméra :

- **Un** manque de savoir-vivre évident, messieurs les producteurs, si vous voulez mon avis.

Mais tous en connaissaient très bien les raisons qui résultaient du choix réfléchi de ne laisser aucun objet pouvant faire office d'arme, voire même – hypothèse dramatique pour le bon déroulement du jeu ! – d'instrument de suicide, les candidats étant placés dans un état de stress quasi insoutenable. Fourchettes, couteaux, verres avaient donc été bannis. Quant au miroir au-dessus du lavabo ? Il était désormais fait dans des matériaux pare-balles, ce qui lui donnait cette solidité apparente.

Il n'y avait plus aucun risque maintenant. Après les erreurs tragiques et l'incident sanglant de la première édition du **Requiem de l'horloge**, la production avait vite tiré les leçons nécessaires, en établissant un règlement encore plus drastique qui ne laissait rien au hasard. Les ratés du démarrage pouvaient être oubliés, la machine était désormais parfaitement huilée. Le règne des gobelets en plastique pouvait commencer.

- À quoi bon toute cette nourriture ? soupira finalement **Deux**. Je ne me sens pas capable d'avaler quoi que ce soit. Tout ça me paraît bien futile.

-Futile, dites-vous ? s'indigna **Trois**. Je ne crois pas que profiter, à l'heure de sa mort, des derniers petits plaisirs que peut offrir la vie soit une chose vaine… Certes aujourd'hui, ceux-ci sont pour le moins minimes, mais est-ce pour autant une raison de ne pas les saisir ?

Piochant dans les gâteaux secs, il ponctua sa remarque en engouffrant un biscuit fourré. Alors **Six**, déjà agacée, se mit à applaudir, un rictus mauvais pendu aux lèvres :

- Bravo, je ne savais pas que l'on pouvait autant s'extasier pour un simple gâteau !

Ne se démontant pas, **Trois** se retourna vers elle et la dévisagea d'un air goguenard.

- Chère amie, répondit-il d'une voix doucereuse, le chocolat a des vertus insoupçonnables, au premier rang desquelles l'on trouve un remède contre le stress.

Il marqua une pause avant d'ajouter, tout sourire :

- Je ne saurais donc trop vous le conseiller.

Pour toute réponse, la jeune femme leva le poing serré et détendit brusquement le majeur ; un geste qu'elle accompagna elle aussi généreusement d'un sourire. Feignant la reconnaissance, **Trois** se mit la main sur le cœur avant de s'incliner, les yeux toujours rivés dans les siens :

- Élégant et raffiné. Le public appréciera.

Toujours planté dans son fauteuil, **Cinq** se mit à geindre plus fortement. Son teint était devenu olivâtre et sa voix tremblotait.

- Tout ça me donne des nausées, gémit-il en se tournant vers les provisions rassemblées. Vous devriez tout remettre à sa place.

Ses compagnons le dévisagèrent un instant, interloqués par le timbre désespéré et insistant de sa demande. Mais bien vite, ils commencèrent tous à comprendre.

- Je ne me sens pas bien, se plaignit de nouveau le gros homme, dont le visage virait de plus en plus au vert. Je crois que (il eut un bruyant haut-le-cœur) … Je crois que je vais vomir !

La main collée sur la bouche, il se leva soudain et, bousculant à moitié **Deux**, se précipita dans une course éperdue derrière le paravent où se trouvaient les toilettes. Bientôt, la pièce résonna d'une écœurante symphonie gastrique.

Une gêne évidente imprimée sur le visage, ses compagnons demeurèrent un moment figés. Puis **Six**, qui avait enfin perdu son rictus sardonique, s'agita de plus en plus, aussi écœurée que révoltée par les odieux bruits qui emplissaient maintenant la pièce.

- Ce porc avait dû se goinfrer avant de rentrer ici ! cria-t-elle soudain en tournant la tête vers le paravent et en détachant bien tous ses mots pour que le fautif l'entendît, par-dessus ses haut-le-cœur.

Aussitôt tout le monde s'offusqua de cette cruauté gratuite, à l'exception de **Un** qui ricana bêtement, comme s'il s'amusait étrangement de ce concert inopiné qui ne semblait pas vouloir s'arrêter. Toujours prompt à la répartie, **Trois** allait répondre lorsque **Quatre**, portant la main à sa bouche, marmotta entre ses doigts :

- Je ne me sens pas bien. Je...

Immédiatement, **Sept** lui porta assistance en l'aidant à s'asseoir sur une chaise et en lui servant un verre d'eau. À cette vision répugnante de solidarité, **Six** cracha d'un air mauvais :

- Laissez-la donc vomir. La fête n'en sera que plus folle.

Pour toute réponse, **Sept** lui jeta un regard navré, tandis que le malheureux **Cinq** ne cessait de dégobiller ses tripes. Ravi, **Un** émettait maintenant des petits sifflements d'admiration devant l'inépuisable débit. Et puis **Deux**, ne supportant plus l'inaction, disparut derrière le paravent pour apporter son maigre soutien au malade.

C'est alors que la symphonie improvisée s'arrêta et que le silence retomba. *Tac, tac, tac.* Enfin presque. On entendait encore la respiration haletante de **Cinq**, entrecoupée de quelques crachats. Quant à **Quatre** ? Cela n'avait été heureusement qu'une fausse alerte. Elle était maintenant occupée à vider lentement son verre, sous le regard bienveillant de **Sept**.

Puis il y eut le bruit produit par une chasse d'eau. Et **Deux** reparut en soutenant de son mieux le gros homme. Ensemble, ils se dirigèrent vers le lavabo, accompagnés de cette odeur âcre qui s'était vaguement insinuée dans l'air.

Pendant un moment, personne ne dit plus rien, chacun restant trop occupé à ressasser la dernière heure passée dehors. Comme de coutume, l'équipe de production leur avait proposé un déjeuner princier qu'ils devaient eux-mêmes composer. Le dernier repas du condamné en quelque sorte. Mais, comme d'usage là encore, ils avaient été nombreux à refuser. À vrai dire, seuls **Trois** et **Cinq** avaient cédé à quelques débordements culinaires, les autres ayant préféré une maigre collation, voire même rien du tout, les plaisirs de la table rimant rarement avec l'annonce d'une mort prochaine.

Après s'être abondamment rincé la bouche, Cinq se retourna vers ses compagnons, la mine défaite et confuse.

- Je suis désolé, balbutia-t-il, les yeux rivés au sol. Je ne pensais pas que...

- Allons, allons. Ne vous excusez pas, le coupa **Sept** d'une voix douce et chaleureuse. Ce sont là des choses bien normales lorsque l'on se retrouve placé face à une épreuve aussi pénible que la nôtre.

Comme s'il s'était jusqu'à maintenant tenu en observateur, il s'immisçait dans la conversation pour la première fois.

- Relevez les yeux, reprit-il en se portant à ses côtés et en lui tapotant l'épaule. Vous ne devez pas avoir honte de ce qui s'est passé. Nous sommes tous ici dans la même galère.

Réconforté par ce soutien bienvenu, **Cinq** releva lentement la tête.

« Et voilà ! fulmina silencieusement **Six**. Le berger a commencé son œuvre ». Pouffant ostensiblement afin d'attirer l'attention sur elle, la jeune femme prit la parole, son inévitable sourire cynique accroché aux lèvres :

- Dans la même « galère », hein ? C'est vrai. Mais s'il ne se sentait pas le pied marin, il ne fallait pas qu'il y monte. Je vous rappelle que ce maudit jeu n'est pas obligatoire. Nous sommes tous volontaires, alors il faudrait peut-être assumer ses choix et se comporter en conséquence.

Alors qu'elle prononçait ses derniers mots, elle fixa intensément le coupable qui baissa de nouveau les yeux, les joues empourprées.

- En choisissant, comme vous, cette bulle d'agressivité et d'indifférence dans laquelle vous semblez vous être enfermée ? l'interrogea **Sept** dont la voix restait étonnamment douce.

Six le dévisagea avec insistance, aussi troublée qu'agacée par son calme olympien :

- Après les dégueulis, nous voilà partis pour de la psychologie de comptoir. C'est cela ?

Son interlocuteur ne répondit pas. La tête légèrement penchée sur la droite, il semblait vouloir entourer la jeune femme d'une aura de compassion.

- Et bientôt, tu vas nous dire que Dieu est amour et qu'Il veille en ce moment sur chacun de nous, poursuivit-elle. Tout ça, ce sont des foutaises ! C'est bon pour les pleurnichards.

- Comment osez-vous ? s'indigna **Quatre** en éclatant bruyamment son gobelet sur la table.

Mais **Six** ne lui prêta aucune attention, focalisée tout entière sur un **Sept** qui demeurait impassible.

- Et cesse de me regarder comme ça ! Je n'ai pas besoin de ta compréhension, et encore moins de ta pitié. Je suis là pour survivre. Tu te trompes de client, l'abbé... Si jamais mes derniers instants sont arrivés, sachez tous (elle jeta un coup d'œil circulaire sur ses compagnons) que j'aspire à les passer en paix, loin des sermons et des regrets de dernière minute.

Tous les regards étaient maintenant fixés sur elle. Mais, loin d'être impressionnée, elle s'enfonça plus confortablement dans le canapé, visiblement soulagée d'avoir pu se défouler quelque peu. Pendant un bref moment, personne n'ajouta quoi que ce soit, puis **Sept** brisa le silence de sa même voix imperturbable :

- Abbé, dites-vous ? Je dois vous reconnaître une certaine perspicacité, si tant est que vous l'ayez fait exprès, car vous êtes presque tombée juste. Je suis prêtre au sein de l'Église catholique. Aider mon prochain et écouter celui qui se trouve dans la détresse font partie de mes attributions. En ces heures sombres que nous traversons, je compte bien apporter le réconfort de la religion à quiconque souhaitera ouvrir son cœur. Or, je vois dans le vôtre amertume, frustration et haine. À l'heure de comparaître devant votre Seigneur, je ne saurais trop vous conseiller de vous délester un peu.

Tous les traits de son visage laissaient transparaître une commisération sincère, un souci réel d'aider et de réconforter cette âme égarée. Mais **Six** n'en voulait décidément pas :

- Non merci, l'abbé. Dieu et moi n'avons jamais rien eu à nous dire.

Tac, tac, tac. Indifférentes aux angoisses des hommes, les aiguilles de l'horloge continuaient leur lente procession vers l'inéluctable sentence ; exception faite bien sûr de l'impatiente trotteuse qui donnait plutôt l'impression d'y galoper avec entrain et avidité. Il était 13h12.

« Bon sang ! Plus que quarante-huit minutes ! » se dit **Cinq** qui venait tout juste de jeter un coup d'œil sur leur instrument de torture. Durant un instant, il resta comme paralysé par cette vision puis la voix, haute et forte cette fois, de **Sept** le sortit de sa torpeur :

- Mes amis ! Je propose que nous formions un cercle autour de la petite table afin d'apprendre à mieux nous connaître. Si nous voulons traverser dignement la terrible épreuve qui nous est imposée, nous devons essayer de nous soutenir. Et ce soutien passe par le dialogue.

Il accompagna aussitôt le geste à la parole, en se saisissant de deux chaises qu'il intercala entre les fauteuils et le canapé. Suivant son exemple, **Trois** en rajouta une troisième, formant ainsi un cercle de sept places assises. Toujours drapée dans sa désinvolture, **Six** les regardait faire, affublée de son ineffaçable sourire moqueur. Avant de s'asseoir à ses côtés sur le canapé, **Sept** se tourna vers elle et lui murmura à l'oreille :

- Nous serions bien évidemment ravis de vous compter parmi nous.

Mais, sourde à cet appel fraternel, l'intéressée ne répondit pas, bien décidée de toutes les manières à faire comme bon lui semblerait. Bientôt, tout le monde prit place. **Quatre** et **Cinq** sur les fauteuils, les autres sur les chaises. Dès que le dernier fût installé, **Sept** reprit la parole :

- Nous connaissons tous par cœur le premier point du règlement, mais cela ne nous empêche pas d'essayer d'en apprendre plus sur chacun.

Il s'interrompit pour regarder plus avant ses compagnons. Les yeux dans le vague, tous repensaient à l'odieuse charte savamment édictée par les producteurs :

Préambule- Tout candidat souhaitant participer au « Requiem de l'horloge » devra être impérativement âgé de 20 à 40 ans, n'être atteint d'aucune maladie incurable ni présenter aucune déficience mentale (des tests médicaux et psychologiques seront pratiqués lors des sélections), de même qu'il ne devra faire l'objet d'aucune traduction en justice.

1- Au cours du jeu, les candidats seront tenus de ne communiquer aucun élément sur leur identité ou celle de leurs proches (noms et prénoms) ni même de dévoiler leur lieu d'origine (région, ville...) ou encore de formuler une quelconque dédicace nominative et personnelle. Ils pourront toutefois parler de leurs professions et des raisons qui les ont amenés à participer au « Requiem de l'horloge », avec l'obligation évidente de ne pas mentionner les points ci-dessus nommés.

2- Dans un souci d'uniformité et d'égalité, les candidats porteront exactement la même tenue. Un petit objet discret (porte-bonheur...) sera toutefois autorisé pour chacun. Afin d'établir une différenciation identitaire, on attribuera à chaque candidat un chiffre allant de **Un** à **Sept** (visible sur les hauts de jogging remis à chacun). Tout au long du jeu, les candidats seront tenus de se nommer par ces mêmes chiffres.

3- Les candidats survivants seront tenus d'évacuer, à chaque heure, le postulant éliminé en le plaçant sur le tapis roulant disposé à cet effet ; celui-ci ne s'activant qu'à cette unique fonction et à la seule volonté des producteurs.

4- Les candidats seront tenus de ne pas tenter de se suicider ou de s'agresser physiquement avec l'intention évidente de tuer.

5- Les candidats seront tenus de respecter le matériel aimablement fourni par la production et par conséquent de ne rien saccager gratuitement.

6- Si un candidat venait à ne pas respecter l'un des points ci-dessus nommés, les producteurs se réserveront le droit, à leur libre-arbitre et selon la gravité de la faute, de lui donner un avertissement par un signal sonore ou bien encore d'activer immédiatement son bracelet, ce qui aura pour conséquence de surseoir le prochain tirage au sort.

Après un silence pesant, au cours duquel la trotteuse fit entendre sa voix désespérément monotone... *tac, tac, tac*... **Sept** poursuivit :

- Si vous n'y voyez pas d'inconvénients, et puisque j'ai eu l'idée de ce tour de table, je me propose de commencer.

Personne ne formula d'objection.

- Comme je vous l'ai déjà dit, je suis donc un prêtre. Cela fait maintenant douze ans que je me suis voué à Dieu et à l'amour de mon prochain. Je...

- Est-on vraiment obligé d'écouter cette propagande ? le coupa brutalement **Six**, déjà irritée par cet exercice pénible des présentations.

- Voulez-vous bien le laisser parler ? s'indigna vigoureusement **Quatre**. Cela suffit avec vos grands airs. Nous ne sommes pas tenus de supporter votre... euh, votre agressivité.

Elle avait ponctué sa phrase dans un murmure inaudible, subitement intimidée par le regard plein de colère que lui jetait la jeune femme.

- Elle a raison, ajouta immédiatement **Trois**. Il y en a marre maintenant ! Vous n'êtes pas obligée de participer à la conversation, si cela vous gène tant. La pièce est grande : allez à l'autre bout et bouchez-vous les oreilles. Ça nous fera des vacances.

- Oui, allez-vous-en ! renchérit **Cinq**, encouragé par l'élan collectif. Vous n'avez pas à nous parler comme ça.

La charge passée, un nouveau sourire, orgueilleux et impavide, se dessina sur les lèvres de l'accusée.

- Personne n'a plus rien à ajouter ? demanda-t-elle en embrassant d'un regard circulaire ses compagnons. Je vous en prie, allez-y. Défoulez-vous... Non, vraiment ?

- Nous ne sommes pas vos ennemis, essaya de la temperer **Sept**, avec sa douceur de voix habituelle et en posant délicatement sa main sur son bras.

L'écartant d'un geste brusque, **Six** tourna des yeux noirs dans sa direction :

- Ne me touche jamais plus, l'abbé !

Puis, après une courte pause, pleine de tension contenue, elle soupira et s'adressa à l'ensemble de son auditoire. Si son discours était enfin posé, libéré de tout épanchement colérique, il laissait encore transparaître une pointe de désolation ; non pas qu'elle regrettât ses agissements mais parce qu'elle voyait qu'eux ne comprenaient rien à la situation.

- Visiblement vous avez besoin que quelqu'un vous rafraîchisse un peu les idées. Dans moins d'une heure (elle scruta l'horloge) ... quarante-six minutes exactement, l'un de nous va mourir, non sans avoir subi avant une atroce agonie. Une heure après, ce sera...

- Sommes-nous vraiment obligés de l'écouter ? l'interrompit **Cinq** d'une voix tremblotante, en cherchant du soutien auprès des autres.

- Je pense, en effet, que c'est dans votre intérêt, reprit **Six** avec détermination.

- Dans notre intérêt ? ricana **Trois**. Je ne crois pas qu'il soit dans notre intérêt d'écouter votre discours haineux et de nous faire insulter gratuitement.

- Allons, notre amie a le droit de donner son point de vue comme nous tous, intervint **Sept** en tournant vers l'intéressée un œil malicieux. Et puisqu'elle m'a interrompu dans ma présentation, ne résistant sans doute pas à son envie débordante de nous faire partager ses sentiments, je propose qu'elle commence notre petit tour de table. Après l'avoir tous écoutée, nous pourrons peut-être poursuivre tranquillement notre discussion.

Un fin sourire, dénué de toute agressivité cette fois, s'étira sur les lèvres de la jeune femme. Ce prêtre avait de l'esprit, ça lui plaisait.

- Je suppose, continua-t-elle donc, bien que je me pose sérieusement la question, qu'aucun d'entre vous n'a oublié que nous participons à un jeu morbide qui ne se terminera que dans six heures avec le seul survivant de notre groupe.

- Nous en connaissons parfaitement les règles, la coupa encore **Trois** en se levant d'un geste agacé de sa chaise. Où voulez-vous en venir, bon sang ?

- J'aimerais bien poursuivre sans que l'on m'interrompe tout le temps, soupira **Six**.

- Ah, vous voyez comme c'est désagréable ! s'exclama l'importun d'un air triomphant.

- Je vous en prie, intervint de nouveau **Sept** en indiquant à ce dernier de se rasseoir.

Ignorant dans un premier temps la requête, **Trois** soutint un long moment le regard de la jeune femme avant de déclarer avec condescendance :

- Je veux bien la laisser parler mais je refuse de l'écouter.

S'exécutant aussitôt, il se dirigea vers la grande table pour se servir un verre de jus d'orange. Puis **Six** prit de nouveau la parole :

- Aussi détestable que soit ce jeu, aussi répugnantes que soient ses règles, nous sommes tous volontaires. Quelles que soient les raisons qui nous ont poussés à franchir cette porte, et elles ne regardent d'ailleurs que nous (elle lança alors un coup d'œil insistant en direction de **Sept**), il est maintenant trop tard pour reculer. Nous savons parfaitement que nous sommes tous condamnés à rester enfermés dans cette pièce jusqu'au verdict final.

Elle s'interrompit un instant pour constater que ses mots faisaient déjà mouche parmi ses compagnons. **Un** se mordait furieusement les lèvres en y mettant tellement de vigueur que celles-ci blanchissaient sous la pression. **Cinq**, qui s'était remis à transpirer à grosses gouttes, ramenait nerveusement sa misérable mèche de cheveux sur le dessus de son crâne. De plus en plus pâle, **Quatre** semblait au bord de l'évanouissement. Les visages figés, **Deux** et **Sept** l'écoutaient pour leur part sans broncher.

- Il est inutile de se cacher la vérité ou d'essayer de se changer les idées, reprit-elle bientôt, tout comme il est vain de fraterniser alors que nous espérons tous être le dernier. Vous voulez tous survivre ? Il n'y a pas d'alternative, pour s'en sortir il faut que tous les autres meurent. C'est la règle du jeu.

- Cela suffit ! Taisez-vous ! cria soudain **Un** en bondissant si violemment de sa chaise que celle-ci se renversa.

Mais, sans lui prêter la moindre attention, **Six** continua :

- Rentrer ici, c'est comme accepter de jouer à la roulette russe. C'est extrêmement risqué mais au fond de nous, on espère qu'une chose : passer au tour suivant… Ils sont au nombre de six dans le meilleur des cas.

Quatre fondit brutalement en sanglots.

- Vous devriez vous taire maintenant, s'immisça de nouveau **Sept** d'un ton plus péremptoire, alors qu'il se levait pour réconforter la candidate éplorée. Nous avons tous très bien compris où vous vouliez en venir.

- Ah oui ? s'étonna la jeune femme en se redressant à son tour d'un bond. Alors pourquoi ai-je l'impression d'un aveuglement général ? À commencer par ce clown (elle désigna **Trois**) qui n'a pas cessé de parader depuis que nous sommes entrés !

Sa voix redevenait maintenant beaucoup plus virulente et incisive.

- Quant à toi, poursuivit-elle en se tournant vers le prêtre, je m'interroge sur ta présence ici ? Dans ce vestibule des enfers ? ... Comment quelqu'un qui prône l'amour, la compassion et toutes ces conneries, peut-il légitimer par sa participation un spectacle aussi barbare et aussi méprisant que celui-ci ?

- Je vais la faire taire ! hurla alors **Un** en se précipitant vers elle.

Mais **Sept**, encore lui, fut prompt à s'interposer, bloquant la charge du forcené.

- Allons mes amis ! Ne lui offrez pas ce qu'elle souhaite ! lança-t-il à la cantonade.

Puis scrutant **Un** droit dans les yeux :

- Ressaisissez-vous. Vous oubliez le quatrième point du règlement.

- Laissez-la donc cracher tout son venin ! s'exclama **Trois**. Arrivera bien un moment où elle n'en aura plus.

Un s'étant déjà raisonné, **Sept** se concentra derechef sur la trouble-fête :

- En avez-vous enfin fini ?

Six, dont le teint diaphane s'était légèrement empourpré sous l'effet de la colère, prit une longue inspiration avant de répondre :

- Non, j'ai encore deux choses à ajouter. Tout d'abord, sachez que je vous considère tous comme des adversaires. Vous étiez certainement au bout du rouleau pour accepter de participer au Requiem, mais je n'ai rien à faire de vos problèmes ou de vos peurs tardives. Même si je suis prête à mourir, je veux surtout survivre. Je n'espère donc qu'une chose : que vous y passiez tous pour ressortir d'ici.

Elle marqua une pause, surprise de constater qu'elle avait de nouveau toute leur attention.

- Ensuite, et j'en finirai là, en procédant ainsi, en faisant le choix de vous dévoiler, de partager vos angoisses les plus intimes - ce que vous n'allez pas tarder à faire, j'en suis sûre – sachez que vous faites le bonheur des producteurs, de ces vautours qui n'attendent que cela. Alors reprenez-vous, bon sang ! Ne leur donnez pas matière à nourrir cette bête affamée qu'est devenu le public. Mourez dignement et refusez de faire le spectacle !

Elle se mit alors à fixer l'emplacement discret d'une caméra :

- Évidemment, avec ce qui vient de se passer, j'ai bien conscience d'avoir contribué à toute cette sinistre mascarade. Mais, à partir de maintenant, vous n'aurez plus rien venant de ma part. C'est fini ! Quant à vous (son regard se tourna vers ses compagnons), rassurez-vous. Je ne vous importunerai plus jusqu'à la fin. Quelle qu'elle soit...

Avec un geste plein de dignité, et sous le regard éberlué des autres candidats, elle s'empara de la chaise, laissée par **Trois**, et alla s'installer à l'autre bout de la pièce.

Pendant un moment, les tacs de l'horloge furent les seuls bruits que l'on entendît dans la salle. Il était 13h19. Les bras croisés sur la poitrine, **Six** s'était assise dans un coin, le regard fixe et déjà oublieux de ses compagnons. Encore surpris par sa « sortie » inattendue, ces derniers demeuraient figés. Même **Trois** n'avait pas réagi devant ce spectacle, mettant en sourdine sa verve insolente pour ne pas envenimer une situation qui allait peut-être enfin s'apaiser.

Toujours occupé à réconforter **Quatre**, dont le flot de larmes ne donnait pas l'impression de vouloir se tarir, **Sept** s'éclaircit finalement la voix avant de demander sur un ton hésitant :

- Poursuivons-nous notre petite discussion ?

Pour la première fois depuis son entrée dans la pièce, son assurance tranquille et son incroyable sérénité semblaient avoir été mises à mal, émoussées par le discours tranchant de **Six**. Mais soudain, une voix forte et solide retentit derrière lui.

- Bien sûr que nous la poursuivons ! s'exclama **Trois** en reprenant sa place dans le cercle maintenant brisé. Nous n'allons pas nous laisser abattre tout de même ! Et puis, je vous rappelle que l'heure tourne.

Il regretta aussitôt cette phrase malheureuse qui eut l'effet d'un coup de boutoir sur la communauté. **Sept** lui jeta un regard réprobateur. **Quatre** se remit à pleurer de plus belle. **Cinq** s'agita furieusement sur son siège en geignant. **Un**, accordant enfin un peu de répit à ses lèvres martyrisées, eut un petit rire nerveux qui mourut rapidement dans sa gorge. Il n'aurait pas vraiment su dire pourquoi mais sur le moment, il trouvait cette remarque amusante. Seul **Deux**, qui ne put cependant réprimer un léger frisson, resta impassible.

La simple vision ou la mention banale, directe ou non, de l'horloge réveillaient en chacun d'eux des images cauchemardesques. Dans cette pièce, elle était symbole de vie et de mort. C'était elle qui présidait désormais à leurs destinées, comme un dieu tout-puissant rendant ses verdicts au son du *tac*. *Tac* : tu vivras. *Tac* : tu mourras. Plus que jamais, chaque *tac* représentait une parcelle de vie qui s'en allait, un espoir déçu ou un rêve brisé. Arbitre implacable et incorruptible du temps, l'horloge était désormais le seul fil qui les rattachait encore à la vie, la seule musique qui leur était encore donnée d'entendre. Et tout cela n'était qu'un début… On commençait à peine les premières gammes du Requiem.

Une symphonie macabre pour un nouveau départ dans une vie sans espoir… Oui, c'était précisément cela qui les avait conduits à participer au Requiem de l'horloge. Car s'ils avaient voulu se suicider, ils s'y seraient pris autrement. Se pendre ? Avaler une grande quantité de somnifères ? S'ouvrir les veines ? Se jeter par la fenêtre ? Se tirer une balle dans la tête ? Se noyer, les pieds lestés ? S'immoler par le feu ? S'asphyxier avec le pot d'échappement de sa voiture, enfermé dans son garage ? S'électrocuter dans son bain ? … Il y avait tellement d'autres solutions que de participer à un jeu de télé-réalité où la mort tenait la vedette.

Bien sûr, il y avait toujours les pervers, d'autres diraient les « âmes généreuses », qui voulaient un suicide public pour que tout le monde puisse jouir du spectacle. Il y avait aussi ceux qui manquaient de courage ou qui n'avaient pas la force de le faire seul. Il leur fallait un soutien, même anonyme ! Il fallait que les gens comprennent à quel point ils souffraient ! Ils devaient compatir ! Enfin, et c'était le cas de la grande majorité des candidats, il y avait ceux qui ne savaient plus, qui n'attendaient plus rien de la vie mais qui ne s'étaient pas pour autant totalement résignés à y mettre fin. Ils voulaient tout recommencer, faire table rase de leur passé. Ils voulaient obtenir une seconde chance… ou mourir.

Comment ? Il n'y avait là rien de bien compliqué. Sept boules, sept numéros virevoltant dans une roue automatisée, et à la sortie de la loterie : la mort ou la « résurrection ». Une musique simple à retenir, non ? C'était cela le Requiem de l'horloge. Des producteurs omnipotents, sortes de dieux avatars, désireux de vous offrir l'opportunité de sourire de nouveau à la vie ou de mettre un terme à vos intolérables souffrances.

Les sept hommes et femmes, interprètes modestes de cette nouvelle édition, savaient parfaitement tout cela. Ils avaient longuement réfléchi aux conséquences de leur participation, jusqu'à s'en donner le tournis. Ils étaient prêts à se sacrifier, à satisfaire la soif morbide du public pour l'apparition d'une seule petite lumière dans l'épais brouillard de leur désarroi et de leur désespoir. Un phare d'espérance qui était pour le moment lové au milieu des tacs de la trotteuse…

Pendant quelques longues et interminables secondes, un silence pesant régna sur l'assemblée. Puis, décidé à réparer sa maladroite faconde, **Trois** se racla la gorge :

- Le petit tour de présentation me semblait une bonne idée. Si personne n'y voit d'inconvénient, je vous propose de commencer. Je me sens d'humeur loquace.

Il parlait avec hâte de peur d'être de nouveau interrompu. Mais personne ne s'interposa cette fois, pas même **Six** qui restait dans son coin, silencieuse et fidèle à ses engagements.

En quelques secondes, le cercle fut de nouveau formé, effaçant l'incident provoqué par l'attitude rebelle et désinvolte de **Six**. À part **Un** qui marqua une courte hésitation avant de reprendre sa place, et **Deux** retranché dans un mutisme résigné, les autres candidats semblaient rassurés par ce retour au calme. **Quatre**, enfin apaisée, avait même cessé de pleurer. Il était tout juste 13h22.

Après avoir attendu que tout le monde fut bien installé et disposé à l'écouter, **Trois**, qui avait remplacé **Six** aux côtés du prêtre, débuta sa confession :

- Bon, par où commencer ? … La production ayant, par ses règles, considérablement allégé l'exercice des présentations, ce que je vais vous apprendre vous paraîtra bien succinct. Je vais cependant essayer de me montrer le plus clair possible. Donc pour ceux qui auraient loupé un épisode ou qui se seraient déjà assoupis devant leur téléviseur, je m'appelle **Trois** (il ponctua sa boutade d'un geste du pouce en direction de l'imposant chiffre qui lui barrait la poitrine). Je suis âgé de vingt-sept ans, ne suis pas marié et ai encore moins d'enfants, ce qui entre nous tient du miracle au regard de mes nombreuses conquêtes !

Ce nouveau trait d'humour finit de détendre l'atmosphère, ses compagnons se déridant enfin d'un timide sourire. Mais seul **Un** alla jusqu'à s'esclaffer, agité quelques instants de ce petit rire nerveux qui lui devenait désormais coutumier.

Toujours rivée à son siège, marginalisée volontaire du cercle des confidents, **Six** jeta un long regard empli de consternation et de pitié en direction de **Trois**. Même si son avis sur la question était déjà plus ou moins tranché, elle allait enfin savoir à laquelle de ses catégories se rattachait cet énergumène, ce godelureau de kermesse !

Satisfait de tenir la vedette, d'être écouté et d'apporter un semblant de soulagement, ce dernier poursuivit sur le même ton :

- Je suis sans profession, non pas que je n'aie pas de diplômes ou que je n'aie pas eu d'occasions d'embauche, mais je suis un incorrigible paresseux. Le travail et moi n'avons jamais fait bon ménage. En vérité, je préfère laisser cela à ceux qui sont plus motivés que moi ou qui en ont plus besoin. Car, voyez-vous, je n'ai jamais manqué de ressources. J'ai la chance de venir d'un milieu très aisé… et très compréhensif, ajouta-t-il avec un clin d'œil après une courte pause. Quand j'y pense, en fait, je n'ai jamais connu de problème majeur, de quelque nature que ce soit. C'est comme si une bonne fée s'était, dès le départ, penchée sur mon berceau. En résumé, je dirais que je suis un dilettante fortuné et heureux qui essaye simplement de profiter au maximum de la vie.

« Un fils à papa ! La belle affaire ! » fulmina secrètement **Six**, contente cependant de voir qu'elle avait vu juste. Pour la jeune femme, non seulement **Trois** n'était qu'un mariole, mais preuve était faite également que c'était un inconscient doublé d'un crétin fini… Quant aux autres candidats, ils n'en revenaient pas, les sourires s'effaçant pour laisser place à des yeux écarquillés et à des visages incrédules.

- Profiter simplement au maximum de la vie ? répéta **Sept** sans vraiment y croire.

- Oui, c'est bien cela, confirma **Trois**, pas le moins du monde démonté par la réaction de ses compagnons.

- Mais alors, par Dieu, que faites-vous ici ? lui demanda encore le prêtre, totalement déconcerté par son attitude.

- Vous voulez dire : pourquoi me suis-je inscrit dans ce jeu morbide et désespéré dans lequel chacun de nous met sa vie en jeu ? le questionna faussement son interlocuteur.

- Oui bon sang, répondit **Sept** un tantinet agacé.

- Parce que je m'ennuyais.

Il y eut un léger flottement au sein de l'auditoire, le temps pour chacun d'assimiler pleinement l'absurdité de ces informations. Puis **Quatre**, manifestement courroucée par tant de désinvolture, lui demanda brutalement :

- Vous vous moquez de nous, c'est cela ?

- Non, chère madame. Je suis le plus sérieux du monde, réfuta **Trois** avec une gravité de circonstance.

- Vous donnez pourtant l'impression de faire votre show, intervint à son tour **Deux** en dévisageant le dilettante de la même façon que s'il avait eu devant lui un extra-terrestre.

- Mon show ? Et pourquoi donc ? continua de feindre faussement l'intéressé.

- Vas-tu donc cesser de faire le pitre, espèce de salaud ! C'est insultant et indécent pour tous ceux qui souffrent ! hurla soudain **Un** en bondissant de son siège, les poings serrés et le visage déformé par la colère.

Telle une soupape de sécurité cédant brutalement à une trop forte pression, la tension nerveuse accumulée par le petit homme explosait sans crier gare. La situation dérapait de nouveau, et un vent de panique traversa le cercle des candidats. Plein de sang-froid, **Sept** se leva vivement, prêt une fois encore à arrêter la charge de **Un**. Mais celle-ci n'eut pas lieu. Visiblement aussi surpris que ses compagnons par ce nouveau débordement, le fautif se rasseyait déjà, les mains levées et tremblotantes en signe d'excuse.

Un épais voile de silence tomba alors de nouveau sur la communauté, le temps pour les candidats de se remettre de leurs émotions… et pour l'horloge d'affiner la clarté de sa gamme : *tac, tac, tac.* Dans cette ambiance encore tendue, seule **Six** semblait en retirer un certain plaisir, se réjouissant secrètement que quelqu'un ait enfin mis un terme à la verve arrogante de **Trois**.

Celui-ci semblait d'ailleurs décontenancé. Jetant un rapide coup d'œil circulaire sur ses camarades, il constatait une commune réprobation, voire même pour certains un agacement croissant. Il réalisa alors qu'il était allé trop loin dans sa mise en scène. À continuer ainsi, il allait s'en faire des ennemis, et telle n'était pas du tout son intention.

- Veuillez m'excuser, déclara-t-il alors avec un sourire contrit, tout en adressant un long regard expiatoire à **Un**. Je ne voulais vraiment pas vous blesser. Si mes propos vous ont choqués, j'en suis navré. Je ne peux pas m'empêcher de fanfaronner, je le reconnais. C'est là mon grand défaut (il soupira, sans grande conviction cependant !). Cela étant...

Il marqua une courte pause.

- Je comprends que cela puisse vous paraître invraisemblable mais c'est là, croyez-le bien, je vous en prie, la plus totale et absolue vérité.

Il parlait avec un tel sérieux et une telle franchise que ses compagnons, bien qu'atterrés, commençaient à le croire. Devançant toutefois leurs nombreuses questions, il poursuivit :

- Étant donné ma situation avantageuse, et contrairement à vous sans doute, j'aurais bien évidemment pu me passer de participer à ce jeu. Je n'ai aucun problème de quelque nature que ce soit, argent, santé ou relationnel, qui pourrait expliquer ma présence ici. Ce n'est pas le désespoir et encore moins le besoin qui m'ont conduit dans ce tombeau mais bien l'ennui... et, si vous le permettez, une certaine quête de reconnaissance et de gloire.

Pas de doute maintenant. Il avait de nouveau toute leur attention.

- Cela vous paraîtra peut-être bizarre, voire même incompréhensible, mais dans le monde doré d'où je viens, une seule chose, importante à mes yeux, manque cruellement : la considération. Parce que rien ne vous a jamais été refusé, parce que vous avez grandi dans la soie, loin des difficultés quotidiennes de la vie, personne ne vous respecte vraiment. Oh certes, des gens comme moi sont constamment bien entourés. Ils se bousculent, ceux qui souhaitent faire votre connaissance ! Mais ce ne sont que des vautours, de vils flagorneurs intéressés par votre seul portefeuille. Or, je parle ici d'une considération sincère et désintéressée, de la seule qui tienne vraiment en somme.

Il s'arrêta un instant pour reprendre son souffle. Focalisés tout entier sur sa personne, ses compagnons continuaient de le dévisager, sans voix, animés pour certains du sentiment qu'ils venaient enfin de découvrir une faille chez ce candidat imperturbable et paradoxal.

En fait, seule l'horloge, résolument infaillible, semblait se désintéresser de cette première confession et continuait de jouer sa mélopée funèbre en fond sonore. Au son de sa gamme unique, elle rappelait l'insidieux passage du temps et la proximité toujours plus oppressante de la mort. Pas seulement pour les candidats mais pour chaque être vivant qui, à chaque martèlement de la trotteuse, voyait son souffle de vie imperceptiblement s'étioler.

Mais qui, parmi tous ceux – multitude obscène et lobotomisée – qui assistaient au Requiem de l'horloge, se souciait vraiment de la signification première de ces tacs ? Qui tremblait devant l'avancée implacable des aiguilles ? Pourquoi s'inquiéter ? La grande Faucheuse n'était là que pour eux. L'éternité se trouvait encore devant… Ici, chaque *tac* n'était que la note d'une partition inusable et monotone, le signe annonciateur d'une excitation grandissante et d'une mort prochaine. Celle captivante, en direct-live, d'un autre.

Terrible illusion en vérité ! Car qui aurait pu dire, en cet instant, la valeur de ces tacs ? Qui aurait pu soutenir, sans le moindre doute, qu'il n'écoutait pas là lui aussi ses dernières notes ? Candidats, producteurs, téléspectateurs, la grande Faucheuse n'oubliait jamais personne. Et surtout elle ne prévenait que rarement de sa visite.

- Je suis ici pour prouver quelque chose, reprit finalement **Trois**. Quand je quitterai cette pièce (il désigna la lourde porte d'entrée du doigt), car je compte bien survivre à ce jeu, le monde ne me respectera plus pour mon seul statut social mais bien pour mon audace et ma témérité. Les gens ne me verront plus comme le bourgeois nanti, l'insolent fortuné ignorant des choses de la vie, mais comme celui qui n'a pas hésité à remettre dans la balance sa chance et tous ses privilèges pour prouver sa juste valeur.

Il s'interrompit de nouveau comme pour se remémorer une phrase depuis longtemps préparée. Puis ses yeux se mirent à briller et un sourire de triomphe barra son visage :

- Quand je sortirai d'ici, la gloire marchera dans mes pas.

- Une question d'honneur en somme ? ricana subitement **Six** d'un air cynique.

Surpris de la voir revenir déjà dans la conversation, ses compagnons se tournèrent vers elle, attendant l'attaque qui allait suivre. Mais rien ne vint. En fait, elle n'avait tout simplement pas pu s'empêcher de commenter à voix haute la bravade grossière et risible qu'était en train de leur jouer **Trois**.

- Aussi incroyable soit-elle, je veux bien croire en votre histoire, déclara bientôt **Sept** en s'intéressant de nouveau à lui. Vous semblez cependant ne pas douter un instant de votre victoire. Pourquoi cette certitude ?

- Rassurez-vous, le jeu n'est pas truqué ! plaisanta le dilettante avec un sourire badin. J'ai simplement une confiance inébranlable en ma chance. Voyez-vous, depuis que je suis né, je n'en ai jamais manqué. Je ne vois donc pas pourquoi elle me ferait défaut aujourd'hui.

- Ne pensez-vous pas que la roue finit toujours par tourner ? le questionna encore **Deux**, de plus en plus atterré par ce qu'il entendait.

À cette remarque, **Trois** ricana de bon cœur avant de répondre :

- Cette expression a été inventée par quelque poisseux qui, voulant excuser sa trop grande déveine, cherchait à se rassurer en attendant que la chance daigne enfin se montrer. Une attente illusoire, mon vieux, car on est chanceux ou on ne l'est pas !

Il s'exprimait avec une telle force de conviction que ses compagnons en restèrent derechef bouche bée. Puis **Sept** brisa encore le silence :

- Comment pouvez-vous parler ainsi alors que vous n'avez sans doute jamais dû tester votre chance à ce point ?

- Vous croyez ? En fait, j'ai connu bien pire, padre, si on raisonne en termes de seules probabilités. Le challenge ici n'est jamais que de un sur sept.

À l'exposé de cette implacable vérité, les candidats se raidirent. Le calcul était redoutablement simple, certes, mais tellement effrayant.

- Comment pouvez-vous résumer ainsi la situation ? s'offusqua le prêtre. Comprenez-vous que nous jouons ici nos vies ?

- J'en ai parfaitement conscience, opina d'un air grave **Trois**. Et non, je ne suis pas fou. Si vous ne me croyez pas, souvenez-vous du préambule dans le règlement du jeu. Aucun candidat ne devra être atteint, je cite, « de déficience mentale ». Je suis parfaitement lucide mais je m'efforce au maximum de dédramatiser la situation.

Personne n'ayant la force ou l'envie d'intervenir, il poursuivit :

- Je comprends votre scepticisme. Mais cela n'a rien d'étonnant en vérité. C'est simplement une question de foi… Avez-vous déjà douté de Dieu, padre ?

- Bien sûr que non ! affirma avec force l'intéressé, comme outré par une telle question.

- Eh bien, si vous me permettez ce parallèle, ma chance est mon Dieu. J'ai une foi indéfectible en elle, tout comme vous pour le Tout-Puissant. Oh, certes, vous allez me répliquer que le hasard n'existe pas en soi, qu'il n'est que l'expression d'une volonté immanente. Mais sur ce point, je ne saurais vous suivre car je ne crois pas le moins du monde en une quelconque suprématie divine qui tracerait à l'avance les chemins de la vie. Pour moi, chaque homme tisse son propre destin. Chaque individu est doté, à sa naissance, d'une bonne ou d'une mauvaise fortune. Dans ce domaine, les choses n'évoluent que rarement. C'est, en quelque sorte, une espèce de sélection naturelle.

Il s'interrompit brutalement devant les regards noirs que lui lançaient ses compagnons. Et **Sept**, profitant de cette pause, repartit à la charge :

- Votre discours voisine avec un orgueil démesuré. Et c'est là l'un des sept péchés capitaux.

- Je vous en prie, s'indigna à son tour **Trois**. Épargnez-nous le langage obtus de la religion !

Mais, sourd à la remarque, le prêtre continua d'une voix solennelle :

- Parmi les sept, il est le pire de tous. Les saintes Écritures nous le rappellent dans le Livre de l'Ecclésiastique : « Le principe de tout péché est l'orgueil ; celui qui y demeure attaché sera rempli de malédiction, et il trouvera sa ruine ».

- Si la Bible le dit, alors ça ne peut être que vrai, ironisa l'accusé, le visage barré d'un rictus sarcastique.

- N'insultez pas le Livre Saint ! s'écria soudain **Quatre**, toute tremblante.

Le dilettante se mordit les lèvres. À force de trop parader, il venait de perdre sa première fan, tout au moins celle acquise au début du jeu.

- Je ne cherche pas à offenser qui que ce soit, ni même à persuader quiconque du bien-fondé de mes théories, tempéra-t-il. Je me montre simplement le plus honnête possible avec vous. Aussi, j'aimerais assez qu'on ne me bassine pas avec des leçons de morale qui n'ont aucune emprise sur moi. Je n'ai pas choisi de naître sous une bonne étoile. Seulement c'est ainsi, la chance est mon alliée la plus fidèle et, à ce titre, je survivrai au Requiem.

Le silence retomba sur le petit cercle des candidats. *Tac, tac, tac.* L'horloge venait tout juste de marquer 13h30 lorsque **Trois** se leva de sa chaise :

- Je vais me chercher un verre d'eau. Tout cela m'a donné soif.

devant un tel accès de rage. Mais se connaissaient-ils au fond ? En auraient-ils jamais vraiment l'occasion ? N'étaient-ils pas condamnés à ne partager qu'un désir commun de mourir ? Et ce même rêve douloureux et utopique de tout recommencer.

Pendant quelques instants, un silence pesant s'abattit sur la pièce. La diatribe de **Quatre**, aussi inattendue que virulente, résonnait encore dans tous les esprits lorsque **Sept** se mit dans l'idée, toujours et encore, d'apaiser les tensions :

- À l'heure de comparaître devant votre Créateur, et aussi révoltant que soit le genre d'attitude que vous décrivez, vous devriez au contraire essayer de leur pardonner, mon enfant.

Devançant la réaction de l'intéressée, **Trois** bondit de sa chaise.

- Leur pardonner ? s'exclama-t-il d'un ton indigné. Vous n'y pensez pas sérieusement !

En quelques vives enjambées, il rejoignit le cercle des candidats et se planta devant eux.

- Le pardon est un pilier indispensable pour la paix du corps et de l'esprit, répliqua **Sept**, imperturbable. Il est l'un des premiers enseignements religieux, et sans aucun doute l'un des plus importants. Notre Seigneur Jésus-Christ lui-même n'a-t-il pas donné l'exemple en pardonnant à ses bourreaux ?

Avec insolence et une certaine désinvolture, le dilettante croisa les bras sur sa poitrine en feignant l'écoute la plus attentive.

- Allons, je vous en prie, soupira-t-il enfin d'un air ennuyé. Bientôt, vous allez nous dire que même les producteurs du Requiem iront au paradis !

Content de lui, **Trois** ponctua sa boutade d'un petit rire nerveux.

- Cette décision ne m'appartient pas, répondit sans se démonter **Sept**, même si je souhaite à chaque homme et à chaque femme de connaître le repos éternel dans la béatitude. Mais en attendant, nous devons apprendre à pardonner à tous ceux qui nous ont fait du mal.

Dans son coin, **Six** fulminait. Entendre de pareilles sottises l'enrageait tellement qu'elle dut vraiment prendre sur elle pour ne pas bondir à son tour de sa chaise. Ah ! Il était tellement plus simple d'accepter l'humiliation et de courber l'échine que de se battre et de venger son honneur bafoué.

- Avec tout le respect que je vous dois, padre, tout cela est parfaitement absurde, asséna **Trois**. Si Dieu existe, pourquoi a-t-Il demandé aux hommes d'apprendre à pardonner tout en mettant en contrepartie la haine dans leur cœur ?

- Le Seigneur n'a jamais mis la haine dans le cœur des hommes ! s'indigna vivement **Sept**.

- La possibilité alors, rectifia le dilettante. C'est du pareil au même.

Le prêtre se sentit perdre son sang-froid, ce sourire insolent commençait à l'agacer… Non ! Il se devait de rester digne, fort et avant toute chose serein. Pour se détendre, il prit une profonde inspiration.

- Dieu nous met chaque jour à l'épreuve, déclara-t-il finalement, tout comme Il l'a fait pour son propre fils. Cependant, dans sa grande générosité et son infinie mansuétude, le Tout-Puissant nous a indiqué le chemin à suivre. Les hommes sont libres de l'emprunter ou de s'en détourner, mais ceux qui le font connaîtront les ténèbres.

- Nous y voilà ! s'écria **Trois** d'un air méprisant. Il n'existe qu'une seule voie, c'est cela ?

- Non, mon fils, rétorqua calmement **Sept**. Le chemin de la foi peut être multiple. Tout comme l'est celui de la rédemption.

- Vous pourriez peut-être arrêter là ce débat, intervint subitement **Deux**. D'autant plus, il me semble, que la proposition de pardon ne vous était pas destinée, ajouta-t-il en s'adressant au dilettante.

Faussement confus, ce dernier se mit la main sur le cœur et opina du chef. Puis, se tournant vers **Quatre**, il déclara :

- Si vous voulez mon avis, votre dédicace était trop belle pour la gâcher avec un éventuel pardon. Et exprimer votre colère, quoiqu'en dise notre ami, ne peut, à mon sens, que vous faire le plus grand bien.

De nouveau concentré sur son seul sujet, **Sept** observait la fragile candidate. Apparemment gênée de ce qui venait de se passer, elle venait brutalement de se renfermer sur elle-même, les seules vestiges de son accès de rage (ou de sa honte désormais ?) résidant dans la rougeur de son visage. Par toute son attention bienveillante, il l'incita pourtant à reprendre la parole.

- Je suis navrée, finit-elle par murmurer. Je n'aurais pas dû m'emporter ainsi.

- Ce n'est rien. Vous deviez vider votre cœur avant de pouvoir accepter l'idée du pardon.

Une lueur étrange passa dans les yeux de la pénitente. Pendant un instant, elle sembla ne plus voir son interlocuteur, ne pas comprendre ce qu'il lui disait. Les mains jointes, elle tordait nerveusement ses doigts, confrontée à sa conscience.

- J'ai toujours été une bonne catholique, avoua-t-elle enfin.

- Bien évidemment, ma fille. Et le Seigneur vous entend, approuva **Sept**.

- Mais…

Elle s'interrompit, grimaçante et hésitante.

- Je sais que c'est un processus ô combien difficile mais il est nécessaire, l'encouragea encore le prêtre d'un air confiant. Il allégera votre peine.

D'un coup, le regard de **Quatre** se fit plus dur.

- Mais, reprit-elle, je ne leur accorderai jamais mon pardon. Jamais ! Ce sont eux qui m'ont conduite ici. Et j'espère de tout mon cœur qu'ils n'ont rien manqué de ce je viens de dire.

À cette réponse, **Sept** baissa la tête, découragé et provisoirement vaincu, tandis que **Trois**, un sourire triomphant accroché aux lèvres, reprenait pour de bon sa place dans le cercle.

Gourmande et un rien goguenarde, la trotteuse avalait tranquillement les secondes. *Tac, tac, tac.* Il était 13h44.

- Je suis désolée, répéta **Quatre** à l'adresse de son seul confesseur cette fois. J'ai toujours suivi scrupuleusement les principes de notre Mère l'Église. Je me suis toujours montrée charitable envers mon prochain mais là, c'est vraiment impossible.

Mal à l'aise, elle cherchait visiblement à dédouaner sa conscience et à obtenir un assentiment mais **Sept**, sous le coup peut-être d'une cruelle désillusion, venait à son tour de s'enfermer dans le silence. Alors, pendant quelques secondes, **Quatre** resta sans dire mot, en proie à une confusion totale, tandis que ses compagnons la dévisageaient, dans l'attente de la suite.

- J'ai quitté mon poste du jour au lendemain, poursuivit-elle finalement. C'était au cours d'un après-midi pluvieux, je m'en souviens bien. La pensée de ma mère alitée me minait de plus en plus, et je n'arrivais à rien. Ça se ressentait d'ailleurs nettement dans mon travail (elle ricana, amère) ... À la fin, je dois bien avouer que les remarques de mon patron étaient justifiées.

- Ne dites pas une chose pareille ! s'offusqua **Cinq**. C'est lui qui était en faute.

- Oui bien sûr, approuva **Quatre**... Bref, j'ai craqué ce jour-là. Alors que ce salaud critiquait copieusement, et comme de coutume, le dernier rapport que je lui avais remis, j'ai bondi de ma chaise et je l'ai giflé. Oh, vous auriez dû voir sa tête ! Il n'en revenait pas !

Elle se mit à rire, sans grande conviction cependant.

- Puis je lui ai dit ses quatre vérités à ce porc, ainsi qu'à mes collègues. Et je peux vous dire qu'ils n'en menaient pas large ces trois abrutis. Vous comprenez, ma mère à l'agonie, le harcèlement, c'était trop à la fin ! J'ai jeté ma lettre de démission – que j'avais préalablement rédigée – sur le bureau, j'ai ramassé mes affaires et je suis partie.

Tandis que son ton montait, ses compagnons restaient à la fixer, de plus en plus atterrés. Décidément, ce fragile bout de femme cultivait les contraires ! Mais rapidement sa colère retomba pour laisser place à l'amertume :

- Le problème, c'est que ma mère était sans le sou et que je n'avais moi-même pas beaucoup d'argent.

- Vous n'aviez vraiment personne pour vous aider ? l'interrogea **Cinq** avec commisération.

- Non. Ni frère, ni sœur. Ni père, ni ami. Ma mère et moi étions seules depuis toujours.

Ses yeux s'embuèrent de nouveau sous le coup d'une trop forte émotion.

- Ce qui est important, intervint **Sept** en recouvrant son penchant altruiste, c'est que vous avez aimé votre mère autant, et peut-être même plus, que tous ces absents auraient pu le faire.

Réconfortée, **Quatre** lui adressa un sourire sincère et reconnaissant. Cette démonstration de sympathie, de fraternité et de compréhension lui réchauffait le cœur. Même si elle n'avait pu l'admettre que récemment, c'était ce même soutien qui l'avait menée très tôt à la religion, son cheminement étant plus né de son besoin impératif de pallier le vide cruel de sa vie que d'une foi naturelle. Et Dieu sait que cette révélation avait déjà été un choc dans une dévotion qu'elle voulait, qu'elle croyait irréprochable.

- Je n'ai jamais connu mon père, reprit-elle avec rancœur. Il a abandonné ma mère peu de temps avant ma naissance… Comme beaucoup d'hommes, ce n'était qu'un lâche !

Elle s'arrêta un court instant, le temps de canaliser sa rage.

- Ma mère et moi avons longtemps souffert de cette absence, soupira-t-elle, mais nous avons tenu le coup. La vie n'était pas facile, nous étions presque toujours dans le besoin, ma mère ne parvenant qu'à cumuler des petits boulots, mais on s'accrochait. Il le fallait bien !

Elle s'interrompit de nouveau, comme si elle cherchait à rassembler ses idées :

- Ce que je veux dire, c'est qu'elle s'est toujours occupée de moi. Elle a fait de nombreux sacrifices pour m'élever dignement. Je ne pouvais donc pas l'abandonner à mon tour…

Profitant d'un nouveau flottement, **Sept** se décida à reprendre le contrôle de la conversation, bien décidé à abonder maintenant dans le sens de la confidente. Contre toute attente, il avait vite compris que **Quatre** serait trop prolixe. De manière consciente ou non, cette femme, blessée par la vie, ressentait incontestablement le besoin de soulager sa peine en parlant ; ce qui, dans un autre contexte, aurait bien évidemment constitué une très bonne chose mais il y avait le temps qui filait. Toujours et encore ce maudit temps ! Il était déjà 13h46.

Inexorablement, les aiguilles avaient poursuivi leur révolution… Et il n'avait plus le choix, il devait « accélérer » la procédure s'il voulait exploiter au maximum le temps qui leur restait. Le petit tour de présentation, trop souvent interrompu, trop souvent l'objet de digression inutile, n'était pas encore terminé : **Un** devait toujours parler, lui aussi d'ailleurs mais il paraissait désormais évident qu'il n'en aurait pas l'occasion. Dans quatorze minutes, la mort, froide et cruelle, s'abattrait dans cette pièce. Et ils se devaient d'être prêts.

- Vous avez été une fille aimante et fidèle, reprit-il donc. Cette attitude ne peut être que louable. Mais parlez-nous plus avant de votre participation à ce jeu.

- C'est ce que je fais ! s'emporta l'intéressée à fleur de peau.

Le prêtre se mordit les lèvres, ne sachant trop quoi répondre. Il ne voulait vraiment pas déclencher un nouvel esclandre. Et encore moins maintenant… Mais heureusement, **Quatre** semblait avoir compris ses intentions et, sans même qu'il eût besoin de se rattraper, elle lui présenta ses excuses :

- Pardonnez-moi. Je crois que j'ai tendance à oublier qu'il n'y a pas que moi.

Puis, poussant un profond soupir, elle poursuivit :

- Mon histoire est terriblement banale au fond. Si j'ai accepté pendant si longtemps les brimades de mon patron, c'est uniquement à cause de l'argent. Et aussi parce qu'il est difficile, vu le contexte économique, de trouver aujourd'hui le moindre travail, mais là je ne vous apprends rien. Bref, mon maigre salaire nous permettait à peine, à ma mère et à moi, de survivre. Mais, lorsqu'elle est tombée malade, tout cela n'a plus compté. L'important, c'était de rester auprès d'elle...

Elle s'interrompit brusquement pour contenir la trop forte émotion qui, de nouveau, la submergeait. Et, cette fois encore, elle tint bon.

- Son agonie a duré près de six mois, articula-t-elle difficilement. Je me moquais alors bien de nos économies. La seule chose qui comptait c'était de lui donner les meilleurs soins possibles, de la rendre heureuse au maximum et de lui apporter surtout un peu de rêve - celui qu'elle n'avait jamais eu - avant la fin.

Un sourire d'une infinie tristesse se dessina sur ses lèvres :

- Les trois premiers mois, on a beaucoup voyagé, comme jamais encore on ne l'avait fait. Dans tous les endroits qu'elle rêvait depuis toujours de voir (elle eut un petit rire amer) ... Oh, bien sûr, elle s'inquiétait pour mon futur. Je dilapidais tout mon argent et elle craignait que je ne puisse jamais reprendre mon travail. Je lui avais menti sur ma démission pour ne pas l'alarmer. Que Dieu me pardonne.

- Je suis sûr qu'Il l'a déjà fait, intervint **Sept**.

- D'ailleurs, continua **Quatre**, elle n'a jamais rien su non plus pour le harcèlement. Pour elle, mon patron, qui s'était toujours comporté normalement, m'avait généreusement accordé un congé exceptionnel. Vous imaginez cela, ce porc ! ... Quant à l'état de nos finances, c'était facile de lui dissimuler la vérité. J'étais depuis longtemps la seule à m'en occuper.

Elle s'arrêta, presque à bout de souffle. Ses compagnons voyaient bien que cette douloureuse confession lui demandait beaucoup d'énergie. Plus elle exorcisait sa souffrance, plus elle s'épuisait. Mais pour rien au monde elle n'aurait renoncé, maintenant qu'elle était arrivée à la fin de son histoire.

- Quand elle est morte, déclara-t-elle enfin, j'étais presque ruinée. J'ai immédiatement essayé de retrouver du travail. En vain. Personne ne voulait de moi. Alors, j'ai vivoté comme j'ai pu pendant près d'un an avec les allocations. Mais chaque jour était un supplice. Depuis que ma mère était partie, je...

D'un coup d'un seul, sans le moindre signe annonciateur et alors qu'elle s'était si bien reprise, elle fondit en larmes. Qu'importe ! Inlassablement, elle poursuivit :

- Depuis qu'elle était partie, je n'avais plus vraiment envie de vivre. À quoi bon essayer de survivre donc ? Mes dettes s'accumulaient, j'allais bientôt être mise à la rue. Alors, je me suis inscrite au Requiem.

Parvenue héroïquement au-delà de ses forces, **Quatre** craqua pour de bon. Pour la troisième fois, et aidé ce coup-ci de **Cinq**, **Sept** se leva pour soutenir la malheureuse. Armé de ses seuls mots chaleureux et fraternels, de cette foi indéfectible en une compassion divine, en un Dieu généreux et bon qui bientôt les entourerait de sa douce bienveillance... au son du *tac*.

Son chagrin semblait inconsolable cette fois et les deux hommes, malgré tous les efforts déployés, ne parvinrent pas à la réconforter. Une minute s'écoula ainsi au milieu des sanglots. Dans son coin, **Six** enrageait de nouveau. Ah, si seulement elle pouvait être la première à tomber ! Si seulement le temps pouvait s'accélérer...

De plus en plus obsédé justement par cette donnée inexorable, **Sept** scrutait les aiguilles avec angoisse. Il ne restait plus que onze minutes à peine ! Et il fallait poursuivre. Plongeant ses yeux dans ceux du gros homme, il lui fit comprendre de soutenir **Quatre** de son mieux avant de se tourner avec inquiétude vers **Un**. En symbiose malsaine avec l'horloge, celui-ci égrenait les tacs en même temps que la trotteuse.

- Je sais qu'il ne nous reste que peu de temps, commença-t-il. Mais voulez-vous essayer de vous présenter rapidement ?

Pour toute réponse, le petit homme lui adressa un regard vide... Avait-il seulement entendu la question ?

- Vous êtes le dernier, reprit-il. Voulez-vous essayer de vous présenter à votre tour ?

Par cette remarque, **Sept** s'oubliait volontairement. Tout au moins avant le passage de la première heure… Son interlocuteur s'entêtant toujours dans son mutisme, le prêtre haussa finalement les épaules – même si, en d'autres circonstances, il aurait insisté – puis, embrassant d'un rapide coup d'œil la triste assemblée de morts-vivants qui l'entourait, il les apostropha :

- Mes amis, nous devons nous préparer…

- Pourquoi faire ? le coupa soudain **Un**.

- Pardon ?

- Pourquoi devrais-je me présenter, alors que dans dix minutes je serais probablement mort ? le questionna-t-il d'un ton péremptoire.

- Vous n'en savez rien, répondit **Sept**.

- Ah oui ? ricana **Un**, un étrange rictus de défi accroché aux lèvres. Alors, comment se fait-il que vous, vous sachiez mieux que tout le monde ce qu'il convient ou non de faire ?

Comme blessé par cette nouvelle marque d'ingratitude, tellement peu reconnaissante de tous ses efforts, **Sept** resta sans voix.

- Alors ? répéta le petit homme d'un air mauvais.

Pendant quelques secondes, personne ne dit plus rien, attendant une réaction de **Sept** qui ne venait pas. Puis calmement, sereinement presque, le petit homme se leva de sa chaise pour aller se poster sous l'épais bloc de verre qui protégeait l'horloge. Un petit rire sarcastique monta bientôt du fond de sa gorge.

- *Tac, tac, tac.* Entendez-vous le pas cadencé de la trotteuse ? Entendez-vous approcher le messager de la Mort ? les interrogea-t-il d'un air effrayant.

Seul le silence lui répondit.

- Bien sûr que vous l'entendez, reprit-il avec une moue de dégoût. Même un sourd en ressentirait le battement dans ses entrailles. Mais oui, ne faites pas cette tête ! Tout le monde n'a d'yeux que pour elle, tout le monde ne fait attention qu'à elle…

- Où voulez-vous en venir, bon sang ? le coupa sèchement **Trois**.

En proie à un tremblement irrépressible, **Un** lui jeta un regard haineux.

- Je n'ai jamais eu beaucoup de chance, moi ! vociféra-t-il d'un ton rageur teinté d'aigreur.

- Ce n'est pas pour autant une raison de nous insulter, s'indigna **Quatre** qui venait de cesser subitement de sangloter. À part ce jeune homme (elle désigna **Trois**), nous sommes tous dans ce cas, je crois.

- Peut-être bien, admit-il. Mais qui s'est intéressé à moi jusqu'à maintenant ? Cela fait plus de cinquante et une minutes que nous sommes entrés dans cette pièce. Cinquante et une minutes pour que quelqu'un s'intéresse enfin à moi (il observa le prêtre du coin de l'œil) ... Par contre, l'horloge ! Ah ça, elle tient la vedette !

- Rien ne vous empêchait de faire entendre votre voix avant, s'écria vivement **Trois**, plus agacé qu'ému par ce numéro de martyr.

Un lourd silence retomba de nouveau parmi les candidats. Seule l'horloge, remplie de fierté par cette reconnaissance qu'on lui apportait, semblait tinter de plus belle. *Tac, tac, tac* ! Puis une voix timide, discrète en comparaison de la fanfare des aiguilles, s'imposa peu à peu. Celle de **Un**, soudainement abattu :

- C'est trop tard pour se soucier de moi. Bien trop tard pour me demander quoi que ce soit. La Mort est déjà sur nous. Ou plutôt sur moi. Parce que je n'ai jamais eu de chance, je vais probablement être le premier à crever.

Lentement, il se laissa glisser le long du mur jusqu'à se retrouver assis par terre, sous l'horloge. Affalé ainsi, il donnait l'impression d'un gladiateur vaincu, écrasé sous la botte de son adversaire, dans l'attente du coup de grâce libérateur.

- C'est trop tard, répéta-t-il doucement. J'emporterai mes secrets dans ma tombe.

Sa bravade sonnait comme un ultime pied de nez face à des producteurs et à un public en quête de sensationnel et d'émotions fortes. Face à des compagnons absents, indifférents à ses angoisses. Face à ce monde aveugle et dément qui avait engendré l'innommable.

Alors que le silence retombait dans la pièce, **Six** se mit à méditer sur l'instabilité de **Un**. Elle avait donc bien eu raison. Ce quidam d'apparence anodine était un dangereux névrosé, une véritable boule de nerfs prête à exploser à tout instant. Dans la vie de tous les jours, il ne devait sans doute rien laisser paraître. Elle aurait même parié sur quelqu'un de calme, d'introverti et sans nul doute d'effacé, ce genre infect à se faire marcher sur les pieds !

Au fond de lui cependant bouillonnait une insoutenable tension nerveuse qui, la plupart du temps, le paralysait. Mais lorsque le stress devenait impossible à gérer, le petit homme perdait les pédales et cédait à l'hystérie. Comme s'il évacuait soudain un interminable et pesant cortège de frustrations accumulées, le timoré se transformait en un chien enragé, bavant des injures et mordant sans discernement. Tout cela dans le seul but de faire entendre sa voix, de s'imposer et de marquer son territoire, en brisant son statut de dominé.

Les psychologues qui présidaient aux sélections avaient-ils décelé ce trait de caractère, ou s'étaient-ils au contraire laissés abuser par ce candidat discret ? Non, ils l'avaient forcément noté, pour la simple et bonne raison que le Requiem comptait toute une chiée de spécialistes qui travaillaient de concert. Attention, tous des professionnels reconnus et mandatés. Ah, ça oui ! Ces chacals de l'intimité avaient sans aucun doute deviné sa propension à l'hystérie.

Cela le rendait-il déficient pour autant, inapte à participer au jeu ? Bien sûr que non, il s'agissait de faire le spectacle ! Avoir perdu toute once d'espoir était loin d'être une condition suffisante pour prendre part à la grand-messe du Requiem. Il suffisait de penser à ce clown de **Trois** ! Chacun des candidats devait répondre à des critères précis, mûrement réfléchis et savamment mis en balance par les producteurs et les psys. Chacun des sélectionnés ici y répondait, au point d'en être des caricatures. Elle-même correspondait à un stéréotype pré-défini. Rien n'était laissé au hasard ! **Un** jouait juste le rôle de l'élément perturbateur, l'instable, le violent. Celui au psychisme fragile qui, le premier peut-être, tomberait dans la folie à la plus grande joie du public.

Ah, les savoureux mélanges de la télé-réalité ! Et un cocktail « Requiem de l'horloge », un ! Avec une paille, s'il vous plait, histoire de faire durer le plaisir.

- Eh bien, que de sorties théâtrales ! s'exclama soudain **Trois**, en commentant le pied de nez de **Un**. Si ça continue ainsi, les spectateurs exigeront bientôt d'être remboursés.

Cette nouvelle boutade ne provoqua aucun rire, ni ne suscita le moindre sourire parmi ses compagnons tétanisés. Le temps de la plaisanterie, si tant est qu'il n'y en eût jamais un, était fini. D'ailleurs, tout le monde dans la pièce, hormis lui, le trouble-fête désinvolte, avait bien compris que l'attitude du petit homme ne répondait à aucune stratégie. Rien à voir avec la sortie calculée de **Six**.

Toutefois, pas le moins du monde décontenancé par l'austérité ambiante, le dilettante se leva de sa chaise et se dirigea d'un pas allègre vers la table où reposaient les victuailles. Parvenu là, il se servit un nouveau verre de jus d'orange avant de s'adresser à **Sept** :

- Le petit tour de présentation est presque terminé maintenant. Il ne reste plus que vous, padre, pour le compléter, notre charmante amie (il désigna **Six** du coin de l'œil) ne vous ayant pas laissé le temps de développer au-delà de votre introduction.

Le prêtre, jusqu'alors perdu dans la contemplation méditative de **Un**, lui adressa un regard soucieux.

- Nous n'avons malheureusement plus le temps, soupira-t-il d'un air désolé.

- Ah non, s'indigna exagérément **Trois**, vous n'allez pas entretenir le suspense. Dites-nous au moins, en quelques mots, pourquoi vous participez à ce jeu ?

À cette question, le visage d'ordinaire chaleureux du prêtre devint grave et amer, tandis que de douloureuses images ressurgissaient dans sa mémoire. Mais, sans l'ombre d'une hésitation il plongea ses yeux dans ceux, narquois, de son interlocuteur, en y mettant une telle intensité, une telle force que l'impavide dilettante commença bientôt à se sentir mal à l'aise.

- Pour expier une faute impardonnable, avoua-t-il enfin.

Aussitôt, **Trois** regretta son impétuosité. Dans toute cette affaire, sa curiosité n'en avait été que plus attisée. Et il était désormais évident que **Sept** n'en dirait pas plus pour le moment.

- Mes amis, reprit avec gravité le prêtre en faisant face à ses compagnons. Nous devons nous préparer au premier passage.

À cette information, qui d'ailleurs n'en était pas vraiment une, personne ne réagit. De toute évidence, le spectre de la mort les avait déjà enveloppés, glaçant leurs os et comprimant leur souffle. La fin, tant de fois imaginée et redoutée, était maintenant toute proche pour l'un d'eux. La peur allait pouvoir atteindre son paroxysme. Pour chacun, quelle que soit la manière choisie pour l'affronter, elle était l'expression indissociable de ce souffle de vie, tardif peut-être mais brûlant tout de même face à la froideur de l'au-delà. Peur de l'inconnu, peur de la fin ? Dans ce jeu de balance entre la vie et la mort, elle était aussi terriblement présente que le temps qui passe.

- Pour ceux d'entre vous qui souhaitent m'accompagner, poursuivit **Sept**, je propose de consacrer à Dieu le temps qui nous reste. Nous prierons ensemble pour le salut de celui ou celle qui va nous quitter. Dans l'affreux doute qui nous oppresse, je donnerai également les derniers sacrements à ceux qui le désirent.

En dépit de sa chaleur coutumière, sa voix trembla légèrement lorsqu'il évoqua cette possibilité. Pour lui aussi, malgré l'inépuisable soutien qu'il trouvait dans sa foi, l'épreuve devenait de plus en plus éprouvante.

- Je prierai avec vous, mon père, annonça immédiatement **Quatre**, avec un enthousiasme spontané qui ne dissimulait rien d'autre qu'une sourde angoisse flirtant avec une peur panique.

Le prêtre opina du chef, soulagé de ce premier ralliement auquel d'ailleurs il s'attendait. Puis ses yeux balayèrent ses compagnons.

- Quelqu'un d'autre veut-il se joindre à nous ? demanda-t-il.

- Je suis avec vous, moi aussi, murmura timidement **Cinq**.

Désespérément cramponné à son fauteuil, le gros homme semblait lui aussi tétanisé d'effroi.

- En ce qui me concerne, dois-je vraiment donner une réponse ? ironisa à son tour **Trois** en arborant un sourire insolent.

Pas du tout surpris par cette nouvelle rodomontade, **Sept** ne prit pas la peine de lui répondre. Il n'espérait de toute façon aucun soutien de ce côté. Et il en était bien évidemment de même pour la sauvage et rétive **Six**, toujours retranchée dans son coin. À vrai dire, toute son attention se portait plutôt sur le taciturne **Deux**.

Impatient de connaître sa position qui allait ou non donner une majorité à son entreprise, il se mit à le dévisager avec insistance. Alors, lentement, les lèvres de **Deux** s'étirèrent en un sourire triste :

- Je suis désolé, mon père, mais je me trouverais bien hypocrite si je commençais à prier maintenant.

Un voile de déception, à peine perceptible cependant, passa sur le visage du prêtre. Il refusait de renoncer sans avoir d'abord creusé plus profond. Parce que dans cette réponse, plus nuancée que tranchée, il sentait de l'espoir, une présence, aussi diffuse fût-elle, d'une croyance divine.

- Voulez-vous dire que vous avez renoncé à Dieu ? l'interrogea-t-il alors, fort habilement.

- Il y a longtemps, mon père. Bien longtemps.

- Il n'est jamais trop tard pour revenir dans Sa lumière, s'emballa **Sept**. Je peux…

- Excusez-moi, mais vous perdez votre temps, le coupa brutalement **Deux**. Je ne me suis sans doute pas bien fait comprendre. Si Dieu existe, pour moi, Il ne se soucie vraiment pas de nos pauvres personnes. Je ne vois donc pas à quoi peuvent servir les prières.

Taraudé entre son désir de persévérer et sa mission de guide auprès de ceux qui l'avaient rallié en vue d'une onction divine, **Sept** hésita un moment. Puis, avec regret, il opina doucement du chef :

- Comme vous voudrez.

C'était la seconde fois qu'il reculait ainsi face à cet impénétrable candidat. La faute à qui ? Au temps, bien sûr, et à lui seul ! Avec cette nouvelle défection, il se voyait donc placé en minorité : sur les cinq personnes qui s'étaient prononcées (le silence méprisant de **Six** suffisant pour sa part), seules deux avaient accepté de le suivre. Même s'il s'attendait à pareil cas de figure, cela lui paraissait cruellement peu. Sans grande illusion sur sa capacité à renverser désormais la balance, il se tourna alors vers le dernier candidat à n'avoir pas fait connaître son avis. Malgré l'image profondément pathétique que lui renvoyait **Un**, avachi par terre et recroquevillé dans une position proche de la catatonie, il se fit fort d'essayer :

- Et vous, mon fils, affronterez-vous cette épreuve avec nous ?

Ailleurs, replié dans ses retranchements les plus intimes, **Un** n'eut pas la moindre réaction. Pas même un signe pour le prêtre qui ne voyait décidément pas son opiniâtreté récompensée. À la frontière de la mort, le petit homme, comme les autres réfractaires, refusait Dieu. Se détournant donc de lui, **Sept** scruta l'horloge et soupira. La trotteuse courait avec allégresse vers 13h54. *Tac, tac, tac*… Dans moins de sept minutes, la première croix serait dressée… Dieu tout-puissant, entendez les prières de vos humbles serviteurs !

Un œil goguenard braqué sur **Sept** et ses condisciples, **Trois** finissait d'avaler son jus d'orange. Toutes ces simagrées le faisaient doucement rire. Si la fin devait vraiment arriver, il était plutôt partisan de profiter au maximum, jusqu'à l'excès même, des plaisirs terrestres.

Cette pensée lui rappela tout à coup ses quelques jours d'orgie avant de répondre à la convocation officielle des producteurs. Filles, alcools, drogues, sans oublier les mets les plus raffinés, avaient été les principaux composants de son emploi du temps. Tout cela lui avait bien sûr coûté très cher, mais si peu finalement au regard de tout ce qu'il possédait. En fait, il avait juste pris le prétexte de sa participation au Requiem pour prendre encore plus de bon temps que d'habitude, le plus dur au fond ayant été de conserver le secret sur sa sélection et sa gloire en devenir.

Bien évidemment, cette folle sarabande de plaisirs semblait très lointaine maintenant. Quelques gâteaux secs, du chocolat ou encore de fades boissons, voilà ce que le maigre menu affichait désormais à la carte ! Pas de quoi pavoiser donc, mais était-ce pour autant une raison de s'en priver ? Car, si l'on pouvait être assuré d'une chose c'est que toutes ces victuailles n'étaient pas empoisonnées. Foi du bracelet de mort qui leur enserrait le poignet droit !

L'absurdité d'une telle réflexion dessina un large sourire sur son visage. Décidément peu soucieux du compte à rebours, il s'amusa alors à imaginer une nouvelle règle dans cette pièce de non-droit, un point supplémentaire dans le règlement strict du jeu : « Les candidats auront le droit de s'empiffrer de gâteaux secs, de pain, de chocolat et de fruits. Le tout pourra être copieusement arrosé de jus d'orange, de lait et d'eau ! ». Les producteurs, si scrupuleux sur certains détails, n'avaient visiblement pas voulu s'encombrer avec la diététique. Fort courtoisement cependant, ils avaient veillé à ce qu'il n'y eût aucun aliment contenant de la caféine ou un quelconque excitant. Nul n'était besoin, en effet, d'accabler encore plus des candidats soumis à un stress insoutenable.

Comme pour illustrer son propos, il se saisit d'une pomme dans la corbeille de fruits. Non pas qu'il eût vraiment faim au fond, mais parce qu'il s'ennuyait. Tout en l'essuyant contre la manche de son jogging, il se mit à observer ses compagnons. Sous la conduite du prêtre qui avait de nouveau dégainé son chapelet, **Quatre** et **Cinq** murmuraient des « Notre Père » et des « Je vous salue Marie », les genoux au sol, les mains jointes et les têtes baissées afin de permettre sans doute une meilleure communion.

Pendant un bref instant, son attention fut attirée sur la seule **Quatre**. Au-delà de l'apparente conviction qu'elle mettait dans ses prières, il remarqua qu'elle serrait avec passion une médaille attachée autour de son cou. Son porte-bonheur sans doute. Dans l'incroyable mansuétude du règlement, « un petit objet discret » était en effet autorisé pour chacun des participants, celui-ci s'apparentant la plupart du temps à un objet censé porter chance. Soudain, il se souvint de celui qu'il avait lui-même apporté et plongea sa main dans la poche de son pantalon. Pas de crainte à avoir, il était toujours là, ou plutôt elle. Avec un sourire narquois accroché aux lèvres, il se dit qu'il ne devait surtout pas oublier de la présenter quand le moment viendrait.

Puis son attention se déplaça encore, s'arrêtant cette fois sur **Un**. Le petit homme restait prostré par terre, l'air hagard et totalement déconnecté de la réalité. Dans son cas, c'était peut-être préférable... Peu intéressé toutefois par ce cas de psychiatrie, il poursuivit son rapide tour d'observation en direction de **Six**.

Résolument rivée à sa chaise et les bras solidement croisés sur la poitrine, la jeune femme scrutait l'horloge, en battant nerveusement de la jambe. Derrière l'implacable détermination de son regard transparaissait une sourde impatience. Elle avait hâte d'en finir ou d'aller plus loin ! Alors que tous les autres candidats tentaient inutilement de reculer l'échéance, elle semblait prête, au contraire, à courir vers la mort. Malgré son antipathie prononcée pour la jeune femme, il lui reconnaissait un courage indiscutable et une dignité remarquable. À vrai dire, il était vraiment dommage qu'elle soit aussi désagréable car, si l'on omettait la dureté de ses yeux, elle avait un certain charme et était même plutôt attirante.

Finalement, ne pouvant espérer aucun échange avec ceux qu'il avait jusqu'à présent observés, il s'intéressa à **Deux**, le seul à avoir peut-être encore un minimum de conversation intéressante. Gêné par les suppliques proférées par le clan des dévots ou soucieux de respecter leurs prières, celui-ci se dirigeait vers le lavabo. Captant son regard, **Trois** lui fit signe d'approcher sans susciter toutefois la moindre réaction. Alors, faussement consterné par ce manque d'enthousiasme collectif, le dilettante soupira de dépit et croqua dans sa pomme. Pas de doute, les prochaines heures, d'ici la fin du jeu, allaient être d'un ennui profond ! Mais il pouvait bien consentir à ce maigre sacrifice au regard de la gloire qui l'attendait...

De longues minutes s'écoulèrent, pesantes et insupportables, sous la valse endiablée des tacs... Seuls les croyants continuaient de communiquer, mais encore ne le faisaient-ils qu'en murmures timides et par prières interposées. Dieu les entendait-Il ? Pouvait-Il seulement être présent dans ce vestibule des enfers ? Les suppliques du petit cercle terminées, **Sept** s'était finalement dressé devant ses suivants, toujours agenouillés, afin de leur administrer les derniers sacrements. Pour les autres candidats, sa voix restait à peine audible.

L'horloge venait, depuis quelques secondes, de marquer 13h57 lorsque **Six** se leva brusquement de sa chaise d'un air farouchement décidé. Qu'allait-elle encore inventer pour être désagréable ? Quel venin allait-elle encore cracher ?

- Eh l'abbé ! s'exclama-t-elle en direction de **Sept**. Il n'y a pas de raison que je n'y aille pas, moi aussi, de ma petite purification !

Alors que tous les candidats (excepté **Un**) tournaient vers la jeune femme des regards vides, le prêtre, imperturbable et concentré, l'ignora et poursuivit son office. Mais **Six** ne sembla pas s'en offusquer, reprenant à la cantonade cette fois, les traits déformés par la colère :

- Je n'ai rien à confesser. Mais je me sens souillée par toute l'obscénité de ceux qui, en ce moment, nous regardent et se délectent de notre effroi. Ça vous excite, hein ?

Pendant quelques secondes, elle resta immobile, la tête baissée. Puis, doucement, elle la releva, découvrant cette fois un visage tout sourire.

- Bref, à l'heure de peut-être vous quitter, reprit-elle de manière plus posée, je tenais simplement à vous rendre hommage et à vous adresser cette modeste dédicace.

Avec minutie et une grande application, **Six** se mit alors à tourner lentement sur elle-même, saluant les principaux emplacements de caméra d'un majeur fièrement dressé.

Face à cette nouvelle extravagance, ses compagnons restèrent parfaitement impassibles. Hormis **Sept** qui poussa un profond soupir de dépit et **Trois** qui s'esclaffa franchement. C'était un peu rude, voire même un tantinet trop agressif, mais ça ne manquait pas de panache. Lorsque la jeune femme eut fini, il était depuis peu 13h58. Deux minutes ! Il ne restait plus que cette parenthèse dérisoire avant l'impitoyable et injuste fin.

Satisfaite de sa « dédicace », **Six** se rassit sur sa chaise et se remit à scruter l'horloge, les bras fermement croisés sur sa poitrine. Elle était prête, la Mort pouvait venir... **Deux**, de plus en plus blême, se cramponnait désespérément au canapé pour ne pas s'écrouler. Des sueurs froides coulaient lentement le long de son dos. **Un** restait prostré par terre, de plus en plus recroquevillé sur lui-même. Personne ne s'en rendit compte mais il geignait doucement. **Trois** ressentait une étrange sensation dans le ventre. Avait-il peur ? Non, bien sûr que non, ce n'était pas possible ! Pourquoi donc aurait-il eu peur ? C'était sans doute l'excitation du moment... à moins que ce ne fût la pomme qui lui restait un peu sur l'estomac.

Sept, qui en avait fini avec les derniers sacrements, aidait maintenant **Quatre** et **Cinq** à se relever. En se plaçant au milieu d'eux, il venait de prendre leurs mains dans les siennes, afin qu'ensemble ils puissent affronter cette effroyable épreuve. Des mains moites et tremblantes serrées dans un dernier élan fraternel...

Soudain **Un** se redressa, sa catatonie cédant brutalement à l'hystérie.

- Allez, viens me chercher ! hurla-t-il en direction de l'horloge. Je t'attends !

Indifférente et implacable, celle-ci égrenait les secondes, à une vitesse qui semblait tout à coup plus soutenue. *Tac, tac, tac... Tac, tac, tac...*

- Allons, viens ! cria de nouveau le petit homme. Je n'ai pas peur. Viens si tu l'oses !

Inutilement, **Un** lançait un pathétique défi à la Mort. Comme s'il faisait face à des fantômes, il se mit à fouetter l'air de ses poings serrés. De plus en plus vite, et de plus en plus furieusement :

- Alors ? Viens me chercher, foutue ordure !

Il s'arrêta net, haletant, les veines dilatées et le visage cramoisi. Puis un petit rire convulsif monta du fond de sa gorge. Il était 13h59.

Une minute

En proie à un malaise soudain, **Cinq** lâcha la main du prêtre et se laissa tomber lourdement sur son fauteuil. Aussitôt, ce dernier lui tendit le bras. Mais le gros homme ne le vit pas, dévoré au plus profond de son âme par une épouvante indicible.

Décidé à l'aider cependant coûte que coûte, **Sept** voulut aller vers son compagnon mais ses jambes refusèrent de le porter. Il réalisa alors que lui aussi était prêt de céder à la panique. « Mon Dieu, donnez-nous la force ! »

Cinquante secondes

Dans un cri déchirant, **Un** s'écroula par terre et se recroquevilla en une pathétique position fœtale. Un torrent de larmes agitait de nouveau son petit corps malingre.

« Notre Père qui êtes aux cieux, Que votre nom soit sanctifié… ». Pour encourager ses brebis dans cet instant décisif, **Sept** s'était mis à prier haut et fort. Toujours fermement accrochée à sa main (mais qui des deux l'était plus ?), **Quatre** suivait son exemple. On se croyait presque à la messe, avec en guise d'orgues les tacs de l'horloge.

Quarante secondes

Étourdi par l'hystérie collective, oppressé par les trompettes du glas, **Deux** se sentait défaillir. C'était comme si le souffle glacée de la Mort lui traversait déjà le cœur. Dans un pénible effort, il essaya de réguler sa respiration.

Toujours assis à la table, **Trois** venait brusquement de se redresser. Avec un empressement malsain, il s'éloignait vivement de ses compagnons, décidé à mettre une distance sanitaire entre lui et tous ces catalyseurs de mauvais karma. Du coin de l'œil, il aperçut **Six**, digne et immobile sur sa chaise, le regard farouche.

Trente secondes

« Mais délivrez-nous du mal… ». Inlassablement, **Sept** et **Quatre** poursuivaient leurs prières. Dieu ne les avait pas abandonnés, ils se devaient d'être forts ! La Lumière était au bout du chemin ! Soudain, **Quatre** s'affaissa sur elle-même, accablée par un affreux doute. Et si Dieu les avait perdus ?

Inébranlable dans sa foi, **Sept** l'aida à se relever et planta ses yeux dans les siens : « Tenez bon ! Le Seigneur est avec nous ! ». Avait-il deviné ses craintes ou n'était-il qu'aveuglé par ses croyances ?

Vingt secondes

Plongé en soudaine apnée, **Cinq** ne respirait presque plus. Il avait beau aspirer goulûment le moindre souffle d'air, ses poumons refusaient de lui obéir. Lentement, il glissait maintenant au bas du fauteuil, au bord de la crise d'apoplexie.

En position de repli, **Trois** observait avec horreur ses compagnons. Pour la première fois, l'inébranlable dilettante montrait quelques signes de nervosité, alors que le doute s'insinuait en lui comme un poison. Hors de question qu'il cédât lui aussi à la panique collective ! Pour se redonner l'assurance désinvolte qui commençait à lui faire défaut, il se campa fermement sur ses jambes et fourra les mains dans ses poches.

Dix secondes

Incapable de se tenir seule debout, **Quatre** s'accrocha solidement au bras du prêtre.

Neuf

Figé dans l'épouvante, **Sept** implora d'une voix blanche son Protecteur et se signa.

Huit

Ultime tentative folle et désespérée, **Un** tenta d'arracher frénétiquement son bracelet.

Sept

Dans un effort surhumain pour scruter l'horloge, **Cinq** se redressa sur son fauteuil.

Six

Résigné, dans l'attente du couperet, **Deux** baissa la tête.

Cinq

Péniblement, un sourire aussi forcé qu'irréel s'étira sur les lèvres de **Trois**.

Quatre

Dans une dignité hiératique, **Six** encaissa sans broncher ce nouveau *tac*.

Trois

Oh, mon Dieu ! Mon Dieu !

Deux

Dernière inspiration, dernier souffle de vie, les candidats se figèrent.

Un

Insoutenable, insupportable, intolérable *tac* !

14h. **Cinq** s'écroula de son fauteuil en gémissant. Oh Seigneur, c'était donc lui le premier ! … Mais non ! Il s'était juste évanoui… Alors qui ? **Un** qui se roulait par terre comme un possédé, agité de spasmes violents ? Non… Non, c'était **Quatre** !

Dans un petit cri étouffé, la malheureuse venait de planter vigoureusement ses ongles dans le bras de **Sept**. Les yeux écarquillés dans une horreur indescriptible, elle tremblait violemment de tout son corps alors que le poison, tel un bourreau rampant et invisible, se déversait rapidement dans ses veines.

Puis l'ombre de la mort l'enveloppa peu à peu. Son visage devint un masque de souffrance, grimaçant convulsivement sous le poids d'une atroce agonie. Transi d'effroi, **Sept** restait paralysé, insensible à la douleur tandis que la suppliciée lui déchirait furieusement le bras. Soudain, celle-ci lâcha prise et s'écroula, les yeux révulsés et l'écume aux lèvres.

Guidé par sa foi et son sens du devoir, le prêtre trouva alors la force de réagir. Et se penchant vers la mourante, il lui murmura d'une voix saccadée, hachée par l'émotion : « Le Seigneur est là…. Il vous… accueille… parmi les justes ». Avait-elle entendu ce dernier encouragement fraternel ? **Quatre** essaya d'articuler quelques mots mais seul un râle effrayant s'échappa de sa bouche. Enfin, après encore quelques longues secondes d'éternité, elle s'éteignit dans un dernier soubresaut.

C'était fini ! Le Requiem venait d'achever sa première partition.

14h

Ave Horloge, ceux qui vont mourir te saluent !

Vivant ! Il était vivant ! Sans pouvoir détacher son regard du corps affreusement tordu de la défunte, **Deux** se sentait envahi par une incroyable vague de soulagement. Irréel bonheur face au caractère terriblement précaire ici de son existence, il était même heureux comme jamais depuis très longtemps ! Était-ce seulement possible ? Se pouvait-il que l'on puisse ressentir la moindre satisfaction dans cette sordide antichambre de la Mort ?

Six avait ô combien raison. Dans cette pièce, tous les autres candidats étaient incontestablement des « adversaires », autant d'obstacles qu'il fallait franchir pour continuer tout simplement à vivre. À partir de cette implacable vérité, la compassion ne pouvait être, en effet, qu'un sentiment hypocrite. Car pour les quelques fous qui osaient relever le défi, le Requiem de l'horloge s'apparentait avant toute chose à un ultime recours, au rêve ardemment souhaité d'une vie meilleure. Et qui dans cet horizon étroit et désespéré aurait accepté malgré toute sa bonne volonté d'en finir, de céder sa place ?

Par égard pour la victime, **Deux** tentait de réfréner ce sentiment malsain de réconfort, mais rien n'y faisait. Un souffle de vie d'une violence inouïe et inattendue gagnait maintenant tout son corps. Il avait envie de courir, de crier, de remercier le tout-puissant hasard qui ne l'avait pas désigné, de profiter au maximum de ce surplus de vie qui lui était offert. C'était comme si le contact odieux avec la mort lui redonnait subitement envie de vivre !

Dans un brusque mouvement de la tête, il s'arracha à la vision du cadavre pour se concentrer sur un autre sujet. En vain. La réalité continuait encore de le marteler, froide et implacable. Il n'y avait qu'une conclusion à tirer de tout cela. Oui, l'atroce agonie de **Quatre** était ignoble et révoltante. Oui, l'image de son corps odieusement dévoré par le poison et jeté en pâture à cette bête aveugle et vorace dénommée « public » était insoutenable et intolérable. Mais, en attendant, sa mort était aussi source de soulagement parce qu'elle signifiait la vie pour lui ! Pour une heure encore ? Pour quelques heures ? Ou, rêve inaccessible, pour demain ?

Puis d'un coup, sans prévenir, ce dérivatif qu'il cherchait tant s'imposa à son esprit. À chaque *tac* démoniaque de la trotteuse, un chiffre s'était mis à résonner insidieusement dans sa tête : vingt… vingt… vingt… L'horrible tourment de **Quatre** avait duré vingt secondes ! Un bout cruel d'éternité au cours duquel la malheureuse avait enduré le pire des martyres.

Les producteurs auraient pu recourir à un poison foudroyant ou mieux à un simple anesthésiant à teneur hautement concentrée, ce qui aurait donné à l'infortuné sélectionné l'illusion de sombrer dans un profond et irrésistible sommeil. Mais non, il fallait faire le spectacle ! Il fallait récompenser l'infinie patience des téléspectateurs qui, sages et disciplinés, attendaient chaque passage horaire.

Alors, un cocktail secret avait été spécialement inventé pour le Requiem. Selon les médecins (foi d'experts), le métabolisme et la constitution des candidats, l'agonie durait en moyenne entre quinze et trente secondes. Mais les plus vigoureux pouvaient espérer tenir jusqu'à quarante secondes ! À ce jour, c'était d'ailleurs le record, établi lors de la précédente édition. Tout cela était bon pour l'émulation sans doute et permettait de faire travailler toute une batterie de statisticiens déshumanisés… **Deux** se mordit les lèvres. Bon sang, son soulagement s'était évaporé !

Les yeux fermés, **Sept** se forçait à réguler sa respiration pour se calmer. Mais une douleur virulente qui lui tétanisait le bras gauche mit vite fin à son introspection. Dans un geste lent, il releva sa manche et constata qu'il saignait. De profonds sillons mortifères, laissés par les griffes de l'agonisante en proie à un épouvantable supplice, maculaient sa chair. Devant l'étendue de ses scarifications, et alors qu'il se voyait replongé dans les visions de cauchemar d'une **Quatre** désespérément accrochée à son bras, il se sentit défaillir.

Mais un bruit de voix derrière lui le fit presque immédiatement se ressaisir. Comme soulagé d'entendre cette manifestation de vie, il se retourna brusquement et embrassa d'un rapide regard circulaire ses compagnons. **Six** était toujours assise sur sa chaise, immobile et impassible. Un peu plus loin, raide comme une statue et la tête penchée en avant, **Deux** ruminait de sombres pensées. Quant à **Un**, toujours recroquevillé par terre dans une pathétique position fœtale, il pleurait doucement. Cela venait donc de **Trois**. Penché au-dessus du corps inanimé de **Cinq**, celui-ci tentait de le réveiller, les doigts enfoncés dans l'amas graisseux de son cou en quête d'un rythme cardiaque.

- Hé ! Vous m'entendez ? répétait-il d'une voix plus ferme.

En découvrant cela, **Sept** s'interposa aussitôt :

- Qu'est-ce que vous faites ? Laissez-le.

Trois lui jeta un regard interdit :

- Quoi ? Mais...

- Laissez-le tranquille. C'est encore ainsi qu'il trouvera la paix de l'esprit.

- Mais il est toujours en vie ! s'offusqua le dilettante qui ne comprenait décidément pas ce qu'il prenait pour une marque d'indifférence.

- Tant qu'il sera plongé dans l'inconscience, lui expliqua le prêtre, l'horrible attente du châtiment lui sera au moins épargnée.

Les yeux de **Trois** s'allumèrent comme s'il venait de trouver la réponse à une énigme inextricable. Puis, affublé de son éternel sourire, il se redressa vivement et se pencha à l'oreille de son compagnon :

- Brillante idée mais je ne suis pas sûr que cela fasse les affaires de nos chers producteurs.

- Et alors ? s'exclama **Sept**. Si cela ne leur convient pas, ils nous avertiront par un signal sonore, comme le stipule le règlement.

Bluffé par un tel aplomb, **Trois** ne trouva rien d'autre à ajouter. Et, pendant quelques instants, ils attendirent donc tous deux l'avertissement de l'équipe de production. Mais rien ne vint. À leurs pieds, **Cinq**, le visage enfin reposé, poursuivait son doux voyage dans les limbes de l'oubli, havre de paix au milieu de la tourmente du Requiem de l'horloge.

« Les candidats survivants seront tenus d'évacuer, à chaque heure, le postulant éliminé en le plaçant sur le tapis roulant disposé à cet effet ». Au même instant, ce troisième point dans la charte du jeu revint à l'esprit de **Trois** et de **Sept**. Visiblement, ils étaient les plus à même de remplir cette lourde et pénible tâche. La vision du cadavre de **Quatre** était traumatisante pour tout le monde, autant pour les candidats que pour les téléspectateurs encore dotés d'une once d'humanité. Mieux valait donc, pour reprendre la terminologie de la production, « l'évacuer » sans tarder. Dans un bref regard échangé, les deux hommes comprirent ce qui leur restait à faire et s'approchèrent du corps de la suppliciée.

Chacun dans leur coin, **Deux** et **Six**, sortant aussitôt de leur torpeur, s'intéressèrent à leur équipée. Nul n'était besoin d'être devin pour comprendre leurs intentions. Seul **Un**, encore une fois, ne manifesta aucune réaction, trop occupé à geindre lamentablement.

Parvenus aux côtés du cadavre, les deux portefaix hésitèrent un instant. Les yeux figés dans une terreur indicible, le visage moulé dans un masque de souffrance et un filet de bave encore collé au menton, **Quatre** n'était plus qu'une chose répugnante. Un miroir déformant d'elle-même dont **Trois** se détourna avec dégoût. Dans son existence dorée, l'insensible dilettante n'avait jamais vu la mort de près. Plus habitué sans doute, **Sept** s'accroupit près de la défunte et, tout en prononçant une bénédiction qu'il ponctua d'un signe de croix, il lui ferma les yeux ainsi que la bouche. Puis, avec un geste plein de compassion, il essuya du revers de la main la bave collée à son menton.

Son attention fut alors attirée par la médaille en or qui pendait toujours à son cou. Délicatement, il s'en saisit et l'examina. Elle représentait une petite icône de la Vierge Marie, la protectrice sans aucun doute de cette dévote accomplie. Puis **Trois**, plus pragmatique, le sortit encore une fois de son apathie :

- Je lui prends les pieds. Occupez-vous des bras.

Opinant du chef, le prêtre se redressa en saisissant **Quatre** au niveau des aisselles, tandis que son compagnon lui soulevait au même moment les jambes. La frêle candidate ne pesait rien pour les deux hommes mais le trajet jusqu'au tapis roulant ne leur en parut pas moins interminable. Avec une infinie précaution et sous le regard insistant de leurs camarades, ils posèrent le corps sur le singulier dispositif d'évacuation.

- Accordez-moi encore un moment ! lança alors **Sept** à l'adresse des producteurs.

Le mécanisme ne s'activant pas, celui-ci en conclut qu'il pouvait y aller et, les yeux fermés, il se mit bientôt à déclamer un dernier « Je vous salue Marie », en l'honneur de l'icône choisie par **Quatre**. Respectueux en cet instant solennel, **Trois** l'observa tout au long de sa prière, un air grave imprimé sur le visage.

Puis les deux hommes s'écartèrent et le tapis roulant se mit en marche, tandis que la trappe d'évacuation, insérée à même le mur, s'ouvrait sans bruit. Telle une pièce défectueuse sur une chaîne de montage, **Quatre** était définitivement écartée des éléments valides et envoyée à la casse. Alors qu'elle glissait lentement vers le sas, ses compagnons (et même **Un**) la fixèrent avec angoisse, en proie à l'image terrifiante de leurs propres corps suivant cette même trajectoire et leurs esprits vrillés par cette question obsédante : qui donc, parmi eux, serait le prochain ?

Et puis, les pieds de la défunte à peine engouffrés, la trappe se referma, silencieuse et inquiétante. Terminé ! Il ne restait plus rien de la candidate numéro **Quatre**. Juste un souvenir éphémère, un fantôme prêt à hanter les vivants.

Tac, tac, tac. Il était un peu plus de 14h05. Concentré déjà sur la suite, **Sept** observait ses compagnons. Il était en fait surtout préoccupé par **Un** mais celui-ci semblait aller un peu mieux. Après avoir enfin cessé de pleurer, il s'était levé pour aller s'asseoir sur le canapé, non loin du corps inanimé de **Cinq** dont il ne détachait pas le regard.

Visiblement, **Sept** pouvait d'abord s'occuper de lui-même. D'un pas lent et fatigué – la tâche qui lui incombait devenant de plus en plus lourde à assumer – il se dirigea vers le lavabo et se mit à examiner sans conviction le reflet que lui renvoyait le miroir. Puis, relevant sa manche, il se mit à frotter doucement sous l'eau froide son bras meurtri. Le contact de ses doigts sur sa blessure lui arracha aussitôt quelques grimaces. **Quatre** ne l'avait pas raté, là où elle avait planté ses griffes la peau était presque à vif ! Mais il ne lui en voulait pas, car le mal qu'il ressentait n'était sans doute rien en comparaison de ce que la malheureuse avait dû endurer. Pire, la profondeur de ses sillons sanglants témoignait mieux que tout autre chose de son insupportable douleur, lorsque le poison s'était insinué dans ses veines. À cette pensée atroce, il frissonna.

- Vous vous sentez bien ? lui demanda soudain **Trois**, penché par-dessus son épaule.

Sursautant, **Sept** se retourna brusquement. Absorbé à nettoyer sa blessure et égaré dans ses pensées, il ne l'avait pas vu approcher. Pour la troisième fois en quelques minutes, le dilettante l'arrachait involontairement à ses introspections.

Comme saisi lui aussi par cette réaction brutale, **Trois** eut un petit mouvement de recul. Puis, rapidement, un sourire d'excuse s'étira sur ses lèvres :

- Pardonnez-moi, je vous ai fait peur apparemment.

Sept ne répondit pas. Une lueur de désappointement au fond des yeux, il se contentait de le dévisager, comme s'il venait d'avoir une révélation.

- Quelque chose ne va pas ? insista son compagnon, quelque peu mal à l'aise maintenant.

Aucune réaction.

- Eh bien mon vieux, ouvrez la bouche bon sang ! s'exclama encore **Trois**.

- Je ne vous avais pas vu arriver, consentit enfin à répondre le prêtre en le fixant d'un regard pénétrant.

- Je m'en étais bien rendu compte.

Pour détendre un peu l'atmosphère, le dilettante lui adressa un sourire complice, mais celui-ci n'eut pas l'effet escompté.

- Vous n'avez pas l'air bien depuis tout à l'heure, reprit-il donc. C'est votre bras qui vous fait mal ?

- Oui mais ça va aller, s'empressa de conclure **Sept**, tout en se retournant vers le lavabo.

Après avoir inspiré profondément, il plongea son bras sous le filet d'eau qui n'avait pas cessé de couler. Alors qu'il s'appliquait méticuleusement à cette tâche, il surprit dans le reflet du miroir le regard dubitatif de **Trois**.

Visiblement, le dilettante avait été peu convaincu par son explication.

- Ça ne vous dérange pas que je vous tienne compagnie ? lui demanda subitement celui-ci, en se postant à ses côtés.

Une question bien saugrenue dans un endroit hermétiquement clos comme celui-là. Les candidats étant ici comme des prisonniers, ils n'avaient pas d'autre choix que de se supporter, de se tenir compagnie !

- Nullement, mentit-il donc maladroitement. Je... je voudrais d'ailleurs vous parler personnellement.

- Ah oui ? s'étonna son compagnon. Eh bien, allez-y ! Personne ne fait vraiment attention à nous, il me semble.

Le prêtre suivit son regard. Maintenant qu'ils avaient évacué **Quatre**, aucun des autres candidats ne donnait en effet l'impression de s'intéresser à eux. **Deux** et **Six** restaient plongés dans un profond mutisme, oublieux manifestement de ce qui pouvait se passer autour d'eux, tandis que **Un**, allongé désormais de tout son long sur le canapé, fixait intensément le plafond. Quant à **Cinq**, toujours étalé par terre, il continuait son paisible voyage dans le néant réconfortant de l'inconscience.

Tout en continuant le nettoyage soigneux de sa blessure, **Sept** reprit la parole à voix basse :

- Apparemment, mon fils, nous sommes ici les deux seuls à tenir encore vraiment le coup, à ne pas céder à la pression...

- Vous oubliez **Six**, le coupa **Trois**. Je dois bien reconnaître que pour une femme elle m'impressionne. Elle a les nerfs sacrément solides, la bougresse !

- Oui, mais elle est terriblement individualiste, répliqua le prêtre avec un soupir. De plus, elle ne tient que grâce à cette rage aveugle qui la guide. Je ne serais pas étonné qu'à un moment ou un autre notre amie craque.

- Vous croyez ? douta **Trois** en observant l'intéressée. Ce n'est pas l'impression qu'elle me fait. Au cours du premier passage horaire, elle n'a pas bronché une seule fois.

À cette remarque, **Sept** hocha la tête d'un air songeur.

- Et puis quelle dédicace, quoiqu'un tantinet grossière ! s'exclama le dilettante.

- Ne m'en parlez pas. Mais ce n'est pas pour discuter d'elle que je souhaitais m'entretenir avec vous.

- Oui, bien sûr, s'excusa **Trois** en détournant avec peine son regard.

Je vous écoute.

- Comme je vous le disais donc, nous sommes les seuls à garder encore notre sang-froid. Aussi, je pense que nous devrions œuvrer de concert pour le maintien du bon moral de la communauté, et ce malgré le fossé qui nous sépare sur nombre de choses. Bref, en dépit de nos différends, je crois que nous devrions essayer désormais de nous soutenir l'un l'autre afin de mieux aider nos compagnons à traverser cette difficile épreuve.

Trois le dévisagea longuement, un léger sourire en coin. Ainsi l'homme d'Église avait maintenant besoin d'un lieutenant pour diriger son groupe de petits soldats ! Sans acquiescer à la proposition, il lui demanda :

- Et moi, Padre, qu'est-ce qui, selon vous, me fait tenir et me rend digne de confiance ?

Sept s'étonna de cette question, la raison lui en étant fort bien connue :

- Vous le savez très bien. Votre orgueil et votre certitude inébranlable de gagner.

Le dilettante hocha la tête d'approbation, avec toutefois une conviction légèrement émoussée que le prêtre ne perçut pas. Puis changeant d'un coup de sujet :

- Vous n'avez toujours pas mentionné les raisons plus personnelles de votre présence ici ?

- Ne vous inquiétez pas, répliqua calmement **Sept**. Je le ferai mais lorsque je m'adresserai à tous... Alors, êtes-vous d'accord pour que nous arrêtions de nous tirer dans les pattes et que nous nous soutenions ?

Le dilettante se croyait au milieu d'un conciliabule secret, lâché au sein d'un complexe jeu d'intrigues. Mais cela l'amusait et lui permettrait, à défaut de respecter sa parole, de tromper quelque temps son ennui et de se changer les idées. Un sourire mielleux accroché aux lèvres, il tendit donc la main au prêtre qui la lui serra, visiblement satisfait et rassuré de cet accord pour le moins inattendu.

Malheureusement pour les deux hommes, l'espoir apparent qu'ils plaçaient chacun dans cette alliance restait aussi fragile que mensonger. **Sept**, en effet, s'il n'était pas vraiment dupe de la sincérité de son nouvel allié, n'en était pas pour autant moins abusé par le dilettante qui, de son côté, se trompait lui aussi lourdement sur sa capacité réelle à résister au stress traumatisant du Requiem.

L'atroce agonie de **Quatre**, son premier vrai contact avec la mort dans sa vie dorée, avait quelque peu émoussé son inébranlable certitude de s'en sortir indemne. Alors pour ne pas sombrer, il s'évertuait à ignorer superbement ce sentiment nouveau, cette sensation désagréable qui avait pris place insidieusement au fond de son cœur, se mentant à lui-même et cherchant à s'occuper l'esprit par quelques artifices de circonstance. Mais de tout cela, il ne se rendait pas encore vraiment compte car il n'avait jamais accordé la moindre attention aux douleurs de l'âme. Et il ne voyait pas l'intérêt de commencer à le faire !

Oui, en ce début de deuxième heure, **Trois** se refusait à voir qu'il faisait finalement l'expérience d'un au-delà pour la première fois presque palpable et tangible, d'un néant dont l'écume noire s'écrasait désormais juste à ses pieds. De sombres vagues prêtes à balayer sa vie et ses espoirs ...

Du coin de l'œil, **Six** observait les deux hommes. Voilà qu'ils parlaient à voix basse tout à coup. Que pouvaient-ils bien comploter ? Quelles intrigues y avait-il donc à concevoir dans pareil endroit ? Ils s'étaient mis à la dévisager maintenant. Alors ils parlaient d'elle ? Tant mieux ! Qu'ils y aillent de leurs petites cachotteries, si ces abrutis avaient besoin de cela pour se donner une contenance !

Et puis, très rapidement, la jeune femme ne se préoccupa plus de leur conciliabule, toutes ses pensées restant focalisées depuis quelques minutes sur la disparition violente de **Quatre**. Pas de doute, les producteurs ne faisaient pas dans la demi-mesure avec ce foutu poison ! Aux premières loges, le visage de la mort était encore plus dégueulasse qu'à la télé. Mais ça, elle le savait déjà. Non, à vrai dire, personne ou presque ne méritait de finir comme ça... Enfin, pas **Quatre** en tout cas, et même si cette pitoyable pleurnicheuse l'avait vraiment gonflée. Bien plus qu'elle en effet, il y avait dans et hors de cette pièce toute une tripotée de pervers et de malades qui méritaient largement de prendre leur ticket !

Depuis son discours larmoyant sur sa mère et son harcèlement, elle avait pourtant souhaité ardemment sa mort, que **Quatre** fût la première à disparaître. Mais maintenant elle le regrettait presque car, si sa mort n'en constituait pas moins un obstacle franchi pour sa propre survie, cette pauvre femme n'avait sans doute jamais rien fait pour justifier un tel supplice. En fait, et elle en était très étonnée, elle avait même ressenti un étrange pincement au cœur lorsqu'elle était tombée, tordue dans les soubresauts de l'agonie... Oh, et puis merde ! Elle n'allait quand même pas s'apitoyer sur ses concurrents !

Se renfrognant encore un peu plus, **Six** balaya d'un regard sombre l'ensemble de ses compagnons. Une belle brochette de macchabées en devenir. Ni plus, ni moins. D'ailleurs, il était amusant de constater qu'après tout le hasard n'avait fait qu'entendre ses volontés et que, fidèlement, il avait exaucé son souhait. À qui le tour alors ? À **Un** peut-être, toujours étalé telle une larve enfin silencieuse sur le canapé ? Oui, ce névrosé méritait son ticket. Et si c'était à refaire, cela aurait même été avant la dévote de kermesse.

Songeant encore à l'alliance qu'il venait tout juste de passer, **Sept** ferma le robinet d'eau avant de se saisir d'une des serviettes qui reposaient à côté du lavabo. Puis, doucement, sous le regard attentif de **Trois**, il se mit à tamponner sa blessure, souillant de son sang la blancheur immaculée des essuie-mains aimablement fournis par la production. Ne restait plus maintenant qu'à envelopper son bras meurtri dans ce bandage improvisé.

- Pouvez-vous m'aider à faire un nœud, je vous prie ? demanda-t-il alors à son compagnon qui obtempéra immédiatement.

Après avoir jeté un rapide coup d'œil à l'horloge (elle indiquait depuis peu 14h09), **Sept** laissa son regard vagabonder sur la moquette d'un bleu terne qui jalonnait la pièce. Il venait de remarquer que des gouttes de sang balisaient son parcours jusqu'au lavabo, depuis l'emplacement où était tombée **Quatre**.

- Voilà, ça devrait tenir, déclara finalement **Trois**, après s'y être repris à deux fois pour appliquer un maintien digne de ce nom.

Plongé de nouveau dans ses pensées, le prêtre le remercia d'un signe de tête avant de se diriger d'un pas décidé vers **Un**. Maintenant que les priorités avaient été remplies, il était temps de s'occuper de lui. Tirant une chaise auprès du canapé, il s'assit à ses côtés, le visage enfin redevenu souriant et chaleureux.

- Comment vous sentez-vous ? l'interrogea-t-il.

Sans même prendre la peine de se redresser, le petit homme tourna un œil torve dans sa direction, puis un rictus sarcastique s'étira sur ses lèvres :

- Mieux que **Quatre** en tout cas.

Bien que navré par ce trait d'esprit de mauvais goût, **Sept** n'en laissa rien paraître.

- Cette pauvre femme repose désormais parmi les justes, reprit-il sans se démonter. Et, malgré vos prévisions, force est de constater que vous êtes toujours parmi nous.

- Et alors ? ricana l'intéressé. Qu'est-ce que cela prouve ? Je serai le prochain, voilà tout.

- Dieu seul le sait, mon fils.

Soupirant avec dédain, **Un** se mit de nouveau à fixer le plafond. Mais le prêtre insista :

- Souhaiteriez-vous que nous parlions ? Rien que nous deux.

- Rien que nous deux, se moqua le petit homme sans lui accorder cette fois le moindre regard... Et les dizaines de millions de vautours qui se délectent de ce foutu jeu !

- Est-ce pour autant une raison de ne pas soulager sa peine ? le questionna encore **Sept**, imperturbable.

- Laissez tomber. Je n'ai pas envie de parler.

- Ainsi vous vous entêtez à rester enfermé sur vous-même. C'est bien dommage car, contrairement à tout à l'heure, nous avons du temps devant nous maintenant (ce qui était bien relatif, pensa-t-il au même moment). Sachez que si vous deviez changer d'avis, je suis prêt à vous écouter.

- C'est cela, je vous sifflerai, cracha **Un**, avant d'être bêtement agité d'un petit rire nerveux.

Devant cette méchanceté gratuite, fruit incontestable d'un profond mal-être, **Sept** prit un air contrit et soupira.

- Hé padre ! l'interpella soudain **Trois** qui, amusé, avait suivi de loin la conversation.

Tournant un regard interrogateur dans sa direction, le prêtre le découvrit appuyé contre le lavabo, un sourire pendu aux lèvres et le doigt pointé sur le corps inanimé de **Cinq** :

- J'ai l'impression que notre ami se réveille.

Au même instant, tous les candidats scrutèrent le gros homme, ne notant d'abord aucun mouvement particulier. Puis, bientôt, ils constatèrent que **Cinq** s'agitait doucement, presque imperceptiblement, comme s'il lui était extrêmement pénible de sortir de sa torpeur. Aussitôt, **Sept** se leva de sa chaise et s'approcha sans bruit, en l'examinant avec attention.

Oui, **Trois** avait raison ! Il commençait à revenir déjà à lui. Le doux réconfort de sa condition allait bientôt prendre fin. Le noir absolu dans lequel il était plongé depuis tout à l'heure, l'oubli enchanteur du temps et de l'horloge, de la mort et du néant, tout cela allait bientôt être balayé par la lumière aveuglante et cruelle des néons du Requiem…

Il s'agitait plus vigoureusement maintenant, en émettant quelques grognements. Dans un mouvement brusque, **Cinq** se mit soudain sur le dos et ses yeux clignèrent. La première image qu'il découvrit fut celle du visage souriant et bienveillant de **Sept**. Ses lèvres remuaient mais, encore plongé dans une semi-inconscience, il ne comprenait pas ce qu'il disait. Alors, totalement perdu, en proie à l'incompréhension la plus opaque, il n'osa plus bouger.

Devinant son errance, **Sept** lui répéta lentement ce qu'il venait de dire en détachant bien tous ses mots cette fois :

- Vous vous étiez évanoui. Laissez votre esprit retrouver ses marques.

Peu à peu, alors qu'il replongeait dans l'effrayante réalité, la surprise s'effaça du visage hagard de **Cinq**.

- Alors, je ne suis pas mort ? lui demanda-t-il, toujours sonné.

Goguenard et malicieux, **Trois** ne put s'empêcher d'intervenir :

- Eh non, mon vieux ! J'ai bien peur qu'il vous faille attendre encore un peu.

Dans un pénible effort, **Cinq** se redressa pour s'asseoir puis, mu par un réflexe bien conditionné, il scruta avec appréhension l'horloge. Il était presque 14h12. Ainsi, il était resté inconscient plus de dix minutes ! Une éternité dans cette pièce où le temps était aussi précieux qu'interminable… Soudain, sous le coup d'un sinistre rappel de la mémoire, il se mit à dévisager un à un et avec fébrilité ses compagnons. S'il n'était pas mort, alors qui ?

Bien qu'il comprît de suite l'objet de cette investigation macabre, **Sept** laissa le gros homme la mener jusqu'à son terme, afin qu'il prît lui-même la mesure de cette première disparition... Ça y est ! Ses traits bouffis venaient de se contracter en un pathétique masque de tristesse. Avait-il donc eu le temps de lier un attachement aussi fragile qu'éphémère avec la défunte ? Par respect pour son chagrin et afin de lui accorder un bref moment de deuil, le prêtre lui octroya quelques secondes de répit. Mais, lorsqu'il vit que le gros homme, après s'être enfin levé, cherchait du regard le cadavre de **Quatre**, il reprit sans plus attendre la parole :

- Nous l'avons déjà évacuée par la trappe.

Pendant un instant, **Cinq** le fixa, sans trop comprendre. Puis, ne tenant plus sur ses jambes encore vacillantes, il alla s'affaler dans ce même fauteuil d'où, peu de temps auparavant, il avait lentement glissé, en proie à une crise d'apoplexie.

- Pourquoi ne pas m'avoir réveillé ? l'interrogea-t-il alors d'un air désemparé.

- Parce que, dans votre inconscience, vous aviez enfin trouvé le repos de l'âme en vous arrachant pour un moment à cette terrible épreuve, lui expliqua **Sept**... En fait, il est regrettable que vous soyez revenu à vous aussi vite.

Avec l'angoisse indicible et l'air halluciné d'un homme jeté brutalement dans l'arène, **Cinq** l'écoutait, de plus en plus mal à l'aise de sentir tous ces regards avidement braqués dans sa direction – lui, la bête curieuse qui avait échappé pour dix minutes à la mélopée funèbre du Requiem de l'horloge. Bientôt, il se sentit la proie d'une étrange impression, celle confuse et obscure d'avoir été coupé du monde pendant une longue période, comme s'il sortait d'un profond coma ou s'il avait loupé un épisode, comme dirait **Trois**, dans le cheminement de la vie. Après un silence pénible, rythmé par la seule partition insolente de la trotteuse... *tac, tac, tac*... un filet de voix à peine audible s'échappa de sa bouche :

- Je comprends votre sollicitude mon père, mais j'aurais aimé être là pour la soutenir dans son dernier voyage.

- Il n'est pas trop tard pour cela, mon fils, tenta de le consoler **Sept**. Vous pouvez toujours prier pour son salut.

En entendant cela, **Six** soupira. Il n'aura pas fallu beaucoup de temps pour que l'abbé bien-pensant revienne à la charge avec ses phrases mielleuses à en vomir ! Enfin, ce n'était pas complètement inutile vu que, dans l'ensemble, il tenait bien serré son cortège de pleurnichards.

Laissant là ses pensées, la jeune femme se leva d'un bond de sa chaise et se dirigea vers la table aux provisions. Aussitôt, tous ses compagnons se figèrent avec appréhension. Ainsi, ils avaient peur d'elle. Tant mieux, la leçon qu'elle leur avait assenée tout à l'heure avait au moins un peu porté ses fruits… Une grimace moqueuse accrochée aux lèvres et un œil noir pointé dans leur direction, elle se servit un gobelet d'eau gazeuse. Tandis qu'elle buvait lentement une première gorgée, il lui vint soudain l'envie de revenir sur sa parole et de s'incruster dans leur cercle… histoire de s'amuser un peu et de faire transpirer ces abrutis ! Passant à l'acte et au grand étonnement général, elle alla s'installer dans le fauteuil inoccupé.

- Aurions-nous, douce demoiselle, le plaisir inespéré de profiter de nouveau de votre compagnie ? l'accueillit aussitôt **Trois** d'un ton théâtral.

Pour toute réponse, **Six** le fusilla d'abord d'un regard assassin. Puis rapidement, ses traits s'adoucirent et un sourire aussi faux qu'exagéré fendit son visage.

- Eh bien, cher monsieur, répliqua-t-elle avec la même emphase, je suis venue voir quel jeu vous alliez encore tous inventer pour passer le temps ?

Bien décidé à relever la joute oratoire qui s'annonçait, **Trois** poursuivit :

- Pourquoi, chère amie, seriez-vous prête à jouer avec nous ?

La jeune femme pouffa avant de vider d'un trait le reste de son gobelet.

- Pourquoi pas, si l'on évite les confessions à deux balles, les lamentations pathétiques et les pleurnicheries de dortoir ! lâcha-t-elle d'une voix cinglante.

- Ah oui, je vois ! ricana d'un air méprisant **Trois**. Quelque chose avec des insultes gratuites, des démonstrations viriles et des colères puériles ?

Pour contenir sa rage, **Six** écrasa le gobelet en plastique qu'elle tenait dans sa main.

- Je vous en prie ! intervint brutalement **Sept**. Ce genre de conversation ne mène nulle part.

Le prêtre tournait maintenant vers son allié turbulent un long regard insistant, comme pour lui signifier que ses propos ne l'aidaient en rien. Mais il était trop tard. La voix courroucée de **Six** retentissait déjà derrière lui :

- Ça te plait de faire le mariole ? Tu ne peux pas t'en empêcher, n'est-ce pas ?

- J'essaye humblement de divertir mes compagnons autant que les téléspectateurs, rétorqua avec insolence **Trois**, la main posée sur le cœur.

Sept, qui venait de se tourner vers la jeune femme, fit de nouveau volte-face, l'air aussi agacé que désemparé par la tournure que prenaient les évènements.

- Ouais, le clown fidèle en toutes circonstances... Sauf lorsque la mort frappe ! cracha **Six** en poursuivant sur sa lancée.

Comme ébranlé dans ses convictions, **Trois** ne trouva sur l'instant rien à répondre.

- Allez-vous donc cesser cette pitoyable représentation ? s'énerva **Sept**... tandis que **Un**, redressé maintenant sur le canapé, se délectait de ce règlement de comptes, son corps chétif secoué par un désagréable rire convulsif.

- Oh, mais ne fais pas cette tête ! vociféra **Six**, parfaitement ignorante de ce nouvel appel à la modération. Tu comprends très bien ce que je veux dire. Tout à l'heure, au premier passage, tu ne faisais pas le malin. Tu crois peut-être que je n'ai pas remarqué que tu pissais de trouille dans ton pantalon.

Ravi, **Un** riait maintenant aux éclats. Son parti pris apparaissait évident.

- Bande d'imbéciles ! tonna soudain **Sept** d'une voix de stentor.

Le silence tomba d'un coup dans la pièce tandis qu'abasourdis, les deux récalcitrants le dévisageaient sans comprendre, comme s'ils avaient eu subitement devant eux un autre homme, loin de son rôle convenu de gentillesse incarnée.

- En agissant de la sorte, poursuivit le prêtre avec fermeté, vous contribuez à jeter la discorde dans notre groupe, mais surtout vous faites le jeu des producteurs.

Très habilement, il s'adressa ensuite à la seule jeune femme :

- Est-ce vraiment ce que vous voulez ? N'aviez-vous pas dit que vous ne leur offririez plus rien, que vous ne feriez pas le spectacle ?

Six le fixa un instant, un sourire ironique en coin. Il était décidément fin tacticien.

- C'est vrai l'abbé, admit-elle, même si je ne pense pas trahir vraiment mes engagements dans le cas présent.

- Vous croyez ? Vous aviez pourtant dit que vous ne nous importuneriez plus jusqu'à la fin.

Cette fois, l'accusée haussa les épaules. Pas de doute, ce petit malin l'avait prise en faute !

- C'est encore exact l'abbé, reconnut-elle. Mais je serais restée sage si ce bouffon ne m'avait pas agressée. Cela dit, je n'aime vraiment pas manquer à ma parole, alors je ne dirai plus rien... Et puis, de toute façon, j'en avais fini.

Rassuré, **Sept** opina du chef avant de se tourner vers le second fautif :

- Vous aussi, j'espère ?

Pour la première fois depuis le début du jeu, **Trois** ne donnait plus l'impression d'une image désinvolte et je-m'en-foutiste. Apparemment, l'attaque de la jeune femme l'avait atteint dans son égo trop sûr de lui. C'était comme si un malaise perceptible et une colère sourde, qu'il ne réprimait qu'à grand-peine, venaient en quelques secondes de balayer son arrogance et son détachement naturel. Après un dernier duel oculaire avec son adversaire, il tourna enfin un visage au sourire crispé vers le prêtre :

- Tout cela n'étant que pure calomnie, je ne vais pas m'abaisser à poursuivre ce débat injurieux. J'en ai donc moi aussi fini, padre.

- Bien, approuva haut et fort celui-ci pour donner encore plus de poids à son autorité réaffirmée, cette discussion est par conséquent close. Nous allons pouvoir passer à autre chose.

Déçu par cette fin avortée, **Un** soupira bruyamment. Il aurait jubilé de voir **Trois** perdre la face, craquer, voire même pleurer... Et puis, il se figea. Il venait de surprendre le regard haineux et vengeur que lui jetait le dilettante. Peu courageux de nature, il ne put le soutenir. Tout au moins dans un premier réflexe, car lorsqu'il releva les yeux, décidé à affronter ce salaud coûte que coûte, **Trois** lui avait déjà tourné le dos. Dédaigneux.

Pendant un long moment, personne ne dit plus rien, comme pour laisser la tension retomber. Seule la trotteuse, infatigable, continuait de jacasser, semblant même se moquer des états d'âme des candidats. Eh bien, l'on a frôlé de peu la crise. *Tac, tac, tac...* Mais, je vous en prie, déchirez-vous. Il ne faut pas s'arrêter pour moi. *Tac, tac, tac...* Je m'occupe de tout, ne vous en faites pas ! *Tac, tac, tac...*

Planté à côté de la petite table en bois, **Sept** portait son attention d'un candidat à l'autre, en méditant sur ce qu'il venait de dire. « Passer à autre chose » ... La voix de **Cinq** le sortit subitement de ses réflexions :

- Qu'est-ce que vous vous êtes fait au bras, mon père ?

Dans une brusque volte-face, **Sept** se tourna vers le gros homme :

- Mon bras ? répéta-t-il en fixant d'un air absent son bandage improvisé... Oui, ce n'est rien de grave. Lorsque **Quatre** a été foudroyée par le poison, elle s'est agrippée à moi sous l'effet de la douleur et...

À cette évocation macabre, et en imaginant l'atroce agonie qu'avait dû subir la pauvre femme, **Cinq** blêmit, tandis que le prêtre, accablé lui aussi, s'interrompait brutalement. Après avoir pris une profonde inspiration, il trouva cependant la force de conclure :

- Bref, ce sont ses ongles qui m'ont tailladé.

Sept eut soudain un flash. Alors qu'il repensait à l'infortunée défunte, il venait subitement de revoir son médaillon figurant la Sainte Vierge... Voilà ! Il l'avait, son idée ! Il allait les amener à parler de leurs porte-bonheur, de l'objet fétiche que chacun était libre d'emporter selon le règlement. Cela ne pouvait constituer qu'un sujet positif et réconfortant, plein de bons souvenirs ! Et puis surtout, cet exercice devrait lui permettre de mieux disposer ses compagnons pour poursuivre leurs confessions, voire même pour en susciter de nouvelles.

- Mes amis ! s'enthousiasma-t-il donc tout à coup. Laissez-moi vous présenter un objet qui ne me quitte jamais (accompagnant le geste à la parole, il sortit d'une de ses poches son chapelet). Mon « porte-bonheur », si vous préférez.

Pour le moins abasourdis par cette soudaine envolée, les candidats dévisagèrent leur compagnon d'un air incrédule. Mais celui-ci, imperturbable, continua :

- Avant même d'être admis au séminaire, ce chapelet m'accompagnait partout. D'une certaine façon, j'ai fait mes premiers pas dans la religion avec lui. Voyez-vous, mes parents étaient des gens très pieux qui n'ont jamais cessé de me transmettre leur amour du divin. Lorsque j'ai été en âge de comprendre, c'est-à-dire vers mes six ans, ils m'ont offert ce chapelet pour éclairer mon chemin dans mes moments de doute et d'angoisse. Rapidement, il est devenu comme un ami pour moi, un confident. À son contact, je pensais pouvoir mieux atteindre Dieu (il sourit, un brin nostalgique) ... Un rêve de gosse bien sûr car, au-delà de ce chapelet, le Seigneur m'appelait déjà à Lui.

De plus en plus interloqués par cette révélation aussi anodine que spontanée, les candidats s'observèrent entre eux, ne sachant trop comment réagir. Seuls **Trois** – qui était allé grignoter de nouveau quelques gâteaux secs, pour se détendre sans doute – et **Six**, confortablement installée dans son fauteuil, commençaient à deviner le pourquoi de cet exposé.

- Regardez ! poursuivit le prêtre avec un entrain toujours plus débordant. J'ai tellement prié avec ce chapelet que les perles en sont décolorées.

Le visage radieux et souriant, il montrait maintenant à ses compagnons les marques de l'usure et du temps. Dans sa joie démesurée, il les mit même sous le nez de **Six** qu'il savait pourtant parfaitement indifférente et fermée en la matière.

- Des heures de prières et de recueillement ! s'exclama-t-il à deux reprises, définitivement emporté par son allégresse et son désir de partager.

Et puis, la remarque cinglante et brutale finit par arriver dans la bouche de **Un** :

- Et alors ?

Coupé net dans son élan, **Sept** se retourna vers lui, prêt à expliquer le pourquoi encore et encore. Mais **Trois**, bien décidé à assumer son rôle de « lieutenant », ne lui en laissa pas l'occasion :

- Alors... les choses sont claires, je pense. Notre ami nous invite à parler de nos porte-bonheur, ce qui me paraît être une très bonne idée.

- C'est exactement cela, acquiesça **Sept** avec un petit sourire reconnaissant envers son acolyte. En fait, je voulais juste attirer votre attention et vous donner l'exemple en commençant.

- Eh oui ! ricana méchamment **Six**. Telles sont les règles du nouveau jeu maintenant ! Compliments l'abbé, tu n'as pas mis longtemps pour trouver un autre sujet consensuel.

Prenant son rôle de second à cœur, **Trois** se mordit les lèvres pour ne pas y aller lui aussi de sa petite réplique assassine. Mais il se retint. Cette attaque ne lui était pas directement destinée cette fois et il n'allait pas ruiner les efforts de son allié de circonstance.

Avec sa sérénité retrouvée et ce sang-froid infaillible qui le caractérisait, **Sept** jeta un long regard contrit en direction de la jeune femme :

- Si vous comptez nous critiquer à longueur de temps, il serait peut-être souhaitable, pour vous comme pour nous, que vous retourniez dans votre coin.

- Avec un bonnet d'âne, c'est ça ? persifla **Six**.

- Je vous en prie, tempéra le prêtre, vous comprenez parfaitement ce que je veux dire.

Le temps d'un nouveau duel oculaire, un silence s'instaura entre les deux protagonistes.

- Alors, tu me chasses l'abbé, résuma finalement la jeune femme. Je suis pourtant totalement libre d'aller où je veux dans cette pièce, n'est-ce pas ?

- Bien entendu. C'est même l'une des dernières libertés qu'il nous reste avec le respect d'autrui.

Six eut un petit rictus. Ah, ce plombier de bénitier ne se laissait pas facilement démonter ! Peu importe, il avait raison de toute manière. Si elle restait au contact de ces larves, elle ne parviendrait jamais à se contrôler et trahirait ses engagements à la plus grande joie des producteurs.

- D'accord l'abbé, consentit-elle donc finalement en se levant de son fauteuil. Je vous laisse. Et désolée de casser le suspense, mais ce ne sont pas vos gris-gris qui vous sauveront.

En la voyant s'éloigner, **Sept** soupira de soulagement. On obtenait toujours plus de choses des gens avec de la douceur et de la diplomatie qu'en les agressant.

- Bon, déclara-t-il bientôt comme si de rien n'était. Reformons notre petit cercle et poursuivons nos présentations.

Tac, tac, tac. Il était tout juste 14h19. Le nouveau passe-temps inutile des candidats du Requiem commençait. Jeu illusoire pour tromper la mort, pour oublier un instant l'insupportable attente du jugement. Pour se prouver simplement que l'on vivait encore.

Guidés par l'inépuisable **Sept**, les candidats s'installèrent de nouveau autour de la petite table, devenue depuis le début du jeu espace privilégié de dialogue et de confession. N'eut été le changement de position de certains et l'absence marquante de **Quatre**, la scène ressemblait sensiblement à leur triste et morne réunion précédente, avec l'exclusion volontaire de **Six** et les cinq hommes serrés autour de leur autel de communion. En fait, le parallèle était tel qu'un téléspectateur inattentif ou absent de son téléviseur depuis lors aurait pu s'y laisser tromper sur l'écoulement réel du temps.

Alors que ses compagnons prenaient place, **Sept** les inspecta minutieusement. Pour ce nouvel échange fraternel qu'il s'apprêtait à diriger, il n'y aurait pas de problème à déplorer du côté de **Cinq** ou de **Trois**, enfin assagi. Mais pour **Un** qui trônait seul sur le canapé, prêt à cracher sa morgue exutoire, et pour **Deux**, visiblement peu enthousiaste et résolument inaccessible, qu'en serait-il ? Sans se poser plus avant de questions, il commença :

- En ce qui concerne mon chapelet, je n'ai rien de particulier à ajouter. Par conséquent, l'un d'entre vous pourrait peut-être prendre le relais avec son objet fétiche ?

Fort intelligemment, il se tourna alors vers **Cinq**. Ce joueur invétéré avait forcément un porte-bonheur sur lui ! En débutant, il donnerait l'exemple aux autres. Et puis, cela ne pouvait que lui faire du bien.

Sept avait vu juste car, sans se faire prier cette fois, le gros homme opina énergiquement du chef et, fourrant la main dans sa poche, en sortit une carte à jouer usée, pliée en deux et légèrement gondolée (il suait abondamment dans sa tenue de bagnard). Avec délicatesse, amour presque, il la déplia et la montra à ses camarades. Elle figurait un joker, hilare et facétieux.

- Voilà qui ne m'étonne guère de la part d'un joueur de cartes, intervint **Trois**, l'air enjoué. Mais pourquoi un joker en particulier ? Il n'y en a pas dans votre jeu préféré, il me semble.

- C'est vrai, approuva **Cinq**, le poker se joue sans cette carte. Mais, dans un endroit comme celui-ci, elle est de loin la plus appropriée parce que…

Il marqua une courte pause, ses lèvres tirées en un sourire sans joie.

- Parce qu'avec elle, je peux encore espérer que jusqu'au dernier moment je possèderai une dernière chance, un ultime recours.

- Voilà une symbolique pleine de finesse et de spiritualité, concéda **Trois**, ravi à l'idée fantasque de son compagnon agonisant sous l'effet du poison et dégainant son joker pour rejouer la sentence… Mais n'eût-il pas mieux valu un as ?

- Pourquoi ? l'interrogea **Cinq**. Parce qu'elle est la carte la plus forte ?

- Oui, mais surtout parce qu'ici, plus qu'ailleurs, elle serait l'image de l'Unique, du dernier survivant si vous voulez. Cela dit mon ami, quel trait d'esprit réjouissant que votre choix !

S'il préférait tout de même l'idée saugrenue de son « porte-bonheur » insolent et décalé qu'il n'allait pas tarder à présenter, **Trois** appréciait décidément aussi beaucoup celle du joker. D'une certaine façon, et même si ça ne prêtait vraiment pas à conséquence, il était même jaloux de ne pas y avoir simplement pensé avant le gros homme.

Car, plus que tout autre chose, l'arrogant dilettante s'épanouissait dans les joutes oratoires, dans les dialogues savoureux à double sens, dans la maîtrise subtile et nuancée des mots. L'ironie était sa muse, le contre-pied son cheval de bataille. Il adorait mélanger le blanc et le noir, le bon et le mauvais. Il jubilait à la seule satisfaction de déstabiliser ses interlocuteurs et cultivait avec emphase l'art du contraire. Mais surtout il aimait la finesse d'esprit, signe pour lui d'une vive intelligence et apanage d'une fraction minoritaire de l'espèce humaine. Or là, il s'étonnait (mais peut-être n'était-ce qu'une heureuse exception ?) de retrouver cette caractéristique si louable chez ce candidat tremblant et geignant, ce simple ouvrier manutentionnaire... La question que **Sept** adressa à ce dernier le coupa net dans ses réflexions :

- Hormis la symbolique qu'elle contient, cette carte a-t-elle une histoire ?

- Oh non mon père, s'excusa presque **Cinq**. Je n'ai aucun souvenir notable à conter là-dessus. Je l'ai simplement prise dans le tout premier jeu que je me suis offert il y a bien longtemps maintenant.

- Peut-être pourriez-vous tout de même nous en parler ? l'encouragea le prêtre.

Pendant un instant, le gros homme le dévisagea d'un air surpris, comme s'il ne voyait pas l'intérêt de poursuivre sur ce sujet, puis, avec une pointe d'enthousiasme dans la voix, il se lança finalement :

- C'est avec ce premier jeu que ma passion pour les cartes est née, pour ainsi dire. Je me le suis acheté vers mes quinze ou seize ans. Une sacrée paye, j'en ai aujourd'hui le double !

- Quel âge avez-vous exactement ? l'interrogea encore **Sept** en insatiable curieux.

- Trente-deux, dont la moitié de ma vie consacrée au démon du jeu, soupira **Cinq**.. Ce qui fait que je dois être le plus âgé après vous, mon père, maintenant que **Quatre**...

Il ne termina pas sa phrase. Un froid pesant tomba sur l'assemblée et l'horloge, comme à chaque intermède, fit entendre de plus belle sa désespérante symphonie. *Tac, tac, tac.* Il était 14h21 et une poignée de secondes.

À l'évocation de l'âge du gros homme, le prêtre réalisa que de tous les candidats, seuls trois ne l'avaient pas encore divulgué : **Un**, **Deux** et **Six**, bien sûr. Dans un endroit comme celui-ci où les noms disparaissaient derrière d'impersonnels et lugubres numéros et où, d'une manière générale, le manque d'informations identitaires procédait d'une négation totale de l'être humain, la seule mention de l'âge apportait déjà une précision de taille sur chacun. Le moindre détail prenait ici une telle ampleur par rapport au monde extérieur ou à la normalité… D'un coup, il se décida à éclaircir un peu le mystère opaque de **Un** et de **Deux**.

- Effectivement, cela vous place en deuxième position derrière moi, confirma-t-il en réponse à **Cinq**, à moins que l'un de vous deux (il se tourna vers les intéressés) ne s'intercale dans cet ordre ?

Les bras en croix sur le dossier du canapé, **Un** toisa le prêtre avec insolence.

- Qu'est-ce que ça peut bien foutre l'âge que j'ai ? cracha-t-il d'un air mauvais.

- C'est par simple curiosité, rétorqua calmement **Sept**, mais c'est aussi pour mieux nous connaître.

Face au silence obstiné du petit homme, il allait renoncer lorsque **Un** déclara soudain avec une désagréable condescendance :

- Si ça peut vous faire plaisir, j'ai quatre fois la durée de ce foutu jeu plus cinq macchabées !

Immédiatement, tous les candidats firent le calcul : quatre fois six heures plus cinq morts « faisaient » vingt-neuf heures. Transposées en années, tel était donc son âge. Content de sa devinette sordide, **Un** ne tarda pas à être agité d'un inépuisable rire nerveux.

Un rien désabusé, le prêtre se concentra sans plus attendre sur **Deux** :

- Et vous, mon fils ?

Son interlocuteur lui jeta un long regard, empli de tristesse et de nostalgie, avant de répondre d'une voix résignée :

- J'aurais eu vingt-huit ans dans trois jours.

Un court instant, ses compagnons restèrent figés par cette nouvelle. Puis **Sept**, imperturbable et fraternel, se voulut très vite rassurant :

- C'est toujours possible. Rien n'est encore joué.

- Peut-être, concéda **Deux**, mais je ne préfère pas y penser pour le moment.

- Eh bien ! s'immisça soudain **Trois** d'un ton badin. Un peu plus et l'on aurait pu demander aux producteurs un gâteau d'anniversaire, des cotillons et des ballons gonflables !

Pour toute réponse, **Deux** lui adressa un sourire terne et sans joie, tandis que **Cinq** et **Sept** restaient impassibles et que **Un** repartait de plus belle dans son fou rire.

- Cela fait donc de vous le plus jeune d'entre nous, ajouta le dilettante (il observa du coin de l'œil **Six**) ... Enfin, peut-être.

La jeune femme n'eut aucune réaction pour confirmer ou infirmer la chose. Il n'y avait aucune révélation à attendre de ce côté-là... Satisfait par l'obtention de ces informations, aussi maigres fussent-elles, et par ce premier échange véritablement constructif, **Sept** focalisa de nouveau toute son attention sur **Cinq** :

- Pardonnez-moi, je vous ai interrompu dans votre histoire.

Mais l'enthousiasme naissant du gros homme s'était déjà envolé, si bien que ce ne fut qu'après avoir poussé un profond soupir qu'il consentit à poursuivre :

- Il n'y a rien à ajouter mon père. Contrairement à votre chapelet qui vous a conduit sur des chemins lumineux, ce premier jeu de cartes m'a conduit à la ruine et à ma triste position aujourd'hui. Ce jour-là, au lieu d'acheter ce paquet, j'aurais mieux fait d'aller au cinéma.

Il n'en dit pas plus mais ce n'était pas la peine. Ses compagnons avaient parfaitement compris qu'il n'en pensait sans doute rien. Car pour lui, plus qu'un objet fétiche, ce joker s'apparentait juste comme l'ultime atout encore contenu dans son jeu, vieux réflexe d'un joueur inconditionnel qui espérait toujours que la chance allait revenir.

Bien décidé à garder l'avantage, **Sept** reprit son tour de table en se tournant vers **Deux** :

- Voulez-vous prendre le relais ? lui demanda-t-il.

- Désolé mon père, je n'ai aucun porte-bonheur sur moi. Juste un objet auquel je tiens particulièrement.

- Ah oui, quel genre d'objet ? l'interrogea **Sept** derechef, avec un empressement qui dissimulait mal sa satisfaction d'avoir peut-être enfin trouvé une porte d'entrée dans l'intimité inexpugnable de son compagnon.

- Cela n'a guère d'importance, trancha assez sèchement ce dernier, aussi agacé par sa maladroite faconde que par l'insistance malsaine dont faisait preuve son interrogateur.

Parfaitement indémontable, comme de coutume, **Sept** marqua une courte pause avant de se fendre d'un sourire chaleureux :

- Les moindres détails ont ici une grande importance, mon fils. Plus qu'ailleurs, plus que jamais, nos paroles et nos gestes ont une réelle et profonde signification, une utilité salvatrice même. Je vous en prie donc, essayez de nous parler de cet objet, ne serait-ce qu'en quelques mots, et vous verrez à quel point cela peut être enrichissant et réconfortant.

Il y avait quelque chose d'hypnotique dans sa voix et son regard, mais **Deux** ne s'y laissa pas prendre. Et, même s'il se l'imagina un instant en exorciste s'échinant vainement à extirper ses démons, il comprenait surtout que, tel un pitbull enragé, il ne lâcherait pas facilement. Cette discussion n'ayant déjà que trop duré, il opta donc pour un compromis :

- Très bien, j'accepte de vous le montrer pour satisfaire votre curiosité, mais je refuse d'en parler. Cela réveillerait des souvenirs trop douloureux.

Sept acquiesça même s'il se tenait déjà secrètement prêt à repartir à la charge. Lentement, avec application, **Deux** sortit de sa poche un foulard soigneusement plié. Destiné sans aucun doute à une femme, celui-ci était de style fantaisiste, alliant dans des motifs abstraits et des lignes élégantes une grande variété de couleurs : bleu, jaune, beige, violet, blanc, noir et d'autres teintes encore, plus nuancées. Visiblement fait dans de la soie, il était légèrement transparent.

- Une belle pièce de tissu ! s'exclama à brûle-pourpoint **Trois**. Mais n'est-ce point là un accessoire pour femme ?

Pour toute réponse, **Deux** opina gravement du chef, absorbé dans la contemplation nostalgique du foulard. Respectueux de cet instant de recueillement, **Sept** ne dit rien pendant de longues secondes.

- Cet objet est sans doute rattaché à une histoire éprouvante mais il est aussi chargé d'amour, je le ressens, reprit-il finalement ... Dans la difficile épreuve que nous traversons, nous aurions bien besoin de cela.

Voilà qui s'apparentait à une stratégie forte habile, car détournée, pour susciter les confidences ! Pour le moins bluffé, **Trois** siffla discrètement d'admiration devant l'extraordinaire empathie dont savait faire preuve son allié. Quant au principal intéressé, bouleversé par cette remarque aux accents de vérité, il se figea soudain, la main crispé sur le foulard et les yeux légèrement embués.

Le prêtre sentit alors qu'il avait enfin l'inaccessible jeune homme en son pouvoir. Sans lui accorder cette fois le moindre répit, il poursuivit :

- Libérez votre cœur... Pour elle.

Péniblement, héroïquement presque, **Deux** redressa la tête et soutint son regard. Un chagrin inconsolable venait de le submerger mais les larmes refusaient de couler ou plutôt il s'interdisait de pleurer. Après avoir pris une profonde inspiration, il déglutit avec difficulté, notifiant d'un ton amer :

- Désolé mon père, mais vous parler de ce foulard n'était pas dans le contrat.

Puis, accompagnant le geste à la parole, il replongea son précieux bien au fond de sa poche. Devant cette énième réaction de repli, **Sept** ferma les yeux de dépit et de frustration. À peine avait-il atteint le cœur de cet impénétrable candidat qu'il le perdait à nouveau.

Aussitôt, une chape de silence retomba sur le petit cercle des cinq hommes. Et la trotteuse chanta avec plus d'ardeur. *Tac, tac, tac.* Il était 14h24. Mais, gêné par cette ambiance sinistre et décidé à reprendre désormais l'initiative, **Trois** ne fut pas long à réagir.

- Bon, à moi de vous présenter mon « porte-bonheur » ! s'exclama-t-il avec entrain.

N'attendant pas un quelconque assentiment de la communauté, il fourra la main dans sa poche et en sortit une montre plaquée or et argent. Puis, comme s'il avait exposé un trophée, il la montra fièrement à ses camarades :

- Jolie, n'est-ce pas ? C'est un cadeau de mon père. Je ne l'ai pas prise pour me porter chance, je ne suis pas superstitieux (il fit un clin d'œil complice à l'assemblée). Et, pour le coup, elle n'est vraiment liée à aucune histoire digne de ce nom. En fait…

Il s'interrompit volontairement pour profiter un peu de l'air béat et interdit de ses compagnons, et sans aucun doute de tous les téléspectateurs accrochés à leurs postes ! Une montre ?

- En fait, reprit-il malicieusement, je l'ai simplement emmenée pour ne pas perdre le fil si jamais l'horloge devait s'arrêter ! Au cas où, je l'ai donc réglée à la seconde près avant de rentrer ici.

Ravi de cette boutade qu'il avait préparée depuis longtemps, il se fendit d'un large sourire et son visage s'illumina de satisfaction. Puis, profondément réjoui par son propre humour et emporté par son allégresse, il se tourna vers **Cinq** :

- Mieux que le coup du joker, hein ?

Totalement abasourdi, le gros homme se trouva incapable de répondre quoi que ce soit. Alors qu'ils jouaient tous leur vie, lui, bienheureux inconscient, ne pensait depuis le début du jeu qu'à parader et à briller. Ne manquaient plus que le chapiteau, les clowns et Monsieur Loyal !

Résolument dans son délire, **Trois** s'adressait maintenant aux caméras :

- D'ailleurs, messieurs les producteurs, je m'en vais la mettre à mon poignet afin d'être, même dos à l'horloge, toujours au top de l'information !

Après s'être exécuté, il secoua énergiquement ses bras devant lui, la montre à gauche, l'imposant bracelet de mort à droite :

- Ça fait beaucoup de breloques mais, ma foi, on a peut-être là une mode en devenir.

Puis se tournant de nouveau vers ses compagnons :

- Qu'en dites-vous ?

- Je pense que vous êtes fou ou que vous venez d'une autre planète, lâcha **Deux** d'un air consterné.

Devant sa franchise, **Trois** resta un moment interdit puis un rire véritable, pur et joyeux, monta du fond de sa gorge et retentit pour la première fois dans la pièce. Loin des jacassements nerveux de **Un** ou des moqueries incisives de **Six**, l'impavide dilettante riait vraiment, spontanément, heureux et oublieux en cet instant du climat austère et morbide dans lequel il était plongé. Manifestation pleine de vie mais ô combien irréelle, il est vrai, dans pareil endroit.

* * *

Sept observa ses compagnons. Tous montraient le même air atterré et incrédule face au pantin gesticulant et hilare qu'était devenu **Trois**. À la vue de ce spectacle, certains d'ailleurs, comme **Un** et **Six**, laissaient transparaître un agacement évident. L'attitude paradoxale de l'inébranlable dilettante avait de quoi déstabiliser ! Découragé mais nullement abattu toutefois par le laconisme persistant de **Deux**, le prêtre s'apprêtait pourtant à poursuivre son tour de table. Comme pour l'heure précédente, de tous les participants à son nouveau passe-temps, seul **Un** n'avait pas encore parlé. Profitant du fait que le rire de **Trois** mourait enfin dans sa gorge, il se lança de nouveau :

- Voudriez-vous, à votre tour, nous parler de votre éventuel porte-bonheur ?

Comme attendu, le petit homme lui jeta un regard mauvais avant de déclarer avec aigreur :

- Une fois encore, on s'adresse à moi en dernier. Mais c'est une chance (un rictus amer se dessina sur ses lèvres). Nous avons encore le temps de discuter longuement.

À cette évocation temporelle, tous les candidats scrutèrent aussitôt l'horloge. *Tac, tac, tac.* Les aiguilles indiquaient 14h25. Certes il leur restait encore trente-cinq minutes mais, mon Dieu, que tout cela était terriblement relatif !

Plein de sang-froid et décidé de toute manière à ne pas relever la moindre pique – ce qui aurait fait le jeu de **Un** – **Sept** trouva encore la force de lui sourire chaleureusement.

- Alors, comme ça, vous avez un objet à nous présenter ? le questionna-t-il avec une pointe d'étonnement dans la voix.

- Bien sûr que non, pouffa l'intéressé avec un profond mépris. Je vous l'ai déjà dit, la chance n'a jamais été de mon côté, pas plus en moi que dans un foutu bibelot.

Il s'interrompit un instant, le visage barré d'une grimace cynique.

- De toutes les façons, reprit-il sombrement, votre meilleur « porte-bonheur » ici c'est moi. Pour un tour en tout cas, parce que je vais être le prochain à crever.

Ravi de cette plaisanterie de mauvais goût, il se mit à glousser de démence.

- Ça y est, voilà que ça le reprend son numéro de martyr ! vitupéra **Trois** avec rancœur.

Derrière le verre épais de ses lunettes, **Un** plissa les yeux d'un air haineux :

- Ça vaut toujours mieux qu'un numéro de clown, sale con !

Soupirant de dédain et de patience perdue, le dilettante se leva de sa chaise avec une lenteur exagérée, comme pour montrer que les bornes avaient été largement dépassées, tandis que son offenseur, se crispant un peu plus, bondissait à son tour du canapé. Même si **Trois** n'en avait rien laissé paraître, la colère était peu à peu montée en lui. Il n'avait, en effet, pas oublié comment ce névrosé s'était odieusement moqué de lui lorsqu'il avait dû faire face aux affronts mordants de **Six**. Il était temps de lui donner une leçon !

En voyant cela, **Sept** hésita durant un bref instant à intervenir. Après tout **Un**, candidat impossible et plein d'aigreur, méritait d'être sermonné. Mais l'indécision ne fut que de courte durée, et d'un bond il s'interposa entre les deux hommes :

- Tout cela ne mène à rien ! Restons-en là, je vous en prie !

Alors qu'il parlait, il plongea ses yeux dans ceux de **Trois** afin de lui rappeler encore une fois, par ce seul geste, ses récents engagements à son égard. Et celui-ci s'arrêta.

- Ne vous en faites pas padre, le rassura-t-il avec un sourire complice. Je ne compte pas amocher ce petit roquet. Comme tous ceux de sa race, il grogne furieusement mais fuit, la queue entre les jambes, au premier danger.

D'un coup, les yeux de **Un** se dilatèrent sous l'effet d'une violente colère et son corps se mit à trembler vigoureusement :

- Tu vas voir comment je mords, espèce de raclure !

Dans un cri rageur, il sauta à la gorge de son adversaire. Tout du moins en pensée car une étreinte solide l'en empêcha. C'était **Cinq** qui, de sa poigne ferme et imposante, venait porter secours à un **Sept** visiblement dépassé par la situation. Incapable de se dégager, **Un** se mit alors à gesticuler inutilement et frénétiquement, comme une bête enragée prise au piège, mais l'emprise était trop forte et il renonça rapidement à se débattre.

Réjoui par cette image pathétique d'impuissance, **Trois** savourait son triomphe. Il se passait exactement ce qu'il avait voulu provoquer. Sa joie fut brève. Après s'être assuré que **Cinq** contrôlait bien la situation, **Sept** se tournait en effet déjà vers lui avec un regard désapprobateur.

- Ce n'est pas très malin d'attiser ainsi le feu, le blâma-t-il. Pour l'amour de Dieu, quand cesserons-nous donc de nous déchirer ?

- Rassurez-vous, c'est bien fini cette fois, se défendit **Trois**. J'avais juste un petit compte à régler. Vous pouvez le lâcher.

Cinq lança un œil interrogateur en direction du prêtre mais celui-ci lui fit signe d'attendre. Il devinait une ultime réplique malheureuse, et en cela il ne se trompait pas.

- Ah oui, une dernière chose, reprit sèchement le dilettante, tout en fixant d'un air sadique **Un**. Puisque je vais aller à la fin de ce jeu, sache que je prendrai d'abord un malin plaisir, quel que soit le moment où ça arrivera, à te voir te tordre dans les soubresauts de l'agonie.

L'aveu impitoyable de **Trois** claqua dans la pièce. Avec un air féroce de prédateur, et sous la stupéfaction générale, il s'en retournait déjà vers sa chaise, tandis que de rage refoulée quelques larmes coulaient silencieusement sur le visage de **Un**.

Dans son coin, **Six**, toujours et encore, fulminait contre ses compagnons. Depuis le début, ces imbéciles n'avaient rien compris ! Ils ne cessaient d'abreuver les producteurs et le public avec leurs chamailleries pitoyables et leurs confessions pathétiques. Tant pis. Elle ne comptait pas passer son temps à le leur rappeler. Et ce, même si dans le cas de la présente dispute, elle trouvait quelque réjouissance. En effet, si d'un côté elle était contente que ce névropathe de **Un** eût été vertement remis en place par **Trois**, de l'autre elle regrettait amèrement que ce fût au profit de cet insupportable bouffon. Sans doute était-ce là tout le dilemme de son éternelle insatisfaction.

Pendant de longues secondes, comme après chaque paroxysme dans la tension ambiante, le silence et l'immobilisme retombèrent lourdement sur les candidats. *Tac, tac, tac*... Puis, sans même chercher à obtenir cette fois le consentement du prêtre, étrangement fixé dans la contemplation de ses chaussures, **Cinq** relâcha **Un**. Encore tout tremblant, le petit homme s'éloigna aussitôt, s'affalant de nouveau sur le canapé, un regard vengeur braqué sur son ennemi déclaré désormais.

Toujours plongé dans ses pensées, **Sept** ne remarqua pas ce manège. Comment avait-il pu se tromper à ce point ? **Trois** n'avait rien d'un facteur d'union au sein de leur communauté. **Six** le détestait, **Un** le haïssait, **Deux** le croyait fou, **Cinq** le jalousait, quant à lui, il avait souvent été agacé par son outrecuidance et sa prétention. Non, le dilettante ne pouvait pas l'aider et il allait de suite réparer son erreur. Farouchement décidé, il releva les yeux vers **Trois**.

- Votre attitude est inacceptable, le tança-t-il avec une inhabituelle fermeté dans la voix. Ces impardonnables démonstrations de haine doivent cesser une fois pour toutes (il balaya du regard l'ensemble des candidats) ... N'avez-vous donc aucune compassion pour autrui ?

- Désolé m'sieur mais, pour les heures de colle, je n'ai pas mon carnet de correspondances avec moi, ironisa **Trois** en simulant un écolier insolent.

Le prêtre le fusilla d'un regard assassin :

- Vous vous croyez malin peut-être ?

Surpris de découvrir son « allié » plongé dans pareil état, l'accusé fit d'abord mine de s'incliner. Mais ce n'était là bien sûr qu'un nouveau faux semblant :

- Si j'en juge par votre attitude à tous, plus que la moyenne en tout cas parce que, moi, je ne suis pas venu ici pour crever.

- Vous êtes odieux.

- Réaliste plutôt... Mais au lieu de passer votre temps à jouer le rôle du donneur de leçons, si vous nous expliquiez enfin pourquoi vous participez à ce jeu ?

Il y avait un semblant de défi dans sa voix mais **Sept** ne le releva pas.

- Finalement, reprit inlassablement son tourmenteur, je me demande si toutes nos petites discussions collectives ne sont pas plus là pour vous aider et cacher votre passé que véritablement pour nous soutenir ?

- Vous avez peut-être raison, souffla enfin **Sept**. J'ai moi aussi mon lot de souffrances et de regrets. Mais sachez tous cependant que je n'ai rien à cacher et, qu'après que nous nous serons calmés, j'expliquerai les raisons de ma participation à ce jeu.

Il dit tout cela d'une seule traite, le regard posé sur un horizon invisible, puis se dirigea vers le lavabo. Malgré l'attitude digne qu'il s'efforçait de conserver, ses compagnons voyaient bien que quelque chose s'était brisé en lui... L'horloge indiquait tout juste 14h30.

Sous le rythme lancinant et implacable des tacs de la trotteuse, de longues minutes s'écoulèrent sans que personne ne prît la parole. Tout le monde avait sans doute besoin d'une pause pour se retrouver et faire le point en quelque sorte sur sa pesante condition. Durant ce laps de temps, odieusement interminable pour les producteurs et le public assoiffés de spectacle, chacun des candidats vaqua ou non à de futiles occupations, perdu dans de sombres et tortueuses pensées...

Penché au-dessus du lavabo, **Sept** s'aspergeait vigoureusement le visage comme pour se purifier. Les yeux clos, il se focalisait sur le seul bruit de l'eau courante et sur la sensation de fraîcheur et de bien-être qui l'envahissait à son contact rassérénant. En cet instant privilégié, il parvenait à s'isoler de l'horloge, à ne plus l'entendre ; simple réconfort physique bien sûr car son esprit, lui, n'y trouvait aucun repos.

Sommairement revigoré, le prêtre redressa finalement la tête, ferma le robinet et s'essuya avec une serviette prise sur le reposoir. Une douleur dans son bras gauche lui rappela soudain sa blessure et il pensa à **Quatre**. Dans son infortune, la malheureuse avait eu de la chance au fond car elle, au moins, n'avait plus à supporter la terrible attente du couperet. Surtout, elle n'avait pas eu à la subir longtemps. Quitte à mourir, sa position était tout compte fait la plus enviable, la pire étant, bien sûr, celle du dernier candidat à tomber. Horrible désillusion à moins d'une minute de la délivrance et de la vie...

Avachi sur le canapé, la jambe battant follement, **Un** jetait régulièrement des regards haineux en direction de **Trois**. Ah, cette immonde vermine s'était bien moquée de lui ! Comme tous les autres. Comme tous ceux, tout au long de sa vie, qui avaient pris un malin plaisir à le traîner dans la boue, à le rabaisser plus bas que terre. Oh, face à **Six**, ce chien galeux pissait dans son pantalon mais là, devant plus faible que lui, il s'en était donné à cœur joie. La raclure ! Ce « Monsieur de la haute » ne savait pas ce que c'était de ne jamais avoir été considéré. Ah, qu'il aimerait danser sur son cadavre !

Le petit homme ricana à cette douce pensée. Mais cela paraissait si lointain, si irréalisable. Comment pouvait-il gagner, lui le mal-aimé, l'infortuné ? ... Et puis après tout, pourquoi pas ? Les éliminations ne dépendaient bien que du seul hasard, et la victoire aussi par conséquent. Ils l'avaient montré à la télé ! Le tirage s'effectuait sous contrôle d'huissier de justice... Alors oui, pourquoi pas ? Il ne se serait pas inscrit au Requiem sans un espoir, aussi mince soit-il. S'il mourait, son calvaire s'arrêterait enfin. Sinon... Oh ! Sinon il se vengerait avec délice de tous ceux qui avaient mis la haine dans son cœur...

Trois s'en voulait un peu pour son insolence. Pas pour **Un** qui n'était qu'un pauvre fou à lier mais pour le prêtre. Son histoire d'alliance n'avait bien évidemment été pour lui qu'une vaste plaisanterie, digne d'une intrigue à deux sous. Mais le concept, plutôt amusant, lui garantissait somme toute de ne pas s'ennuyer et de ne pas rester isolé, c'est-à-dire de passer inaperçu. Ses deux plus grandes hantises ! Bref, il avait tout gâché et sentait bien qu'il avait perdu en popularité auprès de ses compagnons, ou pire des téléspectateurs ! Dans sa stratégie de pré-victoire, cela constituait un mauvais point vu qu'il jouait dans cette pièce sa future notoriété.

Pour se changer les idées, **Trois** se rendit jusqu'à la grande table. D'un air détaché, il se mit alors à farfouiller dans la boîte de gâteaux secs à la recherche de ses préférés. Il fallait vraiment qu'il fasse attention à son attitude et qu'il apprenne à se censurer un peu, sinon on ne manquerait de le lui reprocher plus tard. Oh bien sûr, il aurait toujours ses détracteurs après son triomphe mais point n'était besoin de les multiplier inutilement…

Solidement enfoncé dans son fauteuil, **Cinq** arborait pour une fois un air satisfait. Il n'était pas mécontent de son intervention dans le différend cinglant qui avait opposé **Un** et **Trois**, même s'il n'avait pas fait cela en faveur de l'un ou de l'autre, n'aimant guère le premier et encore moins le second. À vrai dire, il s'était plutôt interposé pour aider **Sept** même si peu après, il n'avait pas jugé bon d'intervenir dans sa dispute contre le dilettante.

Bref, ce qui le réjouissait avant tout, c'était son attitude engagée. Le fait de s'investir de la sorte prouvait qu'il se sentait mieux qu'à son entrée dans la pièce où il avait piteusement vomi. Même si la peur, angoissante et pénétrante, n'avait pas disparu de son cœur, il s'était maintenant résigné à accepter sa condition de « sursitaire ». Et si sa dernière heure devait arriver, il était décidé désormais à plus se faire entendre…

Isolée dans son coin, **Six** savourait pleinement ce moment de silence. Quel bonheur de ne plus entendre les éternelles jérémiades de ses compagnons ! Cette pause imposée par l'abbé était un régal. Si seulement l'attente du couperet pouvait être toujours ainsi… Il ne fallait pas rêver ! Pour éviter de s'emporter encore et de gâcher ce moment de paix, **Six** chercha rapidement un autre sujet de réflexion et s'arrêta sur le foulard de **Deux**. Vestige d'un amour perdu, d'une femme trop tôt disparue ? …

Planté tel un piquet dans son fauteuil, **Deux** justement inspectait avec appréhension ses camarades. Contrairement à la jeune femme, il ne semblait pas apprécier pleinement ce moment de calme... Une envie de plus en plus pressante d'uriner le força bientôt à agir. Même si aucune caméra ne filmait les toilettes, il s'était promis, au début du jeu, de ne pas y aller. Ne serait-ce qu'à cause du bruit généreusement transmis par le micro accroché au bracelet ou du point de vue de sa seule dignité. Mais là, malgré les précautions prises avant son entrée, il n'en pouvait vraiment plus. Le stress sans doute ! D'un pas rapide, il se dirigea vers le paravent. Juste avant de disparaître derrière, il entraperçut le regard étrange et pénétrant que lui jetait **Six**. Et à cette vision, son cœur bondit dans sa poitrine.

Cela faisait maintenant trois minutes que l'horloge grignotait tranquillement ses tacs, sans la moindre interférence parasite. Puis soudain, comme une sonnerie d'école signalant la fin de la récréation, la voix de **Sept** retentit avec autorité dans la pièce. La pause était terminée :

- Si vous y êtes toujours disposés, je vais vous expliquer les raisons de ma présence ici.

À cette déclaration impromptue, et comme s'ils s'extirpaient de rêves obsédants, ses compagnons le fixèrent un instant d'un air interdit – le temps pour eux sans doute de revenir dans la teneur des derniers propos échangés.

- Nous en serions ravis mon père, l'encouragea finalement **Cinq**, le visage fendu d'un sourire aussi chaleureux que possible – étrange image qui donnait l'impression que les rôles venaient soudain d'être inversés.

Sans réel enthousiasme, le prêtre lui jeta un regard reconnaissant avant de s'arracher au lavabo et de se diriger d'un pas pesant vers leur cercle de confidences. Étaient-ce les prémices de sa future révélation ou bien les séquelles de sa vive altercation avec **Trois** ? **Sept** n'était plus que l'ombre de lui-même.

Sur son chemin, il croisa **Deux** qui, enfin soulagé, allait à son tour se rafraîchir. Mais il ne lui adressa pas même un regard, tout entier concentré déjà sur l'exercice pénible qui l'attendait. S'installant sur le fauteuil laissé vacant, il resta un long moment sans rien dire, les épaules affaissées et les yeux si vifs, si brillants d'habitude, ternis par un profond désespoir. Seuls le bruit de l'eau qui coulait et l'inévitable symphonie de l'horloge troublaient le silence oppressant qui venait de s'instaurer.

- Mon père ? l'interpella bientôt **Cinq** avec une pointe d'inquiétude dans la voix.

Prenant une grande inspiration, **Sept** leva les yeux dans sa direction.

- C'était un accident, se lamenta-t-il tout à coup, en proie à un cruel abattement. Un terrible et tragique accident…Comme je vous l'ai déjà dit, cela fait maintenant douze ans que j'exerce mon sacerdoce. Au cours de toutes ces années, j'ai réalisé de nombreuses choses et connu maintes expériences, souvent pénibles car illustratrices de la détresse humaine. Je suis allé de par le monde et ai été confronté à l'insoutenable misère des déshérités, des oubliés du progrès et des nantis. J'ai vu la mort, horrible et cruelle, des dizaines de fois, mais j'ai connu aussi l'immense joie, le bonheur d'un sourire innocent, d'un regard reconnaissant. Plus d'une fois, je me suis senti utile et salvateur pour autrui.

Il soupira et fit une pause pour recentrer ses idées. Comme hypnotisés, tous ses compagnons le scrutaient ouvertement maintenant : **Un** et **Cinq** assis non loin, **Deux** appuyé contre le lavabo, une serviette dans les mains, **Trois** installé à l'écart au niveau des provisions qu'il avait enfin délaissées et **Six**, loin là-bas, rivée sur sa chaise. Avides de savoir enfin pourquoi, paradoxe suprême, un homme d'Église se trouvait en pareil endroit, ils attendaient avec une certaine fébrilité la suite de son histoire.

- Bref, reprit-il soudain, entre mes différents voyages, je m'occupais la plupart du temps d'un orphelinat de jeunes garçons. Le contact avec les enfants m'a toujours beaucoup plu. Évoluer avec eux est souvent une expérience enrichissante... Il y a un peu plus d'un an maintenant, j'étais donc dans cet orphelinat, chargé avec d'autres de l'éducation des enfants. Depuis quelque temps, j'avais de sérieux problèmes de discipline avec deux garnements d'à peine douze ans, expulsés d'un précédent établissement... Ah oui, j'ai oublié de vous préciser, qu'hormis les cours que je dispensais, je surveillais aussi les dortoirs. Toutes les nuits, ces deux cancres m'en faisaient voir de toutes les couleurs ainsi qu'à leurs camarades. Mes punitions, pas plus que celles des autres surveillants, ne semblaient les dissuader de recommencer. Un soir...

Il s'arrêta d'un coup, le souffle court. Visiblement, l'on approchait du moment délicat. Alors, toujours aussi prévenant, **Cinq** l'encouragea d'un nouveau sourire.

- Un soir, recommença-t-il péniblement, un mois après l'arrivée des deux garçons, j'ai décidé de les punir plus durement. Je venais d'assister à la lente et douloureuse agonie d'un proche et j'étais, je dois l'avouer, passablement exténué... Après une nouvelle faute de leur part, pas bien grave au fond – ils avaient aspergé de produit vaisselle le lit d'un autre pensionnaire – je les ai emmenés à la cave et les ai enfermés à double tour dans un vieux cellier poussiéreux. Depuis longtemps, l'orphelinat ne s'en servait plus. Plongés ainsi dans le noir, au milieu des toiles d'araignées, et confinés dans une atmosphère oppressante et humide, les deux garnements ont bien vite cessé leurs bravades. Puis ils se sont mis à geindre et à pleurer. Je savais qu'enfin je tenais ma punition, que je parvenais vraiment à les mater. Pour leur faire peur et susciter encore plus de remords chez eux, je leur ai dit qu'ils resteraient enfermés ici pour la semaine, afin de mieux méditer sur leur attitude déplorable. Puis je suis remonté... Bien évidemment, telle n'était pas mon intention. Je comptais revenir les chercher après quelques heures.

Ses traits se contractèrent douloureusement. Pourtant, héroïquement, comme ses brebis avant lui, il poursuivit, le regard hagard, tourné au-delà des murs de la pièce :

- Cela faisait maintenant un peu plus de trois heures que je les avais laissés. Il était temps pour moi de retourner les chercher... Et puis, j'ai entendu des cris et une grande agitation s'est emparée de tout le bâtiment. Une étrange lueur rougeâtre illuminait la nuit. J'ai ouvert la fenêtre et j'ai vu une épaisse fumée s'échappant des soupiraux de la cave. Un incendie s'était déclaré !

Tout à coup, il jeta vers ses compagnons un regard affolé, tandis qu'il revivait la scène :

- J'étais le seul à être au courant pour la punition ! Comme un possédé, je me suis précipité en bas et j'ai dévalé les escaliers menant à la cave, sous les yeux incrédules des autres surveillants. Mais les sous-sols étaient déjà largement dévorés par les flammes. La chaleur était étouffante et la fumée m'asphyxiait...

Ses yeux se figèrent de nouveau sur une horreur indicible :

- Au loin, j'entendais les appels au secours des deux garçons ! Par dessus le crépitement du feu, je percevais leur effroyable agonie !

Puis sa voix s'emballa :

- Les celliers étaient peut-être encore accessibles...

Avant de devenir une plainte déchirante :

- ...mais j'étais paralysé par la peur. Alors, je n'ai rien fait ! Je n'ai pas essayé de les sauver !

Dans un cri de désespoir, sa tête s'affaissa sur sa poitrine :

- Derrière moi, perché au milieu de l'escalier, un autre surveillant me suppliait de revenir. J'entends encore ses paroles : « Pour l'amour de Dieu, remonte ! Il n'y a rien là-dessous ! ».

Péniblement, après un long silence, il fixa sur ses compagnons un regard hébété.

- Rien là-dessous ! répéta-t-il avec amertume... Juste deux vies odieusement fauchées par ma faute.

Incapables de soutenir l'intense désespoir qui s'était lové au fond de ses yeux, les candidats détournèrent les uns après les autres la tête, isolant un peu plus le prêtre sur son terrible chemin de croix Puis, au bout d'un moment qui parut une éternité, **Sept**, qui s'interdisait visiblement de pleurer, se redressa sur son fauteuil dans une attitude crispée et hiératique. Tout en lui indiquait l'insoutenable combat qu'il menait en son for intérieur. Après avoir murmuré quelques incantations inaudibles, il reprit enfin la parole :

- Malgré tous les efforts fournis par les pompiers, l'orphelinat fut ravagé par les flammes cette nuit-là. C'était un vieux bâtiment (il soupira) ... Totalement anéanti par ce qui venait de se passer, je suis resté prostré dans le parc qui l'entourait et je l'ai regardé se consumer lentement, en même temps que mon âme. Plusieurs fois, les autres religieux ont essayé de m'extirper de cet état végétatif mais ils ont rapidement compris que c'était inutile.

Il s'interrompit soudain alors que l'intolérable angoisse comprimait son cœur :

- Oh, mon Dieu ! Aidez-moi, je vous en prie !

Enfin décidé à agir de nouveau, **Cinq** se leva et, comme le prêtre auparavant pour lui, alla l'entourer d'une chaleur fraternelle. Prenant avec une infinie délicatesse sa main dans les siennes, il la serra dans un geste plein d'amitié et de compassion.

- N'abandonnez pas maintenant, mon père, le réconforta-t-il avec douceur.

Comme s'il venait de voir une apparition, **Sept** leva d'abord vers lui des yeux interdits puis, après quelques instants, il trouva encore la force de se ressaisir.

- Il n'y eut aucune autre victime dans cet incendie, reprit-il avec le même ton pathétique et déchirant. Juste de gros dégâts matériels et ces deux enfants que... que j'avais exécutés !

- Ne dites pas une telle chose ! le réprimanda aussitôt le gros homme.

Mais, sourd à cette remarque, **Sept** poursuivit sur le chemin de la flagellation :

- Avec ce sang sur les mains, je ne pouvais plus exercer ma profession. Alors que mes collègues découvraient avec horreur qu'il manquait deux garçons à l'appel, je me suis présenté au père supérieur et je lui ai avoué mon impardonnable responsabilité dans cette disparition tragique. Puis je lui ai annoncé que je renonçais à mon sacerdoce et que j'étais prêt à payer pour ma faute... C'est à ce moment précis que, pris de vertiges à l'idée de ce que serait désormais ma vie, je me suis évanoui.

- Sans doute était-ce préférable, commenta quelque peu maladroitement **Cinq**.

En fait, il ne savait plus trop quoi dire. Malgré toutes ses bonnes intentions, il n'avait pas le talent du prêtre, ce don inné de l'écoute et de l'apaisement. Désireux cependant de faire oublier son manque de tact, il s'empressa de changer de sujet :

- Voulez-vous boire, mon père ? Je vais vous chercher de l'eau, cela vous fera du bien.

Sans même attendre un quelconque assentiment, il tourna les talons et trottina lourdement jusqu'à la table où était installé **Trois**, attrapant avec vigueur une pile de gobelets et les compressant à moitié dans sa précipitation. Après maintes difficultés et sous l'œil ahuri du dilettante, il parvint finalement à en extraire un et à le remplir. S'accordant alors enfin une pause pour reprendre son souffle, il repartit ensuite avec le même entrain exalté.

- Tenez... s'exprima-t-il avec peine, encore haletant. Buvez !

Un léger signe de tête en guise de remerciement, **Sept** prit le gobelet et le vida doucement. Le temps encore d'une profonde inspiration et il reprit le fil de son discours :

- Dans les jours qui ont suivi l'incendie, il y a bien évidemment eu une enquête. Le feu était d'origine accidentelle, une surcharge électrique dans un local technique. C'était donc la faute d'un matériel vieux et usé qui aurait dû être changé depuis longtemps. Cela faisait partie des projets de travaux que devait réaliser prochainement l'orphelinat... Les deux garçons n'étaient pas responsables du sinistre. C'était pour moi une maigre consolation de savoir qu'ils n'avaient pas causé eux-mêmes leur propre mort en essayant de fuir... Oh oui ! Grâce à Dieu, ce n'était pas le cas.

Au cours d'une nouvelle pause, **Sept** jeta un long regard circulaire sur ses compagnons, comme pour puiser en eux un regain d'énergie et de courage, puis il continua :

- C'était donc un effroyable concours de circonstances. En quelque sorte, j'avais puni ces deux garnements la mauvaise nuit... Mais cela ne changeait rien, je devais être sanctionné. Il n'en fut rien ou du moins pas aussi sévèrement que je l'aurais mérité.

Il s'arrêta encore pour réguler sa respiration déficiente.

- L'Eglise a fermé les yeux, reprit-il avec angoisse. Ma communauté m'a protégé en me déclarant non-coupable. L'affaire a vite été classée. Mais il ne faut pas se leurrer. Tout cela résultait en grande partie du fait que les deux victimes n'avaient pas de proches. S'ils avaient eu de la famille, les choses se seraient passées différemment, je pense.

Encore un temps d'arrêt.

- Au regard du drame indélébile, l'Eglise me mutait cependant dans un autre diocèse et m'interdisait désormais, dans leur intérêt comme dans le mien, de travailler avec des enfants. L'orphelinat allait être reconstruit grâce à de généreux dons et les garçons, dispersés pour un temps aux quatre coins du pays, reviendraient mais, moi, je ne serai pas là pour les accueillir.

Il y eut un léger trémolo dans sa voix.

- Ainsi ils ont refusé votre démission ? se risqua timidement **Deux**.

- Oui, ils jugeaient qu'une radiation était excessive, répondit d'une voix terne **Sept** sans prendre la peine de se tourner vers lui. Quant à mon choix personnel de renoncer à mon sacerdoce, ils me conseillèrent d'y réfléchir mûrement et à tête reposée, au cours d'un long congé sabbatique. Pour eux, ma décision, prise la nuit même de l'accident, avait surtout été dictée par l'immense chagrin et l'odieuse culpabilité qui me rongeaient alors. Bien sûr, ils ne pouvaient pas m'empêcher de partir mais ils refusaient toute réflexion hâtive. Ils me donnaient donc rendez-vous trois mois plus tard, après des « vacances forcées ».

- Et vous avez finalement fait le choix de continuer, n'est-ce pas ? le questionna encore **Deux**, de plus en plus enhardi maintenant.

- Oui, acquiesça encore le prêtre, le regard toujours braqué devant lui. En partie à cause de ce jeu...

- Comment ça ? s'étonna **Cinq** sans lui laisser le temps de s'expliquer sur ce point.

S'arrachant enfin au spectacle de ses fantômes, **Sept** le fixa droit dans les yeux :

- Je comprends votre incrédulité mais c'est pourtant la vérité… Quelques semaines après cette horrible nuit, la télé diffusait l'édition précédente du Requiem de l'horloge. Jusqu'à ce jour, j'y avais toujours été farouchement opposé. J'avais même participé à de nombreuses manifestations pour interdire un concept aussi barbare. Avec le succès que vous connaissez… Aujourd'hui, j'exècre encore autant qu'avant ce jeu et pourtant je suis là parmi vous, postulant à l'abattoir.

Il marqua un nouvel arrêt, comme s'il cherchait volontairement un effet de suspense. Pendus à ses lèvres, les candidats attendaient patiemment. Ils savaient que l'épais voile de mystère qui entourait leur compagnon n'était plus qu'un fil ténu prêt à s'envoler.

- Depuis la première diffusion du jeu, poursuivit-il, je n'avais pas regardé la moindre image. Je ne voulais pas m'abaisser à un spectacle aussi vil et aussi méprisable ! Mais ce jour-là, il y a environ un an donc, j'étais dans un état d'esprit bien différent. Ma foi n'était pas mise à mal mais la légitimité de mon sacerdoce et mon droit à servir l'Église se voyaient terriblement fragilisés. Je me sentais perdu, au banc de la communauté, isolé tel Caïn après le meurtre de son frère Abel. Je ne savais plus où j'en étais et je me morfondais chez moi, véritable loque humaine frappée durement par le destin… Alors j'ai allumé ma télévision et j'ai visionné l'abject ! J'ai tout regardé, l'intégralité de l'émission ! J'étais, je crois, autant fasciné qu'horrifié par l'agonie de ces malheureux ! Lorsqu'à la fin du jeu, la porte s'est enfin ouverte pour le survivant, j'étais comme un zombi envoûté par mon écran… Puis la publicité, inopportune et outrancière, a vomi sa bonne humeur et ses spots mensongers. J'ai bondi sur ma télé et je l'ai éteinte, dégoûté et encore plus mal qu'avant. Je me haïssais pour avoir ainsi succombé à la tentation ! Et puis la révélation m'est apparue, comme une lumière salvatrice au milieu d'une nuit sombre et cauchemardesque.

Encore une fois, il s'interrompit brusquement, le visage baigné d'une étrange lueur. À court de patience, **Trois** s'emporta quelque peu :

- Quelle révélation ? Ne vous arrêtez pas, bon sang !

Le dilettante ne supportait décidément pas que l'on utilisât les mêmes artifices théâtraux que lui. Comme pour l'épargner, **Sept** le dévisagea d'un air compatissant.

- Celle qui m'indiquait que ma place était ici, déclara-t-il enfin, parmi les martyrs du Requiem de l'horloge.

Pendant quelques instants, les candidats se scrutèrent les uns les autres, abasourdis par ce qu'ils venaient d'entendre et de comprendre. Puis, soucieux d'apporter quelques ultimes précisions, leur compagnon reprit la parole :

- Je comprenais soudain que je devais poursuivre mon sacerdoce, malgré mes doutes et ma faute impardonnable. En fait, je devais expier mon crime et mettre à l'épreuve ma foi et mon engagement envers le Tout-Puissant. Alors j'ai remis ma vie entre Ses mains et je me suis inscrit à ce jeu. Les sentiers de la divine providence devenaient évidents. Je devais apporter un message d'amour, de compassion et de fraternité dans cette antichambre du vice et de la perdition, dans ce vestibule des enfers. Je ne parle évidemment pas ici des candidats, tout au moins pour la plupart, mais de l'odieux processus présidant au Requiem. Dieu me montrait la voie : je devais y participer pour soutenir les infortunés sélectionnés et les guider dans leur dernière heure, de même que je devais les aider à confesser leurs péchés et à libérer leurs âmes avant leur comparution devant Lui. Enfin, en venant ici, en risquant ainsi ma vie, je savais que je trouverais le seul châtiment digne de réparer mon horrible faute.

Il s'arrêta le temps de souffler un peu. Puis, animé désormais par une froide résolution, il poursuivit :

- Finalement, tout cela s'apparente pour moi à une sorte de test, à une ultime épreuve si vous voulez. Si je survis, cela voudra dire que Dieu m'autorise à continuer à servir l'Église même si je sais très bien qu'il y aura des conséquences à cet aveu public. Sinon, je comparaîtrai devant Lui pour mon dernier jugement en ayant, à mon maigre niveau, essayé d'expier au moins en partie ma faute… Bref, comme je vous l'ai déjà dit, je ne suis jamais venu ici avec l'espoir de gagner. Même si cela semble vous contrarier, je suis là uniquement pour vous aider et pour savoir si j'ai encore le droit de vivre.

Ses derniers mots résonnèrent un long moment dans le cœur des candidats. Oh oui, ils étaient nombreux ceux qui étaient venus dans ce tombeau, guidés par cette obsédante question : avaient-ils encore le droit de vivre ? La réponse, elle, était depuis toujours suspendue à l'implacable trotteuse. *Tac* : oui. *Tac* : non. Deux martèlements semblables et anodins pour arbitrer l'éternel combat entre la vie et la mort.

Etrangement curieux pour une fois, **Deux** brisa soudain le silence en apostrophant **Sept** :

- Vous avez dit que votre choix de poursuivre dans la prêtrise était lié « en partie » à ce jeu. Mais quelle est l'autre raison dans ce cas ?

L'ombre de la honte imprimée sur le visage, **Sept** le dévisagea longuement.

- Mon incapacité à renoncer à mon sacerdoce, avoua-t-il finalement sans détour. Avant d'avoir ma révélation, je ne parvenais pas à me résigner à abandonner mes fonctions. C'était un véritable déchirement, comme si on m'avait brutalement arraché à ma famille… Oui, je sais (il fit une moue d'excuse), j'avais annoncé juste après l'accident que je quittais le clergé. Mais une fois « à tête reposée », je ne pouvais m'y résoudre. C'était là une grande lâcheté en vérité, mais heureusement le Seigneur m'a sauvé de la déchéance en m'indiquant le chemin.

- Vous n'avez donc jamais cessé d'exercer ? l'interrogea de nouveau **Deux**.

- Jamais, confirma **Sept**, hormis bien sûr lors de mes congés forcés que j'ai, par la suite, mis à profit pour me ressaisir et pour mûrir ma décision de participer au Requiem.

- Et vous avez été sélectionné, ajouta son interlocuteur. Mais qu'avez-vous fait entre-temps ?

Le prêtre s'étonna de toutes ces questions. C'était plutôt surprenant de la part de quelqu'un qui affichait depuis le début un naturel laconique. Peut-être cherchait-il par là à se venger de son propre interrogatoire ?

- Pour l'essentiel, j'ai officié dans une petite paroisse de campagne et je me suis occupé des pauvres et des démunis. L'orphelinat me manquait cruellement mais, pour le reste, je continuais de faire ce que j'avais toujours accompli. La seule différence notable était que je devais me montrer discret sur mon passé et qu'il m'était, bien sûr, strictement interdit de travailler avec des enfants.

- Eh bien padre, question discrétion, c'est pour le moins réussi, ne put s'empêcher de persifler **Trois**.

Une fois n'est pas coutume, personne ne fit vraiment attention au dilettante, tant et si bien que celui-ci fut le seul à glousser de sa boutade.

Il était déjà 14h47.

- Lorsque vous nous avez parlé du jour de l'accident, poursuivit bientôt **Deux**, vous avez dit que vous veniez d'assister à la mort d'un proche. Était-ce l'un de vos parents ?

- Pourquoi pensez-vous à cela en particulier ? s'étonna le prêtre.

Sans se démonter, l'intéressé s'expliqua :

- Lors de notre petite discussion sur les porte-bonheur de chacun, vous nous avez présenté votre chapelet en nous précisant notamment qu'il vous avait été offert très jeune par vos parents.

- Oui. Et alors ?

- J'y viens mon père, le rassura **Deux** d'un ton égal. Dans la mesure où vous nous avez parlé d'eux au passé, j'en déduis qu'ils ne sont plus de ce monde. Par conséquent, je me demande si lorsque vous nous avez mentionné la mort d'un proche, vous y faisiez référence ?

Pendant un instant, le prêtre le fixa d'un air stupéfait. Ce candidat discret était perspicace et fin psychologue. Sous ses semblants de mutisme et de mystère, il observait, notait, mémorisait tout depuis le début. Replié comme **Six** dans sa bulle autarcique, il ne laissait pourtant rien paraître, donnant plutôt l'impression de ne pas se soucier de ce qui se passait autour de lui. Mais, en fait, il n'en ratait rien ! Même s'il persistait à ne pas se dévoiler, il écoutait avec attention les confessions des autres. Il n'était donc pas aussi sauvage et récalcitrant à tout échange que l'asociale jeune femme.

Mais alors, pourquoi se repliait-il de la sorte s'il conservait une part d'altruisme ? Pour oublier sa propre condition bien sûr ! Chacun ici utilisait ses propres dérivatifs.

Pour autant, **Sept** n'était pas non plus dupe. Car cela pouvait aussi bien correspondre à une volonté délibérée d'inverser simplement les rôles de l'interrogatoire. Peu importe. Il se moquait bien des raisons. Après quelques secondes de flottement, il répondit enfin à la question :

- Non, je parlais d'un ami qui venait d'être emporté par une maladie incurable.

Deux hocha la tête en guise d'assentiment mais le prêtre, voyant qu'une lueur d'insatisfaction brillait toujours dans ses yeux, poursuivit :

- Au moment du drame de l'orphelinat, mes parents étaient déjà morts il y a longtemps. Depuis mes vingt-cinq ans, en fait, l'année de ma consécration en tant que prêtre. Ils...

Une ombre, signe là encore d'un souvenir douloureux, passa sur son visage.

- Ils ont tous deux disparu dans un tragique accident de voiture. J'étais avec eux ce jour-là mais j'en ai miraculeusement réchappé, le Seigneur ayant d'autres desseins pour moi... Mon père est mort sur le coup. Ma mère, elle, a lutté vaillamment jusqu'à l'arrivée des secours. En vain... Je me revois encore, serrant contre moi son corps brisé et ensanglanté et priant avec force pour son salut.

Assailli de nouveau par son lot d'images éprouvantes et pénibles, **Sept** baissa les yeux :

- Dans mon cheminement vers Dieu, ce fut là encore un grand moment de doute. Mais je compris rapidement que mon sacerdoce n'en avait trouvé que plus de force. Mes parents avaient été tellement fiers de moi que je me devais de poursuivre aussi pour leur mémoire.

Autour de lui, ses compagnons s'étaient remis à le scruter bêtement, interdits et impuissants, exception faite de **Deux** qui semblait avoir été étrangement atteint par sa révélation. Le teint devenu subitement livide, les yeux exorbités et hagards, il venait d'agripper le lavabo comme si ses jambes menaçaient brusquement de lui faire défaut. Toujours aux aguets, **Trois** lui jeta un regard perplexe.

- Vous vous sentez bien ? lui lança-t-il en travers de la pièce.

Les autres candidats, qui n'avaient rien remarqué (hormis **Six**), furent surpris de constater que la question ne s'adressait pas au prêtre. Tous alors, y compris ce dernier dont l'œil s'alluma d'un vif intérêt, se mirent à fixer **Deux**.

- Oui... ça va, mentit celui-ci. Juste un petit coup de fatigue à cause du stress.

Mais ses compagnons continuaient de l'épier comme une bête curieuse. Doublement mal à l'aise, le jeune homme chercha rapidement une parade pour détourner leur attention. Et l'horloge bien vite s'imposa :

- Il nous reste de nouveau si peu de temps.

Les candidats suivirent son regard apeuré. Et certains, jusqu'alors totalement absorbés par l'histoire de **Sept**, redécouvrirent soudain leur horrible tortionnaire. 14h49 ! Déjà ! Aussitôt, l'effet escompté se produisit, un vent de panique traversant l'assistance à l'idée des onze minutes, dérisoires et misérables, qu'il leur restait.

Seul **Sept**, peu convaincu par la pirouette de **Deux**, continuait de lui jeter un œil dubitatif. Les aiguilles pouvaient tourner. Ce candidat, plus que les autres, avait été profondément bouleversé par sa dernière confession. Il était prêt à le parier : **Deux** avait lui aussi sa part inavouable de responsabilité dans un accident sordide.

Conséquence d'une énième vague de malaise, un silence oppressant s'installa parmi les condamnés. Le manège infatigable de la trotteuse et la proximité étouffante du verdict rendaient de toute façon inutile la poursuite de leurs conversations, et encore plus vaine leur démarche d'un rapprochement solidaire et fraternel. Sinistre assurance du Requiem de l'horloge, la Mort, mue par une ponctualité infaillible, les attendait déjà patiemment au bout du chemin pour un macabre rendez-vous solitaire. Prête à savourer cette seconde d'éternité où la vie s'échappait, où l'âme s'envolait et se dissipait dans le gouffre insondable de l'au-delà.

Malgré son isolement volontaire, **Six** n'avait rien perdu des révélations du prêtre. Un sacrifice expiatoire. Voilà donc quel était son secret ! Cela ne la surprenait guère. De la part des dévots zélés qui ne juraient que par Dieu, il y avait toujours des conneries de ce genre. Mourir en martyr était devenu depuis longtemps un plan de carrière, un objectif de vie. Au nom de la Bible, du Coran, de la Torah, ou de n'importe quel autre foutu credo religieux, c'était toujours la même rengaine, la même ineptie, le même drame pour les victimes d'un prosélytisme borné et stupide. L'Histoire était jalonnée des plaies sanglantes de la religion.

Six secoua énergiquement la tête pour se reprendre. Elle n'avait pas la moindre envie de philosopher sur les grands travers de l'espèce humaine. Et puis, les imbécillités morales mises à part qu'elle était obligée de se farcir, **Sept** ne se faisait jamais que du mal à lui-même. S'il voulait crever, il ne fallait surtout pas qu'il se gène ! Pour elle, cela lui ferait toujours une chance de plus de l'emporter.

Pendant quelques instants, ses yeux se fixèrent de manière hypnotique sur le battement monotone de la trotteuse. *Tac, tac, tac*… Au fil de sa marche rythmée, elle laissa peu à peu son esprit s'évader du contexte présent, s'arracher au mépris et au dégoût qu'elle ressentait pour ses compagnons. Dans son histoire, le prêtre avait mentionné l'édition précédente du Requiem et cela la ramenait à sa genèse…

On en était déjà à la quatrième représentation de ce spectacle macabre et cruel. Avec une grande nouveauté cependant ! Jamais auparavant, il n'y avait eu autant de participants. Merveille d'un casting parfaitement bien réglé, le nombre des sélectionnés était passé de cinq à sept depuis cette année. Pourquoi ? Pour le plaisir du jeu bien sûr, pour le prolongement du voyeurisme pervers et dégueulasse qu'il procurait… et pour répondre à la multiplication des candidatures !

Les producteurs, dans leur schéma tactique dicté par la course au dieu Audimat, avaient toutefois longuement hésité avant d'augmenter la durée de l'émission. Passer de quatre à six heures de direct paraissait bien ambitieux et limite imbuvable. Et même si le jeu avait été, dès le départ, programmé le dimanche après-midi pour capter le plus large éventail possible de téléspectateurs. Mais lorsque l'on a face à soi un public de zombis lobotomisés et déshumanisés, tout semble soudain réalisable. Alors, il fut décidé de passer à sept candidats. Pour pallier la durée peut-être excessive du show, il suffisait simplement de choisir parmi les postulants les plus aptes à entretenir le suspense et à faire le spectacle. D'où une sélection plus fouillée, plus pointue et sans aucun doute plus vicieuse !

Avec ses compagnons, elle faisait donc partie des heureux finalistes, des « survivants » en quelque sorte sur les dizaines de milliers au départ. Le plus amusant dans tout ça, c'est que si elle ne gagnait pas, jamais elle ne saurait si le pari des producteurs avait fonctionné. En ce qui la concernait, elle espérait évidemment que non. Car lorsqu'elle avait appris qu'il y aurait deux candidats supplémentaires cette année, elle avait enragé, cela signifiant en priorité qu'elle devrait se coltiner plus de cas sociaux et supporter aussi plus longtemps leurs jérémiades. En vérité, elle aurait nettement préféré une réduction du nombre des participants parce qu'en général, elle n'aimait pas que les choses traînent. La mort ou la vie, bien ! Mais dépêchons-nous ! Pour ces raisons et parce qu'elle les détestait plus que tout, elle espérait que ces chacals de la production auraient à pâtir de leur stratégie semblable à une odieuse goinfrerie.

Question organisation, leurs choix n'avaient d'ailleurs pas toujours été très avisés, notamment lors de la première année… Au milieu des tollés et des vagues de contestation, largement diffus aujourd'hui, qu'avait suscités la mise en place d'un tel concept, l'équipe dirigeante avait presque vu l'émission originelle tourner au désastre. Si dès le départ, les maîtres d'œuvre avaient pris de judicieuses précautions en protégeant l'horloge, source de tant de tortures et de souffrances, derrière un épais bloc de verre incassable, ou bien encore en préservant les caméras – l'aspect esthétique jouant aussi dans le choix des modèles – de la fureur des candidats, ils n'avaient cependant pas évité de tragiques maladresses. Ainsi en avait-il été du miroir surplombant le lavabo.

Étrangement en effet, ils n'avaient pris aucune mesure de sécurité à son encontre. Ils avaient pourtant pensé à supprimer tout objet pouvant faire office d'arme, notamment les verres ou les bouteilles qui pouvaient devenir des tessons meurtriers. Mais pour le miroir, rien ! Une bourde étonnante, presque suspecte même, lorsque l'on connaissait leur infinie prudence.

Bref, lors de cette première émission donc, il ne restait plus que trois candidats sur les cinq de départ. Jusqu'à cet instant, tout se passait relativement bien. Enfin, façon de parler… Depuis plus d'une heure, l'un des sursitaires montrait des signes inquiétants de nervosité, voire même de frénésie, ce qui n'était pas sans rappeler à **Six** le cas pathologique de **Un**. Mais cela était ici d'autant plus impressionnant que l'homme était de carrure imposante. En gros, un vrai balèze qui avait fondu un boulon !

Dans un élan calculé, il avait soudain attrapé une chaise et frappé avec une rare violence le miroir qui s'était brisé en mille morceaux, offrant autant d'éclats meurtriers, véritables couteaux improvisés ! Puis il s'était emparé de l'un d'eux avec une serviette enroulée autour de la main et s'était jeté sur ses compagnons pour mettre fin à l'épouvantable compte à rebours. S'il parvenait à tuer les deux autres, il serait forcément déclaré vainqueur, en tant qu'unique survivant !

Mais c'était sans compter sur la quatrième règle d'or : « Les candidats seront tenus de ne pas tenter de se suicider ou de s'agresser physiquement avec l'intention évidente de tuer ». Se mettre joyeusement sur la tronche, en gros ? Ok, mais avec modération s'il vous plait ! Avant même que le dément eût le temps de découper ses camarades, il fut brutalement arrêté dans sa charge par le poison rentrant dans ses veines. La sanction la plus sévère dans le règlement ! Pris au dépourvu et paniqués, les producteurs n'avaient pas même pris le soin d'avertir le contrevenant par un signal sonore.

Alors, comprenant que son idée lumineuse venait de provoquer sa perte et ne supportant déjà plus l'odieuse agonie qui gagnait son corps, l'homme avait retourné son arme contre lui et s'était ouvert la gorge. Le sang avait giclé en abondance et l'image avait traumatisé des millions de téléspectateurs. Ils furent sans doute nombreux ceux rivés à leurs écrans qui vomirent en cet instant leurs chips, pizzas et autres sodas.

Pour la production, le désastre était de taille mais le spectacle devait continuer ! Les deux candidats survivants durent prestement évacuer le macchabée sanguinolent, tandis que le passage horaire suivant restait sans conséquence pour eux. Dans cette affaire, ils n'avaient jamais gagné qu'un bref sursis parce qu'une bonne heure plus tard, l'un d'eux s'était écroulé, terrassé par l'implacable poison. Le Requiem originel venait de consacrer son premier vainqueur. Une femme hébétée et à moitié folle...

Par la suite, les détracteurs de l'émission se servirent longtemps de ce dérapage sanglant, obtenant même, quelques mois plus tard, une arme supplémentaire avec le suicide de la lauréate. Mais en vain, la société de production, richissime et toute-puissante car fortement populaire, était devenue intouchable. Et même si elle avait bien connu quelques sueurs froides, par un curieux retournement de situation elle venait finalement de conforter sa légitimité. Triste reflet d'une civilisation cruelle et déshumanisée, l'incident du miroir n'avait fait qu'attiser encore plus la soif morbide du public. Alors, certains opposants étaient allés jusqu'à affirmer que tout cela n'avait pas été en définitive un oubli. Quelle belle façon en effet, choc et mémorable, d'entériner ce spectacle d'un nouveau genre !

Vérité aberrante, la mort en direct s'était donc peu à peu ancrée dans les mœurs. Et aujourd'hui, **Six** était avec ses compagnons au pire de simples morceaux de viande jetés en pâture aux fauves de l'arène, au mieux des gladiateurs des temps modernes. Ave Horloge, ceux qui vont mourir te saluent !

Inévitablement pourrait-on dire, la voix de **Sept** interrompit la jeune femme dans ses réflexions. Il était un peu plus de 14h50.

- Comme pour l'heure précédente, annonça-t-il avec une certaine solennité, je propose à tous ceux qui le souhaitent de m'accompagner dans une prière collective et fraternelle, afin de franchir ensemble ce nouveau passage (il marqua une courte pause). De même que je suis prêt à écouter rapidement les dernières confessions de chacun dans un entretien...

Il s'arrêta net comme s'il allait dire une bêtise.

- Privé ? ponctua alors pour lui **Deux** avec un sourire sans joie. C'est cela que vous alliez ajouter, n'est-ce pas ?

Gêné, le prêtre ne répondit pas. De toutes les façons, il ne formulait son invitation que pour la pure forme parce qu'il savait très bien qu'hormis le fidèle **Cinq**, aucun des autres candidats ne l'accompagnerait... Sauf peut-être **Deux** ? Décidément, le mystère qui l'entourait l'obsédait. Pour la énième fois et malgré le manque cruel de temps, il repartit à la charge de son inexpugnable intimité.

- Vous avez semblé particulièrement bouleversé par mon histoire, attaqua-t-il sans détour en le fixant d'un regard pénétrant. Peut-être pourriez-vous nous expliquer pourquoi ?

Deux cligna nerveusement des yeux tandis que, dans son coin, **Six** tendait l'oreille. Pour une fois, cela l'intéressait au plus haut point.

- Je... je compatissais simplement à votre sort et à la tragédie qui vous ont mené ici, mentit fort maladroitement l'intéressé.

- Allons, cessez de vous duper vous-même ! s'énerva brutalement **Sept**.

Maintenant qu'il restait si peu de temps et qu'il jouait peut-être sa dernière chance, le prêtre était bien décidé à le brusquer pour de bon, quitte à abandonner son côté diplomate.

- Votre sollicitude à mon égard mise à part, poursuivit-il avec la même sévérité, nous savons tous très bien qu'il y a autre chose qui vous ronge le cœur. Pour l'amour de Dieu, soulagez votre âme comme je viens de le faire !

Toujours en proie à un malaise insidieux, **Deux** assura plus fermement son appui contre le lavabo. Puis, avec le regard sombre d'un fossoyeur, il fixa son tourmenteur :

- Avec tout le respect que je vous dois mon père, vous commencez à dépasser les bornes.

Bien que lourde de menaces, sa voix trahissait désormais une certaine fébrilité. C'était maintenant ou jamais ! **Sept** insista :

- Le temps qui vous reste à vivre n'est peut-être plus que poussière. Par tous les Saints, regardez l'horloge !

« *Tac, tac, tac.* Présente ! » sembla répondre d'un air goguenard cette dernière.

- Laissez-le tranquille, espèce de vautour ! intervint soudain **Un** en sauveur providentiel et inattendu.

Le petit homme venait de bondir du canapé et tendait vers le prêtre un poing rageur. Décidé à ne pas laisser ce névrosé dicter sa loi, **Trois** se jeta à son tour dans la bataille.

- Toi le petit roquet, retourne à la niche ! ordonna-t-il. Cette histoire ne te regarde pas !

Furibond, **Un** lui fit face.

- Appelle-moi encore une fois comme ça et je te tue, cracha-t-il, tous les traits de son visage déformés par une haine devenue inextinguible.

- Oh ! s'inquiéta faussement le dilettante. J'en tremble déjà dans mes chaussettes, petit…

- Suffit ! hurla d'une voix de stentor **Sept** en balayant d'un regard réprobateur et désolé l'ensemble de ses compagnons.

Pleins d'amertume, ses yeux s'arrêtèrent finalement sur **Deux** et il poussa un profond soupir. Il n'allait pas engendrer une nouvelle crise, voire même déclencher une bagarre, pour percer ses secrets. Ce n'était plus le moment.

- Restons-en là, je vous prie, proposa-t-il donc d'une voix terne. Le temps est venu pour chacun de nous de se recueillir à sa façon. Que le Seigneur vous vienne en aide dans ces derniers moments d'attente et de doute.

Dans un geste empreint de dignité, il se signa et s'agenouilla par terre pour entamer ses prières et son travail méthodique de préparation à l'au-delà. Comme il l'avait prévu, **Cinq** fut le seul à se joindre à lui, tandis qu'autour d'eux leurs compagnons les fixaient d'un air circonspect. Puis chacun se focalisa bientôt sur le tracé funeste de la trotteuse, isolé dans sa propre sphère de tourments et de souffrances. Une bulle qui n'admettait plus rien d'autre que leur désespoir égoïste et exclusif.

Sensation troublante et inconnue, **Trois** se rendit soudain compte que lui aussi redoutait le verdict à venir. Il avait eu beau se cacher cette vérité tout au long de cette dernière heure, elle n'en revenait à présent qu'avec plus de force. Le stress qui s'était lové insidieusement en lui se muait, dans ce silence drapé d'un linceul, en peur ancrée au fond de ses inébranlables certitudes… Allons, c'était ridicule ! La victoire ne pouvait que lui sourire. Sa chance ne l'avait jamais abandonné. Jamais.

Alors, pourquoi ? Était-ce parce qu'après la mort de **Quatre**, qui l'avait beaucoup impressionné, il n'avait que très moyennement envie d'assister à une nouvelle agonie ? Oui, cette répugnance était sans doute un début d'explication. A bien y réfléchir, il ne craignait évidemment pas pour sa propre vie – cela, il ne pouvait pas décemment l'admettre – mais s'interrogeait en fait plutôt sur son aptitude à garder son sang-froid et son flegme pendant encore quatre longues heures. Peut-être avait-il tout simplement surestimé sa capacité à partager ces quelques pas de danse avec la Mort ?

Pour ne pas laisser le doute s'immiscer plus longtemps dans son cœur, il s'éloigna de son sujet favori, c'est-à-dire lui-même, et se mit à penser à **Sept**. Au-delà de son voyeurisme sacerdotale, c'était quand même curieux cette insistance qu'il mettait à traquer constamment les confessions des autres. Pourquoi voulait-il à ce point tout savoir, tout connaître de l'intimité de chacun ? Qu'espérait-il obtenir ainsi ? Des armes, des atouts à utiliser pour mieux contrôler la situation, pour mieux façonner à sa guise leur pitoyable communauté ?

Paroles saintes à l'appui, il n'avait pas été long, par exemple, à lui affirmer qu'il péchait par orgueil, le pire de tous parmi les sept péchés capitaux ! Mais lui ? N'était-ce pas également son cas à vouloir ainsi tout régenter comme un petit chef ? Et puis, pendant qu'on y était, ne pouvait-on pas lui rajouter aussi la colère dans sa liste ? Demandez aux deux gamins brûlés vifs par sa faute ! ... Non décidément, ce n'était pas clair tout cela. Que cherchait-il à la fin ? Pourquoi était-il à ce point obsédé par les révélations ? Était-il un nostalgique de la grande époque de l'Inquisition ? ... Une hypothèse, d'abord farfelue puis tout à fait plausible en définitive, germa bientôt dans son esprit. Et si **Sept** n'était pas ce qu'il affirmait être ?

Les yeux du dilettante s'illuminèrent à cette idée, tellement sournoise certes, mais si vraisemblable de la part d'une équipe de production retorse à souhait ! Et s'il n'était pas un prêtre mais bien plutôt une sorte de rabatteur engagé par les producteurs ? Un comédien de génie, un acteur hors pair recruté pour faire le spectacle, pour divertir et tenir en haleine un public assommé pour la première fois par six heures de direct. Pour cela, hormis les passages horaires, il n'y avait pas une foultitude de solutions ! Il fallait forcer les candidats à parler, à se dévoiler – et cela tout en canalisant leurs excès – le Requiem de l'horloge tenant sur deux piliers principaux : l'excitation jouissive d'une mort en direct et le plaisir haletant de découvrir comment des êtres humains avaient pu se résoudre à une telle extrémité.

De mémoire – il avait vu les trois émissions précédentes – les candidats ne s'étaient jamais montrés aussi prolixes, et plus d'une fois l'on avait frôlé l'ennui. Or là, rien de tel ! C'était comme si **Sept** s'efforçait de maintenir constamment un échange soutenu. N'était-ce pas lui justement qui avait toujours pris l'initiative des tours collectifs de présentation ? Sous le couvert de la religion, ne se dédouanait-il pas de toute réaction de méfiance de la part des autres candidats ? Finalement, la production jouait gros à augmenter ainsi la durée de son émission. Un élément à sa solde, parmi les participants, était un atout de taille et une garantie supplémentaire d'une future addiction à cette formule rallongée.

Mais dans ce cas (le visage de **Trois** blêmit d'un coup), qu'en était-il vraiment pour ce « vendu » de sa condition de candidat ? Pouvait-il être éliminé comme tout un chacun ou était-il d'ores et déjà garanti de parvenir jusqu'au bout, car lié par un contrat secret et juteux à la production ? Impossible ! Le tirage au sort était effectué sous contrôle d'huissier de justice. Et puis on leur avait montré la machine qui s'en chargeait – le visage caché de la mort – avant de rentrer ici. Les boules sortaient de manière rigoureusement aléatoire…

Non, c'était là encore un raisonnement futile ! La société de production avait bien assez d'argent pour corrompre n'importe qui, y compris les instances dirigeantes du pays. Alors un huissier, aussi assermenté fût-il ! Deux ans auparavant, un journal avait d'ailleurs révélé ce scandale mais, comme toujours, lorsque l'on s'attaquait au Requiem de l'horloge, cela tombait aux oubliettes. Et ce n'était pas le contrôle vidéo du tirage remis aux autorités judiciaires et aux organismes dirigeants de l'audiovisuel – car la roue elle aussi était filmée en coulisses – qui y changerait quoi que ce soit. Il pouvait être tout aussi bien truqué.

Une vague d'angoisse manqua d'étouffer **Trois**. Pendant près d'une minute, il se sentit mal comme jamais. Puis, résolument, patiemment, il s'efforça de se calmer. Non, si les producteurs avaient eu pareille idée, ils l'auraient appliquée avant. Or, les précédentes émissions, aussi accrocheuses fussent-elles, avaient singulièrement manqué de piquant. Tout cela était donc parfaitement absurde ! Le stress, sensation inconnue et inhabituelle, lui montait à la tête, voilà tout. Couvert par sa bonne étoile, il n'avait rien à craindre. Et puis il n'était de toute façon pas concevable qu'on le privât de sa victoire…. Mais alors, comment expliquer que **Sept**, religieux convaincu et illuminé, s'était tourné vers lui, athée résolu et insolent, pour former une alliance improbable ? Si ce n'était justement pour garantir le spectacle.

Dans une tension de plus en plus palpable, la deuxième partition s'égrenait pesamment maintenant, chaque *tac* résonnant dans la pièce silencieuse en un écho sinistre et pénétrant, en une gamme unique et cruelle qui écrasait, comme autant de coups de boutoir, les ultimes espoirs de candidats traumatisés. La Mort, invisible et évanescente, se glissait déjà entre eux, entraînant dans son sillage un courant froid et mordant. Plus que l'horloge, plus que les candidats, c'était elle la vraie vedette ! Celle que tout le monde attendait avec une impatience malsaine, un ravissement morbide ou une angoisse insupportable.

Prostrés dans une sphère de souffrance et de désespoir, les candidats n'osaient plus bouger, ni dire quoi que ce soit. C'est à peine si **Deux** trouva la force de quitter le lavabo pour aller se tasser dans un des fauteuils, comme s'il espérait qu'en se faisant tout petit la Faucheuse l'oublierait ! Pour avoir franchi le premier passage horaire, tous savaient dorénavant ce que représentait l'intolérable compte à rebours des dernières minutes. Finie l'abstraction excitante mais presque insipide de la télé ! Maintenant, c'était pour de vrai ! Ils savaient désormais que, malgré leurs longues heures de réflexions, malgré le cheminement douloureux et froidement raisonné qui les avait conduits ici aujourd'hui, rien n'aurait jamais pu les préparer à une telle épreuve. Ce supplice de l'horloge était une torture au-delà des mots !

À cet instant précis, tous, même **Trois** épouvanté désormais par ses théories de conspiration, même **Six** pourtant animée d'une détermination infaillible, auraient donné n'importe quoi pour que cet odieux martyre prît fin, pour que le temps accélérât sa course. Si l'inéluctable ne pouvait pas être évité, alors qu'il frappe sans tarder !

Par-dessus les tacs de l'horloge, l'on entendait encore, ultime manifestation de vie, les suppliques tremblotantes de **Sept** et de **Cinq**. Vagues murmures, presque inaudibles, dans la chape de plomb qui écrasait la pièce. Avec la ferveur des désespérés, les deux hommes se donnaient corps et âme à Dieu. Seule leur foi, tel un sanctuaire inviolable, pouvait peut-être encore les sauver.

14h53. **Un**, qui s'agitait furieusement depuis quelques instants, bondit du canapé en hurlant. Les yeux exorbités, l'écume aux lèvres, il tirait sur son haut de jogging comme un possédé dévoré par des flammes invisibles. Mais, retranchés très loin dans la procession secrète de leurs souffrances et de leurs regrets, ses compagnons faisaient à peine attention à lui (seule **Six**, en fait, jetait un regard agacé dans sa direction). Le petit homme pouvait bien crier, se rouler par terre ou s'arracher la peau du visage avec les ongles, cela n'avait plus aucune importance. Le monde pouvait s'écrouler autour d'eux, ils avaient rendez-vous avec la Mort. Oh et puis non, il y avait bien une chose que **Un** pouvait faire pour les intéresser ! Qu'il se suicide ! Cela leur ferait toujours un sursis supplémentaire.

Toujours en proie à la démence la plus totale, **Un** arracha subitement son haut et le jeta violemment par terre, dévoilant un torse frêle et blafard. Dans sa manœuvre furibonde, il envoya voler ses lunettes sur la moquette, et cela le stoppa net. Rendu d'un coup presque aveugle, il se mit bientôt à paniquer. Son environnement n'était plus qu'un paysage flou et indistinct mais surtout, comble de l'horreur, il ne distinguait plus l'horloge et sa sentence obsédante ! Avec une frénésie décuplée, il se laissa alors tomber et chercha à tâtons ses lunettes. Ses gestes étaient précipités et saccadés, aussi passa-t-il plusieurs fois à côté de son précieux trésor, en ne cessant de geindre tel un petit animal fragile pris au piège.

L'image avait beau être profondément pathétique, personne ne vint prêter assistance au malheureux, pas même **Sept** ou **Cinq**. Comme indifférents à son sort, ils se contentaient de lui jeter de brefs regards désolés.

Seule **Six**, encore, s'intéressait de près à lui. Non pas qu'elle compatissait pour cette pitoyable larve mais parce que cela l'amusait de la voir tourner ainsi désespérément autour de son trésor. D'un air cruel et sauvage, elle se mit à rire sans retenue... Plus à droite ! Non, à gauche maintenant ! Attention crétin, tu vas marcher dessus !

Et puis, après quelques longues secondes de bonheur, le spectacle prit fin. Le petit homme venait de remettre la main sur ses lunettes. Après les avoir fixées sur son nez, il se recroquevilla sur lui-même et se mit à répéter tel un disque rayé :

- Je ne veux pas mourir. Je ne veux pas mourir. Je ne veux pas mourir.

- La ferme ! s'exclama avec colère **Six**, plus que lassée par cette comédie maintenant.

- Je ne veux pas mourir. Je ne veux…

- Tais-toi ducon ou je t'assomme ! cria derechef la jeune femme en bondissant de sa chaise et en la brandissant comme une massue.

Mais **Un** ne s'arrêtait pas. Alors, furieuse, elle s'approcha de lui, prête à frapper… lorsqu'elle nota le regard convergent et attentiste de tous ses compagnons. Oh non, elle ne leur ferait pas ce plaisir ! Elle n'allait pas écoper pour eux d'un avertissement ou pire d'une exécution punitive. Comme ce candidat la première année avec son couteau improvisé ! Avec une expression de défi, elle recula donc et reposa la chaise en fixant ses bourreaux silencieux.

- Je vous emmerde tous, tas de bouseux ! lâcha-t-elle finalement avant de se rasseoir.

Avec application, **Six** se concentra sur sa seule respiration – alors que **Un** laissait les pleurs succéder à sa litanie. Elle devait absolument se détendre, retrouver son calme. L'insoutenable stress du moment aidant, elle avait bien failli commettre une erreur qui aurait pu lui être fatale. Quant aux autres candidats, ils venaient tous de montrer leurs vrais visages. Comme elle avait en vain essayé de le leur faire admettre au début du jeu, ils venaient de comprendre enfin la notion « d'obstacle à franchir ». La propension innée à chacun de survivre par tous les moyens ressortait au grand jour. Même chez ce prêtre dégoulinant de bons sentiments. Elle avait en quelque sorte été la première victime du durcissement collectif de ses compagnons… de ces charognards, oui ! Mais ils n'auraient pas sa peau aussi facilement.

Ses pensées se focalisèrent soudain sur **Trois**, visiblement nerveux comme jamais. Était-ce pour cela qu'il poussait à bout tout le monde ? Sa stratégie était-elle de conduire les autres à la faute ? Ce n'était sans doute pas un hasard s'il s'acharnait en particulier sur **Un**, le plus fragile parmi eux ? Quant à elle ? Avait-il également cherché à la tester ? Lorsqu'il avait compris la rage qui l'animait, n'avait-il pas espéré la retourner en sa faveur en l'obligeant à commettre l'irréparable… Aucune chance mon gaillard ! Lui non plus ne l'aurait pas comme ça !

D'un coup, elle se mit à détester encore plus ses compagnons. Depuis le début, elle avait été la seule à se montrer franche. Qu'ils soient tous maudits ! Eux ! Les producteurs ! Le public ! Puis, pendant qu'on y était, toute cette foutue race humaine ! … *Tac, tac, tac.* Et cette putain d'horloge !

Elle ne pouvait pas se calmer. De toute façon, elle n'en avait pas envie. Renversant sa chaise, elle se mit à faire les cent pas, tandis que la trotteuse s'envolait vers le moment tant attendu. Un peu moins de quatre minutes maintenant. Sa rage l'étouffait de plus en plus. Il fallait que ça sorte. Sans cesser de marcher, elle s'adressa sur un ton haineux aux caméras :

- Ça vous plait, hein ? Tas de cons ! Bande de fumiers !

Elle s'interrompit quelques secondes pour mieux contrôler son souffle haletant.

- Vous trépignez d'impatience derrière votre écran, n'est-ce pas ? Vous vous demandez qui va y passer ? Est-ce que ce sera moi, la seule à avoir encore ici une once de dignité ?

D'un doigt accusateur, elle se mit alors à désigner un à un ses compagnons. Ah, ils voulaient qu'elle cède à la colère ! Eh bien, elle allait leur en donner pour leur argent !

- Est-ce que ce sera l'imbuvable **Trois**, aussi arrogant qu'époustouflant de bouffonnerie ? À l'instant même, il mouille son pantalon mais n'ayez crainte messieurs dames, ce n'est qu'un effet de scène car votre humble serviteur va gagner, c'est certain.

Le dilettante lui jeta un œil hagard et ahuri. Tenaillé par ses angoisses, il se voyait pour une fois incapable de répliquer. Avec un incroyable mépris, la jeune femme poursuivit donc tranquillement sa liste :

- Est-ce que ce sera le répugnant **Cinq**, aussi larvaire que geignard ? Après le vomi de bienvenue et l'évanouissement de donzelle apeurée, que nous prépare-t-il ? Le mystère reste entier.

Trop abattu lui aussi pour répondre, le gros homme resta vautré par terre. Mais c'était sans compter sur **Sept**. Sentant son tour arrivé ou décidé à voler au secours de ses compagnons, celui-ci se redressa d'un bond :

- Taisez-vous ! Vous êtes ignoble !

Parfaitement indifférente au regard furieux et outré qu'il lui lançait, **Six** le fixa d'un air condescendant :

- Ou bien est-ce que ce sera notre « Père la morale », aussi confondant de niaiseries que prompt à nous déblatérer ses sermons à deux sous ?

Réveille-toi l'abbé, tu vis dans un monde utopique et dégoulinant d'hypocrisie.

Contre toute attente, **Sept** resta à son tour bouche bée. Mieux valait ignorer cette enragée car rien ne l'arrêterait ! C'était dans cette rage qu'elle trouvait le courage d'encaisser l'insoutenable supplice de l'attente. Seule l'horloge terrasserait cette diablesse ! Sentiment fort peu chrétien, il souhaita tout à coup sa mort et se remit à prier...

Six pointait maintenant le corps recroquevillé de **Un** :

- Est-ce que ce sera notre névrosé de service, aussi écœurant que pitoyable dans sa lâcheté et son aigreur ? Pleurs, bave, crises hystériques, quel riche numéro pour crier sa haine au monde !

Plongé dans un univers de souffrances, le petit homme n'eut aucune réaction. Puis **Six** s'arrêta sur le dernier candidat qu'elle n'avait pas encore épinglé. Un instant cependant, elle hésita tandis qu'un air désolé passait fugitivement sur son visage :

- Ou bien est-ce que ce sera l'insipide **Deux**, aussi inexistant que faussement indifférent aux malheurs des autres ? Ne vous y trompez pas, amateurs de voyeurisme glauque, notre ami n'a des secrets que pour pallier la vacuité absolue de sa personne.

Blessé au fond de son cœur et de son âme, le jeune homme la dévisagea longuement avec tristesse. Mais lui aussi resta désespérément silencieux.

Alors, pendant de longues secondes, **Six** ne bougea plus, le corps tremblant et la respiration saccadée. Puis, dans un hochement de tête, elle scruta l'horloge et déclara d'une voix déterminée :

- Quant à toi, roule ! Qu'on en finisse !

Et la trotteuse défila. *Tac, tac, tac*... Obéissante et disciplinée.

Moment tant attendu et tant redouté, la dernière minute approchait. Plus qu'une poignée de secondes maintenant ! Tous les candidats s'étaient immobilisés, les yeux braqués sur celle qui était devenue la maîtresse omnipotente de leurs vies. Fièrement dressés dans un dernier sursaut d'orgueil ou avachis tels des suppliciés à bout de forces, ils attendaient l'inéluctable verdict. Au-delà de toute torture imaginable, ils s'apprêtaient à revivre l'atroce compte à rebours des dernières secondes. Qui la Mort allait-elle prendre cette fois ? Certains y allaient de leur petite préférence. D'autres espéraient seulement survivre encore…

Comme pour l'heure précédente, **Cinq** et **Sept** s'étaient levés face à leur bourreau mécanique pour achever leurs prières. Main dans la main pour mieux communiquer leur ferveur et leur foi, ils suppliaient une dernière fois Dieu de les épargner… ou de les aider à mourir. Sûr de sa force peut-être, **Sept** paraissait étrangement serein, bien plus que lors du passage précédent. S'était-il déjà habitué à l'odieux procédé ou **Trois** avait-il raison ? À l'inverse, **Cinq** luttait héroïquement pour se maintenir debout et pour ne pas s'évanouir à nouveau. Le sang-froid remarquable dont faisait preuve son compagnon l'aidait grandement à tenir…

Dans une crise d'angoisse et de paranoïa aiguë, les yeux de **Trois** balayaient frénétiquement l'horloge et **Sept**, son principal rival désormais ! Rivé à sa chaise, il tremblait de tout son corps. Pour la première fois de sa vie, l'insouciant dilettante découvrait la véritable peur ; celle profonde et paralysante qui annihile la raison et l'intelligence. Comble de l'ironie sans doute, ce cheminement vers cette sensation inconnue et obsédante, il l'avait suivi seul. Avec application. Bêtement. Jusqu'au franchissement de cette barrière invisible qui ne le rendait plus intouchable, faisant de lui un candidat comme les autres…

Agenouillé par terre, le torse toujours nu et les bras en croix, **Un** geignait doucement, un fin filet de bave au coin des lèvres. Il n'avait plus la force de crier ni même celle de pleurer. Il n'avait pas non plus la force de penser. Sous l'intolérable pression, son esprit s'était temporairement vidé. Il était comme un drogué plongé dans un pitoyable état de manque. Une seule obsession vrillait encore sa raison : l'horloge. Mais il ne savait plus vraiment pourquoi…

Les poings serrés et les pieds fermement campés au sol dans une attitude incroyablement digne, **Six** n'avait pas bougé depuis son jeu de massacres. Si la Mort venait pour elle, c'est ainsi qu'elle la trouverait ! La rage à fleur de peau et l'esprit combatif ! Tel un roc dans la tourmente… qui commençait à se fissurer, sa haine viscérale pour le monde et l'espèce humaine étant devenue telle que son corps surmené flirtait désormais avec le point de rupture…

Écrasé dans son fauteuil, **Deux**, enfin, sentait la folie taper à la porte de sa raison tandis que le monde tourbillonnait autour de lui dans une spirale infernale. Avec rigueur pourtant, il cherchait à faire abstraction de tout ce qui se passait autour de lui, focalisant son attention sur un ailleurs plus agréable et plus paisible. Vers un temps où les anges… son petit ange volait encore, tout auréolé d'une lumière douce et chaude. Vaine tentative bien sûr car lui aussi était au bord de la crise de nerfs…

Tac, tac, tac. 14h59. Un autre sprint final pouvait démarrer.

Une minute. Faites vos jeux, messieurs dames ! … 56 secondes. Qui va mourir ? Six boules dans la roulette, un numéro gagnant. Les paris sont ouverts… 50 secondes. Allons, allons ! Ne vous bousculez pas ! Il y en aura pour tout le monde… 46 secondes. **Un**, **Deux**, **Trois**, **Cinq**, **Six** ou **Sept**. Un seul numéro, s'il vous plait… 39 secondes. Une mise facile. Ce serait dommage de s'en priver. Allons, faites vos jeux ! … 34 secondes. Qui va mourir ? … 31 secondes. Une chance sur six de l'emporter ! Quand la probabilité vous est aussi favorable, on ne peut que jouer… 24 secondes. Les boules tournent encore ! Allons-y sur les paris ! 19 secondes. Rien ne va plus ! Dépêchons-nous, Messieurs Dames ! Les dernières mises ! 14 secondes. Qui va mourir ? Qui ? …

Dix secondes

Terrifié, **Cinq** broya la main du prêtre.

Neuf

Au bout d'elle-même, **Six** chancela…

Huit

… mais se ressaisit immédiatement.

Sept

Avec une précipitation fébrile, **Deux** sortit son foulard et le serra de toutes ses forces.

Six

L'air totalement ahuri, **Un** laissa sa vessie inonder son pantalon.

Cinq

Lamentablement recroquevillé sur sa chaise, **Trois** perdit définitivement de sa superbe.

Quatre

Comme s'il voyait Dieu, **Sept** dédaigna l'horloge et contempla le plafond.

Trois

Regrets, remords, illusions perdues… tout revint d'un coup à l'esprit des candidats.

Deux

Merci d'avoir joué messieurs dames.

Un

Et le numéro gagnant est…

15h. Souffrance éphémère, il sentit un léger picotement au niveau de son poignet. Et aussitôt, son regard s'y posa. Les aiguilles venaient de transpercer sa chair et le poison courait déjà dans ses veines. Finalement, ça ne faisait guère plus mal qu'une piqûre… Puis l'affreuse, l'intolérable, l'odieuse douleur parvint brutalement à son cerveau et il eut l'impression épouvantable qu'une bête immonde se mettait à dévorer avidement son corps de l'intérieur. Alors il sut ce que **Quatre** avait ressenti ! Ah ! … Comment les hommes avaient-ils pu imaginer pareil supplice ?

Pendant quelques secondes, il encaissa pourtant encore sans rien laisser paraître, hormis sa fixité crispée, l'œuvre terrible de son tortionnaire invisible, réalisant, par sa seule force mentale, l'impensable, l'inconcevable. Il résistait au poison ! … Un *tac* plus tard, son corps se mit à trembler furieusement.

Alors, comme s'il avait été un abject pestiféré, son compagnon lui lâcha soudain la main et recula en secouant la tête d'effroi. Tandis qu'il tombait lourdement sur ses genoux, il regarda les heureux sursitaires. Mais un épais voile brouillait maintenant sa vue et il ne put percevoir distinctement leurs traits. Il crut cependant discerner chez l'un d'eux un sourire cruel et carnassier… presque rassuré !

Agité de violents soubresauts, **Sept** tanguait maintenant sur ses genoux, plus mort que vivant. Dans un effort surhumain, il s'obligea pourtant à se maintenir immobile et, ses yeux déjà aveugles tournés vers le plafond, il sembla chercher quelque chose. Puis un immonde gargouillis s'échappa de sa gorge tandis que l'écume sortait à gros bouillons de sa bouche. Dans une raideur hiératique et le visage abasourdi, il s'écroula d'un coup en expirant son dernier souffle. Pas une seule fois, il n'avait crié.

15h

« Vas-y ! Tue-le. *Tac.* Étrangle ce forcené. Fracasse-lui la tête contre la porte. *Tac.* Car jamais il ne se taira. *Tac.* Jamais ! *Tac.* Jamais ! *Tac...* »

Et de deux ! Encore quatre passages horaires et le calvaire serait terminé. Enfin, en cas de victoire bien sûr... Toujours au bord du malaise, **Six** essayait de se ressaisir par tous les moyens. Avant de rentrer dans cette maudite pièce, elle s'était pourtant juré de ne montrer aucun signe de faiblesse. Mais là, sa résistance commençait à se briser sous les assauts combinés du stress et d'une rage par trop débordante. Et plus on avançait dans le jeu plus cet exercice de jonglerie devenait délicat et exténuant. Tout son corps lui criant grâce, elle n'avait plus le choix. Il lui fallait impérativement laisser retomber la pression ou bien céder.

Portée par des jambes flageolantes, **Six** se dirigea d'un pas incertain vers le canapé et s'y affala lourdement – non sans feindre d'abord, fierté oblige, une allure assurée. Prenant une grande inspiration, elle ferma quelques instants les yeux afin de retrouver son calme. Mais rien n'y fit, son corps refusait obstinément d'obéir. Son cœur, largement surmené depuis deux heures, continuait de battre à tout rompre dans sa poitrine, diffusant jusque dans son crâne un martèlement assourdissant. Ses poumons, eux aussi rebelles, se remplissaient et se vidaient presque convulsivement, incapables de conserver le précieux souffle de vie. Quant à sa tête, elle lui tournait tellement qu'elle se sentait aspirée dans un tourbillon sans fin… Le manque de repères visuels la terrifiant soudain, elle dut rouvrir les yeux pour ne pas défaillir.

Bon sang ! Mais que lui arrivait-il ? Elle n'allait quand même pas craquer ! Avec la froide détermination qui la caractérisait, **Six** se redressa sur le canapé, les poings serrés et le regard fixé sur le mur devant elle. Il lui fallait de la patience et de la volonté, voilà tout. Peu à peu, elle sentit l'alerte s'éloigner tandis qu'elle reprenait le contrôle de son corps. Autour d'elle, ses compagnons semblaient faire de même, prostrés dans des attitudes catatoniques. L'un d'eux geignait doucement, **Cinq** apparemment, mais elle ne s'en soucia guère. Seule comptait la maîtrise de ses émotions.

Après une minute ou deux, elle parvint enfin à retrouver pleinement son sang-froid. La crise était passée et la leçon bien apprise. Si elle voulait tenir jusqu'au bout, ou tout au moins ne pas trahir ses engagements jusqu'à sa mort, elle devait impérieusement apprendre à gérer ses effusions de haine. Sinon elle risquait de s'effondrer comme **Cinq** ou pire comme **Un**.

Enfin réceptive à ce qui pouvait se passer autour d'elle, **Six** jeta un regard circulaire sur ses compagnons, survivants à demi-conscients de leur état. **Deux** était toujours recroquevillé dans son fauteuil, les yeux exorbités et le teint blême. Parfaitement immobile, il donnait l'impression de s'être figé dans la contemplation d'une horreur indicible. Pendant un moment, elle se demanda même s'il n'était pas mort. Puis avisant sa poitrine qui se soulevait doucement, elle en conclut qu'il avait dû se retrancher tellement loin en lui-même qu'il avait maintenant bien du mal à renouer avec la réalité. Qu'il prenne son temps, sa situation n'était pas si inconfortable.

Poursuivant son tour d'inspection, elle s'arrêta ensuite sur **Un**. Prostré de nouveau dans une position fœtale, il était secoué de tremblements convulsifs et fugaces mais restait heureusement silencieux. Sous lui, une étrange tache sombre auréolait la moquette bleue terne qui tapissait la pièce. Qu'avait-il bien pu encore faire ? S'interrogeant sur ce point, elle nota soudain que son pantalon avait également noirci… Ce porc s'était pissé dessus ! Il ne manquait plus que ça ! Comble de sa pitoyable attitude, cette larve s'était oubliée. Bon sang, s'il avait envie, pourquoi n'était-il pas allé aux toilettes au lieu de déblatérer sa rancœur et ses injures ? Pourquoi ? Mais parce qu'il avait irrémédiablement pété les plombs, tiens ! Et cela remontait à bien avant le jeu, elle était prête à le parier.

Pour éviter d'augmenter encore plus sa tension, elle détourna son regard et tomba sur **Trois**. Voilà qui n'allait pas la calmer ! Toujours avachi sur sa chaise, le dilettante semblait étrangement soulagé. Était-il rassuré d'être vivant ? Mais dans ce cas, où étaient passées ses fanfaronnades et ses inébranlables certitudes de victoire ? Dans l'incommensurable étendue de sa bouffonnerie, ce mariole venait sans doute de découvrir qu'il n'était pas éternel… Soudain une image lui revint à l'esprit, celle de son étrange sourire face à l'agonie de **Sept**. Il y avait dans ce rictus une telle satisfaction, une telle jouissance presque, qu'elle se demanda si elle n'avait pas manqué un épisode dans son triste numéro de clown.

Décidée toutefois là aussi à ne pas trop s'attarder sur ce cas irrécupérable, elle tourna sans tarder son attention sur **Cinq** et secoua la tête d'un air incrédule. Agenouillé auprès du cadavre du prêtre, le gros homme geignait doucement, en retenant à grand-peine ses larmes. Cette disparition semblait profondément l'atteindre. Avait-il seulement compris les règles qui présidaient à ce jeu ? Visiblement non. Mais il fallait dire que dans le camp des religieux, il était désormais le dernier, après les décès de **Quatre** et de **Sept**. Pas de doute, Dieu avait dû brancher le répondeur sur ce coup-là !

Toutes ces considérations amenèrent finalement **Six** à s'intéresser à la dernière victime du Requiem. Cette deuxième mort ne l'enchantait guère parce qu'elle arrivait bien trop tôt dans tout ce foutu processus. Plus d'une fois, le prêtre l'avait agacée, exaspérée même, avec ses sermons et ses boniments de paroisse. Mais dans cette pièce, il avait été un rassembleur, un élément indispensable pour maintenir un certain ordre et empêcher le chaos. Surtout, il avait été une oreille compatissante et un soutien indéfectible pour les faibles et les assistés que comptaient ses compagnons, en sachant mieux que quiconque canaliser leurs angoisses et susciter l'espoir. Sa présence, aussi imbuvable fût-elle parfois, était tout simplement devenue indispensable dans cette pièce… et quelque part dans la bonne tenue de ce jeu. Tout cela allait cruellement manquer désormais.

Maintenant qu'un pilier s'était effondré, qu'allait-il se passer ? **Six** eut un sourire cynique. Rien de plus que tout ce à quoi on assistait depuis le début : des lamentations, des tensions, des confessions et l'attente, l'insoutenable attente. Mais quoi qu'il advienne, chaos ou pas, elle resterait fidèle à ses engagements. Et si elle ne devait pas en réchapper, alors qu'elle meure avec la même dignité que le prêtre. Sa mort n'avait rien eu de spectaculaire et ça, si la fin était au bout du chemin, c'était la dernière victoire à obtenir sur les producteurs.

Ainsi, il s'était trompé ! Comment avait-il pu céder autant à la panique ? Tout cela était parfaitement ridicule ! Peu à peu, **Trois** s'évertuait, comme **Six**, à reprendre le contrôle de lui-même. Mais plus il se détendait, plus il enrageait de s'être emporté de la sorte. À coup sûr, son image de candidat inébranlable et joyeusement décalé venait d'en prendre un coup. Il imaginait déjà les journalistes l'interroger après sa sortie… Que s'était-il passé lors de ce fameux deuxième passage ? Que lui était-il arrivé, à quoi avait-il bien pu penser pour être ainsi paralysé par la peur ?

Sans aucun détour, il leur expliquerait sa théorie… fondée sur la paranoïa la plus absurde ! Il leur dirait à quel point son esprit s'était montré plus retors que ceux-là même qui avaient conçu cette cérémonie macabre. En fait, il ne se savait pas aussi torturé parce que son vrai ennemi ici finalement, ce n'était pas le temps, pas plus que la peur, mais lui-même. Il pouffa doucement : voilà qui constituait une découverte aussi inattendue que saugrenue !

Se détachant de lui-même, il scruta une nouvelle fois le corps de **Sept**. Pas de doute, il était bien mort. Contre toute attente, le soi-disant rabatteur avait tiré sa révérence. Jamais il n'aurait pensé que la disparition d'un candidat lui procurerait autant de plaisir et de soulagement. Même s'il tentait de le dissimuler, il était dans un état presque euphorique. Paradoxalement, il ne s'était même pas senti aussi bien depuis… depuis qu'il avait appris sa sélection dans le groupe final ! Il était tellement rassuré, en fait, qu'il entrevoyait désormais plus que jamais la victoire.

Dans un hochement de tête, il s'arracha à la vision du macchabée pour se perdre dans la contemplation de la corbeille de fruits disposée sur la table. Oh, dans l'absolu, il n'avait rien contre ce pauvre bougre. D'ailleurs, s'il n'avait pas imaginé cette conspiration rocambolesque, il se serait beaucoup plus réjoui de la mort de ce morveux de **Un** ! Mais, étant donné l'état de panique qu'il venait de traverser, le hasard ne pouvait vraiment pas tomber mieux. Tout cela allait de pair avec sa chance insolente. Comment avait-il pu douter d'elle ?

Sortant enfin de sa torpeur, **Trois** se mit à observer **Six**. Elle n'avait pas l'air bien. Cette enragée était-elle en train de craquer ? Se pouvait-il qu'elle ait conçu la même théorie absurde que lui ? Il ricana intérieurement. Vu l'état général de ses compagnons, ils seraient tous dans ce cas ! Non, eux étaient en train de s'éteindre à petit feu alors que lui revivait. La principale menace ayant disparu, il allait… Et si c'en était un autre ?

L'inconstant dilettante se figea tandis que son cœur manquait un battement. Et s'il s'était trompé sur l'identité du rabatteur ? Non ! Impossible ! Aucun des autres candidats n'avait le charisme du prêtre. **Un** était trop nerveux ! **Cinq**, trop ingrat ! **Deux**, trop transparent ! Et **Six**… **Six** avait été depuis le début l'exact opposé du prêtre en pourrissant le spectacle. Non, le seul à avoir suffisamment de prestance et d'intelligence, c'était lui-même. Et il était sûr de n'avoir passé aucun accord avec les producteurs !

À cette idée saugrenue, il se détendit quelques secondes… Mais la production avait pu vouloir délibérément troubler le jeu avec un pion insoupçonnable qui se révélerait plus tard. Ou pire, elle en avait plusieurs à son service afin de s'assurer une confortable marge de sécurité. Son rythme cardiaque s'emballa de nouveau dangereusement… Peut-être avait-elle même poussé le vice jusqu'à signer un contrat avec tous les candidats ? Tous hormis lui-même ?

Tout cela était ridicule, il fallait qu'il se calme. Les éliminations résultaient du seul hasard. C'était pour cette même raison qu'il allait gagner. Du seul hasard… et de l'avancée dans les confessions de chacun ! Avec horreur, **Trois** réalisa soudain, qu'à deux reprises, les candidats qui avaient été éliminés étaient ceux qui s'étaient le plus dévoilés. Comme si, après leurs révélations, ils étaient subitement devenus des pièces obsolètes ! La première heure, **Quatre** avait raconté son harcèlement et la maladie de sa mère, et elle avait été exécutée. Puis **Sept** avait confessé son tragique accident avec les deux gamins, et il avait été tué. C'était comme si ceux qui ouvraient leurs cœurs signaient en même temps leur arrêt de mort.

Le public avait soif de révélations, il trépignait d'impatience à l'idée d'apprendre comment des hommes et des femmes avaient pu faire le choix délibéré et réfléchi de mourir, de s'offrir en holocauste. Il voulait comprendre comment le désespoir pouvait conduire à pareille extrémité ? Mais après ? Une fois que c'était fait ? Il ne restait plus que la mort pour procurer la même excitation... Et les candidats dévoilés n'avaient plus que cette utilité !

Le plan d'élimination pouvait bien fonctionner comme ça. Cela n'avait rien d'invraisemblable et semblait même redoutablement logique. Pourquoi, dans un système qui générait autant d'argent et de retombées médiatiques, les producteurs prendraient-ils le risque insensé de s'en remettre au seul hasard ? Cela paraissait totalement absurde d'y croire. La production ne jouait pas, elle ! Elle faisait du business !

Et lui, sinistre crétin qui avait voulu faire le beau et qui s'était montré très loquace en révélant, le premier, les raisons de sa présence ici. Mais, heureusement pour lui – et pour **Cinq** sans doute qui s'était lui aussi ouvert – **Quatre** s'était montrée plus prolixe encore. Et puis, **Sept**, insatiable bavard, l'avait encore devancé en deuxième heure... Non ! Non ! Ça ne tenait pas la route ! Pourquoi les producteurs élimineraient justement ceux qui font le spectacle ?

En proie à la confusion la plus totale, étourdi jusqu'à la folie, **Trois** se dressa brusquement sur ses jambes. Puis, les yeux dilatés par une peur panique, il cria.

Arrachés subitement au fil tortueux de leurs pensées, ses compagnons le dévisagèrent d'un air interdit, sauf **Un** désespérément légumineux. Dans le bref moment de flottement qui parcourut alors l'assemblée, **Trois** donnait paradoxalement l'impression d'être encore plus égaré que les autres, comme si lui-même ne comprenait pas son attitude. Mais que lui arrivait-il à la fin ? Si ça continuait ainsi, il allait perdre tout son crédit auprès de ses camarades et du public. Il fallait vite qu'il trouve une parade, une astuce pour expliquer son geste. Il ne voyait pas... et les autres le fixaient avec insistance maintenant. Tant pis ! Dans la plus totale improvisation, il se lança :

- Pardonnez-moi de vous réveiller aussi brutalement mais...

Allez, bon sang ! Il allait bien avoir une idée !

- ... mais je pense que nous devrions nous occuper de **Sept**.

Pour ne pas affronter plus longtemps le regard inquisiteur et dubitatif de ses compagnons, il détourna leur attention en leur indiquant l'horloge. Il était près de 15h04. Peu soucieuses des états d'âme des candidats, les minutes avaient inexorablement continué de défiler.

- Ouais, c'est ça. Ne te fatigue pas à chercher une excuse foireuse, lui asséna **Six** d'un ton méprisant.

À l'instar de la jeune femme, **Deux** et **Cinq** n'étaient pas non plus dupes de la pirouette. Malgré ses grands airs d'intouchable, **Trois** venait de céder à la panique et d'évacuer vainement son trop-plein d'angoisse. Pourtant, plus respectueux ou encore trop abasourdis par l'éprouvant passage horaire, ils opinèrent tous deux du chef en guise d'assentiment. Quant au dilettante, encore honteux de cette faiblesse intolérable, il feignit de ne pas avoir entendu, demandant avec une précipitation maladroite :

- Alors, qui de vous va m'aider à le mettre sur le tapis roulant ?

Péniblement, **Cinq** se remit debout.

- Je le ferai, soupira-t-il avec amertume. J'ai déjà manqué **Quatre** et j'aimerais me rattraper.

Sur son canapé, **Six** gloussa d'un air mauvais :

- Parce que c'est un honneur maintenant d'évacuer un macchabée qui vous a offert une chance de plus de gagner.

Cinq tourna vers la jeune femme un regard furibond :

- Ça suffit avec votre cynisme haineux. Vous ne respectez décidément rien.

Pendant de longues secondes, l'accusée dévisagea le gros homme avec une mine attristée.

- J'ai juste le sens des proportions et des réalités, répliqua-t-elle enfin avec dédain. Mais apparemment je suis la seule.

Décidé à ne pas poursuivre plus longtemps cette conversation stérile, **Cinq** se désintéressa de cette enragée pathologique et se saisit de **Sept** par les aisselles, tandis que **Trois**, se plaçant de l'autre côté, reproduisait l'opération avec les pieds. Puis, dans un silence religieux, troublé par les seuls tacs de la trotteuse, les deux hommes portèrent le cadavre jusqu'au tapis roulant. Sa surcharge pondérale aidant, **Cinq** haletait sous l'effort mais cela ne l'empêchait pas de se montrer digne et résolu dans ce pénible labeur mortuaire ; tout au contraire de son vis-à-vis qui montrait des signes évidents de fébrilité. Mais **Trois** – il faut le rappeler – avait un transport d'avance sur son acolyte.

Après un parcours aussi éprouvant physiquement que moralement, ils déposèrent **Sept** avec autant de précaution que possible, **Cinq** se chargeant de lui donner une position respectable de gisant et de lui fermer les yeux. Pendant un long moment, il resta ainsi silencieux, les yeux fermés et le visage concentré, tandis que l'horloge poursuivait sa triste et monotone oraison. *Tac, tac, tac...*

- Repose en paix mon ami, déclara-t-il finalement. Que le Seigneur t'accueille comme tu le mérites. Ton soutien fraternel et indéfectible dans nos tourments nous manquera.

- Amen ! conclut **Six** d'un ton cynique.

Prenant le parti d'ignorer encore l'insolente, **Cinq** murmura pour lui-même une dernière prière en se signant. Puis il s'écarta du tapis, comme pour signifier à la production qu'elle pouvait désormais procéder à l'évacuation. En fidèle soldat, **Trois** fit de même non sans souffler avant un aussi surprenant qu'irréel : « Sans rancune, padre ».

Alors, comme un spectacle bien orchestré, le tapis roulant se mit en marche tandis que la trappe incrustée dans le mur s'ouvrait sans bruit. Avec angoisse, tous les candidats (sauf le malheureux **Un**) suivirent la progression du cadavre, s'imaginant une fois encore à sa place. Pour **Cinq**, c'était la première fois et il dut se camper plus fermement sur ses jambes pour ne pas vaciller. La tête de **Sept** était presque au niveau du sas maintenant, gueule béante ouverte sur l'au-delà... Dans un soudain mouvement de panique, le gros homme se jeta sur le prêtre et tâta ses poches. Le chapelet s'y trouvait toujours ! Avec une avidité presque malsaine, il s'en saisit en poussant un soupir de soulagement. Puis, comme pour rassurer celui qu'il venait de détrousser, il murmura :

- Ce n'est qu'un emprunt, mon père.

Bientôt, la trappe se referma dans le plus grand silence. Jusqu'au bout, **Cinq** avait fixé avec tristesse celui qui avait été pour lui un guide, une source de réconfort et d'espoir, un ami inattendu et fidèle. Celui qui, contre toute attente, avait su apporter dans cet endroit sordide un peu d'humanité.

Face au mur redevenu hermétiquement clos, **Cinq** médita quelques instants. Il devait honorer la mémoire du prêtre et se montrer digne de ce qu'il avait accompli en poursuivant humblement sa tâche. D'un air décidé, il se retourna vers ses compagnons et leur jeta un regard circulaire. Hormis **Six** qui avait retrouvé quelques couleurs, ils restaient tous en piteux état... Seule l'horloge, imperturbable bien sûr, gardait une forme olympienne. *Tac, tac, tac.* Il était 15h07.

Comme s'il avait brandi un trophée, **Cinq** montra le chapelet à ses camarades et aux caméras puis, après s'être bruyamment raclé la gorge, il déclara le plus distinctement possible :

- Je ne l'ai pas volé. Je tiens juste...

- Laisse tomber, l'interrompit **Six**. Tout le monde s'en fout !

Une demi-vérité car s'il était vrai que les candidats affichaient un œil vitreux et absent, les téléspectateurs, eux, avaient toujours soif de révélations. Parfaitement indifférent cependant à la remarque, le gros homme reprit :

- Je tiens juste à le garder avec moi tout le temps où je resterai encore dans cette pièce. Car...

- Si tu veux mon avis, le coupa encore **Six**, ce porte-bonheur pue simplement la poisse et la mort.

De plus en plus agacé par tant de cynisme écœurant, **Cinq** fut un instant tenté de lui répliquer quelque chose de cinglant. Mais il se souvint de l'attitude posée et conciliatrice de **Sept** et il décida de se conformer à la même stratégie. Sans même un regard pour la jeune femme, il prit donc de nouveau le parti de poursuivre comme si de rien n'était :

- Car je reste persuadé que notre ami nous a montré la meilleure voie, celle d'une solidarité fraternelle face à cette épreuve, celle-là même que nous devrions tous avoir en attendant le verdict final. Sans lui, nous nous serions entre-déchirés comme des sauvages.

À cette annonce, **Six** se tapa le front de la main dans un geste de dépit. Voilà que ce gros porc se prenait pour un croisé ! Rien ne lui serait décidément épargné !

- Sachez cependant ceci, continua **Cinq**, de plus en plus méconnaissable dans l'assurance qu'il dégageait. Si je ressors de cette pièce, je lui rendrai personnellement cet objet. Sinon (il hésita, terriblement angoissé à cette pensée) ... je compte sur vous, là dehors, pour le lui restituer.

Dans cette pièce où l'on ne pouvait que ruminer et attendre la mort, **Cinq** avait désormais un but précis, bien plus concret que celui, évanescent et lointain, de sortir. Et cela le rassurait. Bien sûr, il n'aurait jamais le courage de **Sept**, ni même sa force de caractère, mais il avait la foi, celle chaleureuse et rassurante qu'il avait eu trop tendance à oublier en ces derniers temps de galère. Le prêtre lui avait rappelé les vraies valeurs. Aussi pénible que fut ce jeu de malheur, il se devait de tenir et de secourir au mieux son prochain. C'était normal, humain même, d'avoir peur mais il fallait apprendre à se maîtriser. Dans un geste décidé, il fourra le chapelet dans sa poche et observa ses compagnons.

Non loin de lui, **Trois** ne le lâchait pas des yeux... Alors, le prêtre mort, c'était lui le nouveau rabatteur ? Le numéro joker des producteurs ? D'ailleurs, n'était-ce pas justement sa carte fétiche ? Quelle symbolique retorse à souhait ! Pourtant il n'arrivait pas y croire. Ce gros lard n'avait aucune classe, aucune envergure, aucun charisme. Il était tellement fade par rapport à **Sept**. Non, il se perdait de nouveau dans une paranoïa absurde...

Arraché à ses réflexions, il croisa soudain son regard. Qu'avait-il à le fixer comme cela ? Il se sentait ragaillardi par son intervention ? Il voulait jouer à son tour au petit chef ? Eh bien, il allait lui montrer qu'on ne s'improvisait pas dans ce rôle. Mieux, pour se donner du leste si jamais il se trompait ou pour sauver sa peau s'il était dans le vrai, il allait prouver aux producteurs qu'il était incontestablement le plus à même d'assurer le spectacle. Avec un air de défi et un sourire en coin, il toisa avec insistance le gros homme :

- Désolé l'ami, mais je crois que ton legs est d'ores et déjà caduque. Plus personne n'a vraiment envie de se confesser, il me semble.

- Cela reste à voir, rétorqua calmement **Cinq**. Mais je vous rassure, je ne chercherai pas à susciter les confessions de quiconque. Je n'ai pas le talent nécessaire. Je veux seulement aider de mon mieux ceux qui en ont besoin... À commencer par ce pauvre bougre.

Du pouce, il désigna **Un**, masse inerte et fragile recroquevillée par terre.

- Ah oui, et comment comptes-tu t'y prendre ? lui demanda **Trois**.

- Ça me paraît une bonne idée.

Le dilettante écarquilla les yeux, pour le moins décontenancé :

- Quoi ? Quelle idée ?

- De se tutoyer, précisa le gros homme. Même si nous ne nous connaissons guère, les épreuves que nous avons tous traversées nous ont suffisamment rapprochés, je suppose.

Trois n'en revenait pas, il n'avait décidément plus le même homme en face de lui. En lieu et place d'un être geignard et pleurnichard, il avait quelqu'un d'étrangement calme et serein. Comme si l'esprit de **Sept** s'était réincarné en lui ! Quant au tutoiement, il ne s'en était même pas rendu compte. S'il l'avait fait, ce n'était d'ailleurs pas par souci de rapprochement mais bien parce qu'il avait de plus en plus de mal à contrôler son agressivité.

- Je n'aime pas trop les familiarités, maugréa-t-il finalement, décidé à le contrarier coûte que coûte. Et puis, étant donné que nous sommes tous ici des concurrents, il me semble convenable et nécessaire de maintenir une certaine distance.

- Des conneries ! cracha aussitôt **Six**. Cela n'a rien à voir avec le risque de s'attacher ou non. Depuis le début, vous donnez tous dans le vouvoiement et je suis la seule, une fois encore, à ne pas vous suivre. Est-ce pour autant, je vous le demande, que je vous apprécie ?

Réjouie par sa propre ironie, elle gloussa un instant avant de conclure :

- Croyez-moi, il n'y a pas de meilleur moment pour oublier toutes les foutues conventions que lorsqu'on flirte avec la mort.

- Insolente et désagréable, comme toujours ! résuma **Trois** sur la défensive.

- C'est ça... En attendant, vous refusez toujours et encore de regarder la vérité en face.

- Décidément, chère amie, vous frisez la monomanie. Mais rassurez-vous, je vais vous soigner de votre lubie. Votre vérité n'a rien d'absolu ou d'universel. Vous critiquiez abondamment le prêtre pour ses sermons mais vous passez votre temps à faire la même chose.

Pendant quelques secondes, **Six** et **Trois** s'affrontèrent de nouveau en un inflexible duel oculaire. Puis ce dernier poursuivit, le visage barré d'un grand sourire moqueur :

- À ceci près, notez bien, que contrairement à vous, notre ami se montrait parfois intéressant.

Résolue à frapper là où ça faisait mal, la jeune femme hocha sournoisement la tête d'un air approbateur :

- Soit, j'accepte de me taire si tu nous expliques pourquoi, il y a quelques minutes, tu as crié comme une gonzesse ?

Le rouge monta d'un coup au visage de **Trois**, et il dut réprimer une envie brutale de sauter à la gorge de cette impudente. Rapidement cependant, il se reprit :

- Je me suis déjà expliqué là-dessus. C'était la meilleure façon de tous vous faire sortir de votre léthargie.

- Oui, acquiesça **Cinq** dans une volonté d'apaisement, et le problème n'est de toute façon pas là. Nous devons nous occuper de **Un**.

Par son intervention, le gros homme espérait bien mettre fin à la tension qui de nouveau s'amplifiait insidieusement. Mais **Six** l'ignora superbement.

- Ah oui, persifla-t-elle, les yeux toujours braqués sur le dilettante, c'était donc une sorte de rappel général. Curieux, car même si je ne détiens pas la vérité universelle, j'aurais juré que ça ressemblait plutôt à une sirène de la peur.

- C'est parfaitement ridicule ! répliqua **Trois**, sans parvenir à cacher sa gêne.

Ne sachant trop quoi faire pour désamorcer la crise qui s'annonçait, **Cinq** jeta un coup d'œil insistant en direction de **Deux** pour qu'il fasse quelque chose. Mais par indifférence, par dépit ou par lâcheté, celui-ci ne réagit pas.

- Eh bien le clown, renchérit **Six**, tu es en panne de gag pour amuser la galerie ?

- Arrêtez ! intervint inutilement **Cinq**. Tout cela va trop loin.

- Rassurez-vous ma chère, ironisa **Trois**, de nouveau tout sourire pour la jeune femme, je vais très bien. C'est juste que je ne peux m'empêcher d'admirer votre inventivité en termes d'injures. C'est saisissant cette facilité que vous avez à traîner autrui dans la boue.

Pour toute réponse, l'intéressée se leva et fit une insolente révérence.

- Je vous en prie, essaya encore vainement le gros homme.

Qu'il était difficile d'occuper la place de **Sept** ou tout simplement de se faire entendre !

- Si vous voulez mon avis, continua le dilettante, votre agressivité ne peut venir que d'un terrible complexe d'infériorité. Pour vous sentir vivante, pour exister, vous devez injurier vos semblables. Cela ressemble fort à un trouble de la personnalité. La...

- Assez ! le coupa sèchement **Cinq**. Cette discussion ne rime à rien ! Si vous ne pouvez pas vous supporter, ignorez-vous.

Six fixa à tour de rôle ses deux compagnons. Elle pouvait sans mal remettre à leur place ces abrutis, mais ce serait de l'énergie dépensée inutilement. Sous l'énervement et la pression, elle sentait de nouveau le sang lui monter dangereusement à la tête. Or, elle le savait bien, si elle voulait tenir jusqu'au bout, il fallait absolument qu'elle s'économise. Dans ces querelles stériles, elle se fatiguait bêtement et pire trahissait encore ses engagements. Dès le début, elle avait pourtant été très claire et montré son aspiration à avoir la paix en ne se mêlant pas aux autres candidats. Alors pourquoi ? La frontière entre l'attentisme et la représentation était décidément bien mince ici.

Après avoir fusillé une nouvelle fois **Trois** du regard, elle se dirigea droit vers lui. Aussitôt il se raidit, prêt à tout. Malgré son assurance, il craignait les débordements incontrôlés de cette forcenée. Un instant, **Cinq** fit mine de s'interposer mais il y renonça finalement. Il ne prendrait pas de risques inconsidérés pour ces deux-là...

Mais heureusement la question ne se posa pas, la manœuvre de **Six** tenant plus de la parade d'intimidation qu'autre chose. Parvenue à côté de **Trois**, elle le contourna sans même lui accorder la moindre attention, et alla s'installer à la table aux provisions. Avec un air satisfait, le dilettante l'observa quelques instants. Excellent ! Il venait de prendre l'avantage en contrant enfin cette enragée. Sa stratégie, visant à convaincre les producteurs de l'impérieuse nécessité de l'épargner, débutait à merveille.

Après quelques secondes d'embarras au cours desquelles **Six** en profita pour se servir un verre de jus d'orange, **Cinq** demanda timidement à la cantonade :

- L'un de vous accepterait-il de m'aider à voir ce que nous pouvons faire pour **Un** ?

Toujours ratatiné comme un fœtus, le petit homme restait effroyablement immobile à présent, ses tics convulsifs ayant enfin cessé. Seul le soulèvement à peine perceptible de sa poitrine indiquait qu'il était encore en vie... N'ayant reçu aucune réponse, **Cinq** s'apprêtait à reposer sa question lorsque **Trois**, qui ne découvrait que maintenant la tache sombre d'urine, s'exclama avec dégoût :

- On dirait bien que ce coup-ci le petit roquet n'a pas levé la patte assez haut.

- Vous pourriez vous passer de ce genre de commentaire, soupira le gros homme.

- Pourquoi donc ? C'est un fait, rétorqua le dilettante, sans aucune commisération. Et d'ailleurs, on devrait le laisser dans cet état (il eut un sourire carnassier)… Je trouve qu'il n'a jamais été aussi agréable à vivre qu'en ce moment.

Accablé de lassitude, **Cinq** secoua la tête d'indignation et déplaça son attention sur **Six**. Parfaitement impassible, celle-ci savourait tranquillement son jus d'orange. L'aide ne viendrait pas de là non plus. Il ne restait donc plus que **Deux**, son dernier espoir dans de nombreux domaines, à commencer par sa croyance en la nature humaine.

- Et toi ? lui demanda-t-il. Vas-tu rester ainsi dans ce fauteuil ?

L'intéressé lui adressa un regard morne et sans vie. Tout comme **Un**, il donnait l'impression de n'être plus qu'une enveloppe de chair, encore réactive certes à ce qui se passait mais totalement dénuée d'émotion. Avait-il lui aussi sombré dans une folie silencieuse ? À cette idée, **Cinq** ne put réprimer un violent frisson qui lui remonta le long de la colonne vertébrale. Était-il le seul à avoir encore quelques sentiments dans cette pièce ? D'un coup, il se sentit isolé comme jamais il ne l'avait été dans sa vie. Puis une réponse inattendue et inespérée le sortit bientôt de sa torpeur :

- Pourquoi s'en soucier ? Cela ne va-t-il pas de pair avec « la vacuité absolue de ma personne » ?

Avec un soulagement à peine dissimulé, le gros homme dévisagea longuement **Deux**. Ce trait d'esprit, qui reprenait les sévères invectives que **Six** lui avait adressées à la fin de l'heure précédente, était de bon augure. Cela sonnait comme un retour à la vie après le terrible verdict, comme le signe que son compagnon n'avait pas encore rendu les armes. Et surtout que lui, **Cinq**, avait peut-être encore un soutien ici.

Dans son coin, **Six** ricana, ravie sans doute de se voir citer. Mais elle s'arrêta bien vite lorsque **Deux** planta ses yeux dans les siens, son visage figé en une expression sévère et amère.

- Tu m'as blessé tout à l'heure, reprit-il enfin, ainsi que tous ceux ici, je pense.

- On se tutoie maintenant ? le questionna-t-elle d'un air désinvolte.

- N'est-ce pas ce que tu voulais ? N'est-ce pas le moment d'oublier, je te cite, « toutes les foutues conventions » ?

- Je vois que tu as tout bien enregistré, se moqua **Six**, comme avec l'abbé. C'est bien mais je n'ai pas besoin d'un scribe.

- Là n'est pas le problème, rectifia **Deux**, d'un ton égal et étonnamment calme. Après tout ce que nous avons traversé, se vouvoyer ne rime tout simplement plus à rien. Depuis le début, tu t'es montrée extrêmement blessante envers nous tous, alors que nous ne t'avons jamais rien fait. Notre seule faute est de nous trouver ici en même temps que toi…

- Arrête là tes boniments ! le coupa sèchement **Six**. Je n'ai pas envie de les entendre ! Et puis, dois-je te rappeler que vous n'êtes pas tout blancs ? Il n'y a pas si longtemps, vous attendiez tous que je commette une erreur fatale en bastonnant ce crétin (elle désigna **Un**) !

Sentant que tout son corps s'emballait de nouveau, elle prit le temps de respirer posément.

- Tous autant que vous êtes, continua-t-elle, vous avez parfaitement assimilé la notion d'obstacles à éliminer, mais vous jouez les hypocrites et les pseudos-frères de combat. Vous vous voilez la face dans une soi-disant fraternité de mise. Tout ça me débecte !

Elle balaya rapidement ses compagnons d'un regard furibond :

- Tiens, prenons par exemple notre clown de service ! Lorsque l'abbé est mort, il fallait le voir sourire de toutes ses dents !

À cette remarque, l'accusé prit un air indigné et choqué mais guère convaincant.

- Alors, poursuivit-elle inlassablement, ne venez pas me rebattre les oreilles avec vos vexations à deux balles. J'en ai plus que marre de toutes vos discussions pourries. Ignorez-moi, et je ferai de même !

D'une main tremblante d'énervement, elle porta son gobelet à sa bouche et le vida d'un trait. Puis, instinctivement, elle scruta l'horloge. Il était 15h13 et toute une chiée de secondes !

Coupé dans son intervention mais fermement décidé à aller malgré tout jusqu'au bout, **Deux** reprit bientôt la parole en s'excusant presque :

- Je ne souhaite pas rompre cet isolement que tu chéris tant, car d'une certaine façon je le comprends et le respecte, mais je tiens à finir. Rassure-toi, ce ne sera pas long.

Six le fixa d'un air insolent et désintéressé. Simple apparence car même si elle s'en cachait bien, elle restait intriguée par sa soudaine résurrection, **Deux** tenant il y a quelques minutes à peine plus du mort-vivant légumineux qu'autre chose. De leur côté, **Trois** et **Cinq** faisaient preuve de la même curiosité incrédule.

- Depuis plus de deux heures que nous sommes là, recommença-t-il, j'ai observé, réfléchi, et compris bien des choses sur moi et sur chacun d'entre vous. Mais ne vous inquiétez pas, je ne ferai pas dans la psychologie de comptoir, car cela ne m'intéresse pas. En fait, je crois que je n'ai jamais aussi bien cerné l'espèce humaine que depuis notre entrée dans cette pièce. Peut-être est-ce le contact rapproché avec la mort qui fait soudain comprendre tous les tenants et aboutissants d'une vie ? Peut-être est-ce l'ultime réveil de la conscience ? Peu importe…

Il s'arrêta un instant et scruta **Six**, comme s'il cherchait à lire en elle :

- Je devine que, par le passé, tu as dû extrêmement souffrir, comme nous tous, exception faite de **Trois** bien sûr. Mais ta rage t'aveugle, ainsi qu'il en va pour tout un chacun dès que nous cédons à la colère. Je sais que tu fais cela pour te protéger, pour ne pas céder à la panique et pour ne rien donner à grignoter à ces damnés producteurs. Cette stratégie est louable mais tu dépasses les bornes en faisant trop d'amalgames. Tu es au bord du point de rupture et prête à t'effondrer. Surtout, tu nous fais gratuitement et injustement du mal. Tu ne peux pas continuer ainsi ! Je ne suis pas ton ennemi, pas plus que ton ami d'ailleurs, nous sommes juste placés face à la même épreuve effroyable. Une situation, comme tu l'as parfois durement rappelée, que nous avons choisie. Mais, bon sang, puisque nous ne contrôlons plus rien, pourquoi nous déchirer de la sorte ? Gardons au moins notre dignité intacte.

- En ce qui vous concerne tous, soupira **Six** avec lassitude, c'est déjà trop tard. Et puis (elle le fixa), hormis le fait que je vais très bien, merci, tout ce que tu dis ne présente rien de nouveau. L'abbé aurait pu sortir le même genre d'âneries. Alors, ne te fatigue pas et laisse tomber.

Nullement surpris par cette nouvelle rebuffade de la jeune femme, **Deux** soutint son regard tandis que ses lèvres s'étiraient en un sourire triste :

- Tu ne lâcheras rien, je ne le sais que trop bien ! Aussi, je vais en finir. Je voulais juste te dire que je regrette sincèrement ce qui s'est passé lorsque tu t'es emparée de la chaise pour frapper **Un**. Je te présente mes excuses pour n'avoir rien fait. Jamais je n'ai souhaité que tu commettes une faute. Mais la peur paralyse parfois au-delà de la raison.

Face à cette surprenante demande de pardon, toute l'insolence et la désinvolture de **Six** s'envolèrent d'un coup. Elle n'en croyait pas ses oreilles ! À tel point que les yeux écarquillés, la bouche entrouverte dans une expression ahurie, elle ne sut quoi répondre. Battue et pour la première fois réellement mal à l'aise.

- Nous ne sommes pas des ennemis, conclut **Deux**. Juste les victimes d'un système pourri. Je te prie simplement de ne pas l'oublier.

Autour de lui, **Trois** et **Cinq** n'en revenaient pas non plus. À quoi jouait-il ? C'était **Six**, la fautive ! C'était elle dont l'attitude était condamnable ! C'était à elle de demander pardon ! Puis, après réflexion, le gros homme sourit. Il n'y avait plus aucun doute maintenant. Il l'avait son soutien. **Deux** l'aiderait à ramener un semblant de paix dans cette pièce car lui aussi avait compris toute l'importance de la diplomatie, de la tolérance et de la compassion. À ses côtés, le dilettante ne faisait évidemment pas preuve du même enthousiasme, observant tout cela d'une mine sombre. Quelle était encore cette nouvelle manigance de la production ?

Tac, tac, tac... Le silence retomba parmi les candidats. Puis **Cinq**, décidément incapable de prendre des initiatives et un tantinet monomaniaque, revint bientôt au sujet premier du débat :

- Et pour **Un**, alors ? Qu'est-ce qu'on fait ?

Irrémédiablement rancunier, **Trois** jaugea le malheureux d'un air méprisant :

- On peut toujours demander un paquet de couches aux producteurs.

Sans se soucier de cette nouvelle pique, **Deux**, la moue dépitée, jeta un long regard compatissant sur le petit homme.

- Nous pouvons essayer de le réconforter, déclara-t-il enfin à l'adresse de **Cinq**, même si je crains fort que l'on ne puisse rien pour lui.

- Je suis malheureusement d'accord avec toi, acquiesça celui-ci. Mais nous ne pouvons décemment pas le laisser dans cet état.

Cinq était de plus en plus rassuré. Même s'il y avait une grande part d'ombre chez son compagnon, même si leurs croyances religieuses pouvaient les séparer, il était incontestablement le seul interlocuteur encore digne de ce nom ici. Avec les autres candidats, il n'y avait aucune communication possible. Mais avec lui, du moins quand il acceptait de parler, les choses étaient passablement différentes. Depuis le début, il s'était toujours montré sage, modéré et respectueux dans ses propos ou ses attitudes. En cet instant tragique où **Sept** s'était à jamais tu, ce comportement avait quelque chose de doux et de réconfortant.

Après avoir jeté un rapide coup d'œil à l'horloge – il était près de 15h17 – les deux acolytes se dirigèrent lentement vers **Un**, comme s'ils craignaient un nouvel accès de violence. Mais il n'y avait manifestement plus rien à craindre. Alors que l'odeur âcre de l'urine leur parvenait aux narines, ils se penchèrent au-dessus de lui.

- Hé, tu m'entends ? demanda **Deux** d'un ton hésitant.

Tac, tac, tac. Aucune réponse. Avec un soupir de dédain et un masque de consternation accroché au visage, **Trois** tourna les talons et se dirigea vers les toilettes. À force de déblatérer sur le sujet et les émotions aidant, il avait sacrément envie maintenant.

- Venez prendre quelque chose à boire, essaya à son tour **Cinq**, rattrapé par les vieux réflexes du vouvoiement. Cela vous fera du bien.

Tac, tac, tac. Toujours aucune réponse. Effrayant d'immobilité mais pourtant vivant, le visage de **Un** ne laissait transparaître aucune émotion. Ni peur, ni colère, ni rancœur. Rien. Derrière ses épaisses lunettes, le petit homme avait les yeux grands ouverts, mais ceux-ci cillaient à peine, désespérément braqués sur un ailleurs illusoire.

- Allons, persévéra **Cinq** d'une voix aussi douce que possible. Faites au moins l'effort de vous lever. Vous ne pouvez pas rester ainsi.

Tac, tac, tac. Encore et toujours aucune réponse. Assise à la table aux provisions, **Six** observait la scène d'un air absent. Contrairement à ce que l'on aurait pu prévoir, elle ne montrait aucune réaction d'hostilité face à ce qui se passait. Toujours abasourdie par les excuses de **Deux**, elle restait songeuse…

- Il ne nous entend peut-être pas, observa finalement **Cinq**.

- C'est bien possible. Il a l'air d'être totalement déconnecté de la réalité.

- Que fait-on, alors ? questionna le gros homme, trop indécis pour tenter quoi que ce soit de son propre chef.

- Rien, conclut **Deux** après une brève hésitation. Il vaut mieux le laisser.

Cinq dévisagea son compagnon d'un air stupéfait alors qu'il continuait :

- Ce ne serait peut-être pas aussi charitable que cela de le sortir de cet état. Si c'est ce que je pense, sa catatonie lui épargne au moins l'insupportable attente du verdict.

- Qu'en savez… qu'en sais-tu ?

Deux fixa pendant quelques secondes le petit homme :

- Ce n'est qu'une hypothèse, bien sûr. Mais regarde-le, il semble enfin serein… En tout cas, bien plus qu'au cours de ces deux dernières heures.

Ses tremblements ont cessé et il ne s'agite plus en tout sens. Pourquoi risquer de le ramener parmi nous ?

À l'instant même où il finissait de formuler sa question, il y eut un bruit de chasse d'eau et **Trois** ressortit de derrière le paravent.

- Eh bien, persifla-t-il d'un air moqueur, voilà une douce musique que je lui dédicace !

Cela devenait de l'acharnement pur et simple ! Mais il fallait passer outre, car le problème de **Un** n'était pas encore réglé. **Deux** poursuivit donc :

- Lorsque tu avais perdu connaissance, tu donnais la même impression de paix retrouvée, et **Sept** avait fait le choix de te laisser tranquille afin que tu puisses...

- Je le sais très bien, le coupa sèchement **Cinq**. Ses intentions étaient louables... Mais ici, la situation est différente. Cet homme baigne dans sa pisse et a besoin d'aide ! Nous devons faire quelque chose. Il s'agit de dignité et de respect de la personne humaine.

- Je comprends. Mais les valeurs que tu prônes sont déjà sérieusement mises à mal par la nature même de ce jeu. Et puis nous n'avons de toute façon aucun change. Les...

Il s'interrompit soudain car son compagnon ne l'écoutait plus. De nouveau penché au-dessus du petit homme, **Cinq** venait de noter que le malheureux avait la chair de poule.

- Regarde ! Il a des frissons ! s'exclama-t-il, visiblement troublé.

Deux l'examina de plus près tandis que **Cinq** le secouait doucement par l'épaule :

- Revenez avec nous, je vous en prie. Nous allons vous aider.

Sa voix était chaleureuse, ses gestes attentionnés, mais **Un** restait désespérément amorphe.

- Tu ne devrais pas le toucher, lui conseilla **Deux** avec prudence. Dieu seul sait où son esprit se trouve en ce moment.

- Je m'en moque ! s'énerva **Cinq**, tout en renouvelant l'opération. Il faut lui porter secours !

Après quelques secondes de ce ballottage insistant, **Un** se mit soudain à geindre. Prenant cela pour un encouragement à continuer, le gros homme persévéra :

- Allons ! Courage. Nous sommes avec vous. Reprenez le dessus !

Telle une bête apeurée et fragile, **Un** se mit tout à coup à pleurer franchement, son corps malingre agité de petits tremblements convulsifs.

Alors pour le moins décontenancé, **Cinq** s'interrompit, hésitant sur la conduite à adopter.

- Laisse tomber, répéta encore une fois **Deux**. Tu lui fais plus peur qu'autre chose.

Mais le gros homme ne pouvait s'y résoudre. **Sept** n'aurait jamais abandonné et il s'était promis d'honorer sa mémoire. Après avoir pris une profonde inspiration, il se mit à le secouer plus énergiquement.

Soudain, bousculant son bienfaiteur, **Un** se redressa comme une furie et hurla de terreur ; un long cri effrayant et pitoyable qui paralysa de stupeur les candidats, et sans aucun doute les téléspectateurs. Puis, tel un possédé, en proie à la frénésie la plus totale, il courut droit vers l'imposante porte d'entrée. Ne contrôlant pas sa vitesse, il s'y écrasa presque avant de s'acharner, avec les gestes désordonnés et saccadés d'un dément, sur la solide serrure électronique qui la fermait. Comme pour les bracelets qui enserraient les poignets des candidats, la structure était inexpugnable, toute tentative étant vouée à l'échec sans le matériel adéquat. Mais cette vérité était bien loin des préoccupations de **Un**. Aussi, avec le zèle et l'application d'un chien ayant déniché un os, il se mit à gratter furieusement la serrure, en poussant des gémissements plaintifs.

- Ah bravo ! s'écria **Trois** d'un air consterné. Vous ne pouviez pas le laisser tranquille, non ? Maintenant il va aboyer à nous en faire péter les tympans.

Appuyé contre le lavabo et occupé à s'essuyer les mains, le dilettante fusilla d'un regard assassin les deux fautifs avant de s'intéresser à nouveau, avec une mine de dégoût, au petit homme. Dans son désir ardent et utopique d'évasion, celui-ci semblait ignorer la douleur. Les doigts écorchés à vif, à force de s'acharner avec obsession à ouvrir la porte, ses mains devaient souffrir le martyre. Mais peu importe ! Seule comptait pour lui la possibilité de s'échapper de cet enfer ! Plus il s'obstinait, plus son sang maculait la serrure et la moquette alentour. Plus il s'évertuait dans cette tâche absurde, plus il pleurait et gémissait. Le spectacle était aussi excitant que terriblement pathétique, tout cela n'étant, en fin de compte, qu'une question de point de vue.

Derrière lui, ses compagnons le scrutaient sans trop savoir quoi faire. Et en premier lieu **Cinq** qui arborait une expression gênée et désolée. Malgré les appels à la prudence de **Deux**, il s'était trop entêté à vouloir l'aider. Pour quel résultat ! Dans son souci de bien faire, il n'avait fait qu'empirer les choses. Rien ne fonctionnait normalement dans cette maudite pièce !

Bêtement et inutilement obstiné, **Un** changea soudain de tactique et se mit à tambouriner la porte avec la même rage soutenue. Au milieu des sanglots et des plaintes, il criait maintenant de plus en plus fort.

- Tu vas la fermer, espèce de crétin ! hurla à son tour **Trois** en jetant sa serviette par terre.

Mais l'enragé ne s'arrêtait pas. Tout au contraire, d'ailleurs ! Avec un rythme décuplé (si c'était encore possible !), il se mit à marteler frénétiquement la porte.

- Oh, et puis zut ! s'agaça **Trois** en fixant la mine déconfite du principal fautif. C'est toi qui l'as réveillé, alors débrouille-toi pour le calmer !

Le gros homme était paniqué. Il avait raison. C'était à lui de régler la situation… Avec une lueur d'espérance dans les yeux, il se tourna vers **Deux**. Lui avait peut-être une idée ? Mais ce dernier hocha la tête d'un air désolé en reculant. Il était seul sur ce coup-là… Et puis **Cinq** se souvint, qu'à l'heure précédente, il avait bien réussi à maîtriser cet acharné pour porter secours à **Sept**. Cela n'avait pas été si difficile ! Il pouvait le refaire… Sauf que, là, **Un** semblait totalement indomptable.

D'un pas hésitant, **Cinq** s'avança vers le petit homme qui avait enfin cessé de cogner la porte pour mordre maintenant la serrure à pleines dents ! – une stratégie qui avait au moins l'avantage de l'empêcher de brailler. **Un** lui tournait donc le dos, concentré sur sa seule tâche hystérique. Il pouvait le saisir par surprise. Comme la première fois…

Au-dessus des deux hommes, l'horloge faisait entendre ses tacs avec une joie et un entrain qui avaient tout de malsain. Vas-y ! semblait-elle susurrer à **Cinq**, Tue-le. *Tac.* Étrangle ce forcené. Fracasse-lui la tête contre la porte. *Tac.* Car jamais il ne se taira. *Tac.* Jamais ! *Tac.* Jamais ! *Tac*… Il pouvait presque le saisir maintenant… lorsqu'un objet volant non identifié lui frôla l'épaule et vint rebondir sur la tête de **Un**.

Une pomme ! Quelqu'un venait de lui lancer une pomme ! Mû par une curiosité imprudente ou par un réflexe idiot, **Cinq** se retourna pour voir qui était l'auteur de ce jet d'une précision redoutable. Un rapide inventaire des autres candidats lui apporta la réponse. Excédée par tout ce vacarme et par l'imbécillité congénitale de ses compagnons, **Six** n'avait pas pu résister. Dressée à côté de sa chaise, elle s'était déjà armée d'un second projectile… Mais **Cinq** stoppa là son observation, réalisant avec effroi qu'il n'entendait plus le petit homme s'acharner sur la porte. Tandis que son cœur manquait un battement, il fit brusquement volte-face.

Planté juste devant lui, les traits du visage déformés par une rage incontrôlable, les yeux quasi révulsés par la folie, la bouche en sang à cause de son inconcevable assaut buccal, et les mains en lambeaux, **Un** le fixait d'un air terrible et effrayant. Le coup reçu sur la tête l'avait brutalement interrompu dans sa tâche. Et cela semblait pour le moins le contrarier !

Tac, tac, tac. L'horloge venait tout juste d'indiquer 15h21. Paralysé par la peur, épouvanté par ce masque de tueur qu'il avait juste sous le nez, **Cinq** n'osait plus bouger. En cet instant, où même le temps semblait s'être arrêté, le petit homme d'apparence pourtant si anodine avait quelque chose du psychopathe perfide et sanguinaire, prêt à déchaîner sa furie destructrice.

Derrière eux, **Six** se tenait sur ses gardes, toujours armée de sa pomme… Non loin d'elle, sur sa droite, **Deux** se déplaçait lentement vers **Un**, décidé à intervenir cette fois. Seul **Trois** restait parfaitement détendu, déclarant même avec un clin d'œil complice à la caméra :

- M'est avis, messieurs, que vous allez bientôt pouvoir adresser un avertissement.

Une lueur d'étrange résignation passa dans les yeux de **Un**... Avec un cri rageur, il se jeta soudain sur le côté et se précipita vers l'arrogant dilettante. Contre toute attente, il délaissait **Cinq** ou **Six** pour s'attaquer à son pire ennemi depuis le début du jeu ! Un instant stupéfait, ce dernier se ressaisit rapidement et se mit sur la défensive, paré à réceptionner la charge.

Tête en avant, tel un bélier furibond, **Un** était déjà sur lui, lorsqu'au dernier moment **Trois** s'esquiva sur sa gauche et tendit la jambe. On avait l'impression d'un toréador échappant gracieusement aux cornes d'un taureau ! À ceci près, bien sûr, que le fourbe y avait ajouté un croche-pattes ! Incapable de l'éviter ou de l'anticiper, et emporté par sa course effrénée, **Un** s'étala lourdement par terre.

Avec un petit rictus de satisfaction, le dilettante se retourna immédiatement pour lui faire face. Bien que surpris par cette traîtrise, son adversaire se relevait déjà, plus enragé que jamais. Mais sans plus de résultat, **Trois** l'accueillant d'un violent uppercut à la mâchoire qui le cloua, de suite et pour de bon, au sol.

- Couché, le chien ! triompha-t-il aussitôt avec suffisance.

Derrière lui, ses compagnons n'avaient pas bougé. Tout s'était passé tellement vite ! Et puis, ce n'était de toute façon plus la peine. Le petit homme venait visiblement de perdre connaissance. Penché au-dessus de lui, son vainqueur le toisait maintenant avec mépris. Cet imbécile avait eu son compte ! Après avoir soupiré, il se tourna vers les autres candidats.

- Occupez-vous de cette loque, ordonna-t-il, un tantinet blasé. Ce n'est pas à moi de corriger vos erreurs.

Mais la correction n'était pas aussi complète qu'il le croyait. Sournoisement, **Un** n'avait fait que simuler ! À la surprise générale, il se redressa d'un bond, prêt à frapper en traître !

- Attention ! eut tout juste le temps de crier **Cinq**.

Vif comme l'éclair, les yeux écarquillés par une soudaine poussée d'adrénaline, **Trois** fit volte-face... une seconde trop tard ! Comme une bête furieuse, **Un** lui tombait déjà dessus dans un hurlement jouissif. Déséquilibré par son brusque demi-tour, le dilettante ne put encaisser le choc cette fois, et les deux hommes roulèrent sur la moquette.

En quelques secondes, la situation avait basculé. Sonné par cette attaque surprise et écrasé par **Un** qui s'accrochait sur son dos, **Trois** se retrouvait dans une fâcheuse posture. Le petit homme était pourtant de carrure bien plus frêle que lui, mais la frénésie qui l'animait compensait largement son désavantage physique. Après lui avoir violemment griffé la joue, **Un** passait maintenant ses bras autour de son cou, tentant furieusement de lui briser la nuque.

- Je vais te tuer, raclure ! gloussa-t-il de façon hystérique.

À cet instant, un signal sonore, strident et aigu, résonna dans la pièce. Conformément aux règles quatre et six, les producteurs distribuaient un avertissement ! Mais il n'eut pour seul effet que de mettre les oreilles de **Trois** au supplice car le petit homme, pourtant visé ici, ne semblait pas même l'avoir entendu. Trop contrarié sans doute... Car, malgré toute l'application qu'il y mettait, sa prise était maladroite. Et à son grand dam, il parvenait à peine à étrangler son adversaire. Pleinement conscient qu'il n'avait que peu de temps devant lui, il prit alors le pari hasardeux de desserrer son étreinte pour mieux se placer... Erreur fatale ! **Trois** lui asséna un vigoureux coup de coude dans le nez qui le fit basculer à la renverse.

Totalement indécis, **Deux** et **Cinq** suivaient avec angoisse l'évolution de cette rixe endiablée. Comme le dilettante, ils avaient d'abord cru à un combat vite expédié et au calme enfin revenu. Mais tout cela avait recommencé avec une rage et une violence encore plus soutenues. Et puis le signal avait retenti, et ils étaient restés paralysés par la peur. Tétanisés d'effroi à l'idée que la Mort allait peut-être subitement revenir, bien avant l'horaire prévu ! S'ils intervenaient, ne risquaient-ils pas eux aussi un avertissement ? La confusion était devenue telle ! En plus, ne disait-on pas que la Mort était aveugle ? Dans cet amalgame de corps, elle pouvait bien faucher à côté !

Toutes ces préoccupations glissaient au contraire sur **Six**. Enchantée par cette bagarre inattendue, elle avait remis sa pomme dans la corbeille et s'était rassise, un sourire carnassier figé sur les lèvres. L'issue de ce combat ne pouvait avoir que du bon. Que ce soit **Un** ou **Trois** qui crève, elle serait contente, ravie même !

Quant à l'horloge ? Impassible, elle égrenait les secondes. Le règlement, les avertissements, les états d'âme des candidats, tout cela elle n'en avait que faire. Elle avait des aiguilles à faire tourner et un horaire à tenir. Et **Un** ne l'oubliait pas... Le nez en sang et sans doute cassé, il se jeta à nouveau sur **Trois**.

Toujours allongé par terre, ce dernier avait enfin recouvré ses esprits, se demandant pendant un instant si le bracelet de ce forcené allait enfin s'activer. L'incertitude était trop grande. Mieux valait qu'il se défende lui-même. Appuyé fermement sur ses fesses et les jambes repliées, il réceptionna le petit homme sur ses pieds puis déplia d'un coup sec ses jarrets. Grâce à un effet rebondissant, **Un** vola en arrière tentant désespérément de garder son équilibre. Mais il en fut incapable. Et basculant pour de bon, il se fracassa la tête contre le rebord du lavabo.

Pendant de longues secondes, plus personne ne bougea, tandis qu'un silence pesant retombait dans la salle. *Tac, tac, tac*... Engourdi par une insoutenable vague de frayeur et le cœur comprimé dans une chape de glace, **Trois** se redressa d'un coup sur son séant. L'avait-il tué ? Venait-il de signer son arrêt de mort ?

Assise à sa table, **Six** ricanait doucement. Allait-elle avoir le plaisir inespéré de voir ces deux abrutis mourir à la chaîne ? En ce moment même, les producteurs étaient sans doute en pleine effervescence. Leur jeu chéri venait de virer au désastre. Soudain, elle s'imagina leurs visages blêmes et cela la réjouit au plus haut point.

Quant à **Un**, hormis le fait qu'il avait souillé de son sang la blancheur immaculée du lavabo, il n'y avait, pour une fois, plus rien à dire sur lui. Enfin terrassé, il demeurait parfaitement immobile.

Alors un nouvel avertissement, lugubre et sinistre, retentit dans la pièce. En l'entendant, **Trois** hurla de terreur et s'agita furieusement. Car, cette fois, il s'agissait de son bracelet.

Non ! Ils ne pouvaient pas le sanctionner pour ça. Tout cela n'était qu'un accident ! Il n'avait fait que se défendre ! Effrayé jusqu'à en perdre presque la raison, **Trois** se sentait défaillir. Comme une bête prise au piège, il jetait des regards affolés et incrédules en direction de ses compagnons et des caméras. Mais seuls le silence et le mutisme lui répondaient. Alors, incapable de se relever ou de faire dignement face au sort qui l'accablait, il se mit à geindre et à frissonner. Jamais l'inébranlable dilettante n'avait paru si fragile, si désemparé. Étrange jeu de miroir qui figurait presque l'infortuné **Un** avant sa crise de démence.

Pas plus que ses camarades, **Deux** n'appréciait depuis le début son outrecuidance ou son égocentrisme exacerbé. Mais il se devait de faire quelque chose. Et pour commencer, il lui fallait d'abord vérifier si **Un** était encore en vie. En quelques enjambées, il se retrouva à côté du petit homme. Le malheureux était dans un triste état. En plus de ses mains, déchirées et entaillées en de nombreux endroits, son visage avait généreusement reçu son lot de scarifications : sa bouche était fendue, son nez probablement cassé, quant à son crâne, c'était difficile à voir, mais des gouttes de sang perlaient abondamment de son cuir chevelu, à l'endroit même où il était tombé. Prudemment, au cas où **Un** aurait préparé une nouvelle attaque surprise, il se pencha à son niveau et se mit à lui tâter le pouls. Écœuré par tout ce sang, il choisit une zone du cou qui n'en était pas recouverte.

- Alors ? l'interrogea nerveusement **Cinq**, sans même attendre le verdict.

- Je sens son pouls. Il est vivant.

À cette nouvelle, **Trois** cessa de s'agiter et poussa un profond soupir de soulagement. Quel paradoxe, alors qu'il avait souhaité haut et fort sa mort ! Même si personne dans la pièce ne s'en rendit compte, **Six** soupira également… mais de déception. Ses espoirs de voir ces deux crétins y passer en un strike se voyaient anéantis.

Tout en se redressant, **Deux** secoua la tête avec incertitude et lança à la cantonade :

- Je ne sais pas s'il est sage de le bouger ou de le réveiller encore.

- Il faut pourtant faire quelque chose, intervint **Cinq**, fidèle à ses principes altruistes. On ne peut pas le laisser se vider de son sang et le regarder mourir.

Consternée par un tel concentré d'idiotie, **Six** bondit sur sa chaise et cracha d'un ton rageur :

- Je me demande si tu le fais exprès, gros lard, ou si tu es passablement con ! Pourrais-tu me rappeler le principe de ce jeu, pour voir ?

Cinq fixa la jeune femme d'un air confus. Évidemment… **Un** était un concurrent à sa propre survie… Oui mais, pas comme ça ! À fermer ainsi les yeux, c'était comme s'il le tuait lui-même !

- Vous n'avez pas le droit ! s'exclama soudain **Trois** en se relevant enfin.

Bien que toujours blême et tremblant, le dilettante paraissait avoir retrouvé un semblant de vigueur. Maintenant que la peur s'évanouissait, il était temps de laisser parler la colère. Interloqués, ses compagnons le scrutèrent tandis qu'il invectivait de nouveau les caméras et, à travers elles, les producteurs :

- Pourquoi me sanctionnez-vous ? Je ne suis pas responsable. Ce fou à lier m'a sauté dessus, je n'ai fait que me défendre ! Vous l'avez bien vu ? Vous…

Emporté par un élan hystérique, il dut brutalement s'interrompre car il en oubliait de respirer ! Après avoir pris une courte pause donc, il repartit malgré tout avec le même entrain :

- C'était de la légitime défense ! Je ne mérite pas cet avertissement. Et puis, c'était un accident !

En quête de soutien, il jeta des coups d'œil frénétiques en direction de ses compagnons :

- Dites-leur, vous, que ce n'est pas de ma faute.

Mais aucun ne réagit, se contentant de le regarder gesticuler comme un dément. Ils avaient l'impression d'assister à la crise de nerfs d'un enfant cherchant à excuser maladroitement ses fautes. Plus dans le ton du moment peut-être et dans un autre style, ils croyaient également revoir la sarabande frénétique de **Un**.

- Vous ne pouvez pas m'avertir, poursuivit-il inlassablement. Ce n'est pas juste… Et puis, il n'est même pas mort !

Six secoua la tête. Là, ça devenait vraiment n'importe quoi !

- Enfin, soyez raisonnables !

De nouveau, **Trois** s'arrêta net. Il devait se contrôler et adopter une autre tactique.

- Messieurs les producteurs, reprit-il donc tout sourire après un moment et d'une voix plus posée, ne vous mettez pas le public à dos. Honorez votre position et soyez justes et objectifs…

Sous une impulsion de haine aussi violente qu'incontrôlée, son visage se durcit et sa voix s'amplifia :

- Vous m'entendez ? Tas de fumiers ! Ramassis de…

Subitement, la tête lui tourna et il se sentit vaciller. Avaient-ils activé son bracelet, lassés de ses injures ? … D'une main tremblotante, il releva la manche de son jogging. Non, la capsule de poison était toujours pleine ! Il chancela de nouveau et dut à un sursaut de sa volonté de ne pas s'écrouler. Il était en train de faire un malaise. Comme un miséreux, il se traîna péniblement jusqu'au canapé et s'y laissa tomber. Éprouvé comme jamais et temporairement vaincu.

Bientôt le silence retomba dans la pièce et, pour les autres candidats, réentendre distinctement les tacs de l'horloge fut presque un soulagement. Il était 15h25. Pendant un long moment, personne ne fit rien, chacun restant focalisé sur ses seules pensées ou, comme **Deux**, sur l'observation méticuleuse de **Trois**.

Les traits creusés et les yeux fixés de manière hypnotique sur le plafond, le dilettante était toujours conscient mais indubitablement sonné. Tout ce qui restait encore de sa superbe s'était, pour de bon, envolée. Étalé telle une loque sur le canapé, échevelé et balafré, le sang de **Un** sur le visage et les vêtements, il avait bien triste allure l'orgueilleux champion. Celui qui était venu chercher la gloire, qui était encore il y a peu sûr de gagner, ressemblait plus maintenant à un combattant fourbu, à un soldat perdu sans espoir et sans attente. Mais de toute façon, de quoi se plaignait-il ? Peu avant sa pitoyable bagarre avec **Un**, n'avait-il justement pas annoncé aux producteurs qu'ils devaient se tenir prêts à mettre un avertissement ? Eh bien, ils l'avaient écouté ! Et plutôt deux fois qu'une !

Toujours perdu dans ses pensées, **Deux** eut un petit sourire amusé.

Il était prêt à parier qu'en ce moment même **Trois** poursuivait en son for intérieur un procès passionné et inutile. Finalement, ce candidat pompeux et désinvolte n'avait fait que ramasser la monnaie de sa pièce. C'était sans doute ce que l'on appelait l'ironie du sort. Et puis, comme **Un**, il était bien plus « agréable à vivre » dans son mutisme.

Entendant tout à coup du bruit derrière lui, **Deux** s'arracha à sa contemplation et se retourna. C'était **Cinq** qui, malgré les invectives mordantes de **Six**, s'était approché du corps inanimé et ensanglanté du petit homme. Fidèle à sa nature indécise, il hésitait cependant à intervenir.

- Je devine ce que tu ressens, intervint **Deux** d'une voix douce. Si tu dois réchapper à ce jeu, tu ne veux pas que ce soit avec du sang sur les mains.

Le gros homme secoua la tête d'un air incrédule :

- Comment le sais-tu ?

- Parce que je pense la même chose. Mais nous n'avons rien pour soigner ses blessures, le sens du spectacle cher aux producteurs nous interdisant sans doute d'avoir une trousse de premiers secours. Surtout, nous ne sommes pas responsables de toute cette tragédie. Nous ne sommes pas fautifs de la folie de **Un** et de sa volonté de se détruire, pas plus que de l'insolence déplacée de **Trois** et de son acharnement à envenimer la situation.

Il fit une courte pause et plongea ses yeux dans ceux de **Cinq**.

- Nous ne sommes pas responsables de toute cette sinistre mascarade, reprit-il avec force. Nous la subissons. Alors, ne nous affligeons pas encore plus !

Le gros homme se fendit d'un sourire triste.

- Tu as raison, concéda-t-il. Mais nous pourrions au moins essayer de l'examiner.

Deux opina du chef. Visiblement, son compagnon avait besoin de se donner bonne conscience. D'un pas décidé, il le rejoignit donc et, ensemble, ils se penchèrent sur **Un**, tandis que du bout de sa table, **Six** les observait de son inévitable air consterné.

Le petit homme restait toujours plongé dans les limbes de l'inconscience. Au regard de la quantité d'hémoglobine qui imprégnait la moquette, sa blessure au crâne semblait sérieuse. Mais il restait encore à vérifier l'étendue des dégâts... **Cinq** ne se décidant pas à agir, **Deux** se risqua, non sans une certaine répugnance, à farfouiller dans les cheveux poisseux de sang afin d'en dégager la plaie. Tout en prenant bien soin de ne pas bouger la tête de la victime, dans le cas d'une fracture aux cervicales, et sous l'œil vigilant de son compagnon, il s'appliqua à cette entreprise avec une extrême délicatesse, mettant rapidement en évidence ce qui ressemblait paradoxalement plus à une modeste entaille. Après s'être assuré que le gros homme l'avait bien vue, **Deux** retira vivement ses mains, les examinant d'un air grimaçant.

- Une blessure à la tête, ça saigne toujours beaucoup.

- Oui, approuva **Cinq**, cela paraît moins grave que ce que l'on pensait. Mais il s'est peut-être fait un traumatisme crânien.

- Dans ce cas, soupira **Deux**, nous ne pourrons doublement rien faire. Et puis, tant qu'il reste inconscient, il ne souffre pas au moins. Si sa blessure n'est pas grave, il finira par se réveiller. Sinon...

Il suspendit sa phrase, empli de confusion.

- Bref, avec le peu que nous savons et vu son comportement autodestructeur, tenter de le réveiller me semble plus que jamais une mauvaise idée.

Cinq acquiesça avec gravité. Finalement, ils en revenaient au même point que lorsque **Un** restait plongé dans son état catatonique. Avec un déchaînement de violence, du sang et deux avertissements en plus ! Vouloir faire le bien conduisait parfois à un plus grand mal. Mais de toute manière cette simple notion du Bien était-elle seulement envisageable entre ces murs ?

Laissant le gros homme dans ses sombres pensées, **Deux** se tourna vers le lavabo et se lava les mains. Dans un souci de propreté et d'effacer autant que possible l'incident, il en profita pour enlever le sang qui en maculait encore le rebord, tandis que ses compagnons l'observaient en silence. Seule l'horloge, bien sûr, continuait en fond sonore son jacassement irritant et éprouvant. *Tac, tac, tac...*

Lorsque **Deux** en eut enfin terminé, il était 15h30. Comme les fois précédentes, il avait soigneusement évité de contempler le reflet honni que lui renvoyait le miroir. Se retournant vers **Cinq**, il échangea avec lui un regard triste et résigné avant de reprendre la parole :

- Je crois que nous avons bien mérité une petite pause.

Un sourire amer s'étira sur ses lèvres. Dans l'absolu, sa remarque était pour le moins incongrue, car le Requiem de l'horloge ne connaissait aucun répit pendant six heures. Mais bon, il n'allait pas commencer à chipoter sur les mots. Il avait déjà trop de choses à penser et à gérer. Et puis, il laissait à **Trois** ou à **Six** le soin de ces petites leçons de vocabulaire.

- Je vais chercher des boissons fraîches, poursuivit-il donc. Ça nous fera du bien. Installe-toi.

Éreinté par tout ce qui venait de se passer, le gros homme ne se fit pas prier deux fois. Alors que son compagnon farfouillait dans le frigo, il alla s'asseoir non sans une certaine délectation dans un des fauteuils. Toujours allongé sur le canapé, et les yeux fermés maintenant, **Trois** ne prêtait pas la moindre attention à leur manège.

Bientôt, les bouteilles coincées sous les bras ou dans les mains, **Deux** revint promptement déposer tout son attirail sur la petite table en bois, avant de repartir d'un pas décidé vers celle où se trouvait encore **Six** pour prendre quelques gobelets en plastique. Croisant le regard de la jeune femme, il lui dédia un sourire aussi chaleureux que possible – ce qui encore une fois ne manqua pas de la surprendre – puis revenant enfin au côté du gros homme, il lui demanda :

- Que veux-tu boire ?

- J'aimerais bien un bon whisky, ironisa tristement **Cinq**, mais je me contenterai de jus d'orange.

- Excellent choix, acquiesça **Deux** avec une pointe d'humour. C'est une très bonne cuvée.

Les deux hommes pouffèrent sans conviction. Même si chacun d'eux souhaitait ardemment se détendre, souffler un peu dans tout cet enfer, ils s'en voyaient incapables. L'angoisse qui les étouffait était trop présente pour que le moindre réconfort leur fût vraiment permis. Alors, sans rien ajouter, **Deux** servit son compagnon et lui tendit son gobelet.

- Merci. Tu m'accompagnes ? l'interrogea **Cinq** en s'en saisissant.

- Oui, mais je vais le couper avec de l'eau. Je me sens trop barbouillé pour avaler du sucré.

Le gros homme hocha la tête d'un air grave, se remémorant avec honte son entrée fracassante dans le jeu lorsqu'il avait vomi. Même s'il n'était pas le premier candidat à qui une telle mésaventure arrivait (cela s'était produit deux fois lors des éditions précédentes), sa dignité en avait pris un coup. Était-ce raisonnable de boire ce jus d'orange ?

Toujours songeur, **Cinq** s'intéressa de nouveau à son compagnon qui s'installait maintenant dans le second fauteuil, son « cocktail du pauvre » entre les mains. Un instant, il s'imagina confortablement assis dans son salon, savourant un apéritif avec un vieil ami. Mon Dieu, que ce temps semblait loin, que cette vision paraissait irréelle désormais ! Pourtant, tout cela avait existé, tout cela avait été possible ! Dans une autre vie…

Désespérément ennuyeuses pour les téléspectateurs, horriblement frustrantes pour les producteurs, les minutes s'écoulèrent sans que rien ne se passât. Une, deux, trois, quatre… Cela devenait intolérable ! Comment pouvait-on tomber dans un ennui pareil après un tel spectacle, après cet intermède palpitant de violence paroxystique ? D'une certaine façon, cela permettait à l'équipe de production de se remettre de ses frayeurs. Il s'en était fallu de peu en effet pour que son jeu chéri vire à la débâcle. Une petite pause n'était donc pas fortuite mais là, ça devenait carrément insipide. Il était quand même encore un peu trop tôt pour le bouquet final !

Peut-être était-ce déjà le début de ce que certains spécialistes s'étaient targués à appeler « les aléas de la restriction de groupe » ? Le postulat en était fort simple et redoutablement logique. Plus le jeu avançait, moins il y avait de candidats. Jusque-là, rien à dire ! Donc, plus leur nombre se réduisait, moins il y avait de possibilités d'interaction, de volonté d'échanges entre eux. En gros, plus la mort s'insinuait parmi les concurrents, moins il y avait de chances qu'il se passât quelque chose. L'être humain était ainsi fait. La plupart du temps, lorsqu'il était trop accablé – un euphémisme ici – il avait tendance à se replier sur lui-même, à se refermer comme un coquillage. Et cela n'avait jamais contribué au spectacle ! Si à cette donnée irréfutable, l'on ajoutait le fait que plus les heures défilaient, plus les chances de gagner ou d'y passer se resserraient pour les candidats et donc plus le stress les paralysait, la principale faiblesse du Requiem de l'horloge apparaissait au grand jour.

Aussi génial fût-il dans sa perversité, le concept souffrait d'un irrémédiable essoufflement dans sa continuité mais non dans les détails, les passages horaires restant toujours un plein succès, en particulier le dernier. Cette fragilité avait constitué l'écueil majeur des trois éditions précédentes. Le spectacle avait démarré fort puis, rapidement, l'ennui s'était inexorablement insinué. Mais, à trop accabler les candidats, on ne leur donnait, de toute façon, pas vraiment envie de se montrer vivants…

Bref, c'était un vrai problème pour les producteurs car, s'ils s'évertuaient à vouloir tout contrôler, jamais ils n'y arrivaient totalement. Rétive jusqu'au bout, leur créature pouvait à tout moment se retourner contre eux, comme lors de la première édition ou de peu pour celle-ci.

En fait, tout dépendait des candidats et donc du casting ! Il fallait trouver de fortes personnalités, aussi dissemblables que promptes à imposer leurs idées, constituer un groupe suffisamment hétéroclite et disparate pour que des tensions, des oppositions ouvertes apparaissent sans mal. Il fallait, en quelque sorte, fabriquer une « bombe » prête à exploser. Pour en arriver là, la production devait créer de l'action et des rebondissements permanents, et tout cela sans intervenir directement et sans avoir (a priori) de moyens conséquents pour relancer le jeu. En gros, un vrai casse-tête où les candidats remettaient leur sort entre les mains des producteurs et vice-versa.

Cela dit, toute cette pression, toute cette incertitude qui pesaient sur les maîtres d'œuvre n'étaient jamais valables que lors de la première diffusion, celle en direct. Car après, si besoin était, il y avait les séances de rattrapages qui ne déméritaient d'ailleurs pas niveau audimat. Que ce fût pour les accros ou pour les malheureux qui avaient raté l'émission, on en remettait une couche au moyen de deux formules. Quand il s'agissait de gagner plus d'argent, les idées fusaient toujours.

Donc, le premier concept consistait à rediffuser le jeu en durée réelle, mais heure par heure cette fois. Partagée en autant d'épisodes sur autant de jours, l'émission commençait dès le lendemain du direct, pour rester dans l'ambiance sans doute… et pour ne pas gâcher le suspense des quelques extra-terrestres qui auraient encore ignoré le résultat ! La seconde formule consistait en un best-off diffusé en une fois sur une durée équivalente à la moitié du jeu. Généralement, cette resucée passait un mois après le direct, histoire de digérer un peu entre-temps (quand même !) et de savourer pleinement ce cadeau fait par les producteurs. Après ? Et bien souvent même avant ! Les vidéos se vendaient à prix d'or ou s'échangeaient sur Internet. Avec, au milieu de ce repas de vautours, le désormais inévitable ballet des réseaux sociaux et de leurs témoignages trop souvent vides d'intérêt.

Cette année, malgré « les aléas de la restriction de groupe » et le risque inhérent de susciter plus d'ennui, la production avait fait le pari fou de rallonger la durée du jeu. À la carte désormais, messieurs dames, et pour le même prix, trois menus enrichis : six heures de direct, six épisodes « deuxième chance » et/ou une sélection des meilleurs moments étendue à trois heures. Voilà une équipe de production qui savait se montrer généreuse !

Finalement, si jamais le jeu dépendait vraiment du seul hasard, toutes ces considérations ne prouvaient qu'une seule chose : les producteurs avaient sans conteste déniché le casting idéal ce coup-ci. Les candidats rêvés à l'abattoir ! Non, aucun doute n'était permis. Les concepteurs étaient bien trop malins pour se goinfrer sans raison. Le temps de l'essoufflement n'était pas venu. Roule horloge, et que le spectacle continue !

Pendant cet intermède d'une oisiveté désespérante, les candidats semblaient s'être donné le mot pour ne pas briser l'attentisme général. Malgré toutes leurs bonnes intentions, **Deux** et **Cinq** ne trouvaient pas la force de poursuivre leur conversation. De temps en temps, leurs regards se croisaient mais aucune connexion ne parvenait à se faire. Ils restaient plongés chacun dans leurs pensées, où ne se mêlaient plus que l'angoisse et les regrets d'une vie gâchée. Lentement, ils vidaient leurs gobelets d'un air accablé.

Étalé sur le canapé, **Trois** donnait pour sa part l'impression d'avoir sombré dans un sommeil réparateur. Cela restait bien sûr impensable mais avec ses yeux clos, ses bras croisés sur son ventre et sa poitrine qui se soulevait doucement, il paraissait endormi et incroyablement détendu. En tout cas bien plus qu'à la suite de son avertissement ! Mais alors, s'il avait retrouvé son calme, et connaissant son caractère théâtral et démonstratif, pourquoi restait-il là sans bouger, allongé tel un gisant ? Jamais il n'avait été aussi inexpressif, jamais il n'avait autant brillé par son absence. L'orgueilleux dilettante avait-il rendu pour de bon les armes ?

Songeuse elle aussi, mais avec un contentement apparent, **Six** scrutait ses compagnons en grignotant des morceaux de chocolat. Sans doute appréciait-elle plus que tout le monde cette nouvelle pause, ce climat austère et résigné vers l'inéluctable verdict. Pourtant, chez la jeune femme aussi, quelque chose semblait avoir changé. Son visage arborait toujours une expression dure et rétive, tout son corps restait tendu et nerveux, mais ses yeux, eux, trahissaient fugitivement une émotion indéfinissable, inconnue chez elle.

Toujours aussi sage, **Un**, quant à lui, se vidait lentement de son sang. Mort ou vivant ? Pour lui au moins, une chose était sûre. Il ne se torturait plus l'esprit à l'instar de ses compagnons... *Tac, tac, tac.* Il était 15h36. L'horloge poursuivait son long monologue depuis près de six minutes maintenant. Les producteurs devaient commencer à blêmir ! Et puis le miracle se produisit.

- Combien de temps **Sept** a-t-il résisté au poison ? demanda tout à coup **Deux**.

Un instant, **Cinq** et **Six** le dévisagèrent d'un air incrédule. Pourquoi s'intéresser à une telle chose ? Il était mort et « évacué » depuis longtemps !

- Vous n'y avez pas fait attention ? reprit-il en les scrutant à tour de rôle.

Cinq secoua négativement la tête.

- Parce que j'ai l'impression qu'il a tenu un long moment.

- Trente-sept secondes, précisa soudain **Six** d'une voix impassible.

- Tu en es sûre ? l'interrogea **Deux**.

- Certaine, trancha-t-elle. J'ai vérifié l'horloge.

- Alors, il est passé tout près du record, murmura-t-il d'un air pensif. À seulement trois petites secondes...

À cette indication, tous les candidats se remémorèrent la résistance héroïque du dernier supplicié de l'édition précédente. Avec sa carrure frêle – un peu comme celle de **Un** – et son visage de souffre-douleur, l'homme ne payait vraiment pas de mine. Pourtant, tout au long du jeu, il était resté incroyablement digne et avait fait preuve d'un courage admirable. Pas une seule fois, il ne s'était plaint ou avait élevé la voix. Pas une seule fois, il n'avait craqué ou supplié. Retranché dans ce qui était vite apparu comme une assurance tranquille, l'homme avait traversé tous les passages horaires sans véritablement broncher.

Et puis l'ultime verdict était tombé. À moins d'une minute de la délivrance et d'une vie meilleure, pleine d'espoir, l'inébranlable et impavide candidat s'était effondré, mis au supplice par les affres de l'agonie. Alors il avait geint et crié, pleuré et imploré. Toute son étonnante sérénité s'était brisée d'un coup, tandis que le poison consumait avidement son essence vitale. Sa mort avait été terrible, traumatisante même pour nombre de téléspectateurs, car l'homme était passé pour ainsi dire par tous les stades de la souffrance, refusant obstinément de mourir aussi près du but !

Lorsqu'il s'était enfin écroulé, le record incroyable et absolu de la plus longue agonie du Requiem – quarante secondes ! – venait d'être établi. Un véritable camouflet pour les experts qui avaient affirmé haut et fort que la durée létale du poison ne pouvait s'échelonner qu'entre quinze et trente secondes. L'infortuné petit homme, d'aspect si fragile, avait réalisé l'impensable en franchissant le premier cette barre symbolique et maximale fixée par les médecins de la mort.

Les producteurs et leurs damnés spécialistes avaient-ils pour autant revu à la hausse la virulence de leur poison ? Pensez-vous ! Cela ne pouvait être qu'une heureuse ou malheureuse exception, selon le point de vue que l'on adoptait. Peut-être bien. N'empêche qu'avec **Sept**, ils étaient maintenant deux à flirter avec le Guinness book ! Voilà qui n'était guère rassurant pour ceux qui allaient suivre...

Brisant le silence qui venait de s'instaurer, **Six** eut un ricanement mauvais et amer.

- Eh oui, même dans la mort, la compétition continue, souffla-t-elle comme pour elle-même puis balayant d'un rapide regard circulaire les caméras... Foutus salopards !

- L'important n'est pas dans cette course sinistre, nota **Deux** toujours songeur, mais dans le courage et la dignité dont il a fait preuve face à la mort. Son attitude stoïque est une belle victoire sur ce maudit système.

- Ouais, confirma la jeune femme. Je dois bien reconnaître que l'abbé a assuré sur ce coup-ci. J'aimerais en faire autant si...

Elle s'interrompit soudain, en se mordant les lèvres, tandis qu'une violente et irrépressible poussée d'angoisse s'inscrivait sur son visage. Quel besoin avait-elle de préciser ses pensées ? Ses compagnons avaient bien compris qu'elle l'enviait, en quelque sorte. Même si elle était forte, que sa rage et sa haine du monde, véritables barrières sanitaires contre l'insoutenable, faisaient que jamais sans doute elle ne craquerait, qu'en serait-il vraiment lorsque la mort viendrait ? Quelles garanties avait-elle de résister à son contact froid et ignominieux ? N'allait-elle pas lamentablement se briser comme le candidat au triste record ? Juste à la fin... Pour se rassurer, **Six** reprit la parole sur un ton plus agressif et tellement plus coutumier :

- Et merde ! Personne n'a envie de battre ce record macabre sauf peut-être ce bouffon en quête de gloire !

D'un geste méprisant, elle désigna **Trois** mais celui-ci n'eut pas la moindre réaction.

- Et puis cessez de me mêler à vos conversations foireuses, ajouta-elle encore avec une mauvaise foi saisissante.

Interdits, **Deux** et **Cinq** croisèrent leurs regards. Qui aurait pu forcer cette enragée à faire quoi que ce soit ? Depuis le début du jeu, elle n'intervenait que de son plein gré. Mais sa hantise obsédante de trop se dévoiler l'aveuglait tellement qu'elle se voyait incapable de faire la part des choses. Elle préférait se mentir et ignorer cette vérité abjecte qu'elle aussi avait besoin, comme tous les autres, de communiquer, d'exorciser ses démons.

- As-tu remarqué ? demanda soudain **Cinq** à son compagnon, la mine assombrie.

- Quoi donc ? s'étonna **Deux**.

- La concordance des nombres, répondit le premier d'un ton morose. L'effrayante similitude entre le temps d'agonie de **Sept** et l'âge qu'il avait !

Trente-sept. Alors que le sinistre rapport se faisait dans son esprit, **Deux** fut saisi de stupeur. Incapable de dire quoi que ce soit, il se contenta de secouer la tête d'un air contrit. Le hasard, Dieu, ou quel que fût son nom, faisait parfois preuve d'un humour plus que douteux.

- Avec mes trente-deux ans, j'espère ne pas réitérer cette coïncidence morbide, remarqua finalement **Cinq** avec un sourire crispé.

En entendant cela, **Deux** scruta plus avant le gros homme, une lueur étrange de compassion au fond des yeux. Ce n'était pas son âge et de très hasardeuses probabilités qu'il devait craindre, mais son poids ! De tous les candidats qui avaient participé au Requiem de l'horloge, **Cinq** était le premier à être atteint d'obésité. Cela pouvait-il avoir une incidence sur le délai létal du poison ? Ce dernier mettrait-il plus de temps à venir à bout de son imposante masse graisseuse ? Après tout, il n'y avait pas encore eu de précédent dans ce domaine... Non, c'était idiot de raisonner ainsi. Le recordman n'avait pas une carrure impressionnante. **Sept** non plus. Et cela ne les avait pourtant pas empêchés de narguer un temps la mort !

- Qu'est-ce qui ne va pas ? Pourquoi me regardes-tu comme ça ? lui demanda bientôt **Cinq**, de plus en plus mal à l'aise.

- Rien... rien. Je pense juste à cette malheureuse disparition, lui mentit son compagnon.

- Oui. C'est bien triste. Je...

Deux ne l'écoutait déjà plus, plongé derechef dans ses réflexions morbides… Alors, si l'on oubliait le seul côté physique, trop peu fiable, quel était le point commun de ces candidats à la résistance exceptionnelle ? La foi ? Non, le recordman n'avait montré aucune inclination pour la religion. Alors, quoi ?

- Tu es sûr qu'il n'y a pas autre chose ? insista encore **Cinq**, après que le visage de son camarade eut blêmi d'un coup.

Mais **Deux** n'entendit pas plus cette nouvelle marque d'attention, car il venait de trouver la réponse simple et évidente. Une volonté de vivre ! Plus solide, plus obstinée, plus tenace que les autres ! Un simple désir ardent de survivre ! Dans le cas du candidat au record, cela n'avait rien de très surprenant. Au-delà de son courage à toute épreuve, qui avait sans doute pesé en partie dans sa résistance farouche, il avait été le dernier à tomber. Y avait-il seulement place plus ingrate ? Comment pouvait-on se résigner à mourir alors que le terrible compte à rebours parvenait enfin à son terme ? Alors que les espoirs d'une vie nouvelle pouvaient enfin être comblés ? Cet acharnement à vivre paraissait tellement légitime.

En ce qui concernait **Sept** bien sûr, le raisonnement ne tenait pas. À moins qu'il eût menti sur ses aspirations, le prêtre n'accordait déjà plus une grande valeur à la vie, défiant la mort et continuant finalement à vivre moins pour lui que pour son prochain. Simplement, lorsque la Faucheuse avait tranché le fil ténu de son existence, **Sept** s'était rebellé, non pour sa propre sauvegarde mais parce qu'il avait dû considérer que le moment n'était pas encore venu. Il n'avait pas pu se résigner à quitter si tôt ce monde, à abandonner ses compagnons à leur triste sort. Il s'était inscrit pour les guider et les soutenir. Il ne pouvait pas partir. Pas maintenant ! Ils avaient encore besoin de lui…

De plus en plus soucieux de l'état mental de son compagnon, **Cinq** s'approcha de lui :

- Que t'arrive-t-il, tout à coup ?

Mais **Deux** restait désespérément ailleurs…

- Hé ! le secoua énergiquement **Cinq**. Réponds-moi, bon sang !

L'effroi encore imprimé sur le visage, **Deux** s'intéressa d'un air hagard au bras qui lui agrippait fermement l'épaule. Puis une nouvelle secousse finit de le ramener à la réalité.

- Que se passe-t-il ? s'étonna-t-il, en dévisageant sans comprendre le gros homme.

- À toi de me le dire ! rétorqua ce dernier, quelque peu stupéfait. Tu m'as regardé bizarrement et puis tu t'es figé comme si tu avais vu un fantôme. J'ai dit quelque chose qu'il ne fallait pas ?

- Non, ne t'inquiète pas, le rassura son compagnon après un temps d'hésitation. C'est juste une violente poussée d'angoisse... Une de plus !

Pas totalement convaincu pourtant, **Cinq** acquiesça gravement. Il est vrai que dans ces lieux, ils devaient tous apprendre à composer avec.

- Il faudrait juste que j'évite de me torturer l'esprit.

- Je comprends, soupira le gros homme, et je crois qu'on est tous dans ce cas. C'est impossible de faire autrement ici. Mais, reconnais-le, aborder l'agonie de **Sept** n'est pas le meilleur sujet pour te sortir de ce cercle vicieux. Pourquoi donc en as-tu soudain parlé ?

Deux fronça les sourcils :

- Je ne sais pas. Il fallait sans doute que ça sorte... Ou alors, c'était juste pour alimenter la conversation. Tout est tellement faussé ici ! Je suppose que cela s'apparente à discuter de la pluie et du beau temps à l'extérieur.

Nullement choqué par un tel cynisme, **Cinq** lui tapota avec compassion l'épaule avant de retourner vers son fauteuil. Oui, dans cette pièce, l'horloge et la mort constituaient bien les seuls sujets vraiment inépuisables. Toujours dans le ton, toujours dans l'actualité.

En s'asseyant dans son fauteuil, **Cinq** jeta un rapide coup d'œil à l'horloge. *Tac, tac, tac.* Il était un peu plus de 15h39. Mon Dieu, que le temps passait vite ! Dans vingt et une minutes, le peloton d'exécution allait de nouveau se mettre en place.

- Parle-moi de tes parties de poker, l'interpella soudain **Deux**. Quel a été ton meilleur coup, par exemple ?

- Pourquoi cela ?

Immédiatement, le gros homme leva la main en signe d'excuse. Sa question était idiote. Il s'agissait bien évidemment de se changer les idées. De passer le temps !

- Eh bien, voyons voir..., commença-t-il à réfléchir tout haut.

- Remballe l'anecdote, l'ami ! le coupa brusquement **Trois**. J'ai une déclaration à faire.

En un bond sec et nerveux, le dilettante venait de se relever enfin du canapé. Même si son expression restait tendue, il donnait l'impression d'avoir retrouvé toute sa désinvolture et son orgueilleuse assurance.

- Ensuite, j'irai me nettoyer parce que ce porc (il désigna le corps toujours inerte de **Un**) m'a souillé de sa médiocrité !

Avec sa balafre sur la joue droite, et le sang de sa victime qui maculait son jogging et son visage, **Trois** ressemblait, en effet, plus à un soldat revenant de la bataille qu'au dandy arrogant et sûr de lui qu'il avait jusque-là si bien incarné. Passablement abasourdis, comme à chaque fois qu'il se lançait dans une de ses frasques dont il avait le secret, ses compagnons le scrutaient avec curiosité.

- Mais tout d'abord, chers amis, persifla-t-il, permettez-moi de vous rassurer et de vous informer que je me sens beaucoup mieux.

Il s'interrompit brièvement, le temps de leur jeter un regard mauvais :

- Il faudra donc encore compter sur moi !

À cette remarque, **Deux** et **Cinq** échangèrent un regard incrédule. Sa longue méditation n'avait donc rien changé. **Trois** se croyait toujours plongé dans une compétition dont le seul but était de servir sa propre gloire.

- Bon, reprit-il bientôt d'une voix assurée. Ce que j'ai à dire sera rapide et s'adresse à vous, messieurs les producteurs, ou plutôt à votre hypocrisie et à votre double-jeu honteux.

Se mettant face à une caméra, il lui dédia un sourire insolent, plein de morgue et de défi ! Puis, dans une attitude qui se voulait majestueuse, il poursuivit son discours :

- En tout premier lieu, permettez-moi de vous rafraîchir la mémoire, ainsi qu'éventuellement à tous ceux qui nous font le plaisir de nous suivre ...

Laissant volontairement sa phrase en suspens, il prit une profonde inspiration avant de déclamer, d'une traite, un texte appris par cœur :

- « Tout candidat souhaitant participer au « Requiem de l'horloge » devra être impérativement âgé de 20 à 40 ans, n'être atteint d'aucune maladie incurable ni présenter aucune déficience mentale (des tests médicaux et psychologiques seront pratiqués lors des sélections), de même qu'il devra enfin ne faire l'objet d'aucune traduction en justice ».

Sournois et impertinent, il toisa encore la caméra pendant de longues secondes.

- Cela vous rappelle-t-il quelque chose ? demanda-t-il perfidement... Non ? Je vais vous aider alors : c'est le préambule de votre sacro-saint règlement ! Ça y est, vous vous en souvenez maintenant ?

Deux et **Cinq** le scrutaient d'un air perplexe, essayant de comprendre où ce diable voulait encore en venir tandis que, toujours assise à sa table, **Six** hochait doucement la tête d'approbation. Contrairement aux autres, elle avait vite compris sa stratégie et, contestatrice par nature, était cette fois entièrement d'accord avec lui.

- Bien ! reprit-il sans tarder. Maintenant, je vous saurais gré de zoomer sur cette loque.

Avec condescendance et mépris, il indiqua l'infortuné **Un**. Même s'il n'avait aucun moyen de vérifier qu'on lui obéissait, il attendit de nouveau quelques secondes.

- Allez-y ! les encouragea-t-il. Ne soyez pas timides ! Rincez-vous bien l'œil... C'est fait ? Je vais donc, de ce pas, me permettre de conclure, en vous citant juste mes deux passages préférés : le candidat ne devra « présenter aucune déficience mentale » ou mieux encore - celui-là, je l'adore ! – « des tests médicaux et psychologiques seront pratiqués lors des sélections ». Et je me demande même si, vu le cas qui nous préoccupe, l'on ne pourrait pas ajouter « la traduction en justice » ?

Fier de sa démonstration, pleinement épanoui dans ce rôle d'accusateur public détaillant les contradictions et les mensonges du système, **Trois** se fendit d'un large sourire, aussi ironique que rageur, avant de porter le coup de grâce :

- Saisissante, n'est-ce pas ? Cette concordance parfaite entre la théorie et la pratique. Quel talent, quelle classe, quelle intelligence ! Complimentez pour moi votre équipe de psys qui a fait là un travail des plus remarquables, tout en nuance et en subtilité.

Au fur et à mesure qu'il parlait, son timbre de voix devenait de plus en plus nerveux. Pour évacuer sa tension ou pour appuyer encore plus la virulence de sa démonstration, il se mit bientôt à applaudir à tout rompre.

- Allons, camarades ! cria-t-il en se tournant vers les autres candidats. Joignez-vous à moi ! Mettons-y du cœur ! Rendons honneur au grand professionnalisme des producteurs et de leurs experts pour leur casting exemplaire.

Même s'ils n'étaient pas loin de s'accorder sur ce que venait de dire leur compagnon, **Deux** et **Cinq** se dévisagèrent d'un air bête et indécis, ne sachant trop quoi faire. Contrairement à **Six** qui, soutien irréel et inattendu, se mit à tambouriner du poing sur la table en guise d'assentiment. A moins que ce ne fût pour se moquer ouvertement du dilettante ? Avec elle, on ne pouvait jamais vraiment savoir.

- Levez-vous ! répéta **Trois**. Acclamez nos bienfaiteurs !

Mais, là encore, l'injonction fut vaine. S'ils approuvaient sa démarche, **Deux** et **Cinq** ne pouvaient, en effet, pas se résoudre à applaudir à ce qui ne restait après tout qu'une effroyable tragédie.

- Louons l'hypocrisie de ces ordures de première ! Louons ces pourris pour leur justesse d'appréciation !

Le visage rageur et rubicond, **Trois** cessa soudain ses applaudissements (dans le même temps, **Six** arrêta son accompagnement, un indéchiffrable sourire en coin). Puis, pendant quelques instants, il laissa ses yeux balayer furieusement l'ensemble des caméras, tandis que sa poitrine se soulevait convulsivement sous l'effet de la colère. Enfin, il porta toute son attention sur le seul responsable qu'il pouvait directement blâmer : **Un**, son ennemi défait ! Un doigt accusateur pointé dans sa direction, il se tourna de nouveau vers les objectifs.

- Vous n'allez tout de même pas nous faire croire que vous n'aviez rien détecté chez lui ? Que vous n'aviez pas noté sa propension à l'hystérie ?

Il dut s'arrêter, une fois encore, pour contrôler le flot intense d'émotions qui l'envahissait. Cette démonstration l'éprouvait nerveusement. Il était temps de conclure.

- Je ne méritais doublement pas cet avertissement, et vous le savez très bien. Non seulement, c'était un accident et de la légitime défense mais, en plus, vous êtes les premiers à avoir triché avec le règlement. Tout le public m'en est témoin et s'en souviendra !

Dans une attitude hautaine et princière, **Trois** tourna les talons et se dirigea vers le lavabo. Spectateurs incrédules, ses compagnons continuaient de le fixer. Ainsi, au-delà de sa vindicte, l'outrecuidant dilettante n'était qu'un mauvais perdant. Il ne pouvait pas supporter l'idée que comme tout un chacun, lui, le candidat infaillible et exemplaire, puisse être sanctionné. Persuadé de véhiculer une image positive et foncièrement sympathique auprès du public, il ne pouvait pas imaginer un seul instant que ce dernier ne lui fût pas pleinement acquis et que, par conséquent, sa menace n'eût aucun poids. Un orgueil aveugle à ce point ne méritait-il pas un avertissement ?

Parvenu devant le miroir, **Trois** poussa un cri d'épouvante en découvrant son reflet. Depuis sa bagarre de chiffonniers, il ne s'était pas encore vu. Or, l'image qu'il percevait maintenant était loin de lui plaire. Son visage blême et fatigué, sa chevelure ébouriffée et le sang qui maculait son jogging étaient déjà à la limite du supportable et de la convenance. Mais alors, sa balafre ! Là, c'était carrément intolérable !

- Ah ! Regardez ! s'exclama-t-il. Ce malade m'a défiguré !

S'approchant à quelques centimètres de la glace, **Trois** inspecta avec angoisse sa cicatrice, tandis que ses doigts fébriles passaient et repassaient sur sa blessure, au mépris de la douleur, comme s'il espérait ainsi en effacer toute trace. À chacun de leurs passages, sa bouche laissait échapper un cri d'horreur et de désappointement.

- Regardez ce qu'il m'a fait ! s'écria-t-il encore. Nom de Dieu, ce salopard m'a tailladé !

De plus en plus indifférents à son attitude excessive et ô combien nombriliste, ses compagnons l'observaient d'un œil distant. Et alors ? Cette information était périmée depuis longtemps… Après quelques longues secondes de ce manège absurde et ridicule, **Trois** fit brusquement volte-face. Comme un violent coup de tonnerre, la rage la plus aveugle venait de se déverser dans ses veines, obscurcissant son esprit, annihilant toute retenue. Lentement, ses yeux, écarquillés par la fureur, se posèrent sur le corps inerte de **Un**. Alors, devinant ses intentions hostiles et déraisonnées, et alors que **Cinq** restait paralysé de stupeur, **Deux** bondit de son fauteuil :

- Ne le touche pas ! Pense à ton averti…

Trop tard ! Avec une effrayante délectation, **Trois** assénait un vigoureux coup de pied dans les côtes de **Un**.

- Tu as vu ce que tu as fait, immonde raclure ! cria-t-il.

- Vas-y ! l'encouragea sournoisement **Six**. Achève cette larve !

Tout en adressant un regard navré à la jeune femme, **Deux** se précipita vers le forcené. Il ne laisserait pas faire ce jeu de massacre ! Mais déjà un deuxième coup de pied atteignait le petit homme à la poitrine.

- Arrête tout de suite ! hurla-t-il inutilement.

- Réveille-toi, espèce de lâche ! fit en écho le dilettante. Qu'on en finisse !

Profitant du fait qu'il demeurait entièrement focalisé sur sa victime, **Deux** lui sauta dessus par derrière et le projeta contre le lavabo, n'empêchant toutefois pas, dans sa charge, qu'un troisième coup de pied ne s'abatte avant.

Alors, totalement hors de lui, **Trois** se retourna dans sa direction, décidé à lui faire rendre gorge pour sa traîtrise... lorsque **Un** poussa un faible gémissement. Cet élément inattendu saisit les deux hommes. *Tac, tac, tac.* Impassible et indifférente, l'horloge venait d'indiquer 15h43. Profitant de cette fragile accalmie, **Deux** fixa son adversaire droit dans les yeux :

- Si tu continues à le frapper, tu vas mourir.

Toujours tendu et prêt à bondir, **Trois** lui jeta un regard furibond. Mais une lueur de doute, et donc de raison, brillait désormais au fond de ses yeux.

- Je ne me battrai pas avec toi, insista encore **Deux**. Ressaisis-toi !

Après quelques secondes d'une pesante incertitude, le dilettante baissa enfin la tête, hébété et confus tandis que, soutien bien tardif, **Cinq** venait se placer au côté de son ami. En voyant cela, **Six** soupira ouvertement. Mais pourquoi ne laissait-on pas les imbéciles s'exprimer librement ? S'ils voulaient s'entre-déchirer, qu'on les laisse faire, bon sang ! Il y avait tout à y gagner, à commencer par la paix.

Parfaitement réveillé maintenant, **Un** se mit de nouveau à geindre. Il avait mal partout mais là, sur l'instant, il ne parvenait pas à se souvenir pourquoi. C'était comme si son esprit baignait dans une brume épaisse. Il se rappelait juste d'un choc violent sur la tête, et puis plus rien ! Le néant... Ah si ! Il s'était battu... Avec qui déjà ? Soudain, une question obsédante et angoissante vrilla sa conscience : quelle heure était-il ? Péniblement, il se redressa sur son séant pour essayer de distinguer l'horloge, mais une silhouette imposante la lui dissimulait. Se sentant scruté, **Cinq** donna un petit coup de coude à son voisin :

- Il est réveillé, lui souffla-t-il d'un ton inquiet.

Délaissant le dilettante, **Deux** s'intéressa au revenant. Comment allait-il gérer ce retour impromptu ? Il suffisait de si peu de choses pour que la bagarre reprenne. Tout entier concentré sur ce qu'il allait dire pour ne pas commettre d'impair, il se lança finalement :

- Tu t'es cogné contre le lavabo et tu as perdu connaissance. Tu t'es entaillé le cuir chevelu, c'est pour ça que tu saignes autant.

Peu échaudé par ces révélations et sans vraiment les comprendre d'ailleurs, le petit homme fit sèchement signe à **Cinq** de se décaler, celui-ci obtempérant aussitôt. Mais **Un** n'y voyait guère plus. Le sang et la sueur, qui avaient taché les verres de ses lunettes, ne lui permettaient pas de percevoir distinctement l'horloge. Plissant les yeux, il tenta bien de se relever totalement pour changer de position mais il s'écroula aussitôt, encore trop faible et saisi de vertiges. Alors, devinant sans mal sa frustration, **Deux** lui porta secours :

- Il est précisément 15h44 et trente-huit secondes.

Une expression d'égarement sur le visage, **Un** le dévisagea d'un air bête, avant que ses yeux ne retournent se fixer, comme un aimant, sur l'engin de malheur. Il ne distinguait pas très bien les aiguilles mais oui, ça correspondait apparemment. Alors, comme envoûté par son manège incessant, il s'assit en tailleur et se mit à contempler l'horloge.

Cela allait donner à **Deux** une marge de manœuvre supplémentaire. Après qu'il eut fait signe à **Cinq** de le surveiller, il se tourna de nouveau vers **Trois**, les mains tendues en signe de paix.

- Viens t'asseoir et boire un verre, lui proposa-t-il d'une voix aussi douce que possible.

- Ce chacal s'est réveillé, maugréa le dilettante en relevant enfin la tête. Visiblement, il va très bien !

- Je n'en suis pas si sûr, nuança **Deux**. Allez, viens, je te sers à boire.

Trois lui jeta un regard sombre.

- Tu vas me lâcher, oui ? s'emporta-il. Qu'est-ce que tu as à t'intéresser soudain à moi ? Tu veux jouer au gentil rassembleur, c'est ça ? Comme **Sept** ?

Abasourdi, l'accusé ne trouva rien à répondre.

- C'est très touchant, ajouta-t-il encore, dédaigneux et méprisant. Mais j'ai déjà...

Il s'interrompit soudain et parut encore défaillir pendant quelques secondes. Puis, se ressaisissant avec fermeté, il pointa un doigt condescendant en direction de **Un** :

- Occupe-toi de ce zombi et fiche-moi la paix ! Je dois toujours me nettoyer.

Dans une volte-face rageuse, **Trois** se retourna vers le lavabo et ouvrit les robinets. Derrière lui, **Deux** n'insista pas, trop heureux de voir la crise se désamorcer d'elle-même. Malgré tout, il savait pertinemment que la situation demeurait extrêmement fragile. La moindre remarque désobligeante, la moindre critique, la moindre étincelle, d'un côté ou de l'autre, et l'explosion de violence aurait de nouveau lieu. Il lui fallait rester vigilant !

Pendant quelques minutes, rien de notable ne se produisit. Hormis le bruit de l'eau qui coulait, et des vigoureuses frictions que s'imposait **Trois** en bougonnant, un silence pesant et angoissant s'était de nouveau installé dans la salle.

Penché au-dessus du lavabo, le dilettante, justement, s'évertuait à retrouver un aspect présentable. Il y mettait une telle application et une telle énergie qu'il réussit rapidement à se débarbouiller de tout le sang qui lui maculait le visage. Mais pour la balafre, c'était une tout autre affaire. En elle-même, la plaie ne saignait pas beaucoup mais la marque était très accentuée, comme un vilain hématome. À chaque fois qu'il relevait la tête pour se regarder dans le miroir, il poussait des jurons et pestait contre **Un**. Au milieu de ses injures, il n'oubliait évidemment pas les producteurs et leur avertissement inique.

Un autre sujet, qui ne concernait cette fois en rien son physique « amoindri », le tracassait au moins tout autant. Le cas **Deux** ! Reparti dans un accès aigu de paranoïa, il se demandait si ce n'était finalement pas lui, le candidat placé sous contrat par la production ? Ce fameux rabatteur qu'il s'était désormais fait un devoir de traquer. Quel changement, en effet, chez ce mystérieux concurrent depuis la disparition de **Sept** ! Voilà qu'il commençait à beaucoup plus faire entendre sa voix, voire même à imposer ses points de vue. Le temps de l'indifférence tranquille et de la discrétion était-il donc fini ? Avait-il pris la relève du prêtre – cette fameuse idée du joker décelée d'abord chez **Cinq** – ou alors répondait-il à des instructions secrètes ? Attendant patiemment son heure, il avait pu tout aussi bien profiter de la nature loquace et rassembleuse de **Sept** pour passer inaperçu et ne susciter aucune méfiance. Après tout, que savait-on de lui ? Rien. Il fallait toujours se méfier de l'homme tapi dans l'ombre…

Toujours prostré par terre en tailleur, **Un** ne pouvait détacher son regard de l'horloge. Peu à peu, et le choc de sa chute s'atténuant, tous ses souvenirs lui revenaient : son inscription au jeu, le mépris affiché depuis le début par ses compagnons, sa bagarre avec **Trois**... Mais là, un certain « flou artistique » demeurait dans son esprit : comment en était-il venu à une telle extrémité ? Certes, il haïssait ce candidat pompeux et arrogant, ses remarques perfides résonnant encore clairement dans sa mémoire. Pourtant, pour ce qui était de sa rixe avec lui, il ne parvenait décidément pas à se souvenir de ce qui l'avait immédiatement précédée, de ce qui l'avait déclenchée ? Pourquoi ses mains étaient-elles dans un si triste état, déchirées et en lambeaux ? Pourquoi avait-il les lèvres coupées comme s'il avait croqué du verre ? Pourquoi son pantalon était-il trempé ? Cette dernière question, il en devinait bien sûr aisément la réponse mais il refusait de l'admettre.

Bref, sans qu'il en sache trop les raisons, une grande zone d'ombre obscurcissait sa mémoire, son dernier souvenir précis remontant à la toute fin de l'heure précédente, à la mort de **Quatre**... Non, de **Sept** ! Après, c'était le néant, hormis la vision vague (dans un éclair de lucidité ?) de sa charge contre **Trois** et de la courte bagarre qui avait suivie, avec son terrible choc contre le crâne. Pourquoi se rappelait-il de cela, en particulier ? Il n'aurait su le dire. Peut-être était-ce simplement parce que tout son corps se souvenait d'en avoir ressenti alors une délectation jouissive ? ... Bon sang, qu'il avait mal partout, qu'il avait froid ! Mais où avait-il bien pu mettre son haut de jogging ? Surtout, comment avait-il pu avoir chaud dans cette morgue géante ? Pour le savoir, il aurait fallu qu'il consentît à quitter l'horloge des yeux. Mais ça, il n'en avait vraiment pas envie...

Installée à sa table, **Six** s'était remise à grignoter des morceaux de chocolat. Ça passait toujours le temps et surtout – ah, les vertus insoupçonnées du cacao ! – cela la détendait. Elle le faisait sans faim véritable, sans trop y penser non plus. Elle en avait juste besoin pour l'aider à canaliser son stress, du moins aimait-elle le croire. Car, face à sa rage inextinguible, il aurait fallu qu'elle en absorbe une énorme quantité pour que le chocolat s'apparente enfin à un anxiolytique efficace. Et d'ailleurs, à bien y réfléchir, le problème était de toute façon insoluble, parce que même dans ce cas précis, elle aurait d'abord fait une crise de foie, ce qui aurait eu pour conséquence de l'énerver encore plus !

Toutes ces considérations inutiles restaient bien évidemment très loin de ses préoccupations. Hormis le nouveau verdict qui s'approchait à grands pas maintenant, **Six** ne focalisait ses pensées que sur un seul et même sujet : l'énigme **Deux**. Depuis leur entrée dans cette pièce, elle n'était tout compte fait pas parvenue à le cerner. En fine psychologue, elle avait pourtant rapidement dressé un portrait plus que concluant des autres. Mais lui, rien à faire. Cela résultait aussi bien de son caractère secret – un détail qu'elle appréciait autant qu'il l'agaçait – que de comportements plus ponctuels comme ses excuses inattendues ou son sourire sincère et chaleureux lorsqu'il était tout récemment venu chercher les gobelets sur la table. Malgré tout ce qu'elle avait pu lui balancer, **Deux** ne lui en portait pas rigueur, cherchant même sa compagnie, voire peut-être son amitié. Et cela commençait à chambouler ses plans...

Enfoncé de nouveau dans son fauteuil, en garde-chiourme discipliné et l'œil aux aguets, **Cinq** poursuivait la surveillance de **Un**. Malgré son attitude hostile, et méprisable à bien des égards, il ne pouvait s'empêcher d'éprouver une compassion sincère pour lui. Même s'il ignorait les raisons d'une telle aigreur, il demeurait persuadé que ce pauvre bougre n'avait pas toujours été ainsi, que seul un interminable cortège de souffrances et de brimades avait pu le transformer en cet être désabusé et violent. Ainsi en allait-il simplement chez le petit homme de cette peine et de ce désespoir qui s'exprimaient différemment chez chacun d'eux.

Lorsque ses pensées s'échappaient du cas pathétique de **Un**, le ton restait à la nostalgie et au désœuvrement, en particulier quand il se remémorait la dernière heure. Bon sang, quel gâchis depuis la mort de **Sept** ! Quel chaos ! Pourquoi la nature humaine était-elle si apte, si prompte à se déchirer ? Pourquoi les candidats ne parvenaient-ils pas à s'unir, avec dignité et main dans la main, face à l'adversité ? Plus il y pensait, plus il désespérait de constater que la disparition du prêtre avait engendré un véritable cataclysme dans la communauté. Les premiers élans de commisération fraternelle avaient été balayés par la violence et la haine. En moins d'une heure, tout ce qu'avait apporté **Sept**, tout ce qu'il avait patiemment essayé d'initier dans cette pièce, avait été réduit à néant...

Avisant les frissons qui parcouraient le torse nu et blafard de **Un**, et pris malgré ses rebuffades à répétition d'un nouvel élan de pitié pour lui, **Cinq** s'extirpa de son fauteuil et alla chercher son haut de jogging.

Depuis près d'une heure, il trainait négligemment par terre, là où **Un** l'avait jeté, en proie à l'une de ses violentes crises de démence.

Tandis qu'il retournait vers son propriétaire légitime, le souffle un peu court à cause de l'effort que représentait pour lui le seul fait de se baisser, le gros homme jeta un bref regard sur l'horloge. Il était 15h48. *Tac, tac, tac.* Douze petites minutes et ce serait de nouveau la fin du bal pour l'un d'eux. La lente et monotone symphonie de la trotteuse allait bientôt laisser place à la gigue endiablée d'un nouvel agonisant… Parvenu à côté de **Un**, il lui tendit prudemment son haut, prêt au moindre débordement suspect.

- Tenez, dit-il d'une voix douce. Vous semblez frigorifié.

Toujours affublé de son air hagard, son compagnon le dévisagea longuement puis, sans le remercier, il se saisit du vêtement et l'enfila. Avec l'imposant chiffre recouvrant de nouveau sa poitrine, c'était comme s'il avait subitement retrouvé son identité. Au même instant **Trois**, qui finissait sa toilette en se redonnant une coiffure digne de ce nom, railla l'initiative :

- C'est ça, le pauvre chou ! Faudrait pas qu'il nous fasse une hypothermie.

- Vous n'avez donc pas la moindre once d'humanité ? s'écria **Cinq**, écœuré.

Interrompant sa savante mise en plis, le dilettante soupira :

- Bien sûr que si, l'ami. Mais je n'ai jamais trop aimé les animaux.

De plus en plus outré par tant de méchanceté gratuite, **Cinq** s'apprêtait à répliquer lorsque **Un** se redressa d'un coup sur ses jambes. Mon Dieu, allait-il encore y avoir une bagarre ? Avec précipitation, il s'interposa entre les deux belligérants, bientôt rejoint par **Deux** qui était resté extrêmement vigilant depuis la dernière crise.

Derrière ce rempart de corps improvisé, **Trois** adressa une moue de défi au petit homme qui ne réagit pas. Pendant quelques secondes, ce dernier resta même immobile, comme s'il cherchait à s'assurer qu'il était cette fois fermement campé sur ses jambes, son regard s'égarant sur la porte d'entrée et sur sa serrure maculée de sang. Parvenait-il à faire le rapprochement avec ses propres blessures ?

- J'aimerais accéder au lavabo pour me nettoyer, déclara-t-il finalement d'une voix lasse et fatiguée, après avoir scruté tour à tour ses compagnons.

L'absence totale de violence dans ses gestes ou ses propos les choquèrent presque, habitués qu'ils étaient à son hostilité coutumière. Il fallait vraiment qu'il se soit pris un coup sur la tête pour paraître aussi docile !

Ce n'était malheureusement pas le cas de tout le monde. Désespérément contrariant et désobligeant, **Trois** continuait de le toiser d'un air suffisant, entre les épaules de ses gardes du corps.

- Tu attendras que j'aie d'abord terminé, sombre crétin, lui notifia-t-il d'un ton sec.

Révolté, **Deux** se retourna vivement vers le dilettante et le fusilla d'un regard désapprobateur :

- Ce n'est pas la peine de lui parler comme ça !

- Mêle-toi de tes affaires ! Et oublie ton rôle faussement mielleux de bon samaritain. Personne n'y croit... Il devra patienter, c'est tout.

Bien décidé à finir ce qu'il avait commencé, **Trois** reprit son travail délicat de coiffure, marmonnant encore un juron en redécouvrant son odieuse balafre dans le miroir. Derrière lui, **Deux** tremblait de rage contenue. Il en avait plus qu'assez de toutes ses attitudes hautaines et puantes ! Sous le coup d'une impulsion aussi soudaine que violente, il s'imagina l'attraper par les cheveux et lui fracasser avec délectation la tête contre la glace. Et là ! Comme ça ? Tu te trouves assez beau ?

Mais rapidement, il se ressaisit. Non, il était trop malin pour risquer un avertissement. Se retournant vers **Cinq** et **Un**, il constata que ce dernier s'était de nouveau déplacé. Curieusement conciliant sur les caprices de **Trois**, il s'asseyait maintenant sur le canapé, les épaules voûtées et la mine éprouvée. Renonçait-il déjà à se nettoyer ou bien préférait-il attendre les bonnes grâces du dilettante ?

Son comportement était vraiment déroutant, au point que lorsqu'il reprit la parole d'une voix lasse et légèrement tremblotante, même **Six**, pourtant insensible à ses simagrées, tourna la tête dans sa direction, une lueur de curiosité dans ses yeux sombres :

- C'est toute l'histoire de ma vie. Le mépris, l'humiliation, l'indifférence. Je croyais qu'en m'inscrivant à ce jeu, je parviendrais à échapper à cette désespérante litanie mais je me trompais lourdement... Jusqu'à la fin, j'y aurais eu droit.

Confus et honteux, il avait dit cela en fixant ses pieds. Alors que **Trois** illustrait à merveille ses propos en poursuivant avec application la traque de la mèche rebelle, **Deux** et **Cinq** se scrutèrent de nouveau d'un air interdit. **Un**, candidat enragé et impulsif, avait-il enfin retrouvé la raison ? Rattrapé par ses vieux démons, cherchait-il au dernier moment à se confesser ? Bientôt, il plongea des yeux embués de larmes dans ceux de **Cinq**.

- Regardez-moi ! se lamenta-il. Regardez dans quel état je suis ! ... Il n'y a plus d'espoir.

Sa prise de conscience soudaine, son retour inattendu à la raison au milieu des tourments destructeurs de la folie, bouleversaient profondément le gros homme. Que pouvait-il bien dire ou faire pour sécher ses larmes ? Pour mettre fin à cette expression d'une douleur solidement enracinée dans un persistant et pesant manque de confiance en soi.

- Mais si bien sûr... Le même espoir que pour chacun d'entre nous, bafouilla-t-il maladroitement, celui de tout recommencer, de remettre les compteurs à zéro...

- Tu veux un signe d'espérance ? intervint subitement **Deux**. Je vais te le donner ! Le fait que tu sois toujours vivant après deux passages horaires, n'est-ce pas déjà un bon début ?

Il poussa un profond soupir puis continua :

- Je sais que la sortie semble encore très lointaine... irréelle même ! Pourtant, dans un peu plus de trois heures, cette porte s'ouvrira. C'est inéluctable, autant que les verdicts macabres qui précèdent cet instant rêvé. L'un de nous survivra à cette terrible épreuve. Ça aussi, c'est inévitable. Alors, d'ici-là, je dis que chaque franchissement horaire est déjà une victoire et un regain d'espoir.

Dédaignant **Trois** pour de bon, il fixait maintenant le petit homme au plus profond de son âme :

- Souviens-toi. Tu pensais être incapable de survivre au premier passage. Et pourtant, deux heures après, tu es toujours parmi nous. La chance ne t'a pas abandonné, contrairement à ce que tu pensais... Le temps est peut-être venu d'un renversement de la balance.

Même si les bonnes intentions y étaient, la dernière phrase sonna trop faux. Chacun ici espérait être l'unique survivant, l'élu de cette balance tant vénérée mais si inconstante de la chance... Pendant de longues secondes, le silence retomba dans la pièce. *Tac, tac, tac*. L'horloge indiquait 15h51. Répétition sordide d'un système bien huilé, l'un des suppliciés restants venait sans le savoir de rentrer dans les dix dernières minutes de sa vie. Dix minutes d'une angoisse insoutenable. Dix minutes pour dire adieu et pour se préparer au grand saut. Dix minutes pour profiter encore un instant de ce don merveilleux que pouvait être la vie. Dix minutes pour regretter amèrement de l'avoir gâchée.

À l'aube de cette nouvelle étape décisive dans le déroulement du jeu, tous les candidats s'étaient figés, chacun dans sa souffrance, chacun dans sa peur. Pour la troisième fois, ils allaient devoir traverser l'intolérable incertitude du peloton d'exécution.

Enfin débarrassé de son masque d'insolence, **Trois** fixait d'un air étrange, mais sans vraiment le voir, le dos de **Deux**. Même s'il avait bien envie de corriger ce mêle-tout et de faire entendre sa voix, ce problème n'était résolument plus d'actualité. Son esprit bouillonnait maintenant dans une spirale infernale d'hypothèses, de doutes et de questions. La faute en revenait à la déclaration de **Un** puis à l'intervention de **Deux**, sans oublier, bien sûr, l'effondrement de ses certitudes de victoire.

Bref, il ne pouvait plus se contenter d'attendre. Trop d'éléments demeuraient hors de son contrôle, à commencer par ces foutues règles qui étaient bel et bien truquées. S'il voulait gagner, il lui fallait donc agir ! Le plan qui venait tout juste de germer dans son esprit n'était pas si irréalisable. Et puis, si ça tournait mal, il pouvait toujours se défendre. Le problème était de composer avec les autres et de choisir le bon moment, celui où ils resteraient tous paralysés. Juste avant le verdict… Oui, il se devait d'essayer. La survie était à ce prix !

Toujours songeur, **Trois** s'intéressa de nouveau à **Un**. Après quelques nouvelles larmes, le petit homme s'était arrêté d'un coup de pleurer et fixait d'un air hébété **Cinq**, désormais posté à ses côtés et murmurant :

- Ne laissez pas votre peine vous étouffer.

- Qu'est-ce que tu veux savoir, gros tas ? lâcha soudain **Un** d'un ton hargneux. Qu'est-ce que vous voulez, bande de charognards ? (il roula des yeux de dément vers ses compagnons et l'ensemble des caméras) … J'ai dit que j'emporterais mes secrets dans ma tombe !

Comme s'il venait d'effectuer un bon coup, il se mit à glousser stupidement. Ultime pied de nez d'un condamné sur le point de tirer (peut-être) sa révérence.

- Son éclair de lucidité n'aura pas duré longtemps, glissa **Cinq** à l'oreille de **Deux** après s'être éloigné. Il perd encore la raison.

- Je n'en suis pas si sûr, commenta ce dernier d'un air perplexe. Il se joue peut-être consciemment de nous, ce qui serait bien plus grave. Mais, peu importe, c'est trop tard pour faire la moindre analyse.

D'un petit mouvement de tête, il ponctua sa remarque en indiquant l'horloge. Plus qu'une poignée de secondes avant 15h53. Il n'était, en effet, plus temps de faire quoi que ce soit... sauf de se préparer à accueillir dignement la mort. Dans un acquiescement résigné, le gros homme posa sa main boudinée sur l'épaule de son compagnon :

- Bonne chance, mon ami. Je vais prier pour notre salut.

- À dans dix minutes alors, répondit **Deux** avec un sourire désabusé.

Sur ces quelques mots d'encouragement et poursuivis par le rire insensé de **Un**, ils se séparèrent et allèrent s'installer chacun dans un fauteuil. Tandis que, toujours appuyé contre le lavabo et la mine étonnamment réjouie, **Trois** les scrutait avec attention. Oui, tout fonctionnait à merveille !

- Ferme-la bouffon ! cria soudain **Six**, à l'adresse du petit homme et en frappant durement du poing sur la table. Tu nous casses les oreilles !

Le stress du verdict aidant et comme de coutume, pour ainsi dire, en fin d'heure, la jeune femme perdait son sang-froid. Après sa dédicace ordurière aux caméras et sa tirade assassine à l'adresse de ses compagnons, allait-elle encore se lancer dans un de ses tours dont elle avait le secret ? La réponse tenait peut-être en partie dans l'attitude de **Un** qui, s'interrompant brutalement, s'était mis à la dévisager.

- Ne me regarde pas comme ça, ducon ! le menaça-t-elle aussitôt, en se saisissant d'une bouteille sur la table.

Là encore, le petit homme obtempéra de suite, scrutant pendant quelques instants le manège des aiguilles. *Tac, tac, tac*... Puis, après avoir poussé un profond soupir, il reprit la parole, le regard braqué droit devant lui :

- Malheureusement, je vois que de nouveau nous n'avons plus le temps pour les confessions. Ce n'est vraiment pas de chance (il pouffa tristement puis son ton redevint sérieux) ... Mais je ne vais pas gâcher mon plaisir pour autant.

Pendant quelques secondes, il gloussa de nouveau sans raison apparente, puis fixant cette fois une caméra, il reprit sa tirade :

- Parce qu'aujourd'hui, et pour changer tas de cons, c'est moi qui tiens la vedette ! Et je meurs avec plus de notoriété que la majorité d'entre vous n'en aura jamais.

Pour ponctuer son discours, il cracha par terre dans un profond mépris alors qu'autour de lui ses compagnons le scrutaient avec un mélange d'incrédulité, de dégoût et de compassion. Puis, tournant brusquement la tête, il invectiva **Trois** :

- Et ce lavabo ! C'est pour aujourd'hui ou pour demain ?

À cette remarque, il ne put s'empêcher de laisser échapper de nouveau un rire nerveux. Cette idée du lendemain était tellement absurde, tellement hors sujet ! Contre toute attente et à la grande satisfaction de **Deux** et **Cinq**, le dilettante s'écarta du lavabo en indiquant d'un geste de la main que la place était libre.

Alors, comme si les deux ennemis jurés s'étaient entendus pour effectuer un étrange ballet muet, **Un** alla se planter devant le miroir tandis que **Trois** s'installait à son tour sur le canapé, la mine soucieuse et fébrile, dans l'attente de quelque chose... À moins de cinq minutes maintenant du prochain verdict, cela n'avait rien de très surprenant !

Tac, tac, tac. Dans la chape de plomb coutumière des derniers instants, les minutes s'écoulèrent, lourdes et pesantes. Pas le moindre échange, pas le moindre esclandre. Comme pour les deux précédentes, le Requiem de l'horloge pouvait achever tranquillement sa troisième gamme, sans les interruptions inopportunes de fréquences parasites.

Les yeux mi-clos et le chapelet de **Sept** en main, **Cinq** récitait ainsi avec zèle ses dernières prières. Parvenait-il à faire abstraction du fait que, pour le moment, Dieu n'avait pas le moins du monde écouté ses suppliants ? D'une pâleur cadavérique et les traits rongés par la peur, **Deux** s'était, quant à lui, remis à triturer nerveusement son foulard, ses lèvres s'agitant par intermittence en quelque confidence silencieuse et mystérieuse. Trop nerveuse pour rester assise, **Six**, pour sa part, s'était levée de sa chaise et faisait les cent pas, en fixant tour à tour ses compagnons et l'horloge. Les poings serrés, comme à son habitude, et tout son visage tendu en une expression rageuse, la jeune femme donnait l'impression d'un fauve tournant en cage. Enfin, installé du bout des fesses sur le canapé et les jambes battantes, **Trois** attendait, tendu comme un ressort, étrangement plus excité et impatient que véritablement angoissé et abattu. Pour la énième fois, son regard se désintéressait de l'insolente avancée de la trotteuse pour se poser sur **Un**.

Depuis qu'il avait entamé sa toilette sommaire, le petit homme, justement, offrait une image pour le moins inattendue. Armé d'une incroyable sérénité, en cet instant tragique et insoutenable, il avait d'abord nettoyé avec soin ses lunettes avant de s'attaquer avec une lente application à son visage et à ses mains meurtris. Totalement dans son monde, **Un** présentait l'exception improbable de ne pas accorder la moindre attention à l'horloge.

Tac, tac, tac. Il était très précisément 15h58 lorsque **Trois**, après avoir pris une profonde inspiration, se leva du canapé et se dirigea vers le lavabo d'une démarche décidée. Même s'il s'évertuait à le contrôler, tout son corps tremblait d'une étrange excitation.

En proie à la terreur étouffante et paralysante des ultimes secondes, les candidats ne prêtèrent pas attention au curieux manège du dilettante, hormis **Six** qui s'en étonna distraitement... Percevant au dernier moment la silhouette floue de son ennemi dans le miroir, **Un** se redressa et, sans prendre la peine de s'essuyer le visage, plaça ses lunettes au bout du nez. Une lueur d'étonnement et d'incrédulité dans les yeux, il le toisa d'un air rageur.

- Dégage ! siffla-t-il avec véhémence.

- Du calme. Je suis venu te souhaiter bonne chance, répondit **Trois**, tout sourire et main tendue.

Comme s'il venait de recevoir un coup de massue, **Un** tituba légèrement. Il n'en croyait pas ses oreilles ! Cet immonde salaud voulait signer la paix ? Pas question ! Il pouvait toujours crever ! Trop abasourdi cependant pour répliquer quoi que ce soit sur l'instant, il en restait muet et **Trois**, s'approchant tout près, lui murmura à l'oreille :

- Et, si ça ne te dérange pas petit roquet, je viens également voir de plus près le spectacle réjouissant de ton agonie.

Le teint devenu subitement rouge pivoine, **Un** balança rageusement son poing contre la mâchoire de **Trois**. Pris de court semble-t-il et frappé de plein fouet, ce dernier s'affala lourdement au sol. Aussitôt le petit homme, dans un cri presque jouissif, attrapa une serviette et se jeta sur lui, une effrayante expression de satisfaction frénétique accrochée au visage. Contre toute attente, le dilettante semblait avoir déjà été rudement sonné, tant et si bien qu'il n'offrit guère de résistance lorsque son adversaire enroula la serviette autour de son cou et se mit à la serrer de toutes ses forces.

- Crève ! Crève ! Crève ! hurla **Un** en proie à la démence la plus totale.

Comme si on l'arrachait brutalement à un rêve, **Cinq** découvrait enfin la scène, perdu et ahuri, tandis que l'effet de surprise passé, **Deux** bondissait déjà de son siège.

- Arrêtez ! cria-t-il inutilement.

Indécis et interdit, il dévisagea aussitôt ses compagnons en quête de soutien… et, rapidement, comprit qu'il n'en aurait aucun ! Les yeux de **Cinq** ne reflétaient plus qu'une peur paralysante, mêlée à une évidente résignation. Quant à **Six**, fidèle à elle-même, elle se réjouissait ouvertement du spectacle, un sourire vicieux au coin des lèvres. En désespoir de cause presque, car il n'y avait vraiment aucun réconfort à espérer de ce côté-là, il fixa finalement l'horloge. 15h59. La trotteuse entamait son dernier tour… Les épaules basses, **Deux** se laissa tomber sur son fauteuil. Il était trop tard pour s'interposer, et puis c'était trop risqué ! La course à la survie se voulait toujours égoïste. Voilà tout !

Tac, tac, tac… Confus et honteux ou sans le moindre scrupule – question de point de vue là encore ! – **Deux**, **Cinq** et **Six** se mirent à attendre et à espérer l'intervention salvatrice des producteurs. Jetant des regards affolés en direction de l'horloge, ils attendaient. Et attendaient encore. Les secondes s'égrenaient, s'évaporaient comme neige au soleil ! Bon sang, il n'y avait personne devant sa télé ?

Soudain, lâchant sa prise, **Un** bondit en arrière. Tandis qu'un long cri désespéré s'échappait de sa gorge, il souleva frénétiquement sa manche de jogging et découvrit l'horrible vérité. Sa capsule était vide ! Le poison courait dans ses veines ! Plus désorienté que jamais, il se mit à tourner sur lui-même, sanglotant et hurlant.

À ses pieds, **Trois**, dont le teint était devenu dangereusement cramoisi, recouvrait déjà ses esprits. Se redressant sur son séant, il arrachait dans un geste étonnamment vigoureux la serviette qui lui enserrait le cou et aspirait de grandes goulées d'air. Muets d'effroi et emportés dans une vague déchaînée d'angoisse et de soulagement, ses compagnons observaient ce revirement de situation dans un état second.

Des gargouillis immondes, des borborygmes incompréhensibles s'échappaient maintenant de la bouche ensanglantée de **Un**. Comme un automate devenu fou, le petit homme venait de se lancer dans une gigue endiablée et saccadée, tandis que ses yeux tanguaient furieusement d'une caméra à l'autre, d'un candidat à l'autre. Apercevant **Trois** dans son champ de vision, il s'immobilisa soudain, chancelant et instable, une lueur de lucidité bien tardive dans son regard moribond. Comment avait-il pu se laisser piéger ?

Dans un dernier élan rageur, il voulut lui sauter à la gorge pour l'entraîner avec lui dans la mort, mais ses jambes se dérobèrent et, poussant un cri pathétique d'amère frustration, il s'écroula. Quelques ultimes soubresauts plus tard, c'en était fini ! **Un** avait rendu l'âme, en emportant comme dernière image le sourire triomphant et carnassier de son ennemi.

Tac, tac, tac. Il ne restait plus que vingt secondes avant... Avant quoi maintenant ? Ça y est ! Le verdict était tombé! Hé, la production ! Arrêtez l'horloge, c'est fini ! L'esprit embrumé et confus, les candidats suivaient, incrédules et frémissants, la progression de la trotteuse. Arrêtez tout, il y a déjà eu un mort !

Dix, neuf, huit, sept, six, cinq, quatre, trois, deux, un. 15h. Au bord de l'apoplexie, les candidats se figèrent... Mais rien ne se passa. Rien. Il n'y avait plus aucune raison. Le Requiem de l'horloge venait de rendre sa troisième sentence. Avec un soupçon d'avance.

16h

Ils étaient tous là, à la regarder, tremblotant et gémissant, priant et espérant. Tous des zombis, déjà plus morts que vivants, qui suivaient avec appréhension le martèlement sourd de sa trotteuse.

Impeccable ! Son plan avait fonctionné à merveille. **Un** était tombé dans le piège. Mieux qu'il l'avait imaginé même. Mais c'était ça aussi, être chanceux, tout se passait toujours de la meilleure des façons... Oui, bien sûr, cela avait été très risqué, et il avait dû flirter avec la mort en simulant son inconscience et en acceptant de se laisser étrangler sans vraiment se défendre. Dans les derniers instants, en proie à un doute horrible, il avait même failli commettre la faute impardonnable de riposter, ce qui aurait eu pour conséquence de conduire à un verdict équitable. Mais heureusement le bracelet de **Un** s'était activé.

Pour avoir consenti à une telle abnégation, il se sentait sali et humilié. Cependant, seul le résultat comptait, non ? Et quelle réussite ! Poussant à la surenchère, comme il se l'était promis au début de l'heure précédente, il avait imposé ses volontés et prouvé, de main de maître, aux maudits tricheurs qui présidaient à ce jeu que c'était lui et lui seul qu'ils devaient garder jusqu'au bout. S'ils voulaient faire de l'audience et gagner le pari d'une émission à formule rallongée, ils n'avaient plus le choix désormais. C'était lui ou le flop !

Du moins, aimait-il le croire. Car, pourquoi les organisateurs ne lui en porteraient-ils pas plutôt rigueur ? En se montrant rancuniers ? Pour quelle raison ? Parce qu'il les avait piégés eux aussi, parce qu'il les avait manipulés à sa façon ? Et alors ? La production ne désirait-elle pas des candidats vivants et entreprenants, empreints de dynamisme et d'un sens inné du show ? Ce n'était quand même pas de sa faute s'il était un gagnant, un survivant s'accommodant des maigres moyens à sa disposition.

Non, il ne pouvait pas y croire. Si les producteurs avaient dû se vexer facilement, cela ferait, par exemple, longtemps que l'insolente et rétive **Six** aurait passé l'arme à gauche. Or ce n'était justement pas le cas parce qu'elle aussi assurait à sa manière le spectacle… Bien sûr, **Sept** l'avait garanti aussi mais à une différence de taille, il s'en rendait compte maintenant. En donnant un côté trop exclusif, trop centralisateur à son rôle, et en ne sachant pas se renouveler en quelque sorte, le prêtre avait en effet commis une grave erreur. Et les producteurs, pour ajouter une dimension dramatique à leur show et permettre à l'anarchie et à la discorde de s'installer enfin, avaient dû se résoudre à cet impératif de l'élimination.

En fait, tout le problème était là ! Dans le Requiem de l'horloge, tout était planifié, orchestré à l'avance. C'était une cruelle erreur de croire au hasard et, en y réfléchissant bien, c'était même digne d'une naïveté sans bornes. Parce qu'en tout temps et en tout lieu, ce grand principe, prôné par le jeu, de l'équité face à la mort, n'avait jamais existé. Pourtant, lui-même s'y était laissé prendre, poussé par sa quête de reconnaissance et de gloire, et aveuglément confiant en ce facteur chance qui jamais ne lui avait fait défaut. Ah, quel manque cruel d'analyse !

Bien évidemment, l'on pouvait toujours relativiser et dire qu'en choisissant **Un**, il avait fait le choix de la facilité mais de cela il s'en moquait ouvertement. Car lui seul avait eu le courage d'agir et de vouloir changer les choses. Et il était bien décidé à ne pas s'arrêter là, l'intervention hypocrite et mielleuse de **Deux** sur l'espoir renaissant à chaque passage horaire ayant fini de le réveiller. Oui, chaque obstacle éliminé était une chance de plus de victoire mais que devenait-elle si l'on s'évertuait à provoquer soi-même les disparitions ? Une certitude ? Heure après heure, il s'agissait simplement de s'adapter, de cerner au plus près la psychologie de chaque candidat pour mieux les forcer à commettre l'irréparable. Avec la mort de **Un**, il n'y avait désormais plus que trois barrières à faire tomber.

Toujours assis par terre, **Trois** s'arracha à ses réflexions en balayant la salle d'un regard circulaire. Malgré des traits irrémédiablement tendus et fatigués, et un teint toujours aussi rouge, son visage laissait transparaître une telle satisfaction que l'odieux dilettante donnait l'impression de se perdre dans la contemplation béate d'une œuvre d'art. N'en tenant plus, écœuré par cette vision abjecte, **Deux** l'invectiva violemment :

- Tu l'as tué, immonde sadique. Tu n'es qu'un assassin !

Avec une lenteur désinvolte, l'intéressé se releva, afin de se donner sans doute une meilleure contenance puis, scrutant son accusateur, il poussa un soupir navré. Il ouvrait enfin la bouche pour répondre lorsqu'une goutte de sang, perlant à la commissure de ses lèvres, glissa le long de son menton et alla s'écraser sur sa main. Percevant alors subitement le goût amer au contact de sa langue, **Trois** porta ses doigts à sa mâchoire meurtrie dans un geste agacé. Le petit homme avait un crochet du droit beaucoup plus costaud que ce qu'il avait imaginé !

Grimaçant de douleur mais avec une prudence appliquée, il se mit à farfouiller au niveau de sa gencive. En dépit des graves accusations proférées à son encontre, il semblait incroyablement serein… Bon, il n'avait visiblement pas de dents cassées. Retirant ses doigts ensanglantés de sa bouche, il put enfin prendre la parole.

- Permettez que j'aille d'abord me nettoyer, s'excusa-t-il presque, avec une assurance tranquille, car le goût du sang est pour le moins désagréable. Je vous promets de me défendre ensuite de vos diffamations.

Les yeux écarquillés par la stupeur et la colère, **Deux** bondit de son fauteuil, tandis que le dilettante lui tournait déjà le dos :

- Alors, tu préfères te dérober, espèce de salaud ! La vérité est trop dure à regarder en face, sans doute ?

Agacé par tant de virulence et de bêtise, **Trois** s'immobilisa devant le lavabo.

- Doucement l'ami, siffla-t-il avec perfidie et sans prendre la peine de se retourner, car il me semble que tu n'as pas fait grand-chose pour empêcher cette mort que tu dénonces.

Comme si l'attaque portait, **Deux** se renferma d'un coup, la mine déconfite et honteuse. Après son consentement muet et résigné à la condamnation de **Un**, son indignation sonnait effectivement trop faux. Il n'avait rien tenté pour le sauver ! C'était bien là, la seule vérité...

Lamentablement tassé dans son fauteuil, **Cinq** considérait de loin le désarroi de son compagnon. Lui aussi avait beaucoup de choses à se reprocher. Et peut-être même plus encore ! Tout au long de l'heure précédente, il s'était en effet entêté à vouloir aider **Un**, malgré son hostilité affichée et en dépit parfois des conseils avisés de prudence. Mais voilà, ô immonde couardise, au moment où le petit homme aurait eu le plus besoin de son secours, il n'avait pas bougé. Paralysé par la peur, il avait même détourné les yeux.

Avec une infinie tristesse dans les yeux, le gros homme contempla le chapelet de **Sept** et soupira. Il avait failli. Il s'était montré trop vaniteux, trop gourmand... comme à une table de poker. Sans doute avait-il cherché à se donner bonne conscience ou à se redonner espoir en agissant ainsi mais, au final, il n'avait trouvé que la lâcheté et la honte. Il tenait bien trop à la vie pour faire preuve de la même abnégation désintéressée que le prêtre. Il voulait beaucoup trop sortir de cet enfer pour secourir véritablement les autres condamnés. On ne s'improvisait pas guide. Il s'était assez menti comme cela.

- Maintenant les choses sont claires, et l'hypocrisie est enfin morte avec cette exécution !

Dans un même mouvement, **Deux** et **Cinq** tournèrent vers **Six** un œil éteint. Installée à la grande table, la jeune femme explosait devant le spectacle lamentable de leurs mines défaites.

- Reprenez-vous, imbéciles ! s'emporta-elle encore. Ce malade (elle indiqua le corps sans vie de **Un**) est tombé tout seul dans le piège. Vous ne l'y avez pas poussé. Et puis, croyez-moi, sa disparition va nous éviter bien des préoccupations, à vous comme à moi.

Aucun des intéressés ne réagissant, elle poursuivit en fixant **Trois** qui, parfaitement indifférent à ses déclarations, continuait son bain de bouche avec force gargouillements :

- Finalement, je crois que ce clown a illustré bien mieux que moi cette notion « d'obstacles » que j'ai vainement cherché à vous faire admettre.

- Ne pas l'accepter n'a jamais voulu dire que l'on n'en avait pas conscience, se défendit **Cinq** avec agacement.

- Balivernes, cracha **Six** d'un air mauvais, il n'y a pas de demi-mesures !

- Ainsi, tu prends la défense de ce meurtrier ? murmura **Deux** d'une voix désolée.

Une lueur étrange au fond des yeux, la jeune femme le scruta longuement avant de répondre :

- Jamais je ne me placerai du côté de ce bouffon vaniteux et ça, tout le monde le sait fort bien. Mais il est temps que vous acceptiez enfin les règles de ce foutu jeu ! Même si le procédé est abject, il ne s'agit ici que de légitime défense.

Superbe d'indifférence toujours et encore, la trotteuse défila de longues secondes dans un silence pesant. *Tac, tac, tac.* Il était 16h04. La remarque de **Six**, horrible de vérité dans un certain sens, avait jeté le trouble parmi ses compagnons. Qu'ils fussent d'accord ou non, **Deux** et **Cinq** comprenaient surtout qu'il valait mieux arrêter là cette discussion. Pour leur propre santé mentale, il leur fallait oublier toute cette affaire et s'adapter, admettre la cruelle réalité : celle de leurs convictions illusoires et de leurs bonnes intentions mensongères. La découverte véritable de soi commençait ici, à l'aube du grand saut, dans un Requiem de l'horloge devenu quête initiatique…

Il était temps de passer à autre chose. Jetant un rapide regard circulaire, **Deux** jaugea la situation avant de s'arrêter sur le cadavre de **Un** :

- Nous devons l'évacuer.

- Hors de question que je me salisse les mains, trancha immédiatement **Six** (puis désignant **Trois** d'un signe de la tête). C'est son bordel !

Comme s'il prenait acte de la suggestion, le dilettante cracha bruyamment dans le lavabo et se retourna.

- Je tiens à faire remarquer à l'aimable assistance, déclara-t-il d'un ton méprisant, que je me suis déjà occupé deux fois du transport des macchabées. De plus (un sourire mauvais s'étira sur ses lèvres), j'ajouterai que, par mon geste, j'ai rendu service à la communauté.

- Tu ne veux pas qu'on te félicite aussi ? le railla aussitôt **Six**.

Résolument impassible, le dilettante plongea ses yeux dans ceux de la jeune femme :

- Très chère, je n'attends plus aucune gratitude de votre part. Cela étant, je trouve vos critiques, tous autant que vous êtes, faciles et quelque peu déplacées. Vous semblez oublier en effet que je viens peut-être de sauver la vie à l'un d'entre vous...

- Ou la tienne ? le coupa **Deux**.

- Admettons, concéda-t-il de mauvaise grâce. Quoi qu'il en soit, c'est moi qui ai pris tous les risques et vous en récoltez les fruits aussi bien que moi. D'une certaine façon, je me suis fait rosser et étrangler pour vous. J'aimerais donc...

- Suffit ! s'énerva **Six**. Tu n'es pas crédible.

Avec le même calme apparent, **Trois** lui adressa une moue suffisante :

- Que vous le vouliez ou non, j'ai fait la sale besogne, et ne me dites pas que ça ne vous arrange pas. Je doute fort que vous ne soyez pas tous soulagés de voir disparaître ce fou à lier, de même que je doute fort que vous n'ayez pas, plus d'une fois, souhaité vivement sa mort.

- Autant que la tienne, en ce qui me concerne, jugea bon de préciser la jeune femme, en le dévisageant férocement.

- Je n'en doute pas un seul instant, grimaça **Trois**, et je dirais même que c'est de bonne guerre. Mais, si vous le voulez bien, je finirai par cette simple question, à laquelle je vous demanderai à tous de répondre sincèrement : qui, parmi vous, regrettera **Un** ?

Comme l'on pouvait s'y attendre, personne ne se manifesta. Agacée par la parfaite inutilité de cet interrogatoire, **Six** haussa les épaules et se renfrogna tandis que **Deux** et **Cinq** échangeaient un long regard. Pas plus que dans sa vie solitaire et aigrie qu'il avait brièvement brossée, personne, dans cette pièce – et peut-être même devant le téléviseur ? – ne s'était attaché à lui... Oui, c'était une réalité indiscutable et cruelle : **Un** n'avait fait que passer en vain, ici comme dans la vie, et il n'y avait aucune âme pour le pleurer.

Toisant fièrement ses compagnons, **Trois** finit par soupirer d'un air blasé :

- Je m'en doutais. Vos critiques n'ont aucun fondement. D'ailleurs, et vous l'aviez sans doute tous remarqué, il renonçait lui-même à vivre. Sa confession pathétique allait dans ce sens. En quelque sorte, je lui ai aussi rendu service en lui évitant la pénible tâche de continuer. Quant à vous messieurs les producteurs (il examina un instant les caméras), j'ai relancé votre émission en apportant une bonne dose de suspense, ainsi qu'un dénouement inattendu et fort en émotions... Plutôt que de me blâmer, vous devriez tous me remercier.

Dans une volte-face princière et sous l'œil atterré de ses compagnons, il se retourna vers le lavabo et reprit ses ablutions. Alors, effarée par tant de culot et d'absurdité, **Six** éclata de rire et se mit à applaudir à tout rompre.

- Bravo ! s'exclama-t-elle, sans parvenir cette fois à susciter de réaction. Quel talent !

Encore abasourdis par l'exercice de style ô combien décalé de leur compagnon, **Deux** et **Cinq** demeuraient quant à eux silencieux et pensifs, focalisés tout entier sur ces concepts pénibles à entendre ici de « légitime défense » ou de « service rendu à la communauté ». Puis **Deux**, inspirant profondément, prit la parole :

- Je suis fatigué de toutes ces querelles et de toutes ces discussions. Finissons-en.

Comme à son habitude, **Cinq** acquiesça gravement, sans dire mot, et s'extirpa de son fauteuil. Pour lui, et contrairement à son camarade, ce pénible labeur de « l'évacuation » était déjà un terrain connu. Avec le même air décidé et résigné, les deux hommes se portèrent donc aux côtés du cadavre et s'immobilisèrent, saisis par la vision que leurs yeux leur offraient. Certes, ce n'était pas le premier macchabée auquel ils étaient confrontés depuis le début du jeu, mais celui-ci, plus que tous les autres, était effrayant à voir. Si l'on pouvait, en effet, encore omettre son aspect sanguinolent ou sa posture horriblement tordue, son masque mortuaire, lui, imposait une réalité insoutenable.

Même figé dans la mort, **Un** conservait une expression rageuse et hystérique. Tous les traits tendus, les yeux exorbités et la bouche grande ouverte, le petit homme donnait l'impression de crier silencieusement sa rancœur depuis l'au-delà. Pour ceux qui l'avaient bien observé tout au long du jeu, et à condition d'oublier évidemment la repoussante rigidité de son visage tourmenté, il n'y avait, somme toute, aucune différence entre avant et maintenant. Seul ce démon de la folie qui l'avait saisi dans les derniers instants de sa vie s'était enfin tu, prisonnier d'un corps devenu subitement inutile.

S'arrachant après un long moment à cette contemplation morbide, dans laquelle ils voyaient leur propre agonie (à venir ?), les deux hommes se ressaisirent enfin, cherchant l'un dans l'autre le soutien d'un regard vivant et fraternel. Puis, prenant une profonde inspiration, ils soulevèrent le cadavre et se dirigèrent d'un pas pesant vers le tapis roulant.

Soucieux pour sa part de ne pas trop focaliser son attention sur l'image obsédante de cette tête sans vie qui ballottait doucement entre ses bras, **Deux** laissa ses yeux vagabonder... Et ceux-ci, inévitablement, s'arrêtèrent sur l'horloge. *Tac, tac, tac.* Il était 16h07.

Bientôt, **Un** reposa sur le tapis roulant. Aussitôt, et comme il l'avait fait précédemment pour le prêtre, **Cinq** souleva les lunettes du petit homme et lui ferma les yeux. Puis, le manipulant avec un sang-froid étonnant, il lui donna une position plus honorable de gisant. Sa réticence passagère s'était bel et bien envolée.

Le regard quelque peu fuyant et les bras croisés dans une attitude fermée et protectrice, **Deux** jugeait l'entreprise dans un silence religieux. Même s'il n'avait pas encore participé directement à « l'évacuation » d'un candidat éliminé, il n'en était malheureusement pas à son premier coup d'essai avec un mort. Cela ne s'était produit qu'une seule fois auparavant mais il s'en souvenait parfaitement, comme si ça datait d'hier. Ce jour-là, cet instant-là avait été terrible, affreux, épouvantable... bien plus encore que tous les moments d'angoisse insoutenable vécus dans cette pièce. Or, malheureusement pour lui, ce nouveau contact avec un cadavre ne manquait pas de le replonger dans ce passé douloureux... En fin de compte, la vision de l'horloge était de loin préférable.

Enfin satisfait de sa succincte préparation funéraire et devinant les états d'âme dans lesquels restait plongé son compagnon, **Cinq** posa fraternellement sa main sur son épaule. Puis, le fixant droit dans les yeux, il se contenta de soupirer d'un air las. Il n'y avait rien à dire ou à ajouter. Ils avaient déjà bien assez remué le couteau dans la plaie béante de leur désespoir.

Se saisissant donc du chapelet dans sa poche, **Cinq** se mit bientôt à murmurer un « Notre Père », tandis que le système d'assainissement de la pièce s'activait lentement, entraînant **Un** vers la sordide trappe d'évacuation. Cette fois, les producteurs n'avaient attendu aucun signal particulier avant d'enclencher la procédure. Mais, au fond, pourquoi diable l'auraient-ils fait ?

Comme il s'était ouvert, le sas se referma donc bientôt, sans bruit, sur la troisième victime du Requiem. Contrairement aux fois précédentes, seul **Cinq**, armé de ses inévitables dévotions, avait suivi jusqu'au bout l'ultime et angoissant pèlerinage du défunt.

Le visage blême et l'œil humide, **Deux** s'était en effet brusquement détourné du tapis roulant pour fixer l'horloge. Résolument narcissique face à son miroir, **Trois** n'avait pas accordé la moindre attention à son ennemi vaincu tandis que **Six**, décidément incapable de la moindre compassion, s'était remise à grignoter des morceaux de chocolat. Visiblement, pour ces deux caractères bien trempés, la pesante transposition du survivant sur le candidat « évacué » n'avait déjà plus cours. Comme si, même au contact de l'abject, la routine parvenait encore à prendre ses marques.

Une grimace de dégoût accrochée au visage, **Cinq** balaya minutieusement du regard les vestiges laissés par **Un**. Comme autant de reliquats sordides, les traces de sang témoignaient de sa présence passée : sur la moquette en de nombreux endroits mais aussi sur la porte d'entrée, en particulier la serrure, sur les serviettes autrefois d'un blanc immaculé, sur le jogging de **Trois** ou de **Deux**, et sur ses mains ! C'était un vrai jeu de pistes sanguinolent auquel il convenait, bien sûr, d'ajouter encore la tache sombre d'urine sur la moquette, qui avait en partie séché maintenant. Ah, mon Dieu ! Comme il était désespérant de voir à quel point **Un** avait pu mettre une application toute particulière à refaire la décoration des lieux.

Attiré par un mouvement dans son champ de vision, **Cinq** interrompit brutalement son investigation pour suivre le déplacement de **Deux**. Avec les épaules voûtées, la tête basse et le pas lent et fébrile du condamné allant à l'échafaud, il venait d'atteindre péniblement un fauteuil. Soudain, comme si ses jambes refusaient de le porter, il s'écroula à moitié. Non ! Il ne pouvait pas perdre son dernier soutien ! Pas maintenant… Se raidissant d'un coup, **Cinq** se précipita vers son compagnon.

- Laisse-moi t'aider, lui proposa-t-il en tendant les bras.

- Ce n'est qu'un léger malaise, le repoussa **Deux**, en se redressant déjà et en appuyant sa tête contre le dossier. C'est passé maintenant.

Pas plus rassuré pour autant, le gros homme fourra les mains dans ses poches, gêné et indécis. Comme souvent, il ne savait pas trop quoi faire.

- Je vais rester tout de même auprès de toi, déclara-t-il finalement avec sollicitude. Et si tu veux parler, je serai là pour t'écouter.

Sans même attendre une réponse, il tira une chaise jusqu'au fauteuil. Alors qu'il s'asseyait, **Deux** lui jeta un long regard, sombre et perplexe.

- Pourquoi fais-tu tout cela ? demanda-t-il enfin.

- De quoi parles-tu ?

- Pourquoi m'aides-tu ? Pourquoi te montres-tu si prévenant à mon égard ?

- Je ne comprends pas, balbutia **Cinq** avec un sourire d'excuse.

- Je vais te l'expliquer, moi, intervint soudain **Six** du bout de sa table. Il veut savoir pourquoi tu restes incapable de t'occuper tout seul de toi. Pourquoi, tel un parasite, tu passes ton temps à coller ceux qui ont ici un minimum de courage et de dignité ?

Écœuré et blessé et ne laissant pas à **Deux** le temps de répondre, **Cinq** se tourna vivement vers la jeune femme.

- Tais-toi, espèce de sorcière ! lui ordonna-t-il d'un ton sec et les poings serrés. Ou je te ...

N'obtenant qu'un ricanement insolent, il n'insista pas et, dans un geste de dépit, se désintéressa d'elle pour faire de nouveau face à son compagnon. De ce côté au moins, il y avait encore un peu d'humanité à attendre... Enfin a priori, car contrairement à ce qu'il s'attendait à trouver, il ne vit cette fois aucune lueur de soutien dans les yeux de **Deux**. Tout à l'inverse même, son visage arborait une certaine dureté.

- Je ne suis pas ton ami et je ne le serai jamais.

Cet aveu inattendu le frappa comme la foudre. Le visage blême et les yeux écarquillés de stupeur, il bafouilla d'une voix angoissée quelques mots incompréhensibles. Mais **Deux** ne l'écoutait pas, visiblement déterminé à aller au bout d'un processus implacable :

- Comme je le disais tout à l'heure à **Six**, nous sommes tous ici des victimes dans l'attente d'une exécution hypothétique... Et rien de plus. Nous ne sommes pas des ennemis parce que nous affronter ne changerait strictement rien à notre situation...

Il s'interrompit brusquement et scruta quelques instants **Trois** qui faisait toujours sa toilette :

- Encore qu'un sordide contre-exemple vienne de nous être donné.

Il y eut de nouveau quelques secondes de flottement, puis il reprit :

- Mais de la même façon, jamais aucun d'entre nous ne nouera ici des relations d'amitié. Tout simplement, parce qu'il y a quelques heures à peine, nous ne nous étions jamais rencontrés. Ensuite, parce que le contexte du jeu rend ce cas de figure purement et simplement impossible :

un seul parmi nous vivra sur les cadavres des autres...

- Arrête ! le coupa **Cinq** d'une voix tremblotante et désespérée. On connaît déjà tout ça par cœur. Ne sombre pas toi aussi dans le cynisme le plus abject. Vois au-delà, je t'en prie !

Accablé par une résignation dévorante, **Deux** soupira longuement.

- Je suis vraiment désolé, rétorqua-t-il en lui adressant un regard amer, mais c'est toi qui vis encore dans un rêve. Il n'y a rien de bon à attendre ici. Même l'espoir de se voir offrir une seconde chance, un nouveau départ, n'est qu'une vaste supercherie dans laquelle nous avons naïvement voulu croire. Nos cœurs et nos âmes sont morts depuis longtemps...

- Reprends-toi, pour l'amour de Dieu ! le supplia encore **Cinq**, de plus en plus alarmé.

- Non, c'est à toi de le faire, répondit **Deux** d'un ton égal.

Cédant à la panique, saisi par une étouffante et oppressante poussée d'angoisse, le gros homme lui attrapa le bras et le secoua énergiquement :

- Je ne te laisserai pas t'enfoncer !

Mais son compagnon se dégagea aussitôt d'un geste vif :

- Lâche-moi ! Cette relation de copinage est absurde, et tu le sais très bien.

L'intonation était si tranchante et péremptoire que **Cinq** se figea. Pendant un long moment, il resta bouche bée, horriblement ballotté dans une spirale d'angoissante solitude. Avec une épouvante muette, il réalisait que tout un pan des maigres consolations qu'il avait trouvées dans cette pièce venait d'un coup de s'écrouler. Pour sa plus grande hantise, il se retrouvait désormais bel et bien seul face à la mort et à son implacable verdict. **Deux** s'était vraiment éloigné ce coup-ci, emportant avec lui la dernière chance qu'ils avaient d'entretenir un rapport humain.

Tourmenté et effrayé par cette idée d'un repli sur soi égoïste comme unique solution, **Cinq** secoua nerveusement la tête, les yeux rivés au sol. Dans le fond, au niveau froid et insensible de la logique, son compagnon avait bien entendu raison. Nouer de vraies relations demeurait parfaitement inutile... Mais au niveau du cœur et des sentiments, de ce qui faisait le propre de l'être humain, n'était-ce pas légitime, attendu même, car là aussi tout simplement logique ? En effet, qui avait envie de mourir seul ? Qui, parvenu à la toute fin de sa vie, ne souhaitait pas échanger un dernier contact fraternel et chaleureux avec ses proches ou même de simples congénères ? Qu'y avait-il d'anormal là-dedans ?

Mécaniquement, et sans enregistrer l'information qu'il découvrait, **Cinq** regarda quelques instants le manège hypnotique de la trotteuse. *Tac, tac, tac... Tac, tac, tac...* Non, jamais il ne tiendrait ! C'était trop horrible, trop inimaginable ! Il ne pouvait pas concevoir de rester isolé dans sa bulle pour le temps dérisoire qui lui restait peut-être à vivre. Sa résistance, il le savait très bien, ne résultait que du soutien qu'il trouvait chez les autres. S'il n'avait plus personne avec qui partager ses souffrances, il s'écroulerait. C'était certain. **Deux** devait impérativement se ressaisir. D'ailleurs, il ne pensait sans doute pas ce qu'il venait de dire... n'est-ce pas ?

Il s'agissait simplement d'aider son ami à vaincre ce désespoir qui l'accablait. Et pour cela, il n'y avait qu'un moyen. **Deux** devait soulager sa conscience et libérer son cœur du pesant fardeau qui l'enserrait, en expliquant le pourquoi de sa participation au Requiem. C'était à son tour de se confesser. **Sept** l'y avait encouragé mais avait échoué. Lui réussirait ! Afin d'assurer sa propre sauvegarde, aucune autre alternative n'était permise de toute façon.

Comme un fruit trop mûr, le mal qui rongeait **Deux** venait, en quelque sorte, de tomber de l'arbre des consciences et attendait juste que quelqu'un le ramasse... Mais, pour réussir, **Cinq** devait d'abord faire preuve de patience en respectant son recueillement et en le laissant recouvrer son sang-froid. Alors, en attendant, il se tourna vers ce soutien irréductible et fidèle que représentait Dieu et, saisissant avec force son chapelet, se mit à prier silencieusement. Lui, au moins, ne cesserait jamais de l'accompagner... n'est-ce pas ?

Une nouvelle chape de silence, troublée par les seuls tacs de la trotteuse et par le bruit de l'eau qui coulait abondamment du robinet, retomba dans la pièce. Une fois encore, les candidats avaient besoin de se recueillir, de faire le point sur leur condition et d'offrir un bol d'oxygène à leurs esprits mis au supplice.

Dans cette triste communauté de survivants catatoniques, **Six**, pour une fois, se remettait encore plus en question que les autres. Après avoir repoussé d'un geste agacé le chocolat qu'elle grignotait de manière compulsive depuis quelques minutes, la jeune femme s'était lancée dans l'observation méticuleuse de ses compagnons. Obéissant sans doute inconsciemment à sa haine, elle avait d'abord brièvement tourné son regard vers **Trois** qui finissait enfin sa toilette puis vers **Cinq**, de nouveau vautré dans son fauteuil, la mine soucieuse et pensive, avant de focaliser toute son attention sur **Deux**.

D'une certaine façon, elle le maudissait car il était peu à peu parvenu à chambouler ses plans, voire pire, à susciter chez elle de l'intérêt. En fait, le problème paraissait terriblement simple désormais. Plus les heures défilaient, plus elle se sentait incapable de rester fidèle à sa résolution la plus chère, celle de ne rien dire ou de ne rien faire pour contribuer au sinistre spectacle qui se jouait ici. Le stress insoutenable des conditions de jeu ou son tempérament impulsif et colérique n'étaient, bien évidemment, pas étrangers à tous ses débordements incontrôlés. Mais ceux-ci, au moins, répondaient depuis le début à la logique de sa personnalité bouillonnante.

Alors que vis-à-vis de **Deux**, il s'agissait d'une inclination réfléchie, d'une certaine forme d'attachement que jamais elle n'aurait pensé ressentir pour l'un de ses condisciples au supplice. Plus que tous les autres, elle avait pourtant très bien assimilé la composition des gammes du Requiem et la parfaite absurdité de construire ici quoi que ce soit.

Dès leur entrée dans cette pièce, elle avait d'abord été ennuyée de ne pas pouvoir le cerner, puis elle avait rapidement apprécié son attitude discrète de repli sur soi pour ne pas faire, tout comme elle, le jeu des producteurs. Elle avait ensuite été étonnée, bouleversée même par ses excuses inattendues, sa relative compréhension et le tact avec lequel, contrairement aux autres, il avait appréhendé sa révolte et sa rage. Finalement, il avait été le seul à ne pas vraiment la juger pour ce qu'elle faisait.

Perdue dans ses pensées, **Six** s'arracha un instant à son observation et inspecta l'horloge. *Tac, tac, tac.* Déjà 16h13. Comme jamais auparavant dans le jeu, les minutes venaient pour elle de défiler à une vitesse étourdissante. Cela était-il lié au fait que, depuis quelque temps, son esprit menait une lutte de plus en plus serrée contre des sentiments contraires ? ... Assez à la fin ! Il lui fallait prendre une décision, un point c'est tout ! Ou elle se désintéressait totalement de **Deux** et se renfermait de nouveau sur elle-même, ou alors... ou alors elle s'efforçait d'en savoir plus sur son compte. Quelque part, et même si elle ne se l'avouait que très difficilement, elle avait déjà fait son choix.

Il avait enfin recouvré une tête digne de ce nom. Bon évidemment, il y avait toujours ce vilain hématome au coin de sa bouche, cette balafre sur sa joue et ces atroces empreintes rougeaudes autour de son cou mais globalement, et vu les maigres moyens du bord, le résultat était plutôt satisfaisant. Sa gencive ne saignait plus, sa coiffure se maintenait honorablement et son teint avait retrouvé des couleurs plus engageantes.

Revigoré par sa toilette sommaire, **Trois** adressa un petit sourire de contentement à son reflet et se retourna vers ses compagnons. Quelle triste assemblée ! Engoncés dans leur médiocrité pathétique, ils avaient tous l'air d'âmes en peine, égarées dans une comédie de façade ou une imbécillité congénitale. Comédie parce qu'il n'avait toujours pas la preuve irréfutable que l'un d'eux n'avait pas trempé avec la production, et imbécillité parce que, parmi les candidats, il était le seul à avoir eu l'intelligence d'assurer lui-même sa survie. Maintenant que **Un** était mort et que sa chance s'était généreusement rappelée à son bon souvenir à travers l'exécution de son plan, il se sentait beaucoup mieux et plus que jamais prêt à continuer.

Pour cela, il lui fallait juste désigner une autre cible. Et là, la tergiversation n'était pas de mise. Bien sûr, en s'arrêtant sur **Cinq**, il faisait encore le choix de la facilité, mais tout le monde ne se plaisait-il pas à dire qu'il fallait procéder obstacle après obstacle, qu'il ne fallait pas penser à la victoire finale mais apprécier plutôt le souffle de vie insufflé après chaque passage horaire ? En élève discipliné et consciencieux, c'était précisément son intention.

Avec le regard sombre et pénétrant d'un fossoyeur, **Trois** se mit à scruter avec insistance le gros homme. Aucun doute possible, **Cinq** était la cible toute désignée ! S'attaquer à cette hargneuse invétérée de **Six** ne rimait en effet à rien, tout ce qu'il pouvait espérer étant d'y perdre une précieuse énergie ou de s'y casser les dents. Un temps pourtant, il avait songé à la pousser à bout parce qu'à l'instar de **Un**, elle possédait ce même manque total de sang-froid, cette même rage à fleur de peau. Mais quel angle d'attaque utiliser contre elle alors qu'on ne savait toujours rien de sa vie et qu'on ne lui connaissait aucun point faible ? Compte tenu des conditions, se tourner vers **Six** s'apparentait finalement plutôt à nourrir sa seule colère… Et donc à lui donner encore plus de force !

Pour **Deux**, dont l'aura de mystère ne cessait de s'épaissir, les raisons de son éviction temporaire étaient ailleurs, et plus précisément dans une sorte d'immunité passagère s'il s'en référait à son échelle de jugement. En effet, ce candidat, si longtemps insipide à ses yeux, était désormais, pour lui, le plus apte à avoir magouillé sa victoire avec la production. Et même s'il brûlait d'envie de voir ce qu'il avait dans le ventre, même s'il trépignait d'impatience à l'idée de mettre hors-jeu ce satané tricheur, le temps n'était pas encore venu de le débusquer. Il en allait sans doute ici de sa propre sauvegarde parce qu'après l'incident **Un**, il ne paraissait vraiment pas raisonnable de contrarier de nouveau et si vite les producteurs !

Le choix allait donc logiquement sur **Cinq**. Évidemment, ce dernier ne faisait pas preuve de la même propension hystérique que **Un** mais le dilettante le sentait malléable, facilement manipulable et au final aisément démontable. Parmi les survivants, il était incontestablement le plus faible du groupe, n'ayant fait preuve jusqu'alors d'aucun caractère affirmé. Depuis le début, et **Six** l'avait souligné il y a quelques minutes à peine, il s'était montré incapable de prendre ses décisions seul ou d'affronter sans un soutien extérieur l'épreuve du verdict. Son image d'assisté lui collait à la peau. Après s'être d'abord tourné vers **Sept**, il suppliait maintenant presque **Deux** de ne pas l'abandonner. Tout cela était vraiment pathétique mais constituait pour **Trois** une occasion en or à saisir.

La stratégie était donc la suivante. En plus de sa chance naturelle, il devait se montrer opportuniste et manipulateur. Le rejet de **Deux** rendait le gros homme esseulé, en quête d'une bonne âme. Il endosserait ce rôle ! En jouant sur le registre de l'amitié, il gagnerait d'abord sa confiance afin de mieux le pousser à la faute. Il savait comment le briser, comment l'amener insidieusement à renoncer pour de bon à vivre. Bien sûr, tout cela allait demander du temps. Il ne fallait donc pas traîner et s'y mettre tout de suite. D'un pas décidé, **Trois** s'approcha du fauteuil où restait vautré **Cinq**…

Finalement, en quelques minutes, les quatre derniers survivants du Requiem venaient de se donner un objectif concret à accomplir, histoire peut-être de se prouver à eux-mêmes qu'ils étaient toujours vivants. Ainsi **Cinq** et **Six**, alliés improbables qui s'ignoraient, s'étaient mis en tête d'aider de leur mieux **Deux** en l'amenant à ouvrir son cœur. Renonçant à souffrir peut-être encore plus, celui-ci voulait au contraire s'éloigner de ses compagnons et attendre l'inéluctable. Enfin **Trois**, encouragé par son premier succès et résolument enfoncé dans sa logique paranoïaque (ou sensée ?) d'un système truqué, s'était persuadé qu'il pouvait continuer à en modifier le cours en forçant les éliminations. Les nouvelles bases étaient posées. Place au jeu !

Subitement arraché à ses réflexions, **Cinq** adressa un regard circonspect au dilettante planté devant son fauteuil.

- Ne vous laissez pas abattre, déclara bientôt ce dernier d'un air affable. Cette marque d'ingratitude de notre ami n'est pas à prendre au pied de la lettre.

Avec un franc sourire, **Trois** marqua une courte pause avant de poursuivre :

- Le stress insoutenable qui nous est imposé nous fait tous dire des bêtises. Laissons-le en paix si c'est ce qu'il souhaite, et prenons un verre. Je suis prêt à vous écouter, moi.

Totalement abasourdi, **Cinq** scruta quelques instants son interlocuteur sans comprendre. Chacun de leur côté, **Deux** et **Six** n'en croyaient pas non plus leurs oreilles. Quelle était encore cette nouvelle manigance ? Enfin, le gros homme trouva la force de parler.

- Je ne comprends pas, balbutia-t-il.

Amusé par l'expression ahurie de sa future victime et conscient de ce que son approche avait de directe et d'incongrue, le dilettante se mit à rire de bon cœur. Aucune fausse note ne transparaissait dans sa nouvelle composition théâtrale.

- Alors, c'est sans doute qu'il n'y a rien à comprendre ! s'exclama-t-il. J'ai envie de discuter, et vous aussi visiblement. Voilà tout.

De plus en plus perplexe et déstabilisé, le gros homme chercha à capter le regard de **Deux** mais, placé comme il l'était, **Trois** le cachait volontairement de son champ de vision.

- Qu'est-ce que je vous sers à boire ? reprit bientôt celui-ci, sûr de sa stratégie.

Un instant, **Cinq** fut tenté d'accepter cette proposition car son cœur était lourd. Mais il se ressaisit bien vite et son visage se durcit.

- Je ne trinque pas avec les meurtriers, trancha-t-il en le fixant droit dans les yeux.

Totalement éberlué d'entendre une remarque aussi vindicative dans la bouche de cet assisté, le dilettante resta de longues secondes sans rien dire. C'était à son tour d'être déstabilisé... *Tac, tac, tac.* L'horloge indiquait depuis peu 16h14.

Pouffant de satisfaction, **Six** se retint d'en rajouter une couche supplémentaire. Si **Trois** désirait continuer de jouer au bowling avec les autres candidats, pourquoi l'en empêcherait-elle, que diable ? Non seulement, en procédant ainsi, il servait l'intérêt commun mais en plus il se chargeait d'endosser à lui seul le mauvais rôle. Il n'y avait que des bonnes raisons de ne pas le contrarier dans sa démarche.

À cet instant précis, **Trois** semblait toutefois avoir été quelque peu rebuté. Mais il fallait dire qu'il ne s'était vraiment pas attendu à un rejet aussi brutal de son honnête proposition, surtout de la part de ce candidat timide et effacé. Se reprenant rapidement, il prit une mine désolée et dévisagea le gros homme.

- Je suis sincèrement peiné que vous me voyiez encore ainsi, soupira-t-il. Car nous nous sommes déjà largement expliqués sur ce point.

- Des explications n'effacent pas les faits, répliqua avec dureté **Cinq**.

- Peu importe, ne revenons pas sur ce sujet, proposa **Trois**. Essayons simplement de nous détendre un peu en partageant un verre et en discutant.

Une lueur d'hésitation passa dans les yeux du gros homme. Après tout, boire un verre et échanger quelques mots n'engageaient à rien... Et puis, s'il échouait à raisonner **Deux**, à qui se raccrocherait-il alors ? Certainement pas à **Six** ! Oui bien sûr, il n'appréciait pas non plus **Trois**, et il cautionnait encore moins ce sang qu'il avait maintenant sur les mains. Mais, dans la politique du moins pire, n'était-ce pas le choix à faire ? N'était-ce pas la solution de réserve pour qu'il ne se retrouve pas complètement seul et qu'il ne sombre pas dans la folie ?

N'attendant pas même de réponse à sa proposition, **Trois** repartit de suite à la charge. Pour lui, le silence de son interlocuteur était clair. Il venait de prendre l'avantage.

- Allons, je vous en prie, le supplia-t-il presque. Je sais que vous en avez terriblement envie. Mettons enfin un terme à cette tension inutile.

Cinq soupira en hochant la tête, avant de déclarer d'un air las et résigné :

- Ce que vous avez fait est hautement condamnable et Dieu vous jugera pour ça.

Peu impressionné, l'outrecuidant dilettante ne put réprimer un petit sourire je-m'en-foutiste.

- Cependant, poursuivit le gros homme, pour ramener la paix dans cette pièce et pour permettre à chacun de souffler un peu, j'accepte votre offre.

Cette condescendance ouvertement affichée faillit faire sortir **Trois** de ses gonds. Mais, en maître confirmé dans le jeu des dupes, il se contrôla sans rien laisser paraître et tendit la main en signe de paix retrouvée. Ce tas de graisse pouvait toujours pavoiser, il le tenait entre les mailles de son filet ! Comme **Un**, lui aussi comprendrait son erreur… Trop tard !

Pendant quelques instants, **Cinq** fixa cette main qui lui était offerte, la mine soucieuse.

- Contentons-nous juste de boire ensemble un verre et de deviser, trancha-t-il enfin.

Resserrant le poing, **Trois** se mordit imperceptiblement les lèvres avant de lui adresser un sourire grimaçant et d'opiner du chef. Ce guignol n'allait pas longtemps se moquer de lui !

- Fort bien, approuva-t-il. Alors, buvons ! Qu'est-ce que je vous sers ?

- Juste un peu d'eau gazeuse. J'ai l'estomac encore un peu lourd.

En majordome discipliné, **Trois** s'exécuta. Se servant la même chose qu'à son nouvel acolyte, il tira ensuite une chaise à ses côtés, afin de créer sans doute une plus grande intimité. Tout au moins au regard des autres candidats, les micros enserrés dans leurs bracelets interdisant, eux, le moindre secret pour le public.

Pendant de longues secondes, les deux hommes vidèrent lentement leurs gobelets dans un silence presque gêné tandis que, chacun dans son coin, **Deux** et **Six** les observaient, le premier d'un air absent, la seconde avec une concentration apparente. Enfin **Trois**, qui venait de mettre à profit cet intermède pour peaufiner son angle d'attaque, reprit la parole.

- Vous ai-je dit que je suis, moi aussi, un grand amateur de poker ? lui demanda-t-il d'un air enjoué.

Stupéfait de voir à quel point il ne manquait pas d'assurance pour le prendre autant pour un imbécile, **Cinq** se contenta de pouffer avec dédain. Mais imperturbable, **Trois** poursuivit :

- L'art du bluff, de tromper son adversaire, de l'endormir dans son mensonge. Le goût du risque et de l'argent, la poussée d'adrénaline lorsque l'on dévoile ses cartes. J'adore tout cela. Mais ce que j'aime le plus…

- Ne vous fatiguez pas, le coupa sèchement le gros homme. Nous ne sommes pas là pour copiner, il me semble. Venez-en au fait.

Bouche bée, le dilettante le dévisagea longuement. Quelque part, cet imbécile avait raison. Il n'était plus temps de s'amuser ou de tourner autour du pot. D'ailleurs, en ce moment, n'était-ce pas plutôt **Cinq** qui se moquait de lui ? Bon, puisqu'on le lui demandait, il allait en venir au cœur du problème, et ce gros lard allait s'en mordre les doigts !

Dans un réflexe conditionné, **Trois** inspecta brièvement l'horloge (il était 16h17) avant de reprendre la parole, un sourire ironique au coin des lèvres :

- Devant votre insistance, je ne saurais me dérober plus longtemps… Vous disiez tout à l'heure, lors des présentations que conduisait notre défunt prêtre, que c'était l'accumulation des dettes de jeu qui vous avait condamné à être des nôtres aujourd'hui. C'est bien cela ?

- C'est exact, confirma **Cinq**, la mine soudainement assombrie.

Intérieurement, **Trois** exultait de voir que cette première approche produisait déjà des résultats. D'une voix qui se voulait toutefois la plus neutre possible, il continua :

- À vous entendre, vos créanciers semblaient être des gens peu commodes, bien loin du monde hypocrite et convenu des banques. Malheureusement, au moment où vous alliez peut-être nous en dire plus, ce maudit **Un** vous avait brutalement coupé avec son numéro d'horloge parlante. Or, voyez-vous, ma curiosité avait été titillée. Tout comme celle des téléspectateurs, je n'en doute pas un instant (il adressa un regard complice en direction des caméras) … Alors, de qui parliez-vous ? De gangsters de seconde zone ? D'un parrain de la mafia ? D'un directeur de casino véreux ? Ou que sais-je encore ?

Légèrement mal à l'aise, **Cinq** s'agita un peu sur son fauteuil et secoua la tête :

- Cela n'a plus la moindre importance, maintenant.

- Au contraire, rétorqua le dilettante, je pense que votre problème n'en a jamais eu autant.

Pendant un instant, il profita avec délectation de l'expression troublée de son interlocuteur. Puis, avec une assurance pleinement retrouvée, il entra pour de bon dans le vif du sujet.

- Eh oui ! s'exclama-t-il. Réfléchissez ! N'est-ce pas là l'occasion rêvée de vous venger de ces malfrats ? Pouviez-vous espérer meilleure tribune publique que celle-ci ? Des dizaines de millions de personnes nous regardent en ce moment. Beaucoup plus que pour n'importe quel discours de nos chers hommes politiques, ou que pour n'importe quel évènement sportif de grande ampleur. Le public est tout à vous ! Alors, saisissez cette chance bon sang, et réglez vos comptes avec ces salauds.

Profondément chamboulé, **Cinq** s'agitait furieusement sur son fauteuil maintenant, les mains moites et les yeux en perpétuel mouvement. Aussi évidente fût-elle, cette vérité ne lui était jamais apparue.

- Ils vous ont condamné à participer à ce jeu sordide, s'écria encore **Trois**, poursuivant son matraquage psychologique. Pire, ils vous ont peut-être tué ! Il y a de fortes chances pour que vous ne ressortiez jamais d'ici. Et ils s'en tireraient sans le moindre dommage ? Non, ils méritent de payer pour leurs crimes !

Le souffle court, il s'interrompit quelques instants afin de mieux contrôler l'excitation qui le gagnait. Il allait l'avoir, il le sentait !

- Bon, si l'on raisonne par rapport aux seuls faits, vous êtes dans cette pièce plus en sécurité que nulle part ailleurs, et vous avez une audience que jamais plus vous n'aurez... sauf, bien sûr, si vous gagnez. Et c'est sur ce point que tout repose justement. Si vous devez mourir d'ici les prochaines heures, cas de figure le plus probable étant donné que, selon vous, votre chance vous a abandonné, vous n'avez donc plus rien à perdre ; et, par voie de conséquence, plus aucune raison de ne pas profiter de votre situation en dénonçant publiquement vos tourmenteurs. Si tout est foutu, pourquoi se priver ?

Avec l'autosatisfaction de celui qui maîtrise parfaitement son sujet, **Trois** prit le temps de le fixer tranquillement droit dans les yeux :

- Mais si vous gagniez, me direz-vous ? En agissant ainsi, ne risqueriez-vous pas de vous exposer à une implacable vendetta à votre sortie ? La réponse est bien évidemment négative car, lorsque vous quitterez cet endroit, vous serez devenu intouchable, une star incontournable, et même plus encore ! L'argent, la notoriété et votre tout nouveau réseau d'influences surtout vous permettront de tout réaliser. À partir de là, vous aurez l'embarras du choix en ce qui concerne le sort de vos créanciers. Les traduire en justice ? Les faire disparaître discrètement ? Ou, par bonté d'âme, les rembourser avec des intérêts généreux ? Rien ne vous sera impossible ! Et puis, pourquoi même ne pas imaginer qu'ils vous mangeront dans la main, comme tout un chacun face à un survivant du Requiem ?

Étourdi par le discours qu'il venait d'entendre et incapable de rassembler dans l'immédiat ses idées, **Cinq** avait cessé de s'agiter. Les yeux braqués droit devant lui, il fixait maintenant un horizon invisible, à la recherche peut-être d'une réponse sur l'attitude à adopter… Une chose était sûre : les grandes vérités qui venaient d'être énoncées l'avaient atteint en plein cœur. Et cela, son tourmenteur le savait fort bien. Ce fut donc sans tarder que **Trois** repartit à la charge. Pour que son plan fonctionne, il était, en effet, indispensable que sa victime n'eût pas trop le temps de réfléchir, de peser le pour et le contre.

- Je vois bien que mes propos ont retenu votre attention, observa-t-il en posant sa main sur son épaule. Mais pourquoi hésiter, que diable ? Tout ceci n'est qu'une question de bon sens…

- Et de stratégie, intervint cyniquement **Six**, un sourire goguenard accroché aux lèvres.

Une expression contrariée sur le visage, **Trois** lui jeta un regard mauvais. Cette hystérique de bas étage n'allait quand même pas tout gâcher ! Mais le dilettante pouvait doublement se rassurer. Non seulement la jeune femme n'avait pas du tout l'intention de désamorcer le piège qu'il tendait n'ayant pas pu, en vérité, se retenir d'exposer son point de vue mais en plus, **Cinq**, profondément plongé dans ses pensées, ne semblait pas avoir entendu.

Dans un autre monde en fait, il exultait intérieurement… Se venger ? Mon Dieu, que ces mots étaient doux à entendre ! Ces chiens méritaient de payer pour leur opportunisme écrasant les faibles, pour leur manque de compassion, pour les coups qu'il avait reçus, les humiliations qu'il avait subies. Oh oui, plus d'une fois il avait rêvé de revanche mais jamais cela ne lui avait paru si concret, si facile à réaliser. Tout était tellement limpide désormais.

- Agissez tant que vous le pouvez ! martela encore **Trois**. Ne soyez pas un lâche !

Ah ! Le mot était lancé ! Ce mot cruel, tant de fois rabâché et reproché, qu'il ne voulait plus entendre ! Serrant fermement les poings, **Cinq** scruta son accusateur d'un air décidé.

- Un lâche ne participerait pas à ce jeu ! s'exclama-t-il d'un air furibond.

- C'est évident, approuva le dilettante en hochant la tête. Pardonnez-moi.

À dix mille lieues de penser ce qu'il disait, **Trois** jubilait au contraire. Ce gros lard était cuit ! Il suffisait de le voir se lever de son fauteuil, une détermination farouche dans le regard … et le cou tendu au bourreau.

- Oh non, ne vous en faites pas, vociféra **Cinq** d'une voix tremblotante de colère. Je vais les enfoncer ces salauds ! Ils…

- Tais-toi, imbécile ! s'écria soudain **Deux** en bondissant à son tour de son siège.

Coupé net dans son élan et tous les traits tirés en un effroyable masque de haine, le gros homme se tourna vers son compagnon, tandis que dans le même temps, **Trois** se dressait vivement, la mine rageuse. De quoi se mêlait-il ce traître, ce vendu de la production ! Ne venait-il pas de dire qu'il se moquait bien de son sort ?

- Il est en train de te piéger ! reprit aussitôt **Deux**. Pense à la règle numéro un ! Aucune dédicace, quelle que soit sa nature.

Le visage barré d'une grimace, **Trois** baissa la tête. À son grand dam, son beau plan venait d'être immolé sur l'autel d'une fraternité oiseuse.

Pendant quelques longues secondes, seule l'horloge continua de faire entendre sa lancinante symphonie. *Tac, tac, tac.* Il était tout juste 16h21. Mais, en cet instant et une fois n'est pas coutume, les trois hommes ne prêtaient guère attention à l'inexorable chef d'orchestre. Chacun dans ses pensées, ils essayaient plutôt de faire le point sur ce qui venait de se passer et de se donner pour ainsi dire un peu d'oxygène avant la suite. Ainsi **Deux**, aussi étonné que satisfait de son intervention, fixait tour à tour ses compagnons, prêt à tout débordement malheureux. **Cinq**, encore tout tremblant d'excitation, s'était immobilisé pour sa part, l'air hagard. Quant à **Trois**, passablement amer d'avoir échoué si près du but, il gardait la tête baissée dans une attitude songeuse, élaborant peut-être déjà une nouvelle stratégie.

Profitant d'un regard échangé avec le gros homme, **Deux** poursuivit :

- En te faisant parler et en t'attaquant par le point où il te devine le plus faible, il espérait que tu irais trop loin dans tes confessions et que tu écoperais d'un avertissement…

Plus son compagnon avançait dans ses explications, plus **Cinq** se montrait gêné. Au moins autant que lorsqu'il avait piteusement vomi, il se sentait étouffé, écrasé par un insupportable sentiment de honte.

- C'est parfaitement ridicule ! intervint l'accusé.

- Cela me paraît, au contraire, très sensé, répliqua froidement **Deux**. Nous sommes dans un tel état de stress que n'importe lequel d'entre nous, après un avertissement, se montrerait plus fragile et donc plus apte à se faire éliminer... Et c'est justement là ton idée, n'est-ce pas ? Le pousser à trop parler afin qu'il soit averti puis, la panique et la colère aidant, l'entraîner à commettre une nouvelle erreur fatidique.

- C'est de la paranoïa pure et simple ! s'indigna le dilettante. Tu débloques, l'ami. Pire, tu pourris l'ambiance.

Face à une telle absurdité, **Deux** pouffa. Puis bientôt un rire, profond et libérateur, s'échappa du fond de sa gorge. C'était comme si toute la tension accumulée ces dernières heures se ruait d'un coup hors de sa bouche. De son côté, agacé et aigri d'avoir été si rapidement démasqué, **Trois** ne réprimait qu'à grand-peine son envie de briser la mâchoire de cet impudent. Serrant les poings et faisant appel à tout le sang-froid dont il était capable, il se contrôla toutefois... Non, il était bien trop malin pour tomber dans son propre piège !

- Suffit ! hurla soudain **Cinq** en frappant du poing sur le dossier de son fauteuil.

Dans un même mouvement, **Deux** et **Trois** sursautèrent. Prenant cette injonction pour lui, le premier, dont le rire venait d'étouffer dans sa gorge, dévisagea son compagnon.

- Merci pour ton soutien, s'excusa presque le gros homme... J'étais sûr que tu ne m'abandonnerais pas. Mais laisse-moi régler ce problème tout seul. Je me suis montré assez ridicule comme ça.

Encore abasourdi par ses propres réactions, **Deux** acquiesça avant de se rasseoir... Se tournant cette fois vers son tortionnaire, **Cinq** s'approcha encore plus de lui jusqu'à être à quelques centimètres à peine de son visage. Tous ses plis graisseux tremblaient furieusement sous l'effet d'une rage difficilement contenue. Visiblement (et enfin) impressionné par cette masse imposante qui lui tombait presque dessus, **Trois** fit mine de reculer mais **Cinq** le saisit fermement par l'épaule. Sous l'implacable dureté de sa poigne de fer, le dilettante réalisa soudain que, sous sa graisse, le gros homme était aussi un colosse.

- Où vas-tu ? Toi et moi, on doit s'expliquer.

Après un moment de flottement, au cours duquel il donna l'impression de se décomposer, **Trois** bomba finalement le torse et dressa fièrement la tête.

- Frappez-moi si vous voulez, déclara-t-il d'une voix assurée, mais je suis innocent des torts dont l'on m'accuse bassement. Cet homme ne cherche qu'à semer la discorde entre nous…

- Tu vas arrêter de mentir, oui ? le coupa **Cinq** tout en le secouant énergiquement.

Inquiet à l'idée qu'il allait peut-être déraper malgré ses conseils, **Deux** se raidit derechef sur son fauteuil, alors que **Six** comme de coutume se repaissait de leur dispute. Mais l'un comme l'autre s'emballaient à tort car, bien que passablement furieux, **Cinq** contrôlait parfaitement la situation. D'ailleurs, il ne se reconnaissait pas. La colère qu'il ressentait à l'égard de sa propre crédulité et de l'odieux dilettante, ajoutée à la haine que celui-ci avait réussi à éveiller en lui en rappelant de façon appuyée ses tourmenteurs, l'avaient en quelque sorte transcendé. Sa lâcheté naturelle, celle qu'il ne voulait pas voir et encore moins admettre, s'était comme évaporée. Désormais, il n'avait plus peur et avait soif de faire quelque chose… Pour se racheter, tout simplement.

- Avoue ! ordonna-t-il donc en resserrant encore plus son étreinte.

Grimaçant de douleur, **Trois** lui jeta un regard furibond. Ce putois obèse allait mordre la poussière ! Visualisant avec délectation le coup qu'il allait lui porter à l'entrejambes, il arma son genou et… Non ! Il avait déjà un avertissement et ne devait donc prendre aucun risque superflu ! Aussi désagréable et déshonorant que cela puisse être, il lui fallait subir et rien d'autre. C'était le prix à payer pour écraser ses adversaires. Sans crier gare et puisque, tout compte fait, il tenait encore cet imbécile dans sa nasse, il changea alors soudain de stratégie.

- D'accord, c'est vrai ! reconnut-il en le défiant du regard. Je voulais t'éliminer avant l'heure.

Même s'il s'y attendait, **Cinq** lâcha sa prise et recula de quelques pas, profondément écœuré par cet aveu qui s'apparentait pour lui au comble de la cruauté.

- Seulement, je ne suis pas coupable. Et tu veux savoir pourquoi ? poursuivit **Trois** en reprenant confiance et en se collant sous son nez. C'est pourtant très simple. A-t-on idée d'être, comme toi, à ce point abruti ? Parce que tout le monde, stupide tas de graisse, aurait pu voir où je voulais en venir !

Emporté par son ignominie, il jubilait maintenant tandis que face à lui, toujours aussi interdit, **Cinq** bouillonnait en silence.

- D'ailleurs, reprit-il avec un ton cassant, tu devrais me remercier. Non seulement, j'abrège tes souffrances, sans que tu t'en rendes compte, mais en plus je mets un terme…

- Silence, chien ! hurla soudain **Deux** en bondissant de son siège, les poings serrés.

Une expression de haine furieuse imprimée sur le visage, **Trois** se tourna vers lui.

- Assis, vendu ! ordonna-t-il d'un doigt impérieusement pointé vers le fauteuil. Je m'occuperai de toi plus tard.

Décontenancé par cette étrange accusation, **Deux** écarquilla les yeux de stupeur. Il s'apprêtait toutefois à répondre lorsque la voix étonnamment calme et assurée de **Cinq** retentit à nouveau.

- Messieurs les producteurs, lança-t-il à la cantonade en imitant le style du dilettante, notez bien que ceci est un point final à cet intermède navrant et non les prémices d'une envie, pourtant légitime, de meurtre.

Une même lueur d'incompréhension au fond des yeux, tous ses compagnons s'immobilisèrent, dans l'attente d'une explication… Alors, dans un mouvement ample et appuyé, **Cinq** écrasa son poing contre la mâchoire de **Trois**.

Pris de court dans sa stratégie visant à se faire rosser volontairement, et déconcentré peut-être par la déclaration solennelle du gros homme, celui-ci ne s'était pas du tout préparé à cette attaque. Faute d'anticipation, le choc n'en fut donc que plus violent ! Avec la raideur d'une statue et sans même un cri, il s'affala de tout de son long sur la moquette, alors qu'un jet de sang, échappé de sa bouche, agrémentait d'une jolie spirale colorée sa lourde chute.

Après avoir brièvement savouré la vision de son forfait, **Cinq** tourna son attention vers son bracelet et, stoïque, se mit en devoir d'attendre le signal sonore, synonyme d'avertissement… Mais de longues secondes s'écoulèrent, et rien ne se produisit. Alors, relevant enfin les yeux sur **Deux**, il laissa un sourire s'étirer lentement sur ses lèvres.

- Il a eu ce qu'il méritait, soupira-t-il finalement avant de se diriger vers son fauteuil.

Toujours assise à sa table, **Six** n'en revenait pas. Cette grosse larve corrigeant **Trois** ! Jamais elle n'aurait cru cela possible. Et pourtant ! Il fallait croire que participer au Requiem de l'horloge pouvait galvaniser même les cas les plus désespérés... Mais peu importe à vrai dire, si le tableau était vraiment appréciable, il était quand même fort dommageable qu'à cause de quelques états d'âme mal placés, tout cela ne se soit pas fini par une franche élimination. Avait-on idée d'être aussi bêtement fraternel ?

S'arrachant enfin à la contemplation ahurie du héros de cet épisode, **Deux** se tourna vers son inattendu vaincu. L'examinant d'abord à distance, il s'approcha doucement de **Trois**. Pas de doute, il était bel et bien sonné ! Tout au moins le paraissait-il, car qui aurait pu dire si ce n'était pas une nouvelle fourberie de sa part ? Vu son esprit retors, il était tout à fait capable de simuler afin de mieux tromper les producteurs et de condamner **Cinq**... ce qui, soit dit en passant, demeurerait parfaitement vain.

Car les bracelets, au-delà de leur seule fonction de mort, transmettaient également à l'équipe de production les électrocardiogrammes de chacun des candidats, ce procédé constituant une garantie supplémentaire de parfaite maîtrise. Non seulement, il lui permettait de s'assurer que le poison avait bien fait son office mais il lui assurait également de ne pas être abusée par quelque tricheur malintentionné. Tout à l'heure, lorsque ce dément de **Un** s'était mis à étrangler **Trois**, l'électrocardiogramme de ce dernier avait dû dangereusement palpiter, et les producteurs n'avaient pas eu d'autre choix que de prendre les sanctions nécessaires.

Tout cela était complètement dingue quand on y pensait ! Guidé par sa soif de survie et d'une gloire attendue, **Trois** avait délibérément flirté avec la mort. Aussi inconcevable que cela puisse paraître, vu son orgueil démesuré, il avait accepté de se mettre dans une position de faiblesse, de subir le martyre, de se suicider presque... tout cela pour mieux vivre ! Il y avait vraiment de quoi perdre les pédales !

Elément implacable dans la survie, **Trois** était capable de tout. Si une arme à feu apparaissait soudain au milieu de la pièce, nul doute qu'il s'en saisirait pour abattre froidement tous les candidats. Et le sourire aux lèvres encore ! Quelle image effrayante, tellement lointaine du hâbleur tranquille et impavide du début du jeu ! Fallait-il donc que le Requiem de l'horloge arrache jusqu'à la dernière once d'humanité ?

S'arrachant à ses réflexions, **Deux** se pencha vers le corps inanimé du dilettante. Un instant, il hésita à le toucher puis, enfin décidé, il lui secoua légèrement l'épaule. Pas le moindre mouvement ni le moindre grognement. En fait, seule sa poitrine qui se soulevait régulièrement, indiquait qu'il était toujours en vie. Alors qu'il s'apprêtait à renouveler sa tentative, **Six** l'interpella :

- Hé, qu'est-ce que tu fais ? Laisse-le dormir, cet abruti ! Pendant ce temps-là, on aura la paix.

- Je veux voir s'il simule encore, expliqua **Deux**, ou...

Il s'interrompit, pensif :

- Ou si, après la déculottée qu'il s'est prise, il a trop honte pour se relever tout de suite.

Sournoise et brutale, la provocation était de taille. Particulièrement bien ciblée même pour obliger **Trois** à se démasquer ! Mais là encore, il n'eut pas la moindre réaction.

- Bon, concéda finalement **Deux** en se redressant, il doit être profondément assommé.

Avec un sourire complice, il se tourna vers **Cinq**.

- Compliments, le félicita-t-il. Je crois que tu viens de faire ce que chacun rêvait d'accomplir depuis le début du jeu.

Le regard quelque peu hébété, comme s'il ne réalisait pas encore tout ce qui venait de se passer, le gros homme acquiesça.

- Ouais, renchérit **Six** avec un petit rire, je dois bien reconnaître que c'était jouissif ce coup-là. Finalement je crois qu'on peut dire que notre gueule d'amour est abonnée aux beignes.

Résultante d'une tension nerveuse qui avait besoin de se relâcher, les trois comparses s'esclaffèrent franchement. Quelques brèves secondes seulement. Toute manifestation de joie n'était ici qu'une aberration que l'esprit avait tôt fait de récuser.

- Enfin, soupira **Deux**, les yeux toujours braqués sur le gros homme, c'était tout de même risqué et limite inconscient.

- Pas vraiment si l'on y réfléchit bien, rétorqua calmement **Cinq**, enfin maître de ses émotions.

Surpris par cette affirmation, ses compagnons le dévisagèrent d'un air ahuri.

- Je me doutais bien que les producteurs n'interviendraient pas, poursuivit-il sur le même ton. À condition évidemment que je ne m'acharne pas... ou que je ne le tue pas par accident. D'ailleurs, si l'on prend le règlement à la lettre, il n'est dit nulle part qu'il est interdit de frapper un autre candidat, mais juste qu'il n'est pas autorisé de le faire avec « l'intention évidente de tuer ».

Sous l'œil positivement circonspect de ses camarades, **Cinq** s'interrompit encore quelques instants puis, posément, il reprit son explication :

- Eh oui, bien qu'on ait tendance à l'oublier, les producteurs sont des êtres humains, comme vous et moi, et soumis comme tels à leurs sentiments. Or, **Trois** n'a pas cessé de se moquer d'eux depuis le début du jeu. Et puis, voilà qu'il leur force la main et qu'il sabote volontairement leur spectacle en piégeant **Un** ! Enfin, insatiable trouble-fête, il essaye de recommencer avec moi.

Un sourire malicieux s'étira sur ses lèvres.

- Bref, vous comprendrez bien qu'avec tout ça, ils devaient avoir au moins autant envie que nous de le voir se prendre une bonne raclée.

Bluffés par cette explication pleine de bon sens, **Deux** et **Six** échangèrent un regard interdit avant de se tourner de nouveau vers leur compagnon.

- Bien joué, s'exclama la jeune femme. Je dois reconnaître que c'est finement raisonné.

Peu enclin à recevoir cette démonstration tardive et hypocrite de sympathie, **Cinq** lui adressa un coup d'œil méfiant. Elle cachait trop mal sa déception. Secouant la tête d'un air las, le gros homme se tourna donc vers **Deux** et lui rendit son sourire. Malgré ses égarements passagers, lui au moins était un ami. Jamais, en dépit des conditions de jeu, il n'avait souhaité ouvertement sa mort. Bien sûr, il espérait sans doute survivre. Mais il avait plus conceptualisé cet état de fait comme un ultime espoir que, à l'exemple de certains, comme un effroyable jeu de quilles. C'était là une nuance de taille sur laquelle ils se rejoignaient tous les deux. En gros, un simple désir de vivre sans trop réfléchir au comment.

Délaissant ses compagnons, **Cinq** laissa son regard dévier peu à peu vers l'horloge. Dans cette pièce, un tour d'horizon ne pouvait être complet sans s'intéresser à cet instrument de malheur. *Tac, tac, tac.* La trotteuse poursuivait, toujours aussi tranquille et stoïque, son petit bout de chemin, grignotant avec application le temps. Il était un peu plus de 16h26.

Comme de nombreuses fois précédemment, un silence pesant s'installa bientôt parmi les candidats, tandis que la tension retombait. La hantise intolérable des producteurs pouvait recommencer : des concurrents silencieux et repliés sur eux-mêmes, des neurasthéniques sans la moindre substance ou saveur. Une plaie pour l'audimat ! Une saignée cruelle dans les rentrées d'argent ! Un fossé creusé dans les bonnes relations entretenues avec la sacro-sainte « ménagère de moins de cinquante ans » ! Heureusement, cette fois-ci, cela ne dura guère plus d'une minute. Car en allié fidèle, bien que parfois difficile à maîtriser, du bon déroulement du spectacle, **Trois** émit un léger grognement. Aussitôt, les autres candidats – et les caméras, à n'en pas douter ! – portèrent toute leur attention sur le dilettante groggy.

Crachant du sang et grommelant, ce dernier se redressa péniblement sur son séant. Puis, le regard encore trouble, il scruta ses compagnons. Passant rapidement sur **Deux** et **Six**, il insista plus longuement sur **Cinq**. Reliquat de son inconscience ou impassibilité de circonstance, **Trois** ne laissait cependant rien paraître sur son visage. Avec ce nouveau coup reçu, il avait de plus en plus triste allure. À l'hématome à la joue et aux traces dans le cou, legs mortuaire de **Un**, s'ajoutait maintenant une mâchoire gonflée et commotionnée.

Avec prudence et sans pouvoir réprimer une grimace, il porta ses doigts à sa bouche. Sous l'effet d'une douleur aiguë, il les retira aussitôt… mais ne renonça pas pour autant à son inspection. Procédé plus discret et donc moins humiliant pour un homme d'apparence tel que lui, il entreprit de poursuivre avec sa langue la vérification de la bonne tenue de ses dents. Concentré, tendu dans une souffrance difficilement contenue, il la laissa courir lentement le long de sa dentition. En haut, tout semblait bien se présenter. En bas…

D'un coup, son visage se crispa. Une dent avait dangereusement branlé ! Une de celles de devant qui, auparavant, avait déjà reçu les foudres de **Un** ! Totalement oublieux de la douleur en cet instant épouvantable, **Trois** plongea sans hésiter ses doigts dans sa bouche, atteignant dans un grognement sourd la dent blessée… qui lui resta aussitôt dans la main. Les yeux écarquillés de stupeur, il scruta longuement cette petite partie de lui-même qui venait de l'abandonner. Puis, hurlant de rage et de dépit, il se redressa d'un bond et invectiva ses compagnons. Des postillons ensanglantés s'échappaient de sa bouche :

- Vous êtes sans doute contents, bande de chiens galeux ! Sales enfoirés !

Éternelle insolente, **Six** afficha un sourire pleines dents, carnassier et satisfait, alors que **Deux** et **Cinq**, inévitablement sur leurs gardes, se redressaient vivement. Mais **Trois** s'arrêta net dans ses injures, stoppé par une douleur atroce qui lui vrillait la mâchoire. Le mal était trop aigu pour lui permettre seulement de s'exprimer. Enfin de crier.

- Eh bien, que se passe-t-il ? siffla perfidement **Six**. Tes conneries devraient pourtant s'évacuer plus facilement, maintenant qu'il y a un trou plus large pour les laisser passer.

Résolument mauvaise et perverse, trop heureuse de voir l'outrecuidant dilettante sombrer si lamentablement, la jeune femme ne pouvait s'empêcher de remuer le couteau dans la plaie. Et elle se moquait bien des conséquences ! Car si jamais il venait à lever la main sur elle, bam, c'était un second avertissement et ciao ducon ! Oh oui, aveuglée par sa haine, **Six** exultait ! Ici, les mots étaient plus tranchants que n'importe où ailleurs ! Elle s'en rendait compte plus que jamais. N'attendant donc pas même une éventuelle répartie, elle repartit de plus belle :

- Dis-moi, qu'est-ce que ça fait d'imaginer que l'on va crever avec le sourire édenté d'un mioche de six ans ?

Avec le cri strident d'un forcené, **Trois** s'élança vers la jeune femme. Mais **Deux** avait anticipé l'attaque. En un éclair, il se porta au devant de la charge, les bras tendus… En vain, le dilettante avait déjà stoppé son élan, le corps tout tremblant. Les yeux remplis d'une haine ardente, il fixa quelques instants **Deux** et **Six**, dressée elle aussi et prête à se défendre, puis un rire mauvais, aux accents démoniaques, monta du fond de sa gorge.

- Ah non ! Vous ne m'aurez pas comme ça ! s'exclama-t-il. Je suis plus intelligent que vous.

- Vraiment ? s'étonna la jeune femme. Alors, explique-nous pourquoi…

Elle s'interrompit soudain sous le regard sévère et remontrant de **Deux**. Désireux de calmer encore une fois la situation, celui-ci s'était tourné de biais, les bras en croix, afin de mieux contenir les adversaires. En guise de soutien un peu tardif, **Cinq** venait de se porter à son secours.

- Alors, c'est une coalition ? nota amèrement **Trois**. C'est là toute votre gratitude pour mon sacrifice ?

Le visage contrit, il pouffa en scrutant ses compagnons. Puis, avec une courageuse abnégation qui lui permettait d'oublier sa douleur dans la mâchoire, il poursuivit d'une voix calme :

- Vous n'êtes que des crétins finis sans la moindre stratégie ni intelligence. Vous n'avez rien compris. Vous allez crever, et moi je danserai sur vos cadavres... Et vous savez pourquoi ? Parce que moi, contrairement à vous, j'ai compris comment tout ce cirque fonctionne.

Infatigable provocatrice, **Six** applaudit. Mais il l'ignora :

- Vous croyez vraiment que le Requiem de l'horloge dépend du seul hasard ? Qu'une machine complexe et toute-puissante, comme celle-ci, fonctionne sur le seul facteur chance ? Allons, ouvrez les yeux et abandonnez votre écœurante niaiserie. Il faut construire sa victoire !

Sous l'œil perplexe des autres candidats, **Trois** afficha une grimace de défi sur ses lèvres tuméfiées.

- Mais la recette pour y arriver, persifla-t-il, désolé, je la garde pour moi. Cela étant, au nom de notre statut commun de victimes d'un système, je vous dirai juste ceci : notre ami **Deux** a beaucoup de choses à cacher. À commencer par ses rapports privilégiés avec la production.

En proie à l'incrédulité la plus totale, ses compagnons se dévisagèrent sans comprendre.

- Ça veut dire quoi ces inepties ? s'exclama l'accusé, les yeux ronds comme des billes.

- Tu le sais très bien, vendu, rétorqua aussitôt **Trois**. Ne fais pas l'innocent.

Pour la seconde fois, l'étrange insulte tombait et pour la seconde fois, **Deux** n'en comprenait pas le sens. Du moins le pourquoi. Car le dilettante semblait manifestement persuadé qu'il avait traité avec l'équipe de production. D'où pouvait donc lui venir une idée aussi saugrenue ? Il allait de nouveau questionner son accusateur lorsque celui-ci, se retournant déjà, apostropha les caméras :

- Quant à vous, messieurs les producteurs, je vois bien à l'expression satisfaite de ce gros tas (il désigna **Cinq**), que vous ne l'avez pas sanctionné pour son geste. Soit ! Mais permettez-moi de vous dire que votre sens de l'équité est pour le moins particulier. Amusez-vous donc, puisque vous êtes aux commandes et que je n'ai pas le choix, mais n'oubliez pas que je suis le spectacle.

La bouche tordue et grimaçante, en raison des efforts qu'il avait dû produire, **Trois** se dirigea d'un pas décidé vers le lavabo. Une fois encore – on aurait presque dit un tour bien huilé – il lui fallait se redonner une tête digne de ce nom ! Avec sa dent en moins, qu'il serrait toujours jalousement dans le creux de sa main, et son visage tuméfié, l'exercice s'avérait de plus en plus délicat, voire impossible maintenant. Mais cela ne l'empêchait pas de vouloir y mettre une solide application. Et puis, il avait besoin de s'isoler des autres et de méditer sur une autre stratégie, ou plutôt sur une autre façon de faire. Son procédé était forcément le bon. Il fallait agir ! Il fallait gagner sa place de survivant !

Ce combat d'intelligence qu'il menait contre les producteurs et contre ses compagnons s'apparentait finalement à une partie d'échecs. Après avoir bien démarré, il venait, à travers cette cuisante humiliation, de perdre une pièce majeure. Toutefois la lutte était loin d'être terminée. Son roi était toujours fièrement dressé. Et lui, galvanisé plus que jamais, était prêt à multiplier autant de gambits que nécessaire pour mieux écraser sous sa botte la machine Requiem.

Toujours interdit, **Deux** fut tenté, pendant quelques instants, de sommer le dilettante de lui fournir des explications. Mais il n'en fit rien. Maintenant que la tension semblait enfin retombée, il n'avait pas la moindre envie de déclencher à nouveau les hostilités. Abandonnant donc la vision de **Trois** reprenant sa toilette, il jeta un bref coup d'œil à l'horloge (il était 16h30) et se replongea dans ses pensées... Depuis qu'il avait aidé à l'évacuation de **Un**, il ne comprenait plus ses propres réactions. Pire, il ne les anticipait pas et avait même l'impression parfois de ne pas se contrôler. Comme si un spectre avait pris possession de son corps et le forçait à bafouer ses intentions... D'où lui venait cette tendance justicière, cette volonté d'ingérence aiguë, digne de **Sept** et qu'il lui avait pourtant largement reprochée ? Pourquoi ressentait-il ce besoin d'intervenir contre ses intérêts, contre l'intelligence même du jeu ? Une poigne ferme, accrochée à son épaule, l'arracha brutalement à ses pensées :

- Hé, mon ami, ne te laisse pas aller. Reste avec nous.

Avec une mine gênée, tel un enfant pris en faute, **Deux** jeta un coup d'œil timide en direction du gros homme. ... Il était vraiment temps qu'il se ressaisisse et qu'il arrête ses analyses psychologiques. Plus d'une fois depuis son entrée dans la pièce, il s'était, en effet, rendu compte que toute introspection était ici comme une lame acérée qui vous transperçait le cœur et l'âme, qui vous conduisait sur le chemin du remords, du désespoir et finalement de la folie. Et pourtant, inlassablement, il continuait à s'y plonger, s'enfonçant toujours plus dans la froideur des regrets. Cette application masochiste tenait sans doute à son besoin d'analyser tout ce qu'il faisait, d'y chercher une explication. Mais il en avait désormais assez de déchiffrer le pourquoi de ses actions ! Le temps n'était plus à la raison.

Elle n'avait d'ailleurs jamais eu sa place dans la mascarade sinistre et pathétique du Requiem, distribuant généreusement des tickets pour un au-delà devenu horriblement tangible et ponctuel. Non, seule la voix du cœur devait parler. Tous autant qu'ils étaient, en franchissant la porte menant à cette pièce, en se condamnant sciemment, les candidats avaient choisi d'ignorer la raison. Il était donc trop tard pour reculer, pour regretter ou pour se lamenter. Il fallait accepter et, guidé par son cœur, se libérer, se dévoiler. C'était ici et maintenant que se construisait la dernière image laissée en pâture à la mémoire collective.

Cette évidence transperça l'obscurité opaque dans laquelle s'était insidieusement engoncé son esprit. S'il se sentait perdu, c'était uniquement parce qu'il avait fait le choix de chercher la raison là où elle n'existait pas. Le Requiem de l'horloge était une aberration. La course à l'argent et à l'audimat menée par les producteurs, une intolérable cruauté. La soif morbide et insatiable du public, une impensable ignominie. La participation des candidats, une folie incompréhensible. Chercher à comprendre ne servait à rien, tout reposait sur une base pourrie. Le sentiment immanent et supérieur d'une humanité douée de raison avait déjà failli…

De plus en plus mal à l'aise face au mutisme persistant de son compagnon, **Cinq** lui secoua de nouveau l'épaule.

- Bon sang, dis quelque chose ! le supplia-t-il d'un ton inquiet. Que se passe-t-il ?

Mais **Deux** allait très bien ou plutôt bien mieux qu'avant. En atteignant une certaine forme d'illumination, il venait enfin de se retrouver. Désormais, il n'essaierait plus de comprendre ses faits et gestes ou de se voiler la réalité. Il suivrait son cœur dans ce monde déshumanisé où c'était la seule chose à faire. Soupirant enfin et sans quitter son interlocuteur des yeux, il serra dans un geste de franche camaraderie le bras qui lui enserrait toujours l'épaule :

- Ça va, le rassura-t-il. Ne t'inquiète pas. Je tirais juste mes idées au clair.

- Et maintenant ? hasarda timidement **Cinq**, encore prudent malgré les signes encourageants que lui donnait son compagnon.
- Maintenant ? répéta **Deux** avec un sourire. Je suis enfin prêt à parler.

Incertain quant au sens à donner à cette déclaration, le gros homme le dévisagea d'un air incrédule.
- Qu'entends-tu par là ? lui demanda-t-il.
- Que **Sept** avait raison. J'en ai assez de rester enfermé dans mes secrets. Il est temps pour moi de partager ma souffrance et d'expliquer pourquoi je suis ici.

Son changement d'attitude était si radical que **Cinq** et **Six** en restèrent d'abord bouche bée. Ravi, le premier ne pouvait s'empêcher de sourire de toutes ses dents. Quant à la seconde, beaucoup moins expressive, elle continuait d'afficher une satisfaction circonspecte. En vérité, l'un comme l'autre voyaient leur objectif se réaliser de manière soudaine et inattendue. **Deux** allait enfin se confesser, sans même qu'ils aient eu besoin de le convaincre du bien-fondé de cette démarche. Chacun ne pouvait que s'en féliciter : **Cinq** pour sa sage décision de le laisser reprendre tranquillement ses esprits plutôt que de le harceler, et **Six** pour la résolution inopinée du problème de conscience que lui posait sa tentative de rapprochement.
- Mais… pourquoi ce changement ? le questionna encore le gros homme.
- Pour des tas de raisons que je n'ai pas le cœur d'énumérer, répondit **Deux**, car le chemin a été douloureux. Sans doute devais-je d'abord tomber au fond du gouffre pour comprendre certaines choses, certaines vérités… Je menais un combat inutile et perdu d'avance. Contre mes choix. Contre moi-même. Je me mentais, je me cherchais. Je voulais une raison à chaque chose. Je voulais me condamner plus que je ne voulais expier. Je…

Il s'interrompit soudain face à l'expression perdue et dubitative de ses compagnons. Puis un sourire d'excuse s'étira sur ses lèvres :
- C'est confus, n'est-ce pas ? Même moi, j'ai du mal à mettre des mots sur ce que je ressens. Je crois que c'est inévitable dès que l'on touche aux sentiments les plus profonds.

Il soupira et plongea ses yeux dans ceux de **Cinq** :

- Bref, pour répondre clairement à ta question mon ami, je n'en peux plus. C'est ça ou la crise de nerfs. Et puis (il marqua une courte pause) … de toute façon, que je survive ou non, les journalistes se sont déjà jetés sur mon histoire à l'heure qu'il est. Depuis que je suis rentré dans cette pièce, c'est devenu un secret de polichinelle. Comme pour chacun d'entre vous. Alors, autant se raconter soi-même, non ?

À l'énoncé de cette grande vérité, **Cinq** et **Six** se raidirent imperceptiblement. En devenant les candidats finalistes du Requiem de l'horloge, ils avaient dès le départ accepté de quitter la sphère du privé pour rentrer de plain-pied dans le domaine public. Mais, leur sélection demeurant un véritable secret d'État jusqu'au dernier moment, leur passage à proprement parler ne s'était, en effet, accompli qu'à leur entrée dans cette pièce.

Dès 13h donc, toutes les rédactions du pays – enfin si l'on exceptait les quelques journaux encore farouchement opposés à l'émission – avaient jeté leurs plus fins limiers dans la bagarre. La course à l'exclusif ! La ruée au sensationnel ! La bousculade vers le scabreux ! Toutes les informations étaient bonnes à prendre, du moment que c'était avant ou plus que les autres. L'anecdotique, le sans intérêt, tout devenait soudainement intéressant, subitement bouleversant. Le dieu Scoop étouffait sous les offrandes de la non-information ! Et, pendant ce temps-là, les candidats mouraient.

Cette écœurante réalité, les sursitaires de la présente édition l'avaient vécue lorsque, de l'autre côté du miroir, ils appartenaient encore au public nourri au bon grain de l'information exclusive. Mais attention, sans voyeurisme déplacé. Car ce n'était là, bien sûr, qu'une simple curiosité. Un simple souci de se tenir au courant de l'actualité et de ne pas paraître idiot en société. Un simple plaisir d'éclairer le voisin ignorant. Rapidement, on finissait donc par tout savoir sur les sacrifiés du Requiem, les morts continuant à être plus que jamais vivants à travers les articles, les reportages, les émissions entières qui leur étaient consacrés. Quant au survivant, à l'heureux gagnant, alors là ! C'était un dieu tout-puissant projeté, en un *tac* de la trotteuse, sous les néons éternels de l'Histoire.

Au final, aucun détail, vrai ou faux (quelle importance ?), n'était oublié car, quoi qu'il arrive, au bout de quelques semaines, et comme s'il existait un accord tacite entre les rédactions et les producteurs pour que les premières se fassent aussi leur petit bénéfice, la vérité éclatait. Enfin, celle fournie par l'équipe de production. Dans une conférence de presse solennelle, le pedigree complet de chacun des candidats était ainsi dévoilé au grand jour et les ultimes secrets, s'il en existait encore, s'envolaient – cette clause étant incluse dans le contrat signé par les participants. À partir de cet instant, toute la douce frénésie des jours d'avant semblait ridicule, aberrante, irréelle même. Mais peu, parmi la cohorte des consommateurs repus, s'en rendaient compte, notre sacro-sainte et vénérée société de consommation ayant encore bien œuvré en nous gavant toujours plus et toujours plus vite…

Gardienne farouche de son intimité et adversaire tenace du sensationnalisme de bas étage des torchons people, **Six** se sentit bientôt mal à l'aise. Imaginer sa vie ainsi pillée, ainsi dépecée jusqu'à la moindre parcelle, l'insupportait et la rendait malade. Cette clause inique dans le contrat avait même bien failli la faire renoncer mais sa rage d'en découdre l'avait finalement emporté. Si elle voulait mettre une claque au système, elle devait l'affronter et le vaincre. Évidemment, si elle perdait, ce même système se repaîtrait de son cadavre offert en holocauste. Mais ça, elle ne voulait pas y penser.

Coupant court à cet intermède désespérant, et pour répondre à **Deux**, elle s'exclama soudain d'un air mauvais :

- Se raconter soi-même ? Certainement pas ! Je préfère laisser tous ces vautours scribouillards transpirer comme des beaux diables. Qu'ils ne comptent pas sur moi pour mâcher leur travail.

Emportée de nouveau dans ses tempétueux accès de colère, **Six** se mit face à une caméra :

- Vous m'entendez les journaleux ? Je vous emmerde ! Vous pourrez me citer sur ce coup-là.

- Sans vouloir faire doublon, je m'associe à cette remarque, ajouta **Deux** d'un ton badin.

Complicité étonnante, à peine croyable même, la jeune femme hocha la tête et lui dédia un sourire franc et chaleureux. En cet instant éphémère, intemporel presque, son visage d'habitude si dur et si fermé s'éclaira d'une beauté éclatante. Derrière cette apparence rebutante, il existait donc une perle… Sans même s'en rendre compte, **Cinq** mit brutalement fin à cet échange privilégié en apostrophant son ami.

- Viens, l'invita-t-il en désignant les fauteuils, allons nous installer plus confortablement pour discuter.

Après quelques secondes d'hésitation ou de réflexion, **Deux** acquiesça gravement, puis d'une voix lente mais ferme il déclara en s'asseyant :

- Laisse-moi juste une ou deux minutes pour me préparer.

Comprenant très bien le caractère pénible de l'épreuve qu'il se préparait à affronter, le gros homme opina silencieusement du chef avant de retourner prendre place dans son fauteuil. *Tac, tac, tac.* L'horloge affichait 16h33.

Lorsqu'il s'agit d'affronter ses pires démons et de faire face à une insoutenable vérité que l'on essaye à tout prix de refouler ou d'oublier, n'importe qui va à reculons. Ce fut exactement ce qui se passa. Malgré ses bonnes intentions et une détermination sans faille, **Deux** s'alloua une plus longue préparation que prévue, le temps de douter peut-être encore une fois ou de gagner cette dernière petite étincelle qui le transcenderait au-delà de lui-même et de sa souffrance.

Pourtant, sans la moindre manifestation intempestive, tout le monde attendit patiemment et sagement. Rivés à leurs sièges, **Cinq** et **Six** montraient une certaine fébrilité, observant leur compagnon qui, après avoir vidé d'un trait un verre d'eau, restait prostré sur son fauteuil, les yeux fermés. Malgré son mutisme, ils ne doutaient pas un seul instant qu'il puisse encore se désister.

Visiblement indifférent, pour sa part, des états d'âme du nouveau pénitent, **Trois** poursuivait méthodiquement sa toilette. Pour lui, comme de coutume, seule sa petite personne comptait. Après avoir poussé un cri d'horreur en se découvrant dans le miroir, après avoir copieusement maugréé contre son reflet et contre l'artiste responsable de cette œuvre désastreuse, le dilettante avait curieusement passé sa dent cassée sous l'eau puis l'avait fourrée dans sa poche. La séparation était-elle trop douloureuse ou bien avait-il dans l'idée d'en faire un précieux ex-voto ? Quelles qu'en fussent les raisons, plus personne ne s'en souciait vraiment. L'orgueilleux **Trois** avait chu de son piédestal.

Tac, tac, tac... Tac, tac, tac. Une fois encore, libre de toute interférence sonore ou presque, seule la trotteuse s'exprimait avec allégresse et passion. Comme une artiste de seconde zone soudainement bombardée en avant-première d'une grande star, elle donnait l'impression de s'abandonner totalement, de profiter de chaque espace de cette scène qui lui était gracieusement offerte. Elle n'était là que pour séduire, captiver le public, faire monter en lui le désir de ce qu'il était venu chercher. Certes, sa composition n'était pas des plus entraînantes, mais au moins avait-elle l'avantage de rythmer l'insupportable attente.

Trois longues minutes s'écoulèrent ainsi. Puis, à 16h36 et quelques secondes, **Deux** releva enfin la tête et s'éclaircit la voix. Avec le désespoir d'un naufragé accroché à son radeau de fortune, il serrait dans ses mains son précieux foulard.

- Je n'ai jamais voulu sa mort, commença-t-il abruptement, les yeux braqués droit devant lui. Je savais bien qu'elle ne voulait pas m'accompagner. Mais il ne devait pas y avoir de danger...

Assailli par d'épouvantables visions, il s'interrompit brutalement et se mit à trembler alors que, face à lui, pris de pitié devant tant de détresse, **Cinq** faisait déjà mine de se lever pour lui prêter main forte.

- Non mon ami, l'implora **Deux** en lui faisant signe de s'arrêter, ne cherche pas à me réconforter. Je dois continuer coûte que coûte.

Stoppé net dans son élan, le gros homme le considéra un instant d'un air résigné avant de se renfoncer plus profondément dans son fauteuil. Un court silence suivit puis, toujours enfermé dans une sorte de contemplation solitaire, **Deux** poursuivit son récit d'une voix terne :

- C'était pendant nos vacances d'été, il y a plus d'un an maintenant. J'avais réussi à persuader ma petite amie de faire du camping sauvage, quelques jours en montagne. La randonnée (un sourire amer se dessina sur ses lèvres), ce n'était vraiment pas son truc. Mais elle avait voulu me faire plaisir. Surtout elle avait compris que j'avais besoin de me retrouver seul, avec juste sa compagnie et la nature. Car le malheur venait de s'abattre lourdement sur ma famille.

Il marqua une pause, le temps de prendre une profonde inspiration :

- Je venais de perdre mon frère dans un accident de voiture.

En entendant cela, **Cinq** et **Six** se figèrent, stupéfaits et désolés. Ils croyaient réentendre l'histoire de **Sept** et de la disparition tragique de ses parents. Les producteurs avaient-ils donc fait exprès de s'amuser de cette dramatique coïncidence ? Sans aucun doute mais attention, par seul souci professionnel car la perversité n'était ici que mère du spectacle.

Après une nouvelle alerte, réprimée avec fermeté, **Deux** reprit son récit :

- Notre petite randonnée s'annonçait pourtant très bien. Nous avions préparé avec soin notre trajet en nous renseignant auprès des guides locaux. Les prévisions météo étaient excellentes et il n'y avait qu'une seule vraie difficulté, une dénivelée assez rude avant un sommet qu'on devait atteindre dès le premier soir... Le jour venu, nous sommes donc partis, contents tous les deux de nous retrouver et de sortir un peu du quotidien et de son rythme infernal.

Il s'arrêta de nouveau un instant, confronté à des souvenirs douloureux qui refusaient de sortir. Même s'il ne s'en rendait pas compte, **Cinq** l'encourageait d'un long regard fraternel tandis que **Six**, les coudes appuyés sur la table, se penchait en avant pour ne pas perdre une miette de ce qui allait suivre.

- La première journée, tout s'est bien passé, continua-t-il finalement. Il faisait très chaud et la marche nous avait épuisés, mais on avait atteint notre objectif, comme prévu. Un vrai bonheur : au sommet, le panorama avait été magnifique, et surtout nous avions été seuls tout au long de notre randonnée. Il faut dire qu'on avait choisi des coins particulièrement sauvages et qu'on avait pris nos vacances en plein mois de septembre... Mais le plus magique, c'était que pour la première fois depuis longtemps, j'avais cessé d'être maussade. Je me sentais bien et je crois même que je n'étais pas loin d'être heureux. Communier avec la nature a toujours eu un effet bénéfique sur moi. Même Ma...

Il stoppa net en se mordant les lèvres. Il avait failli prononcer son nom au mépris du règlement ! Une lueur de panique au fond des yeux, il jeta un rapide regard circulaire dans la pièce. Crispés eux aussi, ses compagnons attendaient la suite des évènements.

Mais rien ne se produisit. Aucun avertissement ne fut distribué. Il n'y avait aucune raison puisqu'il avait su se raviser à temps. D'ailleurs, pour préserver le sens du spectacle, il n'était vraiment pas dans l'intérêt de la production de l'interrompre dans ses confessions, dussent-elles le condamner en temps normal !

Après avoir fait quelques exercices de respiration pour retrouver son calme, **Deux** put donc reprendre sans problème :

- Même mon amie, qui d'habitude s'épanouissait surtout en ville, semblait y trouver finalement son compte. Après une nuit passée sous la tente, dans un cadre idyllique et enchanteur, nous sommes repartis le lendemain, quelque peu fourbus, mais motivés comme jamais. Nous nous aimions de nouveau pleinement et sans contrainte. La longue traversée du désert semblait enfin derrière nous, alors qu'en vérité...

Il eut un ricanement empreint d'une profonde amertume :

- Peu après notre pause déjeuner, et vu qu'on était en avance sur notre estimation du temps de parcours, j'ai voulu faire un petit extra. Nous venions d'atteindre une étroite cheminée, non prévue au programme mais qui offrait très certainement, au sommet, un superbe panorama. Son ascension paraissait plus pénible que vraiment difficile – il y avait de nombreuses prises pour s'accrocher – mais surtout le conduit ne montait guère que sur une trentaine de mètres. En avançant prudemment et en s'assurant bien, on devait pouvoir y arriver. Il n'y avait pas besoin de savoir faire de l'escalade.

Son visage s'assombrit encore un peu plus, tandis que ses mains se crispaient nerveusement sur son foulard :

- Elle a tout de suite cherché à m'en dissuader. D'abord de manière douce puis avec fermeté. Mais, pour moi, la tentation était trop forte...

Il s'arrêta encore quelques instants, de plus en plus fébrile :

- Mon insatiable curiosité me tannait. Je devais aller voir. Mon amie avait beau me répéter que c'était trop dangereux et qu'il était hors de question qu'elle m'accompagne... Je l'entends encore : « Si tu montes là-haut, je te préviens, c'est fini entre nous ! » ... Il fallait que je grimpe ! C'était plus fort que moi ! De plus, je me sentais bien, trop bien ! J'avais tellement souffert, au cours des mois précédents, que de côtoyer pour ainsi dire de nouveau le bonheur me rendait presque euphorique... Contre ses avertissements et malgré son attitude boudeuse, je suis donc monté. Pour moi, tout cela s'apparentait plus à un jeu qu'autre chose. La titiller un peu m'amusait et je savais qu'il n'y avait aucun risque, à condition d'être prudent.

Le temps de trouver maintenant le courage d'achever son récit, et il poursuivit :

- Je me suis donc concentré et j'ai entamé l'ascension. Derrière moi, mon amie pestait, non sans suivre avec appréhension ma progression. Bizarrement pourtant, sa colère me donnait des ailes. J'avais à cœur de lui montrer qu'il n'y avait pas de danger. Assez rapidement, et plus facilement que je ne le pensais à vrai dire, je suis arrivé à la moitié... Alors, bêtement, je me suis retourné et je l'ai gentiment charriée. Mais cela n'eut pas l'effet attendu. Énervée pour de bon, et encouragée sans doute par ma propre avancée, elle a commencé à son tour à grimper. C'est seulement à ce moment-là que j'ai véritablement compris son inquiétude car, jusqu'à ce qu'elle me rejoigne, je ne l'ai pas quittée des yeux une seule fois. Angoissé à chacune de ses prises, je n'arrêtais pas de l'apostropher pour lui donner des conseils, pour la freiner ou tout simplement pour l'encourager. C'était comme si mon cœur s'arrêtait chaque fois entre deux battements…

Sa voix se mit à trembloter, et il dut s'interrompre encore quelques instants, le visage blême. Chacun de leur côté, ses compagnons, et même **Trois** qui avait daigné interrompre sa toilette, s'étaient figés, totalement captivés par ce récit dont ils devinaient désormais le tragique dénouement. Pourtant, même s'ils voyaient juste, ils étaient encore très loin d'imaginer toute l'horreur de ce qu'ils allaient entendre.

- Lorsqu'elle est enfin arrivée à mon niveau, essoufflée et remontée comme jamais, reprit **Deux** en maîtrisant ses trémolos, nous nous sommes longuement regardés. Puis nous avons éclaté de rire, sans doute que nos nerfs avaient besoin de se relâcher un peu. On n'allait quand même pas se faire une scène de ménage à quinze mètres au-dessus du sol !

Un sourire sans joie se dessina sur ses lèvres… et mourut aussitôt :

- Mon amie avait gagné en confiance en me rejoignant. Elle me dit que puisque mon entêtement nous avait conduits jusqu'ici, il ne nous restait plus qu'à aller au sommet. Je n'étais pas très emballé à l'idée de passer devant elle – je préférais pouvoir la voir – mais l'étroitesse de la cheminée ne nous permettait pas d'inverser nos positions. Plus exactement, l'entreprise aurait été trop acrobatique, et il valait donc mieux poursuivre dans cet ordre.

Sous l'effet d'un trop-plein d'émotions, ses yeux s'embuèrent d'un coup tandis que tout son corps se mettait à frissonner :

- Je suis donc reparti doucement, en m'assurant qu'elle prenait les mêmes prises que moi… Je voyais bien qu'elle était fatiguée, mais cela ne m'inquiétait pas outre mesure, je l'étais aussi. De plus, elle affichait une motivation à toute épreuve. Nous avons grimpé quelques mètres ainsi… puis elle… elle…

En un éclair, et malgré sa belle résistance affichée depuis le début de son récit, **Deux** fondit en larmes, alors qu'un cri de désespoir et de rage impuissante montait de ses entrailles. Au milieu des sanglots, quelques mots effrayants et attendus parvenaient toutefois à percer :

- Elle est tombée ! Elle est tombée…

Oubliant sa promesse, **Cinq** se dressa d'un bond et se précipita vers son compagnon. En quelques vives enjambées, il se porta à son côté. Recroquevillé sur sa chaise, tremblant et larmoyant, **Deux** donnait l'impression d'un petit enfant fragile, en proie à un chagrin inconsolable. Lui qui, dans son mutisme et son mystère, s'était montré jusqu'à maintenant si solide et si courageux craquait pour la première fois, pleurant toutes les larmes de son corps comme s'il cherchait, par ce procédé, à évacuer cette boule noire et cruelle qui, depuis ce jour néfaste, lui rongeait le cœur et l'âme.

Impuissant devant l'expression d'une telle tristesse, **Cinq** hésita sur la démarche à adopter, scrutant d'un air indécis les autres candidats. **Six**, d'habitude si distante, frissonnait étonnamment de mansuétude. **Trois**, fidèle à lui-même, affichait du haut de sa condescendance un masque de pierre. Mais, encore une fois, aucun n'était prêt à intervenir. Alors, se décidant enfin, **Cinq** serra l'épaule de son compagnon et se pencha à son oreille.

- Pleure, murmura-t-il. Ne te retiens pas, ce sont des larmes d'amour.

Pendant une minute d'éternité, **Deux** sanglota ainsi, sans pouvoir s'arrêter. À ses côtés, aussi désolé que déboussolé, le gros homme s'était figé en une statue compatissante, le seul réconfort qu'il pouvait lui apporter. Puis il se crut bientôt obligé de mêler Dieu à tout cela :

- Cesse de te fustiger. Elle t'a pardonné et est aujourd'hui auprès de notre Seigneur.

- Non ! hurla soudain **Deux**, en relevant la tête comme une furie tandis que **Cinq** retirait vivement sa main, en tressautant de surprise. Dieu n'a jamais été là !

Sa voix retomba un peu :

- Où était-Il lorsque mon frère a été fauché dans la force de l'âge ? Où était-Il lorsque mon amour s'est écrasé contre ces rochers ? Où était-Il lorsqu'elle s'est vidée lentement de son sang ? … Où est-Il aujourd'hui ?

Le gros homme resta sans voix et une nouvelle crise de sanglots succéda à toutes ces questions. Mais cette fois, elle ne dura pas. Ravalant d'un coup son chagrin et essuyant d'un revers de la main ses larmes, **Deux** se redressa sur sa chaise. Puis, après quelques secondes de flottement et une longue inspiration, il reprit de manière plus hachée son récit :

- Je ne sais pas pourquoi elle a lâché... La fatigue ? Un moment d'inattention ? Une pierre qui s'est dérobée ? ... Je l'ai juste entendue crier. Le temps de me retourner, elle chutait déjà... Son corps rebondissait contre les parois de la cheminée. Elle hurlait désespérément et tentait vainement de se rattraper. Mais rien n'y faisait... À quelques mètres du sol, elle s'est lourdement heurtée à un promontoire... Puis elle s'est écrasée par terre... Sans un cri et comme une pierre.

Les yeux exorbités sur une horreur invisible, comme s'il revivait la chute, il s'interrompit de nouveau, suffoquant presque sous le poids insoutenable des souvenirs. Toujours planté à son côté, **Cinq** le scrutait avec épouvante, tout comme **Six** d'ailleurs, plus humaine que jamais. L'un comme l'autre sentaient maintenant confusément que, dans cette histoire, le sordide n'avait pas encore donné sa pleine mesure.

- Elle s'était écrasée, répéta avec difficulté **Deux**, et son cri d'horreur résonnait encore en écho dans la vallée. Un hurlement interminable et sinistre... Même aujourd'hui, je continue de l'entendre (il se prit la tête entre les mains). Il ne me quitte jamais, jusque dans mes rêves, jusque dans l'oubli. Il me rappelle chaque jour cruellement que c'est moi qui l'ai tuée.

- Ne dis pas une telle chose ! intervint vigoureusement **Cinq**.

S'arrachant à sa mortification, **Deux** se tourna vivement vers lui :

- Au contraire ! Je suis responsable de tout ce qui s'est passé ! Sans ma stupide obstination, ce drame n'aurait jamais eu lieu. Sans mon insouciance aveugle, elle serait encore à mes côtés... et je ne serais pas ici.

Ne sachant vraiment plus quoi dire ni quoi faire, et ne voulant surtout pas contrarier son compagnon dans son travail de pénitence, **Cinq** retourna s'asseoir en silence. Alors **Deux**, détournant le regard, se replongea aussitôt dans le film douloureux de son passé :

- Lorsque l'écho s'est enfin tu et que la paralysie a quitté mon corps, je l'ai appelée. Mais elle ne bougeait pas... Alors, je suis descendu comme une furie. Plusieurs fois, j'ai failli perdre l'équilibre et me rompre le cou. Je me suis déchiré les mains et les jambes. Je ne ressentais plus la douleur et n'avais aucune conscience du danger de ma précipitation. Je n'avais qu'une idée en tête : la rejoindre au plus vite. Je l'appelais toujours et encore, mais elle ne bougeait pas.

Il s'accorda une pause pour prendre le temps de respirer, car il venait de dérouler d'une traite toute sa descente :

- Et puis, je suis enfin arrivé en bas. Quand j'y repense, c'est miraculeux que je ne me sois pas tué. Mais, ce jour-là, ce n'est pas moi que la Mort voulait.

À cette évocation, les candidats frémirent. Telle était la question première aujourd'hui !

- Elle était là (il regarda par terre, juste devant lui), immobile à mes pieds, sanguinolente et brisée… Au mépris des précautions d'usage, je l'ai prise dans mes bras…

Sa voix trembla une nouvelle fois, puis des larmes se mirent à ruisseler silencieusement sur son visage :

- Je me souviens avoir eu envie de vomir mais une boule étouffante me compressait les entrailles… Son cuir chevelu saignait. Son bras gauche était tordu et brisé. Une blessure lui déchirait le flanc et…

- Je ne crois pas qu'il soit nécessaire de continuer. Tu as vaincu tes démons, l'interrompit brutalement **Cinq**, autant pour mettre fin à cette confession qui prenait maintenant des allures de tableau d'horreur que parce qu'il s'inquiétait pour la santé mentale de son compagnon.

Pas le moins du monde solidaires de cette initiative, **Six** et **Trois** lui jetèrent un regard sombre. La première, totalement pénétrée par l'histoire, voulait l'entendre dans son intégralité. Quant au second, il aspirait à voir jusqu'où ce vendu était capable d'aller. Mais rapidement, l'un comme l'autre purent se rassurer car, ne prêtant pas attention au conseil qui lui était donné, **Deux** poursuivait :

- Malgré toutes ses horribles blessures, elle vivait encore et… au milieu de ses geignements… de ses plaintes déchirantes… elle m'appelait à l'aide dans un murmure à peine audible (un cri de désespoir s'échappa de nouveau de sa bouche, puis son rythme s'accéléra) … Alors, je lui ai dit que j'étais là, que je l'aimais, que jamais je ne l'abandonnerais. Je lui ai dit que j'étais désolé, que ce n'était pas grave, qu'elle allait s'en sortir. Je l'ai embrassée sur la bouche. Sur les joues. Sur le front. Sur les mains. Je lui ai dit que j'allais appeler les secours avec son portable, qu'un hélicoptère serait bientôt là et qu'elle serait emmenée à l'hôpital… Mais je m'avançais trop. Beaucoup trop. Dans sa chute, son téléphone, qu'elle portait sur elle, s'était cassé. Quant à moi, je n'en avais plus – mon vieux modèle ayant rendu l'âme quelques jours avant notre départ… Et puis (un sourire triste se dessina sur ses lèvres), de toute façon, on s'était dit qu'un seul portable suffirait largement à notre voyage.

Son visage se durcit d'un coup comme s'il criait silencieusement sa colère face à un abominable concours de circonstances. Puis sa tête s'affaissa et sa voix se transforma en une longue plainte :

- Si j'avais pu appeler les secours, peut-être vivrait-elle encore aujourd'hui ? Je ne voulais pas renoncer. Abandonnant toutes nos affaires au pied de la cheminée, je l'ai aidée à se relever – ses jambes n'avaient pas été brisées dans la chute – et je me suis mis à la traîner en l'appuyant contre mes épaules. Je savais que si je me dépêchais, on pouvait atteindre un village avant la nuit, et donc un téléphone. Je me sentais fort, j'étais prêt à marcher jusqu'au bout du monde, à me tuer à la tâche si nécessaire... pourvu qu'elle vive.

Lentement, il releva la tête comme pour faire de nouveau face à l'épouvantable réalité :

- Mais elle était incapable de se tenir debout... à peine consciente... à peine vivante. Je l'ai donc prise dans mes bras et je me suis mis à courir. Jusqu'à ce que mes poumons me brûlent et que l'épuisement me fasse plier les genoux... À mon grand désespoir, j'ai alors compris que je me mentais. La route était trop longue, trop difficile ! J'étais épuisé et elle était trop lourde... Mais elle vivait encore ! Je la sentais s'accrocher avec ses dernières forces à mon épaule ! Elle continuait de m'appeler doucement... Elle était vivante ! Et c'était la seule chose qui comptait pour moi... Je pouvais y arriver ! Je devais y arriver ! Ma raison refusait tout autre cas de figure. Alors je me suis relevé et je suis reparti, ignorant la douleur et la fatigue. Chaque pas était, pour elle, une chance de plus de survie. Je l'encourageais à tenir, je lui glissais des mots réconfortants à l'oreille.

Il soupira longuement, sous le joug d'une détresse insondable :

- Plusieurs fois, je suis tombé. Plusieurs fois, j'ai dû m'arrêter à bout de souffle, au bord de l'apoplexie... Mais à chaque fois, je repartais. J'avançais. J'avançais. J'avançais encore... Le sang, qui s'écoulait de ses blessures, avait fini par imbiber tous mes vêtements. Son odeur âcre... m'étouffait presque et me pénétrait. Je me sentais poisseux, honteux, coupable. Je n'entendais plus que ma respiration saccadée et le battement de mon cœur qui résonnait à tout rompre dans mon crâne. Je me sentais terriblement isolé. Le paysage disparaissait autour de moi pour devenir une obscurité oppressante...

Il s'interrompit quelques instants, le temps de verser silencieusement quelques nouvelles larmes qui dévalèrent le long de ses joues.

- Je ne sais pas exactement quand elle est morte, reprit-il bientôt d'une voix morne. Je voulais tellement qu'elle vive que je ne me suis pas rendu compte quand elle est partie... D'une certaine façon, je l'ai laissée mourir seule... Les médecins ont dit plus tard qu'en état de choc j'avais été plongé dans une sorte de folie passagère. Ils ont même voulu me faire croire qu'elle était peut-être morte sur le coup... que j'avais simplement refusé de l'admettre, que j'avais imaginé ses gémissements et ses appels au secours. Mais moi, je sais qu'elle vivait encore quand je la portais !

Il secoua lentement la tête :

- Aujourd'hui, j'ai compris qu'ils m'ont sans doute dit cela pour me préserver d'un plus grand abattement. Il n'empêche que j'ai failli et que je n'ai pas pu la sauver.

- Personne ne l'aurait pu, le réconforta spontanément **Six**, aussi surprise que le public sans doute de se voir tenir ce rôle.

De nouveau à l'écoute du monde extérieur, **Deux** tourna vers la jeune femme un visage dévasté par un chagrin inconsolable. Dans ses yeux rougis, d'ordinaire mélancoliques et pénétrants, toute trace de vie semblait avoir disparu.

- Mais moi, j'aurais dû réussir, répliqua-t-il simplement. Pour réparer mon crime... Tout ce dont je me souviens, ou que j'ai appris par la suite, c'est que j'ai couru ainsi plusieurs heures, au-delà de mes forces et de la raison. Puis la silhouette vague et confuse d'un marcheur s'est dessinée devant moi, avant de se précipiter dans ma direction. Alors, comme si mon esprit se connectait de nouveau avec mon corps, comme si quelque chose au fond de moi me criait que je pouvais enfin m'arrêter, je me suis écroulé. D'un coup, dans un tourbillon flou, le monde s'est mis à revivre autour de moi, et mes forces m'ont abandonné. Avant même que le randonneur ne parvienne à mon niveau, je sombrais dans l'inconscience ...

Un silence lourd et pesant retomba dans la pièce. *Tac, tac, tac.* Après cet intermède larmoyant, l'horloge se rappelait, au son de son implacable trotteuse, au bon vouloir de chacun... Et les candidats découvraient avec horreur que, pendant la confession, les aiguilles n'avaient pas cessé de tourner. Bien au contraire ! L'indication, qu'ils avaient sous les yeux, leur paraissait même tellement irréelle qu'ils se demandèrent un instant s'ils n'avaient pas été exposés à une sorte de faille temporelle. Comment avaient-ils pu ignorer si longtemps leur instrument de supplice ? Il était déjà 16h52 !

Le compte à rebours des dix dernières minutes avait commencé sans eux ! La Faucheuse attendait derrière la porte et ils n'étaient pas prêts ! Un vent de panique traversa la pièce et les candidats s'agitèrent nerveusement… à l'exception de **Deux**, immobile et neurasthénique sur son fauteuil. Totalement oublieux de ce qui se passait autour de lui et comme si plus rien, même la mort, ne pouvait l'arrêter désormais, il reprit le fil de son histoire :

- Le randonneur, qui nous avait croisés, était un guide de montagne. Il a aussitôt appelé le poste de secours et, en peu de temps, je me suis retrouvé à l'hôpital avec mon amie…

Abasourdis par le stoïcisme incroyable de leur compagnon, **Cinq** et **Six** le scrutèrent d'un air interdit, sans oser pour autant l'interrompre. Une déférence discrète qui ne se retrouvait évidemment pas chez **Trois**.

- C'est bientôt l'heure du verdict ! s'exclama-t-il. Tu peux arrêter ton numéro, vendu. Plus personne ne t'écoute.

Guidés par la même indignation, ce qui méritait d'être souligné, **Cinq** et **Six** lui jetèrent un regard désapprobateur, mais ne firent guère plus. Face à la soudaine poussée d'angoisse qui venait de les envahir en découvrant l'heure, ils n'étaient plus capables de rien. Mais de toute façon, **Deux** continuait, imperturbable :

- J'étais tellement épuisé par ma course effrénée, et dans un tel état de choc, que je ne suis revenu à la conscience qu'au bout de vingt heures. Je me trouvais dans un lit, branché à tout un tas de perfusions. Des médecins et des infirmières m'entouraient…

- Hé, l'artiste ! le coupa encore **Trois** d'un ton agacé. Tu m'entends ?

Mais, pas plus que la fois précédente, il n'eut droit à une réponse :

- Ils m'ont aussitôt averti que mon amie était morte. En entendant cela, je me suis senti mourir moi aussi. Je…

- Tu vas te taire, ducon ! hurla soudain le dilettante en bondissant dans sa direction.

Dans un même élan, **Cinq** et **Six** se dressèrent enfin de leurs sièges pour s'interposer. Mais, encore trop indécis et frileux, ils ne furent pas assez rapides. Et, plongeant comme un serpent, **Trois** asséna un violent coup de pied à **Deux**. Puis, se retournant avec un rictus de triomphe, il leur fit face. L'écume aux lèvres et une lueur rageuse brûlant au fond des yeux, il les encouragea à intervenir en leur tournant autour :

- Allez, l'hystéro ! Allez, le putois ! Qu'est-ce que vous attendez ? Une bonne bagarre collective n'entraînera pas d'avertissements.

Le dilettante avait maintenant ses trois adversaires dans son champ de vision mais aucun ne semblait disposer à agir. Alors, se jetant derechef en avant, il balança dans un même mouvement un coup de pied à **Cinq** et une gifle à **Six**. Sa première attaque s'écrasa contre le genou du gros homme mais la seconde manqua sa cible. Plus agile que son acolyte, la jeune femme avait réussi à esquiver de justesse.

Soudain un hurlement rageur retentit dans leurs dos et **Deux**, les bousculant à moitié, empala de toutes ses forces le dossier d'une chaise dans l'estomac du forcené. Saisi par ce coup qu'il n'avait pas vu venir, **Trois** expulsa dans un râle retentissant tout l'air contenu dans ses poumons. Puis, les yeux exorbités par la douleur et le visage rubicond, il se figea quelques secondes avant de s'écrouler lourdement par terre.

- Mais, à quoi joue-t-il, cet abruti ? demanda **Cinq** tout en frottant son genou endolori.

- Encore et toujours à la même chose, lui répondit **Deux**. Il s'entête dans sa folle stratégie.

Réalisant soudain que leur compagnon venait enfin de s'arracher à ses fantômes, **Cinq** et **Six** le scrutèrent d'un air incrédule tandis qu'il reposait la chaise. Son visage portait toujours les stigmates de son harassante confession mais ses yeux, libérés des images spectrales d'un temps passé, avaient retrouvé une mobilité rassurante. Dans un geste plein de compassion, le gros homme posa la main sur son épaule et lui dédia un sourire chaleureux :

- En ouvrant ainsi ton cœur, tu as fait le plus dur. Et surtout, tu as fait ce qu'il fallait. J'espère que Dieu nous prêtera encore vie et que nous pourrons poursuivre cette discussion. Malheureusement (il jeta un rapide coup d'œil à l'horloge qui indiquait 16h54) … Nous…

Sa voix se mit à trembler furieusement et il s'interrompit. Il n'était de toute façon pas utile de terminer. Serrant son ami dans un geste de franche affection, il retourna s'asseoir dans son fauteuil pour prier et pour attendre la sentence.

Se retrouvant tout à coup seule face à **Deux**, **Six** sembla en manifester quelque gêne mais elle ne tarda guère à se ressaisir.

- Allez ! clama-t-elle comme pour s'encourager. L'abattoir nous appelle !

Puis, tournant les talons et d'un ton moins emphatique :

- Bonne chance.

Avait-on bien entendu ? … **Six**, enfin humaine et altruiste, enfin capable de charité et d'indulgence ! Dans le best off de l'émission, voilà un moment que l'on se repasserait en boucle. Depuis le début, la réplique à mettre en tête de liste, sans aucun doute.

N'en croyant pas ses oreilles, **Deux** en restait lui aussi bouche bée, observant sans pouvoir bouger la jeune femme qui, après avoir hésité visiblement à molester le dilettante, était allée se planter fermement face à l'horloge. Assise en position inversée sur sa chaise, elle scrutait maintenant farouchement l'avancée de la trotteuse en tapotant nerveusement le dossier. Redevenue plus fidèle à son image… Et à la logique.

Dans ces dernières minutes d'attente, c'était bien l'ultime chose à faire, comme un rituel parfaitement huilé… Tirant son siège à l'écart de l'imprévisible **Trois**, **Deux** s'installa donc à son tour face à leur tortionnaire. Il ne réalisait pas vraiment tout ce qui venait de se passer : sa décision de briser son secret, son éprouvante confession, son attaque furieuse contre le dilettante pour laquelle il avait risqué sans le réaliser un avertissement. Il ne savait pas s'il se sentait mieux ou si son cœur était plus léger mais il était en tout cas sûr d'une chose. Il était prêt désormais… prêt comme jamais à mourir.

Tac, tac, tac. Totalement maîtresse du jeu, seule et omniprésente, comme à chaque passage horaire, l'horloge semblait exulter. C'était à son tour de se confesser et d'occuper le devant de la scène. Les candidats, misérables humains pathétiques et larmoyants, dépendants de son unique volonté et de son seul bon vouloir, étaient pendus à ses aiguilles maintenant. Dans l'attente de son jugement, de sa vérité. Oh oui, ils pouvaient toujours pavoiser ces insectes rampants, ces pitoyables larves, avec leurs secrets dévoilés ! Au final, ce serait immanquablement elle et elle seule qui aurait le dernier mot ! Telle était la loi du Requiem. Telle était la toute-puissance de son verdict.

Cette fois, l'horloge espérait cependant que personne n'oserait saboter sa bonne marche. Car elle se souvenait encore avec amertume qu'à l'heure précédente, on l'avait injustement dépossédée de son plaisir, de cette jouissance ultime de marquer la transition. Mais là, il n'y avait pas de quoi s'inquiéter. Tout se présentait bien. Ses aiguilles tournaient avec allégresse et elle sentait avec ravissement la pression monter parmi les survivants.

Ils étaient tous là, à la regarder, tremblotant et gémissant, priant et espérant. Tous des zombis, déjà plus morts que vivants, qui suivaient avec appréhension le martèlement sourd de sa trotteuse. Tous des spectres d'eux-mêmes, des fantômes avant l'heure. Des visages en décomposition, des sueurs froides, des yeux apeurés et fuyants : tout ce savant cocktail de l'épouvante et de l'angoisse qu'elle aimait tant.

Mais patience… *Tac, tac, tac.* Patience. Le plaisir ne devait point être hâté, et le temps scrupuleusement compté. *Tac, tac, Tac…*Que les secondes s'expriment d'abord librement. Qu'elles vivent pleinement leur existence éphémère. *Tac.* Puis meurent. *Tac.* Que la trotteuse rythme de son pas, lent et précautionneux, l'arrivée de la Mort. Que le public fasse ses pronostics. Que les pénitents fassent leurs dernières prières.

D'ailleurs, regardez-les ! Regardez-les, alignés comme des statues, rivés à leurs sièges comme à un socle de ciment, hypnotisés, envoûtés par ma mélopée funèbre. Regardez-les, en attente de mon jugement ! Regardez ce chapelet glissé fébrilement entre ces doigts boudinés et ces lèvres balbutiant d'inutiles prières. Regardez ce masque de pierre et ces mains agrippées désespérément à ce foulard. Regardez ces yeux de braise, pleins d'une volonté de vivre rageuse, et le battement furieux de ces doigts nerveux…

Regardez enfin ce champion brisé, cette fierté abattue, cet orgueil défait. Regardez ce misérable, ce traître, ce scélérat. Ce tricheur, ce voleur de temps ! Regardez-le, immobile et gisant sous mes aiguilles… enfin vaincu.

Comme de coutume, les dernières minutes s'écoulèrent dans un souffle ou au ralenti – cela dépendant bien sûr de la position occupée par rapport aux caméras – sans que rien de notable ne se produisît. Puis, alors que 16h58 commençait déjà à être grignotée, **Trois** se releva.

Après avoir copieusement toussé et crachoté, il venait enfin de parvenir à réguler sa respiration. Le coup de bélier l'avait atteint avec une telle force qu'il s'était d'abord cru étouffé. Mais, lentement, douloureusement, l'air s'était remis à emplir ses poumons. Et il avait pu retrouver assez d'énergie pour se remettre sur ses pieds.

Maintenant il était en colère bien sûr, un sentiment d'une puissance qu'il n'avait jamais ressenti auparavant. Il n'aspirait qu'à détruire, qu'à faire mal ! Mal aux candidats qui s'étaient ligués contre lui et contre sa bonne volonté de changer le cours truqué du jeu. Mal aux producteurs qui avaient odieusement manipulé les cartes et qui, dans leur soi-disant objectivité professionnelle, n'avaient pas distribué les avertissements mérités. Mal à ce jeu qui, sous le couvert de l'appât du gain et d'une notoriété facile, l'avait condamné à s'inscrire.

Oh oui, il s'en rendait bien compte maintenant ! Tout était en train de lui échapper ! Mais il n'avait plus le temps d'agir. S'il s'était relevé, ce n'était pas pour repartir à la charge (du moins pour le moment) mais pour attendre le verdict. Debout ! Même s'il avait été rudement molesté cette dernière heure, il n'en conservait pas moins sa dignité. Jamais il ne se plierait à la volonté de la production ou ne demanderait grâce !

L'œil sombre et rageur, **Trois** balaya d'un rapide regard circulaire ses compagnons avant de s'arrêter sur le cas **Deux**. Parmi les candidats, il était manifestement le seul à s'être rendu compte que plus on parlait, plus on avait de chances de passer à la trappe. La fameuse politique des producteurs visant à jeter ce qui ne pouvait plus contribuer au spectacle. La confession, synonyme d'exécution ! Demandez donc leur avis à **Quatre** ou à **Sept**... Mais celle de **Deux**, était-elle sincère au fond ? Que pouvait-on attendre d'un vendu comme lui ? Et puis, cette règle d'or s'appliquait-elle à ce mercenaire de la production ?

Sans doute que non... Et puis d'ailleurs, il faut bien l'avouer, il l'avait trouvé très convaincant dans son exercice, ses larmes et son désespoir paraissant trop réels pour être feints, même pour un acteur de talent... Mais alors, dans ce cas, s'il partageait, comme tout un chacun dans ce jeu, un douloureux secret, pourquoi avait-il choisi ce moment pour se dévoiler ?

La réponse allait de soi : pour relancer le spectacle, bien sûr ! En bon agent de la production, il se contentait d'intervenir aux moments clés en garantissant le show et en jouant avec les états d'âme de chacun. N'était-ce d'ailleurs pas la raison pour laquelle il avait volé au secours de **Cinq**, alors qu'il venait peu de temps avant de le rembarrer sévèrement ? Le jeu ayant déjà été saboté une fois, il avait été de son devoir d'empêcher une seconde tentative.

Trois plissa les yeux d'un air inquiet. Oui, cette hypothèse tenait la route… En fait, le problème, c'est qu'il s'était lui-même laissé endormir dans cette confession à rallonge, oubliant jusqu'à l'élaboration d'une nouvelle stratégie. Alors quand il avait découvert, en même temps que ses compagnons, que le temps avait filé, il était devenu comme fou. Il avait voulu les corriger, s'imposer par la force et espérer, qu'au milieu de cette bagarre collective, des avertissements providentiels tomberaient. Vu ses antécédents, c'était évidemment très boiteux comme manière de procéder. Mais après les provocations verbales, il se devait d'essayer l'agression physique directe. Et **Deux**, toujours et encore lui, avait tout gâché…

Tournant brusquement la tête, **Trois** jeta un regard nerveux en direction de l'horloge. *Tac, tac, tac.* Le sprint final des aiguilles allait bientôt être lancé… Soudain, il sentit une angoisse étouffante le saisir à la gorge, et il se mit à trembler comme une feuille. C'était ridicule Il ne devait pas douter de sa chance ! … Non, s'il tremblait, c'était d'excitation, de cette attente fébrile de jeter à la face de ses compagnons leur stupidité sans borne et de voir l'un de ces salauds, perclus d'ingratitude, s'écrouler dans les affres de l'agonie. Patiemment, il attendit donc que la trotteuse entamât la dernière minute. Et celle-ci, immanquablement, arriva.

16h59. Tout en se raclant bruyamment la gorge, **Trois** se plaça de biais, afin de voir aussi bien l'horloge que les autres candidats. Puis il s'exclama :

- Eh bien ! Qu'y a-t-il ? Vous en faites une drôle de tête.

Ricanant avec délectation, il les contempla combiner avec le plus grand mal leur insoutenable angoisse et leur parfaite incrédulité… Cinquante et une secondes.

- Vous êtes d'une telle pâleur, reprit-il. Je ne comprends pas.

Son gloussement mourut d'un coup et son visage se figea en une expression rageuse… Quarante-sept secondes.

- Vous l'avez pourtant voulu, ce moment ! Vous devriez vous réjouir…

Quarante-deux secondes. Les yeux apeurés et perplexes des candidats oscillaient frénétiquement entre leur tourmenteur et la trotteuse.

- La grande équité face à la mort !

Quarante secondes.

- Ta gueule, bouffon ! trouva la force de crier **Six**.

Mais **Trois** n'en fut que plus galvanisé. Il ressentait comme une profonde jubilation à les torturer. Et puis, de son côté, cela lui permettait d'oublier sa propre peur. Sans prêter la moindre attention à la jeune femme, il poursuivit donc son matraquage psychologique :

- Dites-moi, qu'est-ce que ça fait de savoir que vous allez mourir alors que vous pouviez l'empêcher ?

Sentiment délectable de toute-puissance, il fusilla d'un regard appuyé ses victimes décomposées... Trente secondes.

- Bande de crétins, d'imbéciles ignorants !

- Tu vas la fermer, espèce de malade ! hurla encore **Six** en bondissant de son siège.

Fidèle à elle-même, sa rage prenait le dessus sur sa peur. S'il voulait tellement se faire fracasser, elle allait exaucer ses souhaits ! Imperméables à cet échange d'amabilités, blêmes et immobiles, **Deux** et **Cinq** ne pouvaient plus quitter l'horloge des yeux maintenant... Vingt-deux secondes.

Tel un dément, le dilettante se tourna vers la jeune femme et partit d'un rire démoniaque. Puis, fixant son regard sur l'horloge :

- Ah ! Mais je vois malheureusement qu'on arrive déjà à la fin ! Allons, mes amis, décomptez avec moi : douze, onze...

Saisis par cette paralysie maintenant familière des derniers instants, les candidats se figèrent, leurs visages livides ruisselant de sueur. Seul **Trois**, dans sa frénésie vengeresse, continuait d'égrener implacablement les secondes.

- Dix !

Incapable de bouger, malgré son envie de foncer dans le tas, **Six** cria de dépit.

- Neuf !

Tous ses bourrelets secoués par un tremblement furieux, **Cinq** s'agrippa à son chapelet.

- Huit !

Comme un condamné bravant fièrement son bourreau, **Deux** releva la tête.

- **Sept** !

Sur ce numéro, la voix de **Trois** se fit soudain moins assurée...

- **Six**.

...baissa d'un ton...

- **Cinq**.

... et se mit enfin à trembler.

Quatre

Subitement muet, les yeux exorbités sur l'épouvante à venir, le dilettante manqua ce *tac.*

Trois

Cette fois, c'était sûr ! Seule l'horloge finirait le décompte macabre.

Deux

Trois petites lettres pour une grande interrogation : qui ?

Un

Ah, infernale complainte !

17h ! ... Qui ? Qui avait été frappé ce coup-ci ? ... Dans le même *tac,* dans ce *Tac* cruel et insupportable du verdict, tous les candidats se liquéfièrent sous l'intolérable pression. Le monde tournait follement autour d'eux tandis qu'ils se dévisageaient avec angoisse. Réflexe de survie égoïste, ultime volonté de vivre, chacun espérait voir l'autre tomber !

Avec une précipitation hystérique, **Six** releva soudain la manche de son jogging. Elle avait entendu un clic ! Bon sang, son bracelet s'était activé ! L'odieux poison venait de s'insinuer dans ses veines ! ... Non ! Non ! Sa capsule était encore pleine... Clic. Et toujours ce bruit ! Mais ça ne venait pas d'elle ! Ses yeux tournèrent furieusement dans leurs orbites...

Encastré dans sa chaise, **Deux** la fixait, une lueur d'incompréhension dans le regard. Lui aussi cherchait l'origine de ces clics... **Cinq** alors ? Recroquevillé dans son fauteuil, le gros homme pleurait à chaudes larmes, le chapelet gisant à ses pieds. Clic...

Là ! Cela venait de **Trois** ! Les yeux écarquillés de stupeur, le dilettante scrutait fixement et sans comprendre son bracelet. Clic. Clic. Clic... Puis, après quelques secondes de flottement et la frayeur retombant, il releva lentement la tête, un sourire de triomphe aux lèvres. Aussi incroyable que cela puisse paraître, le système d'activation de sa parure mortuaire refusait d'obéir ! Les aiguilles restaient irrémédiablement bloquées dans leurs fixations. Horreur absolue pour la production et chose jamais vue en quatre éditions, l'engin le plus sophistiqué et le plus vérifié de l'histoire des jeux télévisés venait de se gripper.

Sa bonne fortune, qu'il avait tant de fois mise en avant, venait de lui sauver la vie. Et il exultait à l'idée de cette preuve irréfutable d'invincibilité lancée à la face du monde. Il jubilait en songeant au vent de panique – et c'était un doux euphémisme – balayant, en cet instant, l'équipe de production. Le pire scénario catastrophe ! Le plus grand coup de théâtre !

Sous l'œil interdit et stupéfait de ses compagnons, **Trois** se tourna vers une caméra et leva son poignet ceint de l'engin de mort devant lui.

- Vous entendez, messieurs ? persifla-t-il. Clic ! Clic ! (un ricanement jouissif et effrayant s'échappa de sa gorge) … J'ai bien peur qu'il vous faille rapidement trouver un autre candidat pour votre exécution.

À cette épouvantable suggestion, les rescapés se raidirent une nouvelle fois, tandis qu'une lame de glace leur traversait le cœur. Non ! Non ! La sentence avait déjà été rendue ! Ils ne pouvaient pas faire une telle chose ! Ils n'avaient pas le droit ! … Certes. Mais l'on avait là, un cas exceptionnel. Le public n'avait pas eu son « mort horaire ». Et le Requiem de l'horloge était en train de sombrer, pire de virer à la débâcle. La crédibilité des tout-puissants producteurs était remise en jeu, et il y avait un choix crucial à faire…

Finalement, dans ce chaos ambiant, dans cet affolement général et cette agitation hystérique, seule l'horloge demeurait impassible et infaillible. Peu soucieuse des aléas ou des ratés du système, elle continuait de remplir consciencieusement sa tâche en faisant tourner ses aiguilles.

17h

Tac, tac, tac. Imperturbable et sereine, l'horloge égrenait calmement les secondes tandis qu'en face d'elle le monde se décomposait sous l'intolérable suspense à rallonge.

- Alors ? Le public s'impatiente ! Et l'horaire va être dépassé !

Jubilatoire et revanchard, **Trois** invectivait de nouveau les producteurs en désignant d'un doigt impérieux la trotteuse qui défilait... Encore une vingtaine de secondes et la minute fatidique de la sentence serait achevée.

Autour du dilettante triomphant, ses compagnons s'étaient remis à trembler furieusement. Enfin, pour ainsi dire, parce qu'ils n'avaient jamais vraiment cessé depuis le lancement du dernier décompte. Un instant éphémère, ils avaient bien cru s'en sortir encore cette fois. Mais là, tout recommençait ! L'odieuse incertitude de la survie repartait dans un angoissant tour de manège comme si, les règles volant en éclats au son d'un simple clic, les sursitaires du Requiem venaient de perdre tous les repères qui balisaient encore le sentier ténu de leurs espérances. En l'espace si dérisoire d'une seconde, l'équipe de production avait perdu son contrôle omnipotent et **Trois** était devenu le maître du jeu.

Clic, clic, clic... Baissant les yeux vers son bracelet, ce dernier apprécia encore quelques instants les râles d'agonie de l'engin de terreur devenu brutalement obsolète, puis il railla les producteurs par caméras interposées :

- Vous voulez peut-être que je vous aide à trouver le bon bouton ?

Réjoui par cette vision fugitive de ses anciens bourreaux s'échinant vainement sur leurs télécommandes, transpirant à grosses gouttes et vilipendant copieusement des techniciens blêmes de confusion, **Trois** partit d'un grand rire. La victoire était totale, mieux qu'il ne l'aurait jamais imaginée ! Dans les annales, il serait désormais celui qui aurait réussi l'insigne exploit de mettre à genou le système le plus opaque et le plus perfectionné du paysage audiovisuel. Et tout cela à l'intérieur de l'arène, alors même qu'il se trouvait sans moyen d'action. Sa gloire était faite ! Il n'y avait plus qu'à entamer la dernière parade avant l'apothéose finale de la sortie.

S'intéressant de nouveau à l'horloge, **Trois** vit la trotteuse finir d'engloutir la minute-couperet. Il était 17h01. Le système avait pour de bon failli ! Empêtrés dans des atermoiements scéniques imprévus, et confrontés surtout à une situation inédite, les producteurs venaient d'être mis en échec. Grâce à sa chance insolente, c'était maintenant leur roi qui se voyait menacé, entouré de toutes parts par ses pièces… Un clic et mat en devenir qu'il savourait comme une jouissance providentielle.

Le torse bombé, le vainqueur annoncé s'arracha finalement au ballet des aiguilles et scruta un à un ses compagnons. Comme ils paraissaient encore plus pitoyables maintenant ! D'une voix pleine d'allégresse, et tout en poursuivant son observation, il interpella encore les producteurs :

- Eh bien ? Le choix est-il si difficile ? Ne vous en faites pas, dans mon infinie mansuétude, je vais vous aider un peu. Mais d'abord, il faudrait voir à interrompre ceci.

Dans un geste las et princier, il tendit le bras, face caméra, en secouant mollement son bracelet qui, tel un disque rayé, continuait de « cliquer » dans le vide…

Non mais pour qui se prenait-il ce chien, avec sa suffisance déplacée ? Toujours fermement plantée sur ses jambes et tout son corps agité de frissons presque spasmodiques, **Six** ne le lâchait pas des yeux. Même si, parmi les nouveaux sursitaires, elle était la seule à montrer encore une certaine résistance face au stress insoutenable qui les accablait, la jeune femme, paralysée par une peur insidieuse qui la tétanisait, demeurait cette fois bien incapable d'en faire plus et de laisser exploser sa rage.

Et puis l'improbable, de nouveau, se produisit. **Trois** avait-il été entendu, ou bien le mécanisme de son bracelet avait-il rendu l'âme pour de bon ? Les clics cessèrent ! Baissant le bras, le dilettante soupira d'un air dédaigneux avant de reprendre son monologue avec l'équipe de production :

- Vous voilà enfin devenus raisonnables. Toutefois, pour vous rattraper totalement – et c'est promis, on oubliera votre retard inadmissible dans l'horaire – il vous reste encore une chose à faire. Éliminer l'un de ces scélérats !

Ce dernier mot avait été prononcé avec une telle haine que même **Deux** et **Cinq** s'arrachèrent à leur mortification pour dévisager leur tortionnaire.

- Et puisque, dans cet instant chargé en émotions, vous êtes sans doute légèrement paniqués et désorientés, je vais vous guider un peu…

Laissant sa phrase en suspens, il considéra son principal ennemi, à savoir **Deux** :

- Que diriez-vous de ce traître ? Il ne vous servira plus à rien maintenant que je suis intouchable. Pire même, lorsqu'il réalisera qu'il est à son tour condamné, il parlera pour essayer de sauver sa peau. Et vous ne voulez sans doute pas en arriver là, n'est-ce pas ?

Comme déjà abattu, **Deux** ne réagit pas. Alors, insatiable et rigoureux dès lors qu'il se lançait dans une entreprise de sape, **Trois** ne tarda pas à poursuivre son réquisitoire :

- Le garder ne pourrait que nuire au spectacle, vous le savez très bien. Alors, n'hésitez pas ! Tuez-le ! … Et puis, sa pseudo-confession a déjà été faite. Vous n'aurez donc rien à regretter sur la rentabilité de sa participation.

Tac, tac, tac. Imperturbable et sereine, l'horloge égrenait calmement les secondes tandis qu'en face d'elle le monde se décomposait sous l'intolérable suspense à rallonge. **Cinq** se liquéfiait sur son fauteuil, masse geignante et dégoulinante de sueur froide désormais. **Six** serrait les poings pour ne pas défaillir, le visage blême d'une fureur irrémédiablement sourde. **Deux** se redressait lentement sur sa chaise, le regard résolu, déjà pointé sur l'au-delà. Les téléspectateurs, à n'en pas douter, trépignaient d'impatience, assoiffés de ce sang qu'on ne leur avait pas légitimement versé. Mais les producteurs continuaient d'hésiter.

Pourquoi ? À quoi bon ? Si le bracelet du mutin était effectivement hors de contrôle, ils n'avaient plus d'autre choix que de changer de cible. C'était inévitable. L'intérêt du jeu en dépendait, tout le suspense…

Quel suspense ? Il n'y en avait plus ! Le vainqueur était déjà connu ! Le Requiem venait de commettre une fausse note irréparable et le système si compartimenté, si ordonné, venait de se refermer sur des producteurs désarmés et piégés dans le machiavélisme de leurs cerveaux tourmentés. Tout était fini ! Game over. Ouvrez cette foutue porte et relâchez les candidats. Cessez le massacre gratuit...

Non ! Il y avait forcément une solution, un espoir diffus de remettre le processus initial sur les rails. Il suffisait juste de trouver... Interrompre momentanément le jeu pour donner des bracelets neufs ? Absurde ! La révolte serait générale parmi les candidats, aucun d'entre eux n'accepterait de continuer. Et l'esprit du jeu en serait bafoué... Exécuter d'un coup tous les sursitaires pour offrir au public une boucherie mémorable ? Indigne ! Écœurant ! Le spectacle finirait beaucoup trop tôt, ses organisateurs seraient taxés d'assassins pervers, ce qui pour le coup serait légitime, et les mémoires collectives en resteraient profondément choquées, d'où la perte de nombreux partisans, d'écrans publicitaires, de sponsors. Enfin, si une nouvelle édition devait jamais voir le jour... Attendre alors pour se donner du champ, et espérer une solution à venir ? Oui, cela paraissait, dans l'immédiat, la meilleure chose à faire... A condition évidemment de rassasier d'abord le public avec une victime expiatoire.

Impatient de voir disparaître ce concurrent honni que représentait **Deux** à ses yeux, **Trois** s'énerva bientôt contre l'inaction des producteurs.

- Qu'est-ce que vous attendez, bon sang ? tempêta-il. Abattez-le avant qu'il...

Cette fois, il n'alla pas plus loin, **Six** le coupant violemment d'un long et vigoureux hurlement qui pétrifia tout le monde :

- Silence enfoiré ! Malade pervers !

Faisant appel à toutes les forces dont elle était encore capable, la jeune femme explosait enfin en s'extirpant avec rage de son état léthargique. Ce petit jeu ignoble devait cesser ! Empoignant sa chaise, comme elle l'avait fait précédemment pour **Un**, elle s'approcha d'un air menaçant du dilettante. Rien ne l'arrêterait ce coup-ci ! Elle allait faire taire pour de bon ce bouffon sadique et mégalomane !

Bien qu'habituée à de violentes colères, jamais **Six** n'avait fait montre d'une telle fureur, d'une telle envie d'en découdre. Elle aussi était une survivante ! Elle aussi était prête à se battre pour sortir d'ici ! Et tout son corps, plus déchaîné que jamais, traduisait cette volonté farouche de vivre : tremblements incontrôlés, veines dilatées, yeux exorbités, muscles tendus, écume aux lèvres, visage rubicond. Elle était prête au combat et à massacrer ce fou à lier pour s'offrir un nouveau sursis.

Peu impressionné toutefois par cette démonstration de force, et gonflé surtout par ce sentiment d'invincibilité qui l'habitait désormais, **Trois** tendit la paume en avant en signe d'apaisement.

- Je ne ferai pas cela si j'étais toi, la prévint-il en ricanant. Tu oublies le règlement.

- Je m'en contrefous ! répliqua-t-elle sèchement, en s'arrêtant à quelques pas de lui.

- Ah, oui ? fanfaronna-t-il. Tu ne devrais pas pourtant. Les données ont radicalement changé. Si tu m'attaques, tu risques l'avertissement... alors que moi, au regard de ma nouvelle situation, je ne connais plus aucune limite.

Il s'interrompit volontairement afin d'asséner la suite avec plus de force et de haine :

- N'espère donc pas que je tende la joue, cette fois ! Je pourrais te briser et te regarder te vider de ton sang. Et tout cela avec la bénédiction tacite des producteurs.

Un sourire sadique se dessina sur ses lèvres tandis que **Six**, apparemment atteinte dans sa détermination, restait les yeux baissés. Mais, en vérité, il n'en était rien. Relevant lentement la tête, la jeune femme laissa un long rire, incisif et mordant, s'échapper du fond de sa gorge. Puis, avec tout le mépris dont elle était capable, et son regard planté dans celui maintenant quelque peu vacillant de son adversaire, elle répondit :

- Pauvre con. Pauvre imbécile pompeux et aveugle. Tu es tellement persuadé d'être le centre vital du monde que tu ne vois pas l'évidence. Les producteurs ne sont plus de ton côté, ainsi que le public d'ailleurs. Tu es en train de gâcher leur spectacle chéri, et tous n'espèrent qu'une chose : que tout rentre dans l'ordre et redevienne comme avant. Mais, comme eux ne peuvent rien faire, ils comptent sur nous, les candidats, pour résoudre le problème (à son tour, elle afficha un sourire féroce) ... Donc, comme tu le vois, pas plus que toi, je ne risque d'avertissement. Et puisqu'il n'y a qu'une seule façon de tout arranger, je vais te tuer… « avec la bénédiction tacite des producteurs ».

Elle avait parlé avec une telle froideur et une telle résolution que **Trois** blêmit d'un coup, déglutissant même avec difficulté. Mais, convenance oblige, il se ressaisit aussitôt.

- Je suis encore de taille à corriger une simple femme, s'enorgueillit-il, aussi hystérique soit-elle.

- Qui t'a dit que j'étais seule ? rétorqua-t-elle sans broncher.

Alors, sans le quitter des yeux, elle interpella **Deux** et **Cinq** :

- Levez-vous, vous autres ! C'est le seul moyen qui nous reste si l'on veut vivre. Il faut tuer ce salaud.

Un frisson vif et pénétrant remonta le long de l'échine de **Trois**, tandis que tout son corps se crispait et que son cœur manquait de peu l'arrêt brutal. Les yeux écarquillés, comme s'il ne parvenait pas à réaliser ce qu'il venait d'entendre, il resta quelques instants à fixer **Six**. Puis enfin, un son s'échappa péniblement de sa bouche.

- Vous… vous n'oseriez tout de même pas, balbutia-t-il.

Heureuse de voir qu'elle produisait l'effet escompté, la jeune femme siffla avec une perfidie délectable :

- En es-tu si sûr ?

Tétanisé, **Trois** fit machinalement un pas en arrière. Maintenant qu'il avait gagné et qu'il était devenu intouchable, il n'allait quand même pas se faire massacrer par les autres candidats ! Non, la chute était décidément trop lourde, trop injuste ! Il ne pouvait pas avoir atteint le sommet pour sombrer aussitôt.

- Cette comédie a assez duré ! cria-t-il d'une voix devenue soudainement fébrile. Prenez vos responsabilités, messieurs les producteurs, et appliquez la sentence !

Pour toute réponse, le dilettante reçut de plein fouet le ricanement démoniaque de **Six** :

- Ils n'en feront rien… Après tout, le sort ne vient-il pas de te désigner pour mourir ?

De plus en plus nerveux, **Trois** recula encore d'un pas :

- Les autres ne te suivront pas !

- Si ! Ils le feront ! s'avança-t-elle sans hésiter. C'est la seule chose à faire.

À vrai dire, elle l'aurait bien attaqué sans aucune aide, et elle se contenait d'ailleurs difficilement pour ne pas lui sauter à la gorge. Mais, du fait de son handicap physique dans un combat l'opposant à un homme dans la force de l'âge, elle n'était pas certaine d'y arriver. Un échec signifiant assurément la fin, elle préférait une charge collective qui était sûre d'aboutir. Cela étant, si les larves qui lui servaient de compagnons, n'étaient pas prêtes à agir, elle était d'ores et déjà résolue à tenter seule sa chance. Au pire, mieux valait mourir en guerrière que le cul rivé sur sa chaise à pleurnicher !

L'inconnu résidait donc dans l'attitude de ses acolytes… Mais pour le moment, rien ne permettait de savoir quel serait leur choix ? Toujours crispé sur son fauteuil, **Cinq** avait bien entendu l'effrayante proposition mais il continuait doucement de geindre, tout en jetant des coups d'œil désespérés en direction de **Deux**. Raide comme une statue sur sa chaise, impassible et le regard fixé droit devant lui, ce dernier semblait quant à lui de nouveau perdu dans ses pensées. Avait-il seulement prêté attention au lancement de cette « offre publique de meurtre » ?

Tac, tac, tac. Pendant quelques longues secondes, et malgré la progression inébranlable de la trotteuse, le temps sembla se suspendre aux lèvres des deux hommes. De leur réponse, de leur action allait dépendre le sort de ce quatrième Requiem. Tout le monde l'avait fort bien compris maintenant et tout le monde s'était figé, tendu et fébrile comme pour l'exécution d'une sentence horaire. Il était 17h05.

Déchiré par cet odieux dilemme qui s'offrait désormais à lui, **Cinq** fixait avec de plus en plus d'insistance son compagnon providentiel, en quête de soutien. Mais, comme précédemment, il ne trouvait en lui aucun répondant. Et une nouvelle vague d'angoisse le submergea un peu plus. Proche du malaise, il était prêt de céder à la panique la plus totale. Sa tête lui faisait mal, son cœur battait furieusement dans sa poitrine, ses poumons ne se remplissaient qu'avec peine. Tout ce stress, toutes ces considérations atroces qu'il fallait dorénavant prendre en compte le rendaient malade et défaillant. Cette danse avec la mort qui n'en finissait pas le consumait petit à petit. Son corps déposait les armes. La crise cardiaque menaçait ! Pensée fugitive et absurde, il imagina l'affolement des producteurs face à ce nouvel imprévu…

Après chaque passage horaire, après chaque verdict, les premières minutes offraient normalement un grand bol d'oxygène, une nouvelle occasion d'apprécier la vie. Pleinement même ! Comme jamais ! Mais là, l'heureux soulagement n'était pas venu. L'ombre de la Faucheuse planait encore dans la pièce. Il la sentait glisser contre sa chair frigorifiée. Oh, mon Dieu ! Par tous les saints ! Faites que tout cela s'arrête ! ... Dans un geste précipité, **Cinq** se pencha et ramassa son chapelet, qu'il avait laissé tomber quelques minutes auparavant dans une violente poussée d'angoisse. Puis, sans y trouver toutefois le moindre réconfort, il le serra de toutes ses forces et implora encore une fois le Seigneur à son secours.

Dans sa rigidité impassible, **Deux** avait déjà cessé de peser le pour et le contre. Même s'il n'avait pas répondu aux appels à l'aide de son compagnon, il savait pertinemment ce qu'ils signifiaient. S'il décidait de se joindre à **Six**, le gros homme le suivrait. Tout seul, il aurait été plutôt prompt à dégainer son porte-bonheur, sa fameuse carte joker... de circonstance ici. Mais avec lui en décideur, en consolateur de conscience en quelque sorte, il devenait capable de trouver le cran nécessaire et de se jeter dans la bataille.

C'était ainsi, **Cinq** avait juste besoin d'être guidé. Mais cette fois, il n'en ferait rien car il ne comptait pas soutenir **Six**. Tout au long des heures précédentes, il avait lutté contre cette idée insupportable de devoir écraser les autres. Il refusait de trahir maintenant ses principes, et surtout il était terriblement las. La rédemption ne s'obtenait pas à ce prix-là... Et puis il avait déjà du sang sur les mains, un sang cher et précieux qui jamais ne s'effacerait.

Quels que soient les torts et les ignominies de **Trois**, il n'interviendrait donc pas... du moins pas de la façon souhaitée par la jeune femme. Car il comptait, malgré tout, mettre un terme à cette horrible situation. Temporairement, en tout cas, le temps pour l'équipe de production de trouver une solution à cette impasse. Pour lui, le moment tant redouté était enfin arrivé... La délivrance... L'absolution ?

Se levant brusquement de sa chaise, **Deux** fixa avec gravité une caméra. Aussitôt, ses compagnons le scrutèrent, **Six** avec espérance, **Cinq** avec soulagement, **Trois** avec appréhension.

- Activez mon bracelet, ordonna-t-il d'un ton solennel aux producteurs. Il vous faut une victime pour continuer le spectacle, et je suis volontaire.

Ferme et déterminée, sa voix ne laissait place à aucun doute possible.

Il souhaitait vraiment mourir, de manière réfléchie et non désespérée comme tout un chacun dans ce jeu. Il voulait préserver **Cinq** d'un malaise foudroyant et d'une conscience mise au supplice. Il voulait empêcher **Six** de commettre l'irréparable, elle qu'il avait prise en réelle affection malgré son côté sauvage et irascible. Mais surtout, il voulait échapper à cette torture sans fin maintenant qu'il avait trouvé la force de parler et de libérer son cœur.

Dans une même expression interdite, ses compagnons l'examinèrent, les yeux écarquillés. Puis **Six**, furibonde, s'exclama :

- Non, mais t'es malade ? Qu'est-ce qui t'arrive ?

Galvanisée par sa rage de survivre, la jeune femme se montrait parfaitement incapable de comprendre pareil renoncement. Surtout maintenant ! L'intéressé ne réagissant cependant pas outre mesure et ne daignant d'ailleurs même pas lui prêter attention, elle l'invectiva de nouveau violemment :

- Espèce de lâche ! Ton sacrifice ne résoudra rien ! Ne comprends-tu donc pas que si on ne fait rien, ce salaud va gagner ? Ne me dis pas...

- Je veux mourir, trancha d'un ton sec **Deux**. Laisse-moi partir en paix.

Avec l'opportunisme d'un vautour, et l'effet de surprise passé, **Trois** s'engouffra immédiatement dans la brèche :

- Vous entendez, messieurs les producteurs ? Il veut nous quitter ! Saisissez l'occasion ! Vous n'en aurez jamais une plus belle pour sauver la face ...

- Silence chien ! hurla **Six**.

Puis, avec une pointe de désespoir dans la voix, elle s'évertua à tenter de raisonner le condamné volontaire :

- Si tu meurs, tu nous entraînes avec toi dans la tombe en diminuant nos chances de renverser la balance (elle jeta un coup d'œil méprisant sur **Cinq**). Tu n'as pas le droit de renoncer maintenant : ce sadique ne mérite pas de l'emporter...

- Parce que toi, tu le mérites peut-être plus, harpie ? vociféra **Trois**.

Ignorant la remarque, **Six** ne quittait plus son protégé des yeux, lui jetant ce genre de regard franc et intense à côté duquel tous les mots paraissent bien pâles. Mais **Deux** ne réagissait guère plus, toujours impassible, indifférent et égoïste dans sa résolution.

Rivé à son fauteuil, **Cinq** continuait, pour sa part, de geindre et de murmurer d'inutiles prières. Un réflexe de survie lui dictait de ne surtout pas intervenir. Tout allait se jouer entre ses trois compagnons. S'il ne s'immisçait pas dans la dispute et se faisait tout petit, il avait peut-être encore une chance de s'en sortir ?

Criant soudain de dépit devant l'abandon général – et mue peut-être par une envie de sauver ou de réveiller **Deux** ? – **Six** agrippa fermement sa chaise et se rua sur **Trois**. Puisque personne n'avait le courage ou l'intelligence d'agir, elle ferait la sale besogne seule ! ... En un éclair, elle se retrouva sur le dilettante qui, malgré l'affreux doute qui lui tenaillait le ventre, avait eu tout le temps de se préparer. Profitant donc de la précipitation de son adversaire, il bondit sur le côté et esquiva sans mal le coup de massue qui lui était destiné. Fort heureusement pour lui d'ailleurs, car **Six** y avait mis une telle force que la chaise craqua dangereusement en frappant contre le sol.

Ripostant immédiatement, **Trois** asséna un violent coup de pied contre le siège. Et la jeune femme, déjà déstabilisée par le rude impact, le laissa échapper dans un cri de frustration. Puis, vif et précis, le dilettante balança un cinglant revers de la main qui s'écrasa contre la joue de **Six**. Projetée en arrière, cette dernière alla rouler par terre. Un bref instant sonnée, elle redressa bientôt la tête, plus rageuse que jamais. Sa lèvre inférieure était fendue et un mince filet de sang coulait sur son menton.

Au-dessus d'elle, le torse fièrement bombé, **Trois** la toisait avec mépris en ricanant. Il était tellement sûr de lui qu'au lieu de profiter de son avantage, il se paya le luxe de la narguer.

- En voilà une qui me démangeait depuis longtemps ! jubila-t-il en secouant la main.

Puis affectant un air désolé :

- Tu perds ton temps, grognasse. Je suis invincible.

Arraché brutalement à sa volonté délibérée de sacrifice, **Deux** cligna des yeux et contempla la scène. Voir **Trois** triompher ainsi le rendait malade. Il se devait d'intervenir pour lui et pour ses compagnons. *Tac, tac, tac.* L'horloge indiquait tout juste 17h08.

La suite se déroula comme au ralenti. Emportée par une frénésie aveugle, **Six** se redressa d'un bond et se jeta, mains en avant, sur l'objet de sa haine. Mais, encore une fois, son attaque ne porta pas, le dilettante parvenant, avec une souplesse évidente et une insultante maîtrise de soi, à lui attraper les bras et à l'agenouiller de force au moyen d'une fourbe balayette. Voyant cela, **Deux** bondit à son tour. Clic... Comment ça, clic ?

Les producteurs avaient entendu son appel ! Se heurtant à un mur invisible, il s'affaissa d'un coup, un étrange sentiment partagé au fond du cœur : mélange de peur, de soulagement et de honte d'abandonner ainsi ses camarades. Et puis, un petit cri plaintif s'échappa de sa bouche. Pourquoi maintenant ? Il avait changé d'avis ! Il ne voulait plus mourir ! Ah ! ... Mais la douleur ne venait pas, l'agonie se refusait à lui, pour la simple et bonne raison que ça ne venait pas de son bracelet...

S'extirpant du brouillard opaque qui lui embrumait l'esprit, **Deux** scruta les belligérants. Comme s'il s'arrachait à l'étreinte d'une pestiférée, **Trois** lâcha brusquement **Six** et s'écarta vivement d'elle, le visage tordu et grimaçant. Toujours à terre, pliée en deux et la tête rentrée dans les épaules, la jeune femme tremblait convulsivement, le souffle haletant. Puis son menton se releva soudain et, derrière le rideau sombre de ses cheveux tombés en cascade devant ses yeux, un sourire de fossoyeur se dessina.

Deux se trompait encore de cible ! Tournant vivement la tête, il s'intéressa de nouveau au dilettante. Son expression n'était pas celle du dégoût mais de la douleur ! C'était lui le nouveau sacrifié !

Pétrifié, au comble de la stupéfaction, **Trois** fixait sans comprendre son bracelet. Sa capsule était bien vide cette fois ! Les aiguilles avaient bien pénétré sa chair. Le poison courait bien dans ses veines. Comment cela était-il possible ? Le système d'activation ne marchait pourtant plus ! Les producteurs eux-mêmes avaient renoncé. Non, cela ne pouvait pas se terminer comme ça ! Il était devenu intouchable ...

Premier coup de semonce de l'agonie à venir, **Trois** sentit une effroyable douleur s'immiscer dans les moindres recoins de son corps. Sa vue se brouilla, ses oreilles se bouchèrent, ses membres se contractèrent. Il avait la terrible sensation que, sous l'effet d'une brusque accélération du processus de détérioration, tous ses organes se flétrissaient... Alors c'était ça, mourir ?

- Crève espèce d'enfoiré ! vociféra soudain **Six**, en se redressant... Oui, c'est ça, danse mon salaud ! Danse !

Tel un pantin gesticulant follement entre les doigts agiles de la Mort, le dilettante s'était mis à trembler furieusement et à tourner sur lui-même. Quelques pas par-ci. Quelques pas par-là. **Trois** ne contrôlait déjà plus rien de ce corps qu'il avait cru invulnérable. Au milieu des cris et des gémissements, des mots devenus de simples borborygmes s'échappaient de sa bouche. Aux frontières extrêmes de l'au-delà, plongé jusqu'à la taille dans le Styx, **Trois** protestait encore. Mais qui l'écoutait désormais ? Même Charon, le sordide passeur à la barque, s'était lassé de lui.

Dans un soubresaut plus violent que les autres, il tituba dangereusement et bascula soudain en avant. Incapable de se rattraper, il s'écrasa tête la première et s'immobilisa enfin. *Tac, tac, Tac...* L'odieux dilettante était mort, et avec lui sa folle certitude de cueillir ici la gloire promise.

Six ouvrit de nouveau la bouche pour se gausser de cette exécution providentielle mais ses mots moururent en un murmure aphone. Il venait de relever la tête ! Il se dressait maintenant sur ses jambes, les yeux à moitié révulsés, les lèvres crispées, et un large filet de bave et de sang mêlés sur le menton. Même si ses mouvements étaient saccadés et d'une rigidité cadavérique, tout son corps avait cessé de trembler. Irréel ! **Trois** donnait l'inconcevable impression d'avoir pris un ascendant sur la mort.

Et c'était justement ce que sa farouche volonté, aidée il est vrai ici de sa totale incrédulité, se répétait au fin fond de son cerveau, là où les neurones n'avaient pas encore été corrompus par l'implacable poison. Sa chance insolente allait encore le sortir de ce mauvais pas. Il serait... non il était le seul organisme capable de résister au cocktail macabre des producteurs ! Ses anticorps étaient forcément au-dessus du lot ! Ses gènes étaient inévitablement supérieurs ! Ou alors, au pire, la dose contenue dans sa capsule avait été miraculeusement mal jaugée. Oui, il allait s'en sortir ! Il se sentait déjà mieux...

Saisis de stupeur, ses compagnons suivirent ses pas lents et hésitants. Ils n'en croyaient pas leurs yeux, et commençaient même à se dire qu'il allait encore en réchapper ! Comme s'il répondait à un réflexe conditionné – ce fameux souci de se redonner une tête convenable après chaque coup reçu – **Trois** se dirigeait vers le lavabo, les poings serrés et la démarche raide. Image d'un martyre silencieux, des larmes ruisselaient sur son visage contracté.

Il avança ainsi quelques longues secondes jusqu'à ce que ses jambes se dérobent de nouveau sous lui. Chutant lourdement sur ses genoux, il fixa alors avec difficulté une caméra : vision d'horreur d'une figure moribonde qui fit certainement frissonner plus d'un téléspectateur… Non, il n'y arriverait pas ! Sa chance s'en était bien allée, cette fois ! Avec un effort surhumain, **Trois** ouvrit la bouche et balbutia dans un gargouillement écœurant :

- Quel… gâ… chis…

Puis un violent spasme secoua tout son corps. Il cracha du sang, se figea et, vaincu enfin, bascula dans les limbes… *Tac, tac, Tac… Tac, tac, Tac…* Pendant un long moment, les candidats n'osèrent plus bouger, certains que l'improbable allait encore se produire. Mais c'était bien fini. L'invincible roi était tombé. Et, dans cette étourdissante partie d'échecs qu'il avait disputée avec les producteurs, les trois mots, encore impensables dans ce sens il y a une minute, pouvaient résonner avec force maintenant… Échec et mat.

Lentement, précautionneusement presque, **Deux** s'arracha à la contemplation du cadavre et dévisagea ses compagnons. Ils avaient bien triste allure, tout comme lui sans doute, après leur interminable marathon du stress. Dégoulinant de sueur, blême à en faire peur, **Cinq** demeurait immobile et léthargique sur son fauteuil. Quant à **Six**, encore toute tremblante de désir assouvi, de rage et d'angoisse contenues, elle semblait sur le point de s'écrouler.

Comme pour se persuader lui-même que tout danger était momentanément écarté, **Deux** déclara soudain :

- Il est mort… C'est fini.

Levant un œil perçant dans sa direction, **Six** opina doucement du chef.

- Ouais, confirma-t-elle sèchement après un court silence. Ce bouffon a avalé son acte de naissance... Mais pas grâce à ton aide.

En entendant cette double attestation de décès, **Cinq** poussa un profond soupir. Il avait tenu bon et se retrouvait maintenant dans le trio final. L'espoir renaissait et devenait même de plus en plus palpable. Dieu entendait ses prières… Et pour ce nouveau sentiment de honte qu'il sentait poindre en lui ? Non, il n'avait pas envie d'y penser pour une fois ! L'heure était au soulagement. Se sentant observé par ses compagnons, il releva la tête et leur adressa un sourire timide…

Soudain, comme si elle répondait à une alerte silencieuse, **Six** se précipita d'un pas chancelant vers le canapé et **Deux**, voyant qu'elle n'aurait peut-être pas la force de l'atteindre, lui offrit aussitôt son aide. Bien lui en prit car, tout à coup défaillante, la jeune femme manqua de s'effondrer à un mètre à peine de son objectif. Mais heureusement le bras solide de son protecteur la retint, et elle put s'affaler enfin sur le sofa.

Jamais encore l'implacable **Six** n'avait paru aussi fragile, aussi vulnérable. Et, pendant quelques secondes, **Deux** ne sut trop quoi faire ; cette image était tellement loin de son personnage ! Puis d'une voix aussi douce que possible, il lui murmura à l'oreille :

- Veux-tu que je t'apporte à boire ?

D'un geste du bras agacé mais guère vigoureux, elle le repoussa.

- N'essaye pas de te racheter, cracha-t-elle d'un air méprisant. C'est trop tard.

Échaudé, **Deux** s'écarta sans dire mot et s'éloigna. Elle avait raison. Il s'était montré lâche et égoïste. Qu'il le veuille ou non, il avait tissé des liens avec ses compagnons et les avait malgré tout abandonnés. Le dos voûté et visiblement dépité, il hésita un instant entre le dernier fauteuil libre et le cadavre du dilettante. Dans un soupir, il opta finalement pour le second.

Même après le chaos général et la douce anarchie des dernières minutes, les règles devaient être suivies et il fallait procéder à la traditionnelle évacuation. Or, **Deux** savait pertinemment que **Six** ne bougerait pas et que **Cinq** était encore moins en état que lui de le faire. Il n'avait par conséquent pas le choix, mais surtout il voulait s'occuper à tout prix pour ne pas sombrer dans une nouvelle mélancolie destructrice.

S'arrêtant au-dessus du macchabée, il l'examina longuement. Tout en lui ne traduisait plus qu'une prétention fatidique et un orgueil défait : ses yeux grands ouverts, écarquillés dans une expression de surprise et d'incrédulité, sa bouche tordue en une grimace repoussante – entre ses lèvres entrouvertes, l'on apercevait même le trou béant de sa dent perdue – ses marques sur la joue ou sur son cou, fruits de bastonnades désirées… En contemplant tout cela, **Deux** ressentit soudain une grande pitié pour lui car il ne restait désormais plus rien de cette image superbe et hautaine que l'outrecuidant dilettante avait affichée. Juste une cruelle vérité.

- Attends ! l'interpella soudain **Cinq**, après avoir enfin deviné ses intentions. Je vais t'aider… Laisse-moi juste un peu de temps pour récupérer.

Arraché brutalement à ses observations, **Deux** lui adressa un semblant de sourire.

- C'est bon, répondit-il. Repose-toi. Je peux y arriver tout seul.

Devant l'expression étonnée de son compagnon, il s'empressa de poursuivre :

- Je veux mettre au plus vite un terme à cet épisode malheureux. Je (il secoua la tête dans un hochement incertain) ... Enfin, je vais le faire. Ne t'inquiète pas.

Accompagnant le geste à la parole, il se pencha pour saisir **Trois** sous les aisselles. Décidé malgré tout à ne pas laisser son ami accomplir seul cette lourde et pénible tâche, **Cinq** fit mine de se lever, mais se rassit aussitôt. Encore sous le coup d'une trop forte émotion, ses jambes refusaient obstinément de le porter.

À voir **Deux** s'échiner ainsi, on en aurait presque oublié sa participation éprouvante au transport de **Un**, et sa réticence à regarder la mort en face. Avait-il, en l'espace d'une heure, changé à ce point ? Sa confession lui avait-elle permis de se libérer des réminiscences douloureuses du passé ? Les supputations pouvaient être nombreuses. **Deux**, lui, y mettait désormais une vraie énergie.

Cambrant le dos et poussant fermement sur ses jambes, il traîna rapidement le cadavre jusqu'au tapis roulant contre lequel il s'appuya. Puis, se pliant en deux, il retourna le corps et le fit basculer par-dessus son épaule. Alors, reprenant enfin son souffle, il prit une bonne impulsion et, s'encourageant par un cri d'effort, se détendit d'un coup. Dans un bruit sourd, **Trois** s'écrasa sur le tapis.

Chacun de son côté, **Cinq** et **Six** observaient l'empressement de leur compagnon d'un air étonné. Jamais encore une évacuation ne s'était faite avec autant de zèle et de détermination, ni même sans le soutien d'une seconde personne. Dans cette tâche ingrate, il se montrait finalement d'une rare efficacité.

Sans plus attendre alors, **Deux** se tourna vers une caméra et fit un bref signe de tête, comme pour signifier à la production qu'elle pouvait procéder sans tarder à l'évacuation. Et elle obtempéra aussitôt, impatiente elle aussi sans doute d'en terminer avec ce tricheur malhonnête qu'avait été **Trois**. Oubli réel ou acte volontaire, **Deux** n'avait pas même pris la peine d'arranger un peu le gisant et tournait déjà les talons. Placé à l'envers, les pieds en avant, et de travers, le dilettante donnait l'impression d'avoir été abattu sur le tapis même.

Seul **Cinq** encore, car **Six** fixait ostensiblement le plafond, suivit jusqu'au bout l'évacuation. Malgré les certitudes établies, une lueur d'appréhension brillait toujours au fond de ses yeux. Comme s'il craignait une nouvelle résurrection inopinée du dilettante… Mais la page était bien tournée. À l'heure du grand voyage, **Trois** payait chèrement son arrogance outrancière et sa perfidie malsaine, et partait comme une ombre. Abandonné, haï, maudit par tous, il rentrait les yeux grands ouverts dans l'au-delà… avec pour seules groupies désormais les fantômes de sa suffisance.

Tenaillé par une soif inextinguible, **Deux** vida goulûment plusieurs grands gobelets d'eau. Mais il n'y avait rien à faire : sa gorge restait sèche et sa bouche pâteuse. Un effet secondaire du stress sans aucun doute, et de sa longue et pénible confession. Renonçant donc à ce maigre réconfort qui se refusait à lui, il se focalisa sur le manège lancinant de la trotteuse. *Tac, tac, tac.* Il était déjà 17h16…

Alors il se sentit floué. Il avait l'impression qu'on lui avait dérobé de précieuses minutes de vie et que l'horloge était en avance sur l'écoulement de la cinquième heure ! Mais non. C'était juste eux, les candidats, qui avaient pris du retard, **Trois** qui avait tout chamboulé avec son défaut technique inopportun, et l'horloge, infaillible et stoïque, qui avait simplement continué de tourner. Il n'y avait là aucun mystère, aucun illogisme. Cette nouvelle étape paraîtrait juste plus courte. Mais était-ce si regrettable lorsque l'on songeait que l'effroyable attente demeurait après tout le pire des supplices ?

- Est-ce que tu crois que les producteurs vont décaler la prochaine exécution ? le questionna soudain **Cinq**, l'arrachant pour la seconde fois consécutive à ses réflexions.

Il allait lui répondre lorsque **Six** le devança.

- Et pourquoi, hein ? ricana-t-elle méchamment, le regard toujours rivé au plafond. Parce qu'il y déjà eu un mort pour cette heure ? Conneries, oui ! Maintenant que ces salauds ont repris le contrôle du jeu, ils vont se faire un malin plaisir de tout remettre sur les rails.

Piqué au vif, et confus il est vrai d'avoir posé une question aussi stupide, le gros homme lui jeta un regard plein d'amertume :

- Même maintenant...

- Il a battu le record, le coupa brutalement **Deux**.

Pendant quelques secondes, le silence retomba parmi les survivants, **Cinq** et **Six** attendant la suite. Mais celle-ci ne vint pas, leur compagnon ayant manifestement exprimé à voix haute ses pensées.

- De quoi parles-tu ? se risqua finalement le gros homme d'un ton inquiet.

S'arrachant à ses visions, **Deux** planta ses yeux dans les siens et répéta :

- Il a battu le record. **Trois**, il a explosé les quarante secondes de la plus longue agonie (un sourire cynique se dessina sur ses lèvres) … Même s'il ne l'attendait sans doute pas là, il aura malgré tout inscrit peut-être à jamais son nom… enfin son numéro au palmarès.

Sans pouvoir réprimer un long frisson qui secoua tout son corps, **Cinq** s'avança nerveusement sur son fauteuil :

- Et combien de temps a-t-il tenu ?

- Il a frôlé la minute, répondit **Deux** d'une voix égale. Quelque chose dans les cinquante-cinq secondes, je crois.

Telle une chape de plomb, le silence s'abattit de nouveau sur les survivants. Comme s'il cherchait à se rassurer à tout prix, **Cinq** secoua plusieurs fois la tête :

- Tu en es sûr ? Tu dois te tromper. Après tout, on était tous dans un état de stress impossible.

- Oui. Je ne connais pas le chiffre exact mais je suis certain de mon estimation.

Un nouveau frisson ébranla le gros homme, et **Six**, maintenant tournée de biais sur le canapé, s'en étonna :

- Eh bien, quoi ? Je ne vois vraiment pas où est le problème…

Elle s'interrompit soudain, son timbre de voix ayant sonné bien trop faux. Oh non, elle se mentait ! Elle le connaissait le problème. Sa rage de vivre était au moins aussi prononcée que celle du dilettante, alors… Elle se ressaisit aussitôt.

- Ce salaud a eu ce qu'il méritait, vociféra-t-elle sans le moindre état d'âme. Il a souffert longtemps et plus que tous les autres. Cela ne peut que me satisfaire… Et puis, dois-je vous rappeler que nous serions tous morts sans cette exécution providentielle ?

À cette dernière remarque, elle se figea d'un coup, ainsi que ses compagnons. Il était temps de regarder l'inconcevable vérité en face.

Que s'était-il passé ? Pourquoi le bracelet de **Trois** avait-il soudain fonctionné ? ... Parce que les producteurs l'avaient activé, c'était évident ! ... Oui mais, pourquoi à cet instant et pas avant ? Le système s'était bien enrayé, non ?... Ils l'avaient fait exprès ! Pour générer encore plus de suspense. Pour relancer un public très certainement défaillant, après ces longues heures d'oisiveté passées devant le téléviseur. Pour créer une situation sans précédent dans le Requiem de l'horloge. Pour lancer à la face du monde et à celle de leurs détracteurs qu'eux, les producteurs infaillibles et sournois, resteraient toujours et à jamais les seuls maîtres du jeu. Pour faire de cette édition un tableau encore plus inoubliable que tous les autres... Pour la beauté du spectacle, tout simplement !

Dévoré par une violente poussée d'angoisse, **Cinq** exprima soudain ce que chacun pensait :

- Ils se sont joués de nous, les ordures ! Et ils lui ont fait payer chèrement ses tentatives répétées de sabotage... Son bracelet n'a jamais été grippé !

Sa voix s'emballa et devint un long gémissement plaintif :

- Ils lui ont fait croire qu'il tenait la victoire pour mieux le briser ! Ils ont attendu qu'on s'entretue et qu'on atteigne, en quelque sorte, le point de non retour pour enfin intervenir... pour enfin « sauver » leur jeu !

Face à tant de vilenie, chacun réagit à sa manière. En contrecoup de tout le stress accumulé, **Cinq** se mit à sangloter comme un enfant éperdu tandis que **Six**, assise désormais sur le canapé et ébranlée dans sa soif de survie, restait là, hagarde, incapable de dire quoi que ce soit pour une fois. Plus posé ou plus résigné, **Deux** évacua, quant à lui, rapidement toutes ces atroces suggestions. Il ne pouvait, ni ne voulait y croire !

- Allons, tempéra-t-il. Ne vous minez pas ainsi. Ne cédez pas à la paranoïa aveugle, comme **Trois** l'avait fait. Il existe une autre réponse, beaucoup plus rationnelle.

Dans un mimétisme parfait, **Cinq** et **Six** lui jetèrent un œil dubitatif.

- Pensez à un moteur de voiture qui a du mal à démarrer, ajouta-t-il bientôt avec un sang-froid étonnant. Plus vous insisterez et plus vous vous énerverez, plus vous aurez des chances de le noyer. Mais si vous le laissez reposer quelques minutes et que vous réessayez tranquillement, vous obtiendrez de bien meilleures chances de parvenir à vos fins... C'est exactement ce que les producteurs ont fait avec le bracelet de **Trois**.

Temps d'assimilation oblige, ses compagnons s'observèrent quelques instants sans rien dire. Puis **Cinq**, positivement défaitiste, balbutia entre deux gémissements :

- Dans ce cas-là... comment expliques-tu qu'ils l'aient activé au moment le... le...

- Le plus approprié ? essaya **Deux**.

Le gros homme opina du chef, ainsi que **Six** d'ailleurs. Plus que tout autre chose, ce détail troublant les chagrinait. Alors, avec la froide et hautaine assurance de l'évidence, leur camarade exposa son point de vue :

- Je comprends que vous puissiez être sceptiques. Mais là encore, l'explication est très simple. Pour ne pas se ridiculiser une seconde fois, en faisant montre de leur impuissance, les producteurs ont attendu le dernier moment, le plus dramatiquement approprié si vous voulez, pour réessayer le système d'activation (il tourna la tête vers **Six**) ... En fait, ils ont dérogé à leur règle d'or d'impartialité en te sauvant d'une fâcheuse posture.

- Tu suggères qu'ils ont pris sciemment parti ? l'interrogea sèchement la jeune femme, comme contrariée par cette simple hypothèse.

- Oui, c'est indubitable, affirma **Deux**. N'oubliez pas qu'ils n'ont pas suivi la proposition cruelle et horrible, mais somme toute logique, de se rabattre immédiatement sur l'un de nous.

À ce rappel insoutenable des faits, le visage de **Cinq** blêmit... à l'inverse de celui de sa voisine qui se durcit d'un coup.

- Je n'ai pas besoin de leur pitié ! s'exclama-t-elle.

- Il ne s'agit pas de cela, la modéra **Deux**. Le sort avait désigné **Trois**, c'était donc à lui de mourir. Il était inconcevable pour les producteurs qu'il en soit autrement, au risque de perdre la mainmise sur le jeu. Ils ont donc attendu, ont peut-être corrigé quelques défaillances techniques, se sont vivement concertés sans aucun doute, mais surtout ils ont observé nos réactions et jugé de l'évolution de la situation.

Il s'accorda un petit temps de pause puis continua :

- Lorsqu'il a été évident que tout allait basculer, qu'on allait s'entretuer et que l'ordonnancement du spectacle allait définitivement leur échapper, ils ont appuyé sur le bouton. À tout hasard, parce qu'ils n'avaient plus rien à perdre... Et parce qu'au milieu de la confusion générale, cela aurait pu passer inaperçu s'ils avaient encore échoué.

Le silence retomba dans la salle. Puis **Six**, ricanant d'un air mauvais, apostropha **Deux** :

- Et c'est toi qui dis ça ? Toi qui suppliais de mourir il y a quelques minutes à peine ! Tout cela est risible. Enfin, regarde-toi (elle tourna brièvement la tête vers **Cinq**) … Regardez-vous, devrais-je dire ! Vous êtes pitoyables ! Vous n'avez aucune dignité, aucun amour-propre. Vous n'êtes pas capables du moindre engagement et êtes pire que des girouettes.

- Alors que toi, bien sûr, tu es irréprochable ? ironisa sans grande conviction **Deux**.

- Plus que quiconque, oui ! certifia la jeune femme. Jamais je ne me suis lamentée, jamais je n'ai courbé l'échine ou imploré… La liste serait longue si je devais continuer.

De plus en plus écrasée par son courroux, elle prit le temps de calmer sa respiration, devenue haletante, avant de les fusiller d'un regard appuyé.

- Je me contrefous des hypothèses, reprit-elle plus froidement. Seuls les faits comptent pour moi. **Trois** est mort. Tant mieux ! Si je dois y passer, j'aurais eu au moins la satisfaction d'avoir vu ça avant. Mais, quels que soient les motifs directs de son exécution, j'ai été la seule à avoir eu le courage de me battre, de prendre les choses en main et de ne pas pleurnicher en espérant que ça passe. C'est ça, la seule vérité pour moi ! (elle jeta un coup d'œil en direction des caméras). Je ne dois rien à personne.

Tout était dit ! Voilà ce qui la mettait dans un tel état ! Imaginer que, d'une façon ou d'une autre, elle était redevable des producteurs. Elle, l'indépendante farouche et obstinée. Elle, la révoltée que jamais rien ne ferait plier. Pour la raisonner, **Deux** ne pouvait sans doute pas plus mal tomber. Mais pour la relever – si besoin était – pour lui rendre son énergie première, sa rage intrinsèque, il avait assurément tapé dans le mille.

Face à l'expression penaude de ses compagnons, **Six** soupira finalement de dédain et, s'allongeant derechef sur le canapé, leur tourna le dos. Qu'ils lui foutent donc tous la paix !

D'un œil vitreux et terne, **Cinq** scruta quelques instants le ballet des aiguilles. *Tac, tac, tac.* Depuis quelques secondes, il était 17h23. Déjà plus d'un tiers d'accompli dans cette avant-dernière étape… Et puis, soudain, le besoin impérieux d'avoir la réponse à une question qui le démangeait depuis longtemps le fit sortir de son mutisme. Dévisageant franchement **Deux**, il l'examina un moment d'un air pensif avant d'ouvrir enfin la bouche :

- Que voulait dire **Trois** lorsqu'il te traitait de vendu ?

Interdit, son compagnon le fixa d'abord sans rien dire, puis un sourire désabusé s'étira lentement sur ses lèvres.

- Je n'en sais rien, soupira-t-il, parce que je ne vois pas où il est allé pêcher une idée aussi absurde… si ce n'est, bien évidemment, dans les raisonnements tourmentés de sa paranoïa.

Peu convaincu par cette réponse évasive, **Cinq** repartit aussitôt à la charge :

- Tu n'en as pas moins une vague impression, n'est-ce pas ?

- Bien sûr. Je suppose qu'il imaginait que j'avais trempé avec la production en mettant au point un quelconque accord secret. Une hypothèse totalement farfelue, tu en conviendras ?

Le gros homme acquiesça mollement. Mais l'inévitable lueur de suspicion qui brillait au fond de ses yeux engagea **Deux** à ne pas en rester là.

- À voir ta tête, tu ne sembles guère convaincu, observa-t-il.

Avec une moue gênée, et incapable d'affronter le regard de son ami, **Cinq** se perdit dans la contemplation de ses chaussures :

- Pardonne-moi, mais…

Il s'interrompit, hésitant.

- Mais quoi ?

- Cela n'a aucune importance, se dégonfla le gros homme.

- Je crois que si, au contraire.

- Il n'y a pas de fumée sans feu, trancha soudain **Cinq**, en s'agitant nerveusement sur son siège. **Trois** n'aurait jamais inventé une pareille supercherie sans une bonne raison.

- Tu préfères donc le croire, lui ? s'indigna **Deux**.

De plus en plus mal à l'aise, son compagnon secoua énergiquement la tête :

- Non ! Bien sûr que non ! C'est juste que je ne sais plus trop quoi penser, avec tout ce qui vient de se passer … La sentence retardée … Le coup du bracelet qui remarche soudain … Je … Je n'en peux plus, je crois.

Face à tant de désarroi et à toute l'absurdité de cette pseudo mise en accusation, **Deux** se sentit un instant désarmé. Puis, se forçant à sourire, il dévisagea avec compassion et indulgence son ami.

- **Trois** était devenu complètement fou, déclara-t-il enfin avec le plus de douceur possible. Je suppose qu'à un moment ou un autre, lorsqu'il a compris que sa victoire n'était pas aussi assurée qu'il le croyait, il s'est inventé une excuse et a imaginé la présence d'un (il s'interrompit pour choisir ses mots avec soin) … d'un traître de la production parmi nous. Et, pour je ne sais quelle mystérieuse raison, il a arrêté son choix sur moi.

Il marqua une courte pause puis ricana :

- Pour un être aussi orgueilleux que lui, il ne pouvait pas y avoir d'autre explication.

À cette remarque, **Cinq** grimaça un sourire mais, là encore, cela n'avait rien de convaincant.

- Nous sommes tous horriblement éprouvés, ajouta alors **Deux** dans un soupir. Quoi qu'en dise notre amie (il regarda avec tristesse **Six**, toujours aussi dédaigneuse, le dos tourné), nous sommes déjà tous allés au-delà de nous-mêmes. Nous avons supporté plus qu'il n'est humainement possible. Il est donc normal, et même légitime, que nous accusions maintenant le coup. Pour **Trois**, cela se traduisait par une paranoïa aiguë. Pour toi, cela semble s'exprimer par un excès de doute et… pour moi par une envie morbide d'en finir (il baissa un instant les yeux, honteux) … Mais la fin de notre supplice est proche désormais, et nous tiendrons bon.

- Je ne sais pas si j'y arriverais, se lamenta **Cinq**. Je suis tellement las. J'ai l'impression que ma tête va exploser sous la pression de mes sentiments contradictoires et de mes angoisses répétées. Je ne sais plus où j'en suis, ni même qui je suis vraiment. Mon corps ne m'obéit plus, et je me demande s'il le fera à nouveau un jour. Je sais maintenant que, même si je gagne, il y aura de graves séquelles et cela me terrifie.

Frappé en plein cœur, car il se retrouvait parfaitement dans ce constat, **Deux** ne trouva cette fois rien à redire. En parlant de séquelles, **Cinq** avait appuyé là où ça faisait mal et mis en avant un point particulièrement sensible du Requiem de l'horloge : le devenir des vainqueurs précédents ! Avant cette édition – quatrième de son état – il y avait eu logiquement trois lauréats sanctifiés. Au début, cela avait été, bien entendu, tapis rouge, strass et paillettes ! Mais la vraie conclusion, elle, s'était avérée à chaque fois beaucoup plus morose…

La première année, c'était une femme, d'apparence frêle, qui avait triomphé du jeu de massacres. Nouveauté oblige, sensationnalisme de l'exploit réalisé, tous les médias, toutes les émissions de variétés se l'étaient arrachée. Comme promis par les producteurs, à grand renfort de marketing, tous ses rêves avaient semblé se réaliser, tout lui était devenu possible. À elle la vie de princesse… et le saut de l'ange du sommet d'un building quelques mois après. La nouvelle avait fait l'effet d'un coup de massue, le pays avait sombré dans un deuil quasi-général et la presse people, ordurière et vomitive, s'était emparée avec une avidité malsaine du sujet. Pourtant les signes, eux, avaient toujours été là, à commencer par cette lueur d'une détresse intarissable au fond des yeux de la lauréate.

L'année suivante, cela n'avait guère été mieux. Cette fois, le vainqueur était un homme d'aspect solide. Enfin physiquement, parce que mentalement le malheureux ne s'était jamais remis de cette terrible épreuve. Au début, les producteurs avaient bien tenté de lui redonner goût à la vie, de faire de lui cette nouvelle star que le public attendait avec impatience. Mais les rares émissions auxquelles il avait participé avaient tourné au flop, les quelques interviews qu'il avait acceptées s'étaient vite avérées inexploitables. L'homme évoluait aux frontières de l'autisme et, pire que tout, s'enfonçait même dans la démence. Résultat : trois semaines après sa sortie, l'heureux lauréat avait été interné dans un asile psychiatrique, catégorie camisole de force et électrochocs !

Mais le plus affligeant résidait encore dans la façon dont il avait obtenu ce triste sésame. Pris un jour d'une violente crise d'hystérie, l'homme s'était rué dans le magasin d'un paisible horloger. Étourdi par tous ces tics tacs insolents, guidé par une frénésie aveugle, il s'était mis à tout saccager, s'en prenant même directement au boutiquier. Et, lorsque les policiers étaient enfin arrivés, il avait fallu, dixit les journalistes, « pas moins de huit agents pour maîtriser le forcené », le magasin n'étant alors plus qu'un champ de ruines et l'horloger, un amas indéfinissable et sanguinolent. Premier dommage collatéral du Requiem, le malheureux venait de sombrer dans un profond coma dont jamais il ne sortit.

Avec ce nouveau drame, les détracteurs du jeu, pourtant de moins en moins nombreux, s'en étaient donnés à cœur joie. Comme pour le suicide de la lauréate précédente, ils avaient critiqué vertement ce système qui n'offrait finalement aucune échappatoire : ni rédemption, ni résurrection promise. Juste la mort ou la folie. Ils avaient même assigné les responsables en justice mais les producteurs étaient devenus intouchables, grâce à ce cocktail étourdissant et si souvent méprisable de l'argent et du pouvoir. En fait, la seule chose qu'ils avaient obtenue des maîtres du Requiem, c'était leurs « sincères condoléances » pour les familles des victimes, et une déclaration publique solennelle dans laquelle ils affirmaient haut et fort qu'ils étaient désolés, voire même tracassés par le devenir malheureux des survivants... et, pourrait-on ajouter sans se tromper, par un marché juteux trop vite sabordé.

Pourtant la faute en incombait nécessairement à quelqu'un, et le couperet n'avait pas tardé à tomber sur les équipes de psys qui n'avaient pas fait correctement leur travail en amont, en ne sachant pas déceler des caractères trop fragiles pour supporter le choc ; en gros, pour ne pas avoir su sélectionner des robots ! Crise oblige, les psys avaient donc endossé le rôle de boucs-émissaires puis supporté le blâme et l'exclusion. Le ménage de la conscience, vite fait bien fait ! Et une quiétude enfin retrouvée pour préparer la troisième édition...

Alors, miracle d'un système révisé, le lauréat suivant avait été le bon ! Après un temps de latence, somme toute bien légitime, l'ancien candidat avait retrouvé toute sa vigueur et sa joie de vivre. Mieux que ça même, en homme d'affaires implacable, il avait su exploiter à la perfection sa nouvelle notoriété et s'enrichir de manière vertigineuse. Bombardé directeur d'une boîte de production à sensation, l'ancien chômeur était vite devenu un magnat de l'audiovisuel sans scrupules qui n'avait plus rien à envier aux organisateurs du Requiem.

La télé-réalité tenait enfin son champion. Mais, comble de l'infortune sans doute, la success story n'avait pas duré. Boulimique d'une vie qu'il cherchait désespérément à rattraper, l'heureux élu avait brûlé sa chance dans une vie dissolue : sexe, alcool, drogue, caprices en tous genres. Multipliant les excès et les frasques, dont la presse people s'était goinfrée, le survivant, baigné dans une mensongère auréole d'immortalité, avait dépassé plus d'une fois la mesure. Et la Mort, patiente et sournoise, avait attendu tranquillement leur rendez-vous.

À peine un mois plus tôt, l'insolent l'avait finalement rencontrée au détour d'une overdose. Et, à l'aube de cette quatrième édition, les gens avaient commencé à murmurer qu'une malédiction planait sur les lauréats du Requiem de l'horloge. Hypothèse déraisonnable, bien sûr, car la vérité, elle, était bien moins fantasmagorique. Même hors de la pièce et de son tempo infernal, les aiguilles avaient simplement continué de tourner...

Après un long silence, que chacun des candidats avait mis à profit pour replonger dans cette triste genèse, **Cinq** prit de nouveau la parole en soupirant :

- Je me demande finalement s'il y a le moindre avenir.

Attentive à tout ce qui venait de se dire, **Six** se redressa violemment sur le canapé et fit face à ses compagnons :

- Ah non ! Tu ne vas pas t'y mettre toi aussi avec cette stupide malédiction !

- Et pourquoi pas ? brava mollement l'accusé. Les faits sont là.

- Des conneries ! répliqua sèchement la jeune femme. Et je le prouverai si jamais je sors d'ici. En vivant tout simplement et en...

Elle s'interrompit, soudainement intimidée par le regard inquisiteur des caméras.

- Et puis merde ! trancha-t-elle finalement. J'en ai assez d'écouter vos jérémiades. Ça trouble mon repos.

- Tu en auras peut-être bientôt plus qu'il n'en faut, nota avec cynisme **Deux**.

Comme sonnée par ce trait d'esprit, **Six** abandonna tout à coup son masque furibond et se mit à glousser nerveusement.

- Peut-être... Mais je ne vois pas pourquoi je perdrai mon temps avec vous d'ici-là.

- Jusqu'au bout, il n'y aura donc eu que du poison qui sera sorti de ta bouche, soupira **Deux**. C'est vraiment dommage car je suis sûr que tu as beaucoup mieux à apporter.

Bluffée par cette nouvelle tentative de séduction, **Six** resta un instant bouche bée. Puis, son naturel reprenant bien vite l'ascendant, elle ricana avec dédain.

- Mieux vaut du venin que des sanglots, cracha-t-elle en se levant.

D'un pas de nouveau assuré, **Six** se dirigea vers le lavabo et se passa longuement de l'eau sur le visage. Puis, pour la première fois depuis son entrée dans la pièce, elle examina son reflet dans le miroir. Et cela ne lui fit ni chaud ni froid... *Tac, tac, tac.* L'horloge indiquait 17h29. S'emparant d'une serviette sur le reposoir, elle tamponna ensuite doucement sa lèvre meurtrie, vestige de la gifle sévère que lui avait infligée **Trois**, avant de se retourner vers ses compagnons. En zombis prévisibles et affligeants, ils l'avaient observée sans rien dire.

Pendant plus d'une minute, le temps s'écoula ainsi, entre longs regards échangés et coups d'œil gênés. Puis **Six**, soupirant bruyamment, jeta sa serviette par terre et alla prendre une bouteille d'eau dans le frigo. Tout comme pour **Deux** précédemment, une soif irrépressible lui desséchait la gorge, et ce fut donc avec une certaine délectation qu'elle porta le goulot à ses lèvres. Après s'être désaltérée de plusieurs longues gorgées, elle posa finalement la bouteille sur la table, les yeux perdus dans le vague et un étrange sourire moqueur en coin.

- Qu'est-ce qui te réjouit ainsi ? la questionna **Deux**.
- Jamais tu n'abandonnes, hein ? siffla-t-elle.
- Lorsqu'il s'agit de toi, non, répondit-il d'un ton égal.

Déstabilisée par cette énième marque d'affection, **Six** ouvrit de grands yeux, et sa morgue acerbe mourut dans sa gorge.

- Et puis, reprit aussitôt **Deux**, pourquoi le ferais-je de toute façon ? Maintenant qu'on est proche de la fin, on peut bien jouer franc-jeu, non ?

De plus en plus gênée par cette ambiguïté qui se dessinait entre eux, la jeune femme ricana avec insolence, histoire de retrouver une certaine contenance, puis s'assit sur une chaise.

- Je pensais à ce foutu jeu-concours des producteurs, avoua-t-elle enfin avec un nouveau sourire. Avec l'incident de **Trois**, leur standard a dû exploser sous l'afflux des appels.

Cette évocation à peine formulée, une nouvelle porte s'ouvrit aussitôt dans la mémoire collective. L'avis du public – le vote diraient certains – cette joyeuse arnaque malhonnête, cette odieuse et outrancière pompe à fric destinée à renflouer les comptes de la télé-réalité. De la même façon que le boom de la téléphonie mobile, notamment avec les textos, avait servi dans les premiers temps ce type d'émissions puis par la suite le monde de l'audiovisuel en général, le Requiem de l'horloge avait, dès l'édition originelle, recouru à ce procédé. Au point d'en être influencé dans ses verdicts ?

Le principe était simple. Ici, il ne s'agissait pas de voter pour ou contre l'exclusion d'un candidat, seul le hasard de la toute-puissante roulette décidant de la mort ou de la vie. Le public ne faisait que parier sur un numéro, comme pour la loterie nationale, tout le monde y allant de sa petite supputation, de son pressentiment ou de sa probabilité rigoureuse et sans âme. Pour jouer, il n'y avait qu'à appeler le standard ou envoyer un texto avec pour seule indication le chiffre parié. Le tout pour un coût exorbitant, bien sûr ! Mais quand on aime...

Le décompte était fait après chaque passage horaire par des agents dévoués des télécoms qui recensaient le nombre de gagnants pour le numéro tombé, puis un tirage au sort était effectué. Pour l'heureux chanceux, dont le nom défilait ensuite au bas de l'écran, c'était dès lors la garantie de toucher prochainement une somme rondelette de la production.

Mais la générosité débordante des organisateurs ne s'arrêtait pas là. À la fin du jeu, et après un espace publicitaire interminable, un écran noir remplissait encore les téléviseurs et deux noms apparaissaient successivement, le premier étant logiquement celui du dernier gagnant horaire et le second celui du grand lauréat. Tiré au sort parmi les téléspectateurs récompensés, ce dernier se voyait offrir gracieusement, en plus de son chèque déjà acquis, une voiture haut de gamme et un beau voyage tous frais payés.

Ce concept de double gratification se montrait au final terriblement malin et efficace. Non seulement il garantissait la fidélité du public, pourtant déjà harassé par de longues heures de direct, face à une nouvelle flopée de publicités édulcorées, mais en plus il permettait d'appâter encore plus de joueurs, séduits par la largesse de ces donations... Et le côté humain dans tout ça ? Fadaises inutiles. On l'oubliait. C'était le business de la mort dans la dictature de l'argent roi.

Pour « l'incident **Trois** », comme le nommait si bien **Six**, une douce folie avait dû effectivement s'emparer du standard. Pris de panique, à l'instar des candidats mais pour des raisons plus pécuniaires, les téléspectateurs, qui avaient parié sur le dilettante, s'étaient sans aucun doute rués sur leur téléphone pour porter une réclamation et exiger un dédommagement. D'autres, votants récalcitrants ou indécis, avaient dû subitement s'emballer, en réalisant à tort que leurs chances de l'emporter étaient devenues d'un coup plus abordables. Et c'était encore sans compter sur tous ceux qui avaient dû vouloir faire l'un ou l'autre mais qui, saisis par ce coup de théâtre et la gradation soudaine dans le suspense, n'avaient pu que rester accrochés à leur téléviseur, incapables de la moindre initiative...

D'une voix calme et posée, **Deux** mit un terme à cette nouvelle introspection collective :

- Tout ce jeu n'est que pure folie, alors un peu plus ou un peu moins...

- J'ai déjà appelé, moi. Pas vous ? intervint soudain **Cinq** d'un ton qui dissimulait mal une certaine culpabilité.

- Bien sûr que non ! cracha furieusement **Six** en le fusillant d'un regard assassin.

- Moi non plus, répondit à son tour **Deux**. L'idée ne m'a même jamais traversé l'esprit.

- Pourtant, avant de venir ici, vous regardiez bien l'émission, non ? se défendit le gros homme, comme s'il assénait là une évidence.

Dans un silence de repentir, **Deux** se contenta de hocher la tête. Mais **Six**, éternelle enragée, monta encore une fois au créneau.

- La première année, rien ! Je n'ai vu certaines images que bien plus tard.

- Et après ? insista **Cinq**.

- Après, avoua-t-elle, j'ai été, comme tout le monde, rattrapée par l'effet de mode et j'ai regardé le best off... puis l'émission dans son entier l'année dernière... Mais, contrairement à toi gros lard, je n'ai jamais eu l'idée tordue de jouer !

C'était chaque fois la même chose. Lorsque **Six** se sentait fragilisée ou confuse, elle attaquait avec colère et frappait là où ça faisait mal. Profondément dépité par sa honteuse confession, **Cinq** ne trouva cependant pas la force de répondre, et ce fut encore une fois **Deux** qui intervint pour calmer la querelle.

- Ne le blâme pas autant, tenta-t-il de raisonner la jeune femme. Car l'idée la plus tordue qui soit, on l'a tous eue, je crois, en présentant notre candidature.

De nouveau refroidie par cette grande vérité, **Six** croisa les bras et se renfrogna :

- Il n'empêche que nous, on n'a pas joué sur la vie des autres.

Après un bref intermède pesant, **Deux** se tourna derechef vers le gros homme.

- Et tu as gagné, au moins ? lui demanda-t-il avec une pointe de malice à peine perceptible dans la voix.

- Non, soupira **Cinq** en secouant doucement la tête. Pas une seule fois.

Comme s'il était pris en flagrant délit de cruauté, il se mordit nerveusement les lèvres et baissa les yeux. Quel besoin avait-il eu de montrer ainsi de la déception ? Devinant parfaitement son malaise grandissant, son compagnon n'insista pas. Qu'il ait joué plusieurs fois ou non ne changeait rien au problème, et puis d'ailleurs il était loin d'être le seul dans cette société déshumanisée. **Cinq** ouvrait la bouche pour tenter sans doute une vaine explication mais **Deux** le coupa aussitôt, bien décidé à mettre un terme à ce sujet glissant.

- C'est le démon du jeu qui s'était une fois de plus emparé de toi, l'excusa-t-il.

L'intéressé opina du chef d'un air las. Oui, bien sûr, ça ne pouvait être que cela...

Patiemment, résolument, les aiguilles jouaient leur partition monosyllabique. *Tac, tac, Tac... Tac, tac, Tac...* Un tour de piste... puis un autre... et encore un autre. La baisse de rythme, tant redoutée par les producteurs, s'imposait de nouveau sur les survivants éreintés. Mais, heureusement pour les organisateurs, l'introspection était devenue une épreuve trop pénible et, après une nouvelle révolution de la trotteuse, **Cinq** brisa finalement le silence d'une voix hésitante et tremblotante. Il était 17h37 et une poignée de secondes.

- Vous croyez en la concordance des nombres ? interrogea-t-il à la cantonade.

Arrachés subitement à leurs pensées, ses compagnons le dévisagèrent un instant d'un air interdit. Puis **Deux** se fit un devoir d'exprimer la pensée commune :

- De quoi parles-tu ?

- Des numéros gagnants des années précédentes, répondit le gros homme d'un ton proche de l'abattement. Des probabilités qui ne jouent vraiment pas en ma faveur.

Ne profitant pas plus avant de l'expression atterrée de ses acolytes, il soupira profondément avant de reprendre :

- Lorsque j'ai appris que je serai le numéro **Cinq**, j'ai blêmi. Quelle chance y avait-il, en effet, que le même chiffre gagne deux fois de suite ?

Alors que l'angoisse l'étreignait toujours plus, son timbre de voix s'emballa :

- Et il y a pire ! Songez aux numéros déjà gagnants ! La première année, le **Trois**. La deuxième, le **Un**... et puis, l'an dernier, le mien. Ne remarquez-vous donc rien ?

- Ils sont tous impairs, se hasarda timidement **Deux**.

- Exactement ! s'emporta son compagnon.

Son visage s'assombrit d'un coup et le désespoir y creusa ses cruels et profonds sillons :

- Je vous le demande : combien de temps cela va-t-il encore durer avant qu'un numéro pair ne l'emporte enfin ?

Pas le moins du monde touchée par cette théorie, **Six** intervint avec dédain :

- Remballe tes chiffres, gros tas. Tes calculs sont foireux. Je suis un numéro joker par rapport à l'année dernière, tout comme l'était l'abbé.

- Cela ne change rien, persista **Cinq**.

- Si, au contraire, intervint **Deux** d'une voix aussi douce que possible. Je n'ai jamais été très doué en maths mais les données ne sont pas les mêmes, il me semble, vu qu'on a deux numéros supplémentaires depuis cette année. De plus, tu constateras qu'il y a toujours eu une majorité de nombres impairs, donc plus de chances que l'un d'eux l'emporte.

- C'est facile pour vous deux de vous en moquer, cracha le gros homme. Vous avez des chiffres pairs, vous ! Et, en plus, ils ne sont encore jamais tombés.

- Tout cela est parfaitement absurde, trancha brutalement **Six**.

- Si c'est le cas, rebondit **Cinq** en proie à l'affolement général, échange ton maillot avec moi.

D'abord saisie par cette demande saugrenue, la jeune femme ne trouva sur l'instant rien à répliquer. Puis rapidement, un rire méprisant monta du fond de sa gorge :

- Allons, regarde-toi, boule de graisse. Tu ne rentrerais même pas dedans. Quant à moi, je me noierais dans le tien... et ça serait encore sans compter sur ta sueur infecte.

- Ça suffit ! intervint sèchement **Deux**, en la fusillant du regard.

- Oh ! Attention ! ironisa **Six**. Voilà les bonnes leçons de notre maître censeur.

Aussitôt, l'intéressé se réprimanda en son for intérieur. Il savait pourtant pertinemment qu'il n'obtiendrait jamais rien de cette enragée en l'agressant ainsi... Mais il en avait plus qu'assez de ses attaques répétées sur le physique disgracieux du gros homme. C'était à la longue inadmissible et intolérable. Voyant toutefois que **Cinq** trop habitué ou trop accablé sans doute ne réagissait pas outre mesure, il se fit fort de changer immédiatement de tactique :

- Écoute, au nom de ce droit à la tranquillité que tu défends, laisse-le en paix. Il est à bout.

- Alors, qu'il la ferme ce crétin ! Il me donne mal à la tête avec ses foutues probabilités.

Six bondit vivement de son siège et se mit à faire les cent pas, tout en s'étirant au maximum et en travaillant sa respiration. Il n'était pas le seul à être à bout ! Mais rapidement, **Deux** se désintéressa d'elle et replongea dans la spirale étourdissante de ses pensées. Comme chaque candidat sans aucun doute, il avait lui aussi fait la comparaison avec les numéros déjà victorieux lorsqu'on lui avait attribué le sien, mais cela avait été plus du domaine du raisonnement spontané que de l'analyse rigoureuse. Le chiffre lui convenait – même s'il n'était pas superstitieux, il avait, comme tout un chacun, ses petites préférences en la matière – et l'idée que celui-ci était encore « vierge » de toute gloire lui plaisait plutôt. Bref, il l'avait pris comme tel et n'avait pas poussé plus loin sa réflexion.

Mais là, **Cinq** lui montrait une troublante évidence mathématique qui lui réchauffait le cœur, qui lui rendait même d'une certaine façon un peu d'espoir. Le rapport entre pair et impair parlait clairement à son avantage ! Les probabilités allaient dans son sens… et par conséquent les chances de gagner aussi ! Comment n'avait-il pas vu cela plus tôt ? Fallait-il donc que l'indice le plus probant échappe toujours à la perception ? Non, il ne parvenait décidément pas à comprendre, lui qui était d'habitude si friand de ce genre de petits détails.

Les geignements déchirants et pathétiques de son compagnon le firent revenir d'un coup à une réalité plus concrète. Depuis « l'incident **Trois** » et son interminable suspense, le gros homme paraissait avoir renoncé à tout avenir. Tous les signes concordaient dans ce sens : d'abord sa méfiance démesurée à son égard, lui le soi-disant « vendu », puis sa résignation amère sur l'absence de salut en comparaison du devenir des lauréats précédents. Et maintenant, c'était son désarroi, issu d'une théorie négative des nombres et de son implacable vérité, qui le minait encore un peu plus.

Malgré tout, et parce qu'il en avait fait la douloureuse expérience, **Deux** voulait l'aider. Mais, comment s'y prendre ? Que pouvait-il dire ou faire pour lui donner l'envie de relever la tête ? Échanger son maillot, comme **Cinq** l'avait naïvement suggéré ? … Non ! Pas question ! Pas après cette vague de réconfort qu'il lui avait involontairement apportée. Si son numéro pair pouvait effectivement lui offrir une chance de plus de l'emporter, il était parfaitement impensable qu'il acceptât de le céder à autrui.

Et puis d'ailleurs, était-ce possible ? Le règlement ne stipulait rien à ce sujet, que ce soit dans le sens de l'interdiction ou de l'autorisation. Perdu dans ses réflexions, **Deux** se mit à divaguer. Son compagnon ne venait-il pas de mettre le doigt sur un défaut du règlement ? Que se passerait-il, en effet, si deux candidats, voire même plus, décidaient d'échanger leurs maillots ? Comment devrait-on dès lors appeler les nouveaux baptisés ? De leur ancien ou de leur dernier numéro ? La symbolique, utilisée par les producteurs, allait-elle jusqu'à une réelle identification de soi ou se limitait-elle à un simple morceau de tissu ? De même, dans le cas improbable d'un échange, quel critère devrait être finalement retenu pour le verdict ?

Amusé par ses supputations farfelues, **Deux** pouffa doucement en secouant la tête. Mention ou pas, il n'y avait pas à tergiverser. Ce serait une sévère remise en ordre et un avertissement pour les mutins ! Parce que tout ce qui pouvait saboter ou rendre confus le bon déroulement du spectacle devait être sanctionné... Quel comble autrement ! Il suffirait, par exemple, de troquer son numéro avec le premier macchabée venu pour obtenir l'immunité providentielle. Allons, il fallait tout de même respecter un certain fair-play... En fin de compte, la seule chose que l'on pouvait se demander, c'était si les producteurs songeaient d'ores et déjà à ajouter un erratum dans leur règlement.

S'arrachant pour de bon à ses analyses stériles, **Deux** s'approcha d'un air décidé de **Cinq** et lui posa la main sur l'épaule :

- Tu peux voir la réalité des chiffres d'une manière toute différente, mon ami.

L'œil humide et la lippe pendante, le gros homme leva la tête vers son compagnon qui reprit aussitôt :

- Toi qui parles des rapports entre pair et impair, médite un peu sur la catégorie à laquelle appartenaient les trois derniers exécutés et...

Il s'interrompit brutalement et se mit à balbutier, comme s'il ne réalisait que maintenant toute la portée de ce qu'il avançait :

- Demande-toi quelle est la probabilité que... qu'un chiffre impair tombe quatre fois de suite ?

Face à tant d'acharnement à l'auto flagellation, **Six** lui lança un regard dépité. Miroir déformant de son vis-à-vis qui venait d'un coup de retrouver un semblant de couleur, **Deux** venait de blêmir avec la même rapidité. Voilà ce qu'on y gagnait à vouloir aider à tout prix les faibles ! La perte de son illusion d'individu bien-portant et l'affreux doute. Dans une volte-face rageuse, la jeune femme tourna les talons et reprit à zéro son travail de relaxation.

Totalement ignorant de cette nouvelle colère et l'œil légèrement hagard, **Deux** s'éloigna pour sa part d'un pas tremblant du gros homme et se laissa tomber sur son fauteuil. Évidemment, son raisonnement était quelque peu faussé car **Un** avait été une exécution forcée. Mais cela n'y changeait rien ! Il venait de saper son beau moral tout neuf avec une rare efficacité. Tout cela parce que, sur le moment, ça lui avait paru la chose primordiale à dire, l'argument imparable pour remonter la santé mentale déficiente de son compagnon. Tout cela parce qu'il n'avait pas pris la peine d'y réfléchir et qu'il avait poussé trop loin la valse troublante et étourdissante des chiffres... Et merde, **Six** avait raison : conneries de probas !

Pendant quelques minutes, signe d'un malaise de plus en plus persistant, le silence retomba parmi les candidats. *Tac, tac, tac.* La trotteuse s'en donnait à cœur joie, **Six** continuait de défiler inlassablement et **Deux** de se maudire intérieurement, lorsque **Cinq** brisa une fois de plus la méditation collective. Il était tout juste 17h43.

- Si l'on admet que la production n'a pas magouillé avec la mort de **Trois**, croyez-vous que le défaut technique de son bracelet pourrait se reproduire avec l'un des nôtres ? demanda-t-il avec une pointe d'espérance dans la voix.

- Ah ! Ça suffit avec tes questions à la con ! s'énerva aussitôt la jeune femme.

Décidément, c'était à s'interroger sur la réelle utilité de son exercice de relaxation.

Un brin fataliste, et comme s'il assistait à une partie de tennis, **Deux** fixa **Cinq** dans l'attente d'une réplique cinglante. Mais celle-ci tarda à venir... Était-il déjà vaincu ? Ou renonçait-il, avec sagesse, à s'engager plus avant sur ce terrain stérile des insultes dans lequel **Six** s'illustrait à merveille ? Durant de longues secondes, le gros homme entretint le mystère, la mine soucieuse. Puis, levant enfin les yeux, il soupira :

- Je ne vois pas où est le problème... N'ai-je pas raison de m'accrocher au moindre espoir ?

- Si ça te plaît d'être une mauviette, je ne peux rien pour toi, siffla **Six**.

- Parce que toi, tu n'as jamais flanché peut-être ? Pourtant, souviens-toi. Tu as failli t'écrouler il n'y a pas si longtemps. Sans l'intervention de...

Le rouge monta d'un coup aux joues blafardes de la jeune femme.

- Attention à ce que tu dis, gros tas ! hurla-t-elle en frappant si violemment dans sa chaise qu'elle se renversa. Ne t'avise surtout pas de faire des comparaisons !

- Et sinon ? l'interrogea **Cinq** avec un sang-froid exemplaire. Que feras-tu ? Tu m'insulteras copieusement ? Tu m'attaqueras sur mon physique ou sur ma lâcheté naturelle ? Vas-y, défoule-toi. Mais je te conseille d'économiser ta salive. Tout cela glisse maintenant sur moi.

- Je pourrais toujours te savater jusqu'à ce que tu te taises ! cracha sans réfléchir **Six**. Et puis d'ailleurs, ça ne te changerait pas beaucoup. Si j'ai bien compris, t'es habitué à te faire bastonner.

Instantanément, des images honnies resurgirent dans l'esprit du gros homme. Il se revit roué de coups par des malfrats venus réclamer leur dû. Il réentendit leurs menaces formulées dans une semi-conscience. Il sentit de nouveau la morsure des blessures infligées dans sa chair. Mais il ne broncha pas. Cette enragée perdait son temps en tapant ainsi, là où ça aurait dû faire le plus mal. Il n'était plus le même.

- Essaye donc, répondit-il finalement, impassible. Mais attends-toi à ce que je me défende.

- Si tant est que t'arrives encore à bouger ta graisse.

Affectant une moue désolée, **Cinq** la scruta en silence.

- Eh bien ? lui demanda-t-elle bientôt avec dédain. Même ton cerveau fonctionne au ralenti ?

Sans se départir de son calme apparent, il lui adressa un sourire plein de compassion :

- Faut-il donc que tu aies peur à ce point pour exprimer une telle haine ?

Sur son siège, **Deux** se raidit imperceptiblement. Cette fois, aucun doute. **Six** allait bondir. Mais elle ne bougea pas, ni même ne répondit. Et **Cinq** poursuivit :

- Tu ne dis rien, pourtant c'est évident. La peur de mourir te ronge, comme pour chacun d'entre nous. Tu ne veux rien montrer, rien céder. Tu ne tiens pas à implorer qui que ce soit de t'aider. Alors tu t'enfermes dans cette rage aveugle. Toute ta haine n'est jamais que le reflet flagrant d'une réelle et profonde fragilité.

Pendant quelques instants, **Six** afficha une mine stupéfaite. Ça ressemblait tellement à un mauvais copier-coller de **Sept** ou de **Deux**. Puis son naturel revenant vite au galop, elle se mit à applaudir d'un air dédaigneux et insolent.

- Bravo, gros tas ! s'exclama-t-elle. Tu viens de gagner ta place dans l'équipe de psys du Requiem... La peur de mourir ? Bien sûr. Qui ne l'aurait pas ici ? Mais, pour le reste, tu te goures abruti. Je ne suis pas une pauvre chose fragile. Je suis juste pressée d'en finir, d'une façon ou d'une autre, et excédée de voir que je suis la seule... Oui la seule à ne pas m'être caché la vérité !

- Toujours et encore la même rengaine, soupira **Cinq**.

- Ouais, c'est ça, soupira la jeune femme. Mais, en attendant, j'en ai assez d'écouter tes conneries. Je te laisse avec tes illusions.

Sur ces propos et rattrapée par son vieux réflexe d'isolement, elle ramassa sa chaise et retourna s'asseoir dans son coin, comme lors de la première heure. Beaucoup de chemin avait été parcouru depuis lors. Les aiguilles avaient tourné, quatre candidats étaient tombés, les espoirs s'étaient éteints et les haines accrues. La dernière ligne droite approchait à grands pas et le verdict final, tant attendu, s'annonçait déjà. Pourtant, au milieu de cette pesante évolution, une chose demeurait inchangée, dans cette pièce comme dans le monde extérieur d'ailleurs : l'avenir incertain, suspendu aux tacs de la trotteuse.

Délaissant un instant l'observation de ses compagnons, **Deux** jeta un coup d'œil sur l'horloge. *Tac, tac, tac.* Le grignotage des aiguilles, provisoirement arrêté sur 17h47, se poursuivait inlassablement. Fidèle à lui-même, le temps avait filé et il restait de nouveau juste assez de vie à chacun pour se préparer à mourir. Sans doute était-ce mieux ainsi... Mais **Deux** ne s'attarda pas plus avant sur de telles considérations, préférant focaliser toutes ses réflexions sur l'échange auquel il venait d'assister.

Comme il était saisissant de constater la fringante assurance que **Cinq** avait gagnée en participant à ce jeu. En fait, de tous les candidats de cette édition, le gros homme donnait l'impression d'être celui qui avait le plus évolué. Dans un sens positif tout au moins, le moment où il avait rendu ses tripes paraissant bien loin maintenant. Depuis, et entre autres choses, il avait maîtrisé **Un** pour le compte de **Sept**, balancé à la surprise générale un sévère coup de poing à **Trois** ou bien encore adopté la seule méthode, calme et résolue, qui convenait face à la rage démesurée de **Six**. Comble de l'ironie, en traversant cette épreuve, **Cinq** était-il devenu un homme meilleur ? Le Requiem de l'horloge pouvait-il faire autre chose que d'infliger angoisse et souffrance ? … **Deux** secoua doucement la tête. Non, tout cela était ridicule. Ce maudit jeu ne pouvait rien apporter de bon. Et leur cruelle erreur, à tous, était d'avoir cru un moment le contraire.

- Ce foulard que tu possèdes, c'était celui de ton amie, n'est-ce pas ? l'interrogea subitement **Cinq** d'une voix de nouveau tremblotante (il venait de fixer le ballet des aiguilles).

Avec une lueur de chagrin et de compassion au fond des yeux, **Deux** fixa un instant son compagnon. Le gros homme connaissait parfaitement la réponse. Mais seul comptait pour lui désormais l'échange humain, cette course désespérée à une preuve infime de vie. Alors, même si le sujet lui pesait terriblement, **Deux** consentit à partager avec son ami éphémère ce qui serait peut-être leur ultime dialogue.

- Oui, c'était bien le sien. Je le lui avais offert… C'était son préféré.

Incapable de regarder **Cinq**, il détourna les yeux et se mit à scruter une silhouette invisible.

- Elle portait souvent des foulards, continua-t-il avec la même nostalgie. Pour me faire plaisir la plupart du temps, car j'adorais la voir ainsi (un sourire terne se dessina sur ses lèvres) … Ça la rendait si belle en accentuant encore plus les contours délicats de son visage…

Il baissa la tête et réprima avec fermeté un sanglot intempestif. Pendant quelques longues secondes, un silence oppressant retomba dans la pièce. Dans son coin, **Six** demeurait impassible, du moins en apparence. Mal à l'aise d'avoir réveillé chez son ami de douloureux souvenirs, **Cinq** ne savait plus, quant à lui, trop quoi ajouter. Pourtant il fallait bien qu'il dise quelque chose, alors, maladroitement peut-être, il laissa parler son cœur.

- Tu as de la chance d'avoir connu un pareil amour, soupira-t-il avec envie.

Redressant brutalement la tête, **Deux** le dévisagea avec gravité et **Cinq**, prenant cela pour un geste d'agacement et de colère, se raidit d'un coup.

- Je sais… Je sais que tu souffres beaucoup de sa disparition, balbutia-t-il les joues empourprées, mais tu auras au moins connu ce bonheur… avant la fin.

Son ami ne réagissant toujours pas, il s'emballa :

- Je n'ai jamais eu cette chance, moi, de jouir d'un amour partagé. Je ne sais pas ce que c'est de serrer une femme dans ses bras et de se sentir transporté.

Il s'interrompit brusquement, le visage défait par une profonde amertume. Il y eut alors un silence troublé par quelques tacs. Il était 17h49. Puis **Cinq** continua sa litanie, l'œil morne mais les lèvres infatigablement mobiles :

- Si j'ai participé à ce maudit jeu, ce n'est pas seulement à cause de l'argent… En fait, je me demande même si c'est la vraie raison. Bien avant d'avoir mes ennuis financiers, je me sentais terriblement seul, rejeté parfois, bêtement et odieusement, par cette société qui prône le paraître et un physique sculptural ou ascétique.

S'arrachant à son inquiétante léthargie, **Deux** hocha la tête. Il comprenait ce qu'il voulait dire. Mais il n'était pas sûr pour autant d'être dans une position beaucoup plus enviable. Car qu'y avait-il de pire dans ce malheur commun qui les frappait ? Avoir atteint un pan du bonheur et l'avoir à jamais perdu, ou bien vivre avec cette amère impression que jamais on ne le connaîtrait ? La réponse, il ne l'avait évidemment pas. Mais ce qui était sûr par contre, c'était qu'à l'approche du jugement final et le stress accumulé aidant, toutes les frustrations, toutes les blessures secrètes remontaient avec force à la surface.

En cet instant même, le gros homme en était l'illustration parfaite et logique. Maintenant que la lassitude et la résignation avaient fait leur basse besogne sur lui, ses inhibitions s'envolaient, ses retenues d'antan disparaissaient et un besoin irrépressible de parler, de faire place nette dans sa conscience l'emportait. L'impasse apparaissant clairement désormais, il n'y avait plus aucune raison de continuer à faire semblant.

- C'était sans doute pour échapper à ce cercle vicieux que j'ai succombé à la passion du jeu, poursuivit froidement **Cinq**. Je m'étais imaginé que l'argent m'apporterait la notoriété et que celle-ci m'amènerait à trouver l'amour…

Il baissa la tête, subitement confus :

- Quel triste cliché. Je me demande comment j'ai pu être aussi idiot.

- Il n'y a aucun mystère dans tes choix ni même dans ta présence ici, tenta de le réconforter **Deux**. L'explication est identique pour nous tous : c'est un mal-être persistant qui nous a condamnés et fait espérer à tort.

De même qu'un sentiment commun de solitude, aurait-il pu ajouter... Car c'était bien de cela dont il s'agissait. L'amère et tenace solitude qui, quelle que soit son origine, sentimentale, professionnelle ou familiale, pourrissait l'âme et engendrait le désespoir.

- Mais pourquoi est-ce que je te raconte toutes ces histoires ? reprit **Cinq** après un long silence Que je meure ou que je survive, une page va être définitivement tournée aujourd'hui, non ?

Une expression fataliste se dessina sur son visage. Où se situait la vérité ? Existait-il la moindre repentance, le moindre salut derrière toutes leurs confessions ? L'absolution promise à chacun, la résurrection espérée à l'heure de l'inscription, l'angoisse éveillée par la damnation des lauréats précédents, l'impasse annoncée sous les tacs de l'horloge... tout cela se mélangeait dans son esprit dans une sarabande folle et endiablée.

En fin de compte, une seule chose était sûre. À force de fouiller ainsi dans le dédale tortueux de sa conscience – cette malédiction propre à la nature humaine – il allait basculer dans la démence. Déjà, il sentait bien qu'il lui devenait impossible de suivre jusqu'au bout le moindre raisonnement. Il n'avait donc plus le choix. Il lui fallait trancher arbitrairement et se replier sans tarder dans le dernier sanctuaire que lui offrait la religion.

Tac, tac, tac. D'un œil humide et tremblotant, **Cinq** tourna mollement la tête en direction de l'horloge. *Tac, tac, tac.* Au son de ses sinistres rappels à l'ordre, la trotteuse venait d'entamer goulûment une nouvelle minute. Il était 17h51.

- C'est curieux, continua-t-il. Je donnerais en cet instant n'importe quoi, même tous les bénéfices de ma victoire à ce maudit jeu, pour revoir le soleil, sentir de nouveau la caresse du vent sur mon visage ou même réentendre le chant des oiseaux... Je serais prêt à sacrifier jusqu'à mon âme pour savourer encore un vrai repas, écouter de la musique ou m'évader devant un bon film. Et il y a pire ! Même maintenant, j'offrirais encore tout ce que j'ai pour battre rien qu'une dernière fois les cartes autour d'une table de poker.

Sous le regard plein de compassion de **Deux**, et les soupirs agacés de **Six** qui ne supportait plus ces conversations larmoyantes, un sourire désabusé s'étira sur ses lèvres :

- Je viens de comprendre tellement de choses, mon ami, et surtout à quel point nous avons été égoïstes et aveugles, enfermés dans nos petites personnes. Nous nous sommes crus malheureux alors que tous les plaisirs simples de la vie nous restaient offerts. Nous nous sommes crus condamnés alors que nous possédions le plus précieux des dons, à savoir une bonne santé. Pourquoi n'avons-nous pas compris tout cela plus tôt ?

Le visage grave, **Deux** haussa les épaules :

- Le désespoir qui nous rongeait nous empêchait probablement de voir certaines vérités.

Opinant du chef, le gros homme ferma pendant un long moment les yeux, comme pour mieux canaliser une nouvelle poussée d'angoisse. Puis, se reprenant enfin, il se tourna derechef vers son compagnon :

- Ma famille ne comprendra sans doute pas pourquoi j'ai fait une telle chose. Je ne l'avais jamais informée… pour mes dettes et les menaces qui planaient au-dessus de ma tête, je veux dire. Oh bien sûr, ils savaient tous très bien que j'avais la passion du jeu, mais pas à ce point ! Quand j'avais des problèmes d'argent, je préférais plutôt emprunter auprès de mes amis. Plus d'une fois pourtant, ils ont essayé de m'avertir. Certains m'ont même abandonné à la fin, épuisés par mes mensonges à répétition. Mais rien ne pouvait me faire ouvrir les yeux… Je les ai tous trahis finalement.

Réprimant un trémolo dans sa voix, il s'interrompit quelques instants.

- Je regrette, reprit-il en essayant d'affermir son ton. Je regrette sincèrement de leur avoir fait subir tout ça et de recommencer encore aujourd'hui.

Devinant la suite, **Deux** se figea tandis que **Cinq**, piteux comme jamais, se perdait dans la contemplation de ses chaussures :

- Oh ! Ils ont dû être effroyablement surpris de me découvrir, moi le lâche invétéré, plongé dans cet enfer. Mais est-ce pour autant du courage – je te le demande – de les exposer ainsi brusquement face à la terrible réalité ?

- Tu… tu n'avais prévenu personne ? balbutia son compagnon en écarquillant les yeux.

- Non … personne, marmonna le gros homme, le visage ravagé par la honte. Et c'est là sans doute le comble de ma lâcheté et le pire de mes péchés.

La trotteuse défila longtemps avec arrogance sans que **Deux** ne trouve quoi que ce soit à répliquer. Replongé dans les aléas qui avaient présidé aux interminables phases de sélection, il se rappelait subitement à quel point cela avait été pénible de conserver le secret jusqu'aux dernières heures précédant son entrée. Il se souvenait dans un tourbillon rapide et confus de tous les examens pointilleux dans l'affreuse « salle de vérité », de l'autorisation enfin donnée par la production, des mines décomposées et atrocement pâles de ses proches lorsqu'il avait pu enfin leur annoncer la nouvelle la veille. Mon Dieu, comme tout cela paraissait appartenir maintenant à des temps révolus !

- Et toi, l'interrogea tout à coup **Cinq** en ravalant ses sanglots, laisses-tu aussi ta famille dans une odieuse incompréhension ?

- Non, je... bredouilla **Deux**, totalement déboussolé, j'ai passé la dernière nuit au centre de sélection avec tous ceux qui comptaient vraiment pour moi. Nous... nous avons eu le temps de parler, je crois... de nous dire adieu... Cela n'atténuera certainement pas leur peine mais...

Écrasé par le chagrin et le visage blême, il se mit soudain à frissonner de tous ses membres.

- Je ne veux pas parler de cela... bafouilla-t-il après un long silence, les yeux à son tour embués de larmes. C'est trop dur. Je... Pardonne-moi.

Se détournant brutalement, il se mit à fixer un point à l'horizon et **Cinq**, la mine défaite, se porta aussitôt à son secours.

- Non, ne sois pas désolé. C'est plutôt à moi de te présenter mes excuses pour te rappeler encore de si douloureux souvenirs. Parler de tout cela ne veut d'ailleurs plus rien dire. Je suis trop perdu, trop abattu pour faire encore quoi que ce soit de bien.

Après s'être perdu de longues secondes dans la contemplation malsaine de l'horloge qui marquait tout juste 17h55, le gros homme lui adressa un sourire terne :

- Je te souhaite encore une fois bonne chance, mon ami.

Farfouillant dans sa poche, il se saisit avec fébrilité de son chapelet. Puis, les yeux fixés sur une caméra, il ajouta simplement :

- J'espère qu'un jour vous parviendrez à me pardonner.

Sombre et résigné, **Deux** l'observait gravement. Malgré son chagrin, il hésitait encore à lui apporter tout son soutien et à lui montrer comment s'accorder avec sa conscience... comme lui-même l'avait fait, à l'heure précédente, en choisissant d'écouter la seule voix de son cœur et non plus celle, mensongère ici, de la raison.

Mais il n'en avait plus la force ni même encore la volonté, là, à quelques souffles à peine d'une mort de plus en plus probable. Alors, il garda le silence et laissa **Cinq** affronter seul ses démons… Ceux-là même qui, à l'approche de chaque verdict, renaissaient avec force dans le cœur de chacun.

Alors que les dernières minutes s'égrenaient implacablement, **Deux** se sentit perdre pied pour de bon. S'il faisait abstraction de tout ce qui venait de se dire et en particulier de l'image déchirante de ses proches – ce qui était de loin préférable – que souhaitait-il réellement ? Voulait-il vivre ou mourir ? Il y a peu encore, il avait tranché mais maintenant ? En fait, la vérité était des plus simples. Comme **Cinq**, au bord de la rupture nerveuse, comme **Six**… non, pas **Six**, elle paraissait indestructible… Comme le gros homme donc, il était à bout de forces, physiques et mentales. Il avait l'impression d'avoir tout donné, de s'être surpassé même en dépassant des frontières qu'il ne se savait pas capable d'atteindre. Il se sentait vidé de toute énergie et de toute volonté, ballotté, tel un radeau de fortune en pleine tempête, dans un maelström de pensées et d'envies qu'il ne contrôlait plus.

Éprouvé dans sa chair et dans son âme, meurtri dans son cœur et dans sa raison, il ne ressentait plus que deux choses : l'étau douloureux de l'attente et le joug infernal de l'incertitude. Oui, c'était bien cela le pire. La lenteur de ce temps qui défilait orgueilleusement, indifférent à la souffrance endurée. Alors, même s'il ne savait pas ce qu'il voulait vraiment, il restait prêt. Paré à continuer ou à arrêter là… pourvu que tout cela prenne fin au plus vite.

Mais quelle heure était-il ? 17h56 ? Bon. Ça n'allait plus être très long maintenant… D'un œil morne et hagard, il fixa tour à tour ses compagnons d'infortune. Malgré toutes les épreuves traversées, une chose, au moins, ne changeait pas : leur constance à l'approche de la sentence. Poings serrés, mine renfrognée et regard farouche, **Six** scrutait sans faiblir le ballet macabre des aiguilles. Face à cette révoltée insoumise, l'on retrouvait bien sûr le pénitent apeuré, le dévot zélé à l'heure du jugement. Accroché à son chapelet, le visage ruisselant de sueur et la lippe tremblotante, **Cinq** bafouillait ses prières à un Dieu sourd et lointain… Et lui, laconique numéro **Deux** dans la liste des condamnés en sursis, qu'était-il au juste ? Un taciturne nostalgique, empreint d'un chagrin inconsolable ? Un indécis confus ? Un survivant pathétique ? Non, une simple victime expiatoire au milieu de la folie des hommes.

Quelle heure ? Bientôt 17h57. Ah, seulement… S'arrachant lentement au compte à rebours, il focalisa de nouveau son attention sur ses compagnons. En admettant qu'il veuille vivre, lequel d'entre eux préférait-il voir disparaître ? Sans hésiter un instant, il s'arrêta sur **Cinq**. Pour son bien ? Non, cela aurait été parfaitement absurde de raisonner ainsi parce qu'ils en étaient tous au même point. Bien sûr, parmi eux trois, il apparaissait comme le plus éprouvé, mais était-ce pour autant une justification suffisante ?

Pendant quelques longues secondes, **Deux** ne parvint pas à comprendre ce parti pris, à l'opposé de ce qui avait pu se passer depuis leur entrée dans cette salle. Plus qu'avec aucun des candidats, il avait développé avec le gros homme une relation fraternelle, voire même amicale, si ce mot ne s'apparentait pas trop ici à un parfait non-sens. Certes, jamais il n'avait été dupe, sachant très bien que **Cinq** s'était surtout rapproché de lui pour pallier l'absence de **Sept** et pour combler son incapacité à se gérer seul. Mais tout de même, derrière ses intentions premières égoïstes, il l'avait senti franc et généreux dans sa volonté de l'aider. Et il fallait bien avouer que, plus d'une fois, son soutien s'était avéré précieux et réconfortant. Malgré ses réticences, lui-même d'ailleurs s'était pris au jeu et il ne l'avait jamais appelé « ami » à la légère. Alors, pourquoi ce choix ?

La raison se nommait **Six**. En dépit de son agressivité, de ses mots cinglants et de sa haine à fleur de peau, il se sentait attiré par elle. Non pas à un simple niveau physique. Cela faisait bien longtemps qu'il n'en était plus là. Dans un autre lieu, un autre temps, certainement… Mais peu importe au fond, ici c'était plus le personnage qui le captivait, cette fragilité dissimulée derrière la colère et ce mystère opaque sur les raisons de sa participation au Requiem. Et puis il y avait aussi cette lueur qui, de temps en temps, transparaissait discrètement dans son regard. Ce même genre d'éclat qui le faisait chavirer autrefois dans les yeux de sa bien-aimée…

L'heure ? 17h58 venait d'être entamée. La trotteuse galopait avec résolution vers l'ultime minute désormais… Et son esprit dériva encore.

Pourquoi cette préférence, donc ? La question avait beau l'obséder, la réponse, elle, n'en était pas moins assurée. Malgré la sympathie et la pitié qu'il éprouvait pour **Cinq**, son cœur penchait très clairement en faveur de la jeune femme. Or, n'avait-il pas fait justement la promesse de l'écouter ? …

Juste au moment où la trotteuse atteignit 17h59, **Deux**, sortant de sa torpeur, prit une décision résolue. Oui, il voulait vivre ! Pour connaître ce moment que nombre de candidats auraient pu légitimement redouter, un face-à-face avec **Six**.

Avant d'en arriver là, il n'y avait pas grand-chose à faire. Il fallait juste survivre à cette minute décisive et à un couperet devenu plus tranchant car moins aléatoire… C'était là d'ailleurs tout l'affreux dilemme du Requiem. Plus on avançait dans le jeu, plus la victoire paraissait abordable, mais plus la mort elle-même se faisait également concrète et palpable… D'une chance sur sept de tomber au départ – ou plutôt une malchance – on en était désormais à une sur trois. Sans doute était-ce cela le pouvoir réducteur des foutues probabilités…

Subitement, **Deux** sentit son rythme cardiaque franchir un palier supplémentaire dans son battement démesuré. C'était idiot ! Lui qui avait affiché une certaine sérénité peu de temps auparavant, qui s'était senti prêt à affronter ce nouveau verdict, il n'allait tout de même pas céder maintenant à la panique. Et puis, après tout, pourquoi pas ? N'était-ce pas justement le moment le plus approprié pour cela ? Le compte à rebours mortel des derniers instants… Il ne restait déjà plus que quarante-six secondes

Dans un empressement angoissé, un essaim confus de pensées envahit d'un coup son esprit vacillant. Tout ce qu'il avait vécu depuis son entrée dans cette pièce, toutes les spéculations qu'il avait pu entendre ou lui-même soutenir, tout cela se mélangeait désormais dans une spirale étourdissante. Où était le vrai du faux ? Dans ce qu'il avait vu ? Dans ce qu'il avait dit ?

Bientôt, deux idées opposées et forcément négatives s'imposèrent dans son chaos cérébral. D'abord cette foutue théorie des nombres avancée par **Cinq**, et sur laquelle il avait bêtement renchéri. Un numéro pair devait tomber, c'était inévitable. Enfin, à condition que le hasard ait vraiment droit au chapitre ici. Or, c'était justement autour de cette terrible interrogation qu'intervenait la seconde idée, celle du choix délibéré et malhonnête des producteurs sur l'ordre des éliminations. Contrairement aux autres candidats, il n'avait pas voulu croire à cette ignominie dissimulée et avait même tenté de leur démontrer toute la paranoïa exacerbée de leur raisonnement. Mais s'il se trompait ? Si la sélection se faisait bien sur le potentiel de chacun à faire de l'audience ? Il pouvait encore tenter quelque chose !

Oui, mais quoi ? ... Vite ! Plus que trente-huit secondes ! Dans un mouvement de tête saccadé, il scruta brièvement ses compagnons. **Cinq** anhélait entre deux prières, crispé sur son chapelet. **Six**, raide comme la justice et incroyablement digne, attendait... Alors la certitude qu'il allait mourir le saisit ! Pour deux raisons très simples : les probabilités servaient le gros homme et la courbe à l'audimat la jeune femme ! Enfermée dans son mutisme et sa révolte, et même si elle s'en défendait farouchement, elle offrait, en effet, bien mieux que lui un spectacle stimulant. Elle ne pouvait pas tomber maintenant car les producteurs auraient à cœur de tout faire pour la briser avant la fin.

Attendre, c'était mourir donc. Parce qu'il s'était déjà largement épanché sur son drame personnel et que, concrètement parlant, il ne pouvait plus apporter grand-chose aux rebondissements du show. En tout cas bien moins que **Cinq** qui commençait à joyeusement dérailler. Et lui, alors ? Ne cédait-il pas aussi peu à peu à la folie ? Peut-être bien, mais le fait est qu'en ce qui le concernait, ça se voyait moins...

Bon sang, vingt-sept secondes ! Vite ! Une idée ou la mort ! Le tout pour le tout ! Il voulait vivre ? Bien, alors qu'il le prouve, qu'il... *Tac, tac, tac.* Dans un mélange d'angoisse et d'espérance, **Deux** se sentit déconnecter de lui-même et s'envoler au gré du martèlement sourd de la trotteuse. Son corps ne lui appartenait plus, son esprit se dérobait. *Tac, tac, tac.* Il ne percevait plus que ce bruit familier, cet écho rassurant, signe d'une vie battant encore dans ses veines... et de la promesse d'une mort prochaine.

Vaincu par le flot tempétueux de ses pensées, il eut soudain envie de se laisser porter, de flotter lentement, paresseusement, de glisser avec reconnaissance vers les limbes protectrices de l'inconscience... Mais la lumière apparut. Et alors, sans qu'il se rende vraiment compte de ce qu'il faisait, il fixa d'un regard pénétrant **Six**.

- Il faut que je t'avoue quelque chose, lui asséna-t-il d'une voix étrangement lointaine.

Craignant subitement le pire, la jeune femme se tourna furibonde dans sa direction.

- En d'autres circonstances, je crois que j'aurais pu t'aimer.

Incrédule, **Cinq** s'arracha à ses litanies et scruta son compagnon, les yeux ronds comme des billes. Avait-il bien entendu ? Frappée en plein cœur, **Six** courba les épaules sous le poids de la stupéfaction. Quant à **Deux**, l'air hébété, il tourna son attention vers l'horloge.

Dix secondes

Pas maintenant ! Il avait encore des choses à dire !

Neuf

Trop tard ! La surprise générale s'évapora…

Huit

… et la peur revint.

Sept

Qu'est-ce qui venait de se passer déjà ?

Six

Une chance sur trois.

Cinq

Pair ou impair ?

Quatre

Hasard ou audimat ?

Trois

Maudite incertitude !

Deux

Allez, finissons-en !

Un

…

18h ! À l'ultime *Tac* de la trotteuse, **Six** bondit de sa chaise et hurla de toutes ses forces. Un long cri de guerre destiné sans doute à dissuader la Mort elle-même et à prouver à tous qu'elle n'était pas encore vaincue. Mais la bravade était inutile. Car, comme prévu, comme attendu (du moins selon **Deux**), elle vivrait… encore un peu. Le temps de savoir à quoi rimait cette déclaration bidon ? Enfin si…

Se tournant vers ses compagnons, la jeune femme les examina d'un œil fébrile. Blanc comme un linge, tremblant comme une feuille, son « prétendant » agrippait désespérément les accoudoirs de son fauteuil, accroché telle une sangsue à la vie. Au contraire de **Cinq** qui, sous l'effet insidieux du poison, venait de s'écrouler lourdement sur ses genoux. Au mépris des probabilités, un nombre impair tombait pour la quatrième fois de suite. Et l'hypothèse de la course à l'audimat marquait un point supplémentaire.

Dévoré dans ses chairs par le liquide mortel, le gros homme commença à se débattre furieusement contre l'inéluctable. Des spasmes nerveux agitèrent tout son corps, créant des vagues ondulantes et frétillantes dans sa graisse épaisse, tandis qu'un masque de douleur creusait son visage. En écho sinistre, toute une gamme de geignements stridents, de lamentations pathétiques et de cris désespérés s'échappa en flot continu de sa bouche. Mais rapidement, la bave écumante empêcha tout son de passer et un soubresaut plus violent que les autres le fit s'affaler de tout son long.

En proie à la syncope maintenant, il se mit à aspirer vainement de grandes goulées d'air mais ses poumons avaient cessé de fonctionner, tout comme le reste de son corps d'ailleurs qu'il ne sentait plus. Alors, bien-être inespéré, l'atroce douleur s'évanouit d'un coup, tandis que l'obscurité chaude et réconfortante du néant descendait sur lui. Après tout, n'était-ce pas mieux ainsi ? La fin de tout calvaire, de toute souffrance ? La délivrance promise…

Impassible, sans la moindre lueur de compassion dans les yeux, **Six** attendit que **Cinq** exhale son dernier râle. Puis, sans s'attarder plus avant sur ce triste spectacle, elle reporta son attention sur **Deux**. Contrairement à la jeune femme, celui-ci ne parvenait pas à détacher son regard du corps sans vie de son « ami », de celui qu'il venait odieusement de trahir, de poignarder lâchement à l'heure du verdict. Horrifié, il réalisait enfin pleinement qu'il venait de bafouer ses principes moraux les plus sacrés, rejoignant **Trois** dans ce qu'il avait eu de plus ignoble et de plus perfide… Soudain, à la limite de son champ de vision, il aperçut **Six** s'avançant vers lui d'un pas décidé. L'ultime face-à-face du Requiem pouvait commencer.

18h

Tac. Il ne restait plus que le néant... et cette maudite horloge qui annihilait toute vie, qui se substituait à tout élément du décor ou à toute pensée. Juste cet instrument de malheur et son martèlement assourdissant qui rendait vaine toute action.

Perdu dans ses sombres pensées, **Deux** ne réagit pas lorsque **Six** se planta devant lui, l'air sévère. Après avoir toisé quelques instants son pitoyable prétendant, comme pour mieux faire mariner un public avide d'explications, elle s'écria avec colère :

- Qu'est-ce ça veut dire cette déclaration à la con ?

L'intéressé resta dans son mutisme et la jeune femme, agacée par son mutisme insolent, maugréa de plus belle.

- Hé, je te parle ! insista-elle en lui secouant vigoureusement l'épaule. Pourquoi as-tu fait ça ? Réponds !

Se détachant péniblement de la vision morbide du cadavre, **Deux** leva des yeux vitreux dans sa direction sans qu'aucune réponse ne franchisse toutefois le seuil de ses lèvres. Alors, de plus en plus furieuse, **Six** le plaqua sèchement contre le dossier du fauteuil.

- Tu te moques de moi ? s'exclama-t-elle.

Mais, comme les fois précédentes, sa tentative d'intimidation échoua.

Visiblement, ce n'était pas la stratégie à adopter face à ce regard contrit et hagard qui n'appelait qu'à se faire bastonner. La bouche grimaçante, elle s'écarta donc vivement. Puis, haussant ostensiblement les épaules, elle tourna les talons. Ainsi, elle abandonnait déjà ? Non, bien sûr. Ce n'était là qu'une indifférence feinte qui ne dupait d'ailleurs pas grand-monde. Ses nerfs menaçant une nouvelle fois de la trahir, elle s'accordait en réalité juste une pause.

Avec un soupir harassé, elle s'étala sur le canapé. Elle était éreintée bien sûr et devait à ses violentes poussées d'adrénaline de ne pas s'être encore écroulée. Mais, en plus de la fatigue accumulée depuis le début du jeu ou de l'angoisse étouffante du dernier verdict, il fallait ajouter cette fois un autre facteur, plus intime, plus troublant : cet aveu en forme de flamme déclarée – non, c'était trop excessif – cette attirance suggérée par **Deux** au moment le plus dramatiquement approprié. Comme s'il l'avait fait exprès…

Pendant quelques longues secondes, cette idée fit son chemin dans son esprit. Puis d'un coup, ses yeux s'ouvrirent sur la lumière de la compréhension. Elle saisissait enfin la raison de cette intervention impromptue. Tout cela ne résultait que d'une vile stratégie ! Il avait juste voulu se fabriquer une carapace voire même, disons-le, sauver sa peau en créant une nouvelle source d'audimat pour les producteurs. Supercherie, comédie, mensonge ! Il ne ressentait rien pour elle ! Il… il avait juste odieusement simulé.

- Espèce de salaud, vociféra-t-elle en lui jetant un regard sombre. Et toi qui prônais tout à l'heure le hasard sur la stratégie, en nous faisant passer pour des paranoïaques finis. Tu t'es bien joué de moi, comme de nous tous d'ailleurs !

Après un bref intermède au cours duquel l'accusé ne réagit guère plus, elle poursuivit.

- Cela dit, chapeau ! ironisa-t-elle. Voilà une belle parade pour éviter l'élimination. Mais demande donc à ce pauvre **Cinq** ce qu'il en pense ?

À cette remarque cinglante, l'air hébété de **Deux** le quitta enfin pour laisser place à une expression de tristesse et de honte. Mais **Six** ne se laissa pas plus attendrir par ce masque de pénitent, ricanant même avec méchanceté et mépris devant ce qui s'apparentait désormais pour elle à un lamentable numéro de prestidigitation.

Puis, sa rage s'étouffant encore dans une nouvelle vague de lassitude, elle s'enferma dans le silence. Ainsi donc toutes les bonnes intentions, tous les bons mots qu'il avait eus à son égard ne résultaient que d'une vulgaire comédie... Qu'importe ! Il ne restait maintenant plus qu'un obstacle à franchir. Certes, il s'agissait là du plus difficile, ses chances s'apparentant désormais à un terrible quitte ou double. Mais s'échapper de cet enfer, ce qui paraissait inconcevable il y a quelques heures seulement, devenait enfin palpable. Il fallait juste tenir encore un peu et empêcher, comme elle l'avait si bien fait jusqu'à maintenant, tout sentiment fortuit. Que **Deux** aille donc au diable avec son double jeu sordide !

Pendant plus d'une minute, une chape de plomb s'abattit sur les derniers survivants, chacun restant replié dans son monde et dans ses songes. Puis **Deux**, enfin maître de ses états d'âme, tenta timidement d'accrocher le regard de la jeune femme. Sans résultat. Plus renfrognée que jamais, celle-ci refusait désormais tout contact. Ne renonçant cependant pas pour autant, il se racla la gorge avant de relancer ce qui s'annonçait déjà comme une conversation pénible.

- Je suis un lâche, commença-t-il sans détour et avec un réel chagrin dans la voix. Un lâche doublé peut-être d'un meurtrier.

Écrasé par le poids de ses responsabilités, il marqua une pause avant de reprendre :

- J'ai paniqué. Je... je pensais que mon tour était venu et...

Non ! Il ne fallait pas trop en dire. S'il avouait qu'il avait saboté le bon déroulement du jeu, quelle serait la réaction des producteurs ? Serait-elle aussi cruelle que pour **Trois** ? Pire même ? ... Désemparé, il adressa un long regard à **Six**, en quête du moindre encouragement à continuer. Mais toujours rien. Le rapport avait été inversé. C'était à la jeune femme d'être parfaitement imperméable à ce qu'il lui disait.

Après un moment d'égarement total au cours duquel il resta déchiré entre son désir d'alléger sa conscience et sa crainte de trop se confesser, **Deux** se ressaisit enfin... Un sabotage ? Allons ! Quelles preuves avait-il de ce qu'il avançait ? Ses hypothèses, non ses suppositions tordues, étaient-elles seulement fondées ? Voilà qu'il réagissait maintenant comme s'il était convaincu d'être dans le vrai, alors qu'il demeurait absolument incapable de le discerner du faux. Tout cela devenait aberrant. Puisqu'il ne pouvait pas savoir, pourquoi réfléchir encore à ce problème ? À quoi bon naviguer ainsi entre deux eaux, au bord du tourbillon de la folie ? Il était grand temps qu'il interrompe cette lutte stérile et qu'il accepte enfin ses réactions.

Jetant un regard résolu vers l'horloge, il contempla quelques instants le pas martial de la trotteuse. Il était depuis peu 18h03… N'avait-il pas décidé, bon sang, de n'écouter que son cœur, de laisser aux autres le terrain miné de la raison ? Quand donc allait-il cesser de se parjurer ? C'était épuisant à la longue et tellement inutile. Pour s'accorder enfin avec lui-même, il devait de nouveau s'expliquer ouvertement, sans tabou, sans retenue, même si personne ne devait l'entendre et même si sa conscience ne pouvait être rachetée.

Prenant une longue inspiration, **Deux** s'arracha à l'observation des aiguilles pour fixer un horizon invisible (mieux que l'image je-m'en-foutiste de **Six**). Puis, après un long silence au cours duquel il organisa ses idées, il reprit sa déclaration d'une manière toute différente.

- C'est curieux, soupira-t-il. Je regrette ce que je viens de faire mais je suis aussi en même temps soulagé. Oui, bien sûr, je sais ce que tu penses. Tu te dis que j'ai inventé ce stratagème pour me donner une chance de plus de survivre, que j'ai n'ai pas été sincère et que je n'ai jamais rien ressenti pour toi. Dans une certaine mesure, tu as raison car je cherchais désespérément un moyen d'échapper au couperet. Le compte à rebours s'égrenait et je ne voyais vraiment pas comment m'en sortir cette fois… Pour moi, les choses étaient jouées à l'avance. Puisqu'il n'y avait pas de place pour le hasard, et étant donné le potentiel de chacun de vous à garantir le spectacle, il paraissait logique que ce soit mon tour. Mais à quoi me servait pareille certitude ? Que pouvais-je faire pour changer l'inéluctable ?

Il secoua la tête d'un air perplexe et résigné avant de poursuivre :

- Je ne sais pas exactement comment j'en suis venu à t'avouer mes sentiments. Je me voyais déjà condamné et puis, du fond de mon obscur désespoir, je t'ai vue et… sans que je puisse vraiment le contrôler, mon cœur a parlé.

Dans une gêne apparente, et hésitant un instant à pousser plus loin ses aveux, il jeta un coup d'œil rapide vers **Six**. Mais elle n'avait toujours pas bougé. Seul un rictus moqueur, barré sur ses lèvres, indiquait qu'elle avait entendu ce qu'il venait péniblement de confesser.

- Il faut que tu saches que tu te trompes, reprit-il finalement. Même si tout cela peut paraître stratégique ou malhonnête, j'ai été sincère. Je voulais que tu vives encore et que l'on affronte ensemble cette dernière heure.

Jusqu'alors amusée par la médiocrité de ce discours à l'eau de rose,

Six tourna subitement la tête dans sa direction, la lèvre tremblotante de colère contenue. Cette dernière remarque si fausse, si obséquieuse, dépassait vraiment la mesure !

- Eh oui ! continua **Deux**, sans prêter attention à la rage qui montait chez elle. Cela te surprendra certainement d'apprendre que de toutes les personnes qui ont partagé avec nous cette sinistre épreuve, tu es celle vers qui je me sens le plus attiré. Celle avec qui…

- La ferme ! trancha abruptement l'intéressée. Tu n'es qu'un foutu menteur.

- Non ! s'indigna **Deux**, une lueur de détresse au fond des yeux. Je te jure que c'est la vérité. Écoute-moi, je t'en prie.

- Ce n'est pas la peine, répliqua sèchement la jeune femme. Je n'ai rien à apprendre d'un malade pervers qui manigance sur la vie des autres pour sauver sa peau. Tu ne vaux pas mieux que ce bouffon mégalomane de **Trois**.

Elle ricana d'un air méprisant, savourant un instant sa mine déconfite. Puis une fureur presque cathartique s'échappa de sa bouche :

- Et alors ! Pourquoi fais-tu cette tête ? Ce n'est pas ce que tu imaginais peut-être ? Tu pensais que j'allais courir me réfugier dans tes bras pour m'abreuver à la fontaine de ton amour ?

Elle s'esclaffait de plus belle maintenant, figure incarnée de la colère et de la déception. En face d'elle, **Deux**, muet de nouveau, se décomposait de plus en plus.

- Ouvre bien tes écouteurs, crétin congénital ! siffla-t-elle bientôt. Tes justifications ne m'intéressent pas, tes fantasmes de mâle en rut non plus. Alors laisse tomber ta romance et tes faux regrets. Tu as choisi ton camp et je sais quoi penser de toi désormais.

Suivant quelques instants l'avancée implacable de la trotteuse qui flirtait maintenant presque avec 18h06, **Six** sembla s'apaiser un peu comme si, étrangement, son contact lui apportait un quelconque réconfort :

- Notre calvaire ne sera plus très long maintenant, alors restons chacun de notre côté. Ça vaudra mieux.

La mine piteuse, **Deux** s'interrogeait. Pourquoi avait-il subi un tel flot de haine ? La réaction de **Six** était incompréhensible. Elle qui s'était toujours moquée de **Cinq**, qui avait plus d'une fois exprimé tout son mépris pour le gros homme, elle enfin qui n'avait jamais fait montre d'aucune compassion à son égard, pourquoi s'offusquait-elle ainsi de sa disparition ? Pourquoi le chargeait-elle avec une telle furie, lui, l'arrangeur providentiel à l'aube de la sentence ?

Individualiste comme elle l'était, elle ne pouvait pourtant que se satisfaire de ce nouveau verdict qui lui offrait de vivre encore un peu. Alors, pourquoi ? … Ce n'était pas la mort de **Cinq** qui la mettait dans des états pareils, mais sa déclaration inopportune. Et c'était justement cela le plus troublant. Si elle n'avait rien ressenti à ses aveux, elle se serait juste montrée distante ou alors elle se serait contentée de lui rire au nez. Mais là, toute cette rage déversée prouvait plutôt le contraire. Comme si elle cherchait à le dissuader pour de bon de s'engager plus avant sur ce terrain. Comme si elle avait peur de s'avouer certaines choses…

Deux pouffa en son for intérieur. Il venait de se faire copieusement insulter, d'être sévèrement repoussé même dans sa tentative d'approche, et malgré tout il continuait d'y voir une note positive, une réciprocité dans l'attirance. C'était pour le moins grotesque ! Mais comment expliquer autrement une telle démonstration de colère ?

Redressant la tête, il risqua un coup d'œil en direction de **Six**. La mine pensive et contrariée, celle-ci l'ignorait de nouveau superbement. Après toutes ces heures passées ensemble, il avait fini par analyser ses réactions. Lorsqu'elle était déstabilisée, elle déversait sa haine puis se repliait immanquablement sur elle-même. C'était pour elle une manière de se protéger. Alors que certains avaient choisi la religion pour les soutenir, elle avait opté pour la rage. Et cela fonctionnait ! Mais il y avait à chaque chose ses limites et il venait de… non plutôt il voulait les percevoir ici.

Pour sa propre santé mentale, il ne pouvait pas en être autrement. Il y avait une espérance d'échange ! Que ses convictions fussent avérées ou non, il lui fallait tenir encore près d'une heure. Or il savait très bien qu'il n'y arriverait pas s'il restait seul, isolé de tous. Pour ne pas sombrer, il avait besoin d'un rapport humain aussi ténu, aussi illusoire fût-il. Une bouée de sauvetage à laquelle il pourrait se raccrocher pour échapper aux divagations maladives de ses pensées. Comme **Cinq**… Bien sûr, cela s'engageait fort mal et annonçait déjà des moments difficiles, mais personne n'avait dit que ce serait facile. **Six** était une forteresse inexpugnable contre laquelle son premier assaut s'était misérablement écrasé. Cependant, malgré les blessures causées par ses remarques assassines, il ne renonçait pas, sentant toujours confusément que leur rapport méritait, non exigeait d'être creusé.

Mais, pour le moment, les tensions étaient encore bien trop vives pour aborder de nouveau le sujet. Et puis (son regard se posa sur le cadavre du gros homme) ... et puis il s'agissait d'évacuer d'abord la dernière victime du Requiem. Tournant derechef son attention vers **Six**, il s'accorda une longue inspiration avant de lancer d'un ton hésitant :

- Nous devons nous occuper de **Cinq**.

Passablement indifférente à cet appel, la jeune femme ne réagit pas. Alors, après s'être bruyamment raclé la gorge, il refit une tentative.

- Je n'y arriverai pas tout seul, lui notifia-t-il. Il faut que tu m'aides.

Secouée par un mouvement d'impatience, elle le fusilla du regard.

- Je me demande parfois si on parle la même langue, tempêta-t-elle. Qu'est-ce que je viens de dire ? C'est chacun de son côté maintenant !

Un instant désœuvré, **Deux** ne répondit pas tout de suite.

- Crois-moi, je ne cherche pas à te contrarier encore plus, s'excusa-t-il presque pour apaiser la tension qui montait. Mais c'est le règlement et il est trop lourd pour moi seul.

- Parce que tu penses peut-être que c'est mon problème ?

- Maintenant que l'on est plus que deux, plus que jamais, oui.

Un air blasé imprimé sur le visage, **Six** secoua la tête en soupirant :

- Bon, je vais te clarifier la situation, ducon. Je me fous royalement de ce gros lard et je ne me fatiguerai pas pour lui. En ce qui me concerne, il peut bien rester là à pourrir une petite heure.

- Le règlement l'interdit.

De plus en plus lasse, la jeune femme effectua un salut militaire.

- Ok le collabo, persifla-t-elle. Mais ça ne change rien au problème. Tu vas te débrouiller tout seul comme un grand.

Bien que blessé par tant de mépris affiché, **Deux** ne se donna pas la peine de répondre cette fois. Parce qu'il savait très bien que continuer cette pitoyable chamaillerie ne mènerait à rien. Jamais encore **Six** ne s'était préoccupée, de près ou de loin, de l'évacuation d'un candidat éliminé. Ce n'était donc pas maintenant, dans une tension à couper au couteau et à quelques dizaines de minutes de la fin, qu'elle allait s'en soucier. Et puis, après tout, n'était-ce pas à lui, le principal artisan de la mort de son « ami », de consentir à quelques efforts supplémentaires pour s'occuper de sa dépouille ? … Ah, non ! Voilà qu'il se laissait encore aller à ses pensées autodestructrices ! Il était temps d'agir pour les écarter.

Se dressant d'un bond de son siège, il marcha d'un pas décidé vers le cadavre et se planta à son côté. Même s'il avait maintenant eu tout le loisir de s'y habituer, le fait de se retrouver de nouveau au contact d'un macchabée lui faisait froid dans le dos. Mais, s'accordant avec sagesse quelques secondes pour se ressaisir, il n'en laissa rien paraître et, impavide, scruta le gros homme qui gisait sur le flanc, les yeux grands ouverts et la langue pendante.

Ce détail mis à part, aucun signe apparent de douleur ne transparaissait sur son visage – son agonie ayant d'ailleurs été bien moins longue qu'il l'avait un moment imaginée. Tout au contraire même, il y avait dans son regard éteint, fixé à jamais sur l'éternité, comme une sérénité, un soulagement. Était-ce seulement possible ? … Happé par une vague de bien-être inespéré, **Deux** se sentit tout à coup rassuré. En cet instant éphémère, d'un prix rare, il comprit que la dernière pensée de **Cinq** n'avait pas été teintée de surprise, de déception ou de haine pour sa trahison mais de paix, de tranquillité, de satisfaction presque de quitter enfin cet endroit maudit. Au-delà de leurs seules relations, il y avait là un formidable message d'espoir au moment du passage tant redouté.

Et puis la dure réalité l'enveloppa de nouveau de son étouffant manteau. Misérable et paniqué, il avait souhaité sa mort et avait même cherché à la provoquer en l'abandonnant lâchement et perfidement. C'était cela la seule leçon à retenir et non un quelconque réconfort, sordide ici de surcroît.

S'arrachant à son observation, il se mit sans plus tarder à l'ouvrage. Après avoir fait péniblement basculer le gros homme sur le dos, il plongea non sans une certaine réticence ses mains sous les aisselles encore trempées de sueur puis, bandant tous ses muscles, commença à le tracter. Mais, trop lourd, celui-ci ne se déplaça guère. Et le souffle court, il dut bientôt se redresser pour mieux reprendre sa respiration. *Tac, tac, tac.* L'horloge indiquait depuis peu 18h08.

Ressaisissant fermement le cadavre, il reprit sa progression laborieuse et, au prix de nombreux efforts, parvint à le déplacer de quelques mètres… avant de lâcher de nouveau pour recouvrer des forces. Une question pratique émergea alors dans son esprit. Même s'il devait y mettre longtemps, il parviendrait sans doute à le traîner seul jusqu'au tapis roulant. Mais, bon sang, comment s'y prendre pour le soulever suffisamment et l'y déposer ? Un signal sonore strident interrompit ses réflexions. Qu'est-ce que c'était ? Un avertissement ? ... Les producteurs le sanctionnaient-ils pour sa lenteur ? En voilà un comble !

- C'est quoi, ces conneries ? s'écria subitement **Six** en bondissant de son siège.

Soulagé sur l'instant de trouver chez elle ce soutien inespéré, **Deux** se retourna dans sa direction et analysa enfin froidement la situation. Ce n'était évidemment pas son bracelet qui avait sonné ! Mais la surprise, mêlée à la confusion dans laquelle baignait joyeusement son esprit, l'avait momentanément privé de bon sens.

- À quoi vous jouez, bande de salopards ? vociféra encore la jeune femme en balançant un violent coup de pied dans le canapé.

Question parfaitement inepte parce que la réponse, elle, était connue de tous. Les producteurs la réprimandaient pour sa passivité et son mépris affiché du règlement. Dans l'antre du Requiem, personne n'était au-dessus des lois !

Pendant un long moment, elle hurla ainsi sa rage en molestant d'une multitude de coups de poings le sofa. Puis soudain, sans prévenir en quelque sorte, elle se tut et s'immobilisa, le corps tout tremblant et un sourire sarcastique sur les lèvres.

- D'accord, les fachos, siffla-t-elle. Je vais l'aider puisque vous me forcez si aimablement la main. Mais n'espérez pas que j'en fasse plus pour garantir votre show.

Fixant d'un air menaçant une caméra, elle poursuivit avec un ricanement méchant :

- Je vous préviens. À partir de maintenant, ça va être silence radio. Cette dernière heure vous paraîtra interminable parce que vous n'aurez plus rien de croustillant. Pas de confession, pas de bagarre, pas de débat passionné. Rien... Juste le néant, tas de cons.

Dédaignant l'objectif, elle tourna les talons, fit quelques pas et s'arrêta soudain pour scruter de nouveau une caméra. Alors le public comprit qu'elle allait déjà se parjurer. Guidée par sa haine et sa rancœur, elle était tout simplement incapable d'en rester là :

- Vous êtes vraiment pitoyables. Vous vous croyez tout-puissants derrière votre panneau de commande mais votre pouvoir est illusoire. Parce que vous n'êtes rien sans nous, les candidats, rien de plus que des sadiques pervers, des frustrés du ciboulot. Votre légitimité n'existe qu'à travers nous. Si demain, plus personne ne se présentait à votre jeu, vous retomberiez aussitôt dans la fange qui vous a vus naître. Vous nous devez tout ! Votre droit à la parole, votre notoriété, votre argent…

- Viens m'aider, je t'en prie, intervint précipitamment **Deux**, de plus en plus inquiet à l'idée de la voir se prendre un second et fatidique avertissement.

Mais **Six**, prisonnière d'une rage folle sourde à toute sagesse, continua :

- Et vous voudriez faire preuve d'autorité en nous menaçant ? Vous n'avez pas l'impression qu'il y aurait comme un décalage.

- Je t'en supplie, essaya encore **Deux**. Tais-toi. Ils vont te tuer.

- Non ! répliqua vivement l'intéressée, en lui jetant enfin un regard aigu. Ils ne le feront pas ! Parce qu'ils ne veulent pas saboter le final tant attendu.

Elle s'interrompit encore, le souffle court et les yeux roulant furieusement dans leurs orbites. Spectateur impuissant, effrayé par cette image d'une démence aveugle, son compagnon ne put réprimer un frisson.

- D'ailleurs, reprit-elle bientôt avec une moue de défi, je ne vois pas pourquoi j'obtempérerais car vous n'oserez pas m'éliminer pour si peu. Vous y perdriez beaucoup trop d'argent. Songez donc aux derniers paris, source de tellement de profits, ou bien encore aux espaces publicitaires négociés si âprement. Quant à la crédibilité de votre spectacle, n'en parlons même pas. Et puis les téléspectateurs peuvent bien supporter un peu la vision d'un cadavre, maintenant que nous sommes à la fin… En définitive, je suis désolée mais votre tentative d'intimidation a échoué. Je ne céderai pas.

Ces derniers mots à peine prononcés, son bracelet retentit derechef d'un long signal sonore, provoquant un soubresaut nerveux sur son visage. Mais, les poings serrés et l'œil rageur, elle ne broncha pas d'avantage.

Dans le même temps, totalement abasourdi par cette résistance démesurée, **Deux** sursauta violemment. Elle allait se faire tuer ! Les producteurs étaient en train de perdre sérieusement patience. Tout cela devenait pure folie ! Il ne pouvait pas la laisser gâcher tout ce qu'elle avait déjà surmonté. Au mépris de toute logique de survie, il s'exclama d'un air désespéré :

- Arrête, je t'en conjure ! Ils ne bluffent pas !

Plongée dans un état presque convulsif, **Six** secoua énergiquement la tête. Et le temps sembla se suspendre dans une tension insoutenable. Dans cette terrible partie de poker, quelqu'un allait devoir s'allonger…

La mutine refusant obstinément de courber l'échine, la question était, en fait, de savoir si les producteurs mettraient leur honneur au-dessus du business ?

Mais **Deux** ne voulait pas attendre la réponse. Alors, sans vraiment se rendre compte une fois de plus de ce qu'il faisait, il s'écria avec fébrilité :

- Elle a raison ! Je refuse moi aussi de me plier encore à une évacuation.

Stupéfaite, la jeune femme dévisagea son compagnon qui, encore incapable de peser froidement la situation, poursuivit :

- Faites preuve d'indulgence pour une fois. Dans l'intérêt de votre jeu. Nous sommes trop las pour continuer ainsi. Alors perdez tout, si cela vous chante, mais nous n'obéirons pas.

Longtemps après, ce moment resterait gravé dans les annales de la télé. Au contact peut-être de la victoire, à quelques secondes à peine de la lumière providentielle, **Deux** y renonçait pour rejoindre **Six** dans la révolte, se dressant avec insolence face à une équipe de production déjà prête pourtant à s'incliner devant lui. Sur l'instant, personne, et en particulier la jeune femme, ne comprit ce geste. C'était absurde, aberrant, inexplicable ! Et pourtant… c'était là, l'incroyable réalité. L'exemple d'une solidarité héroïque de condamnés.

Pétrifié, **Deux** réalisa aussitôt ce qu'il venait de faire, pensant même durant un bref instant de panique revenir sur sa parole. Mais il se ressaisit. Peu importe s'il sabotait ainsi sa meilleure chance de survie, c'était le langage du cœur qui venait de s'exprimer par sa bouche. Que les producteurs prennent donc leur décision ? Le châtiment ou la grâce ? À ce moment précis, il n'en avait cure de toute façon. Car il resterait là, fièrement dressé à côté de **Six**, icône indéfectible de la révolte depuis le début. Et si la fin était venue, qu'elle frappe donc sans tarder au milieu de ce sentiment grisant et étourdissant de sédition !

Tac, tac, tac. Suspendus au ballet de la trotteuse, les mutins attendirent fébrilement le jugement. Mais, pendant plus d'une minute d'une angoisse insoutenable, digne d'un verdict horaire, rien ne se produisit. Alors, le souffle toujours haletant et l'air légèrement hagard, ils se dévisagèrent timidement. Avaient-ils réussi ?

Les tacs défilèrent encore un peu dans un silence oppressant. Aucun doute n'était permis désormais, les producteurs avaient reculé. Il était 18h12... Soudain, **Six** s'affala sur ses genoux. Et aussitôt **Deux** se sentit défaillir, tandis qu'avec la rapidité d'une balle son esprit se voyait submergé par un flot de pensées contradictoires... Ce n'était donc que l'inévitable suspense avant la sanction. Ils avaient crié victoire trop tôt ! Ça allait être son tour maintenant ! ... Non, bien sûr, il fallait au moins que l'un d'entre eux vive... pour engranger de nouvelles recettes à l'équipe de production... Il... il avait donc gagné ! Tout était fini ! C'était inespéré... Non ! Le Requiem de l'horloge ne pouvait pas se terminer ainsi. Si platement ! Si injustement !

Tout en poussant un terrible cri de désolation, **Deux** se précipita vers la jeune femme et la rattrapa juste au moment où elle chutait pour de bon. En un éclair, il établit un premier diagnostic. Plus livide que jamais, elle ne tremblait plus et menaçait de tourner de l'œil. Mais au fond, tout cela n'avait guère d'importance vu que la seule vraie observation à faire se trouvait à son poignet droit. Avec un soupir de soulagement, il constata que la capsule de son bracelet était encore pleine. Elle n'était donc pas en train de mourir ! C'était juste l'intolérable pression qui, après plusieurs fausses alertes, la frappait de plein fouet. Magistrale de courage et d'opiniâtreté à bien des égards, la jeune femme au mental d'acier finissait par céder, vaincue par toute cette énergie que lui demandait sa rage à fleur de peau. L'œil vague et tremblotant, elle agrippa subitement le bras de son compagnon.

- Ne me... laisse pas... sombrer dans l'inconscience, l'implora-t-elle en chuchotant.

D'abord interdit, **Deux** comprit rapidement le pourquoi de cette supplication. C'était depuis le début pour elle une question d'orgueil, d'honneur presque. Elle ne voulait pas susciter la moindre miséricorde chez autrui. « Ne rien céder, ne rien donner », telle aurait pu être sa devise. Or là, chose inadmissible, elle faiblissait, elle s'abandonnait.

Obéissant à l'injonction, il la secoua énergiquement et lui tapota la joue :

- Tiens bon. Je vais te porter jusqu'au lavabo. Tu pourras te passer de l'eau sur le visage.

- Non, refusa-t-elle de manière cinglante. Aide-moi juste... à marcher jusqu'au canapé.

Perplexe, son compagnon la jaugea quelques instants.

- Tu n'y arriveras pas, essaya-t-il de la raisonner. Tu es déjà au-delà de tes forces.

Dans un geste d'impatience, **Six** se dressa d'un bond. Mais ses jambes tremblaient furieusement et elle allait encore s'écrouler lorsque **Deux**, enfin résigné, la soutint en lui permettant de prendre appui sur son épaule.

À la sentir tanguer ainsi, il ne pouvait pas s'empêcher de pester intérieurement contre son entêtement aveugle. Pourquoi fallait-il qu'elle accorde plus d'importance à la symbolique qu'à tout autre chose ? Était-elle donc à ce point incapable de voir ses limites ? Mais lui-même, le savait-il ? N'étaient-ils pas dans l'endroit où, par excellence, il fallait constamment les surpasser ? ... Allons ! Suffit les questions ! Se battre ici ne pouvait être qu'une chose louable. Alors, même s'il doutait sérieusement de sa capacité à se déplacer, il se devait de l'aider.

Au terme d'une lente et pénible progression, au cours de laquelle **Six** manqua à plusieurs reprises de chuter encore, **Deux** l'installa sur le canapé, muet d'admiration maintenant. Sa force de volonté était tout simplement prodigieuse. Pas une seule fois, elle ne s'était plainte. Pas une seule fois, elle n'avait gémi de douleur. Serrant les dents, le regard fier et rageur, elle s'était contentée de mettre un pied devant l'autre, dérouillant à chaque pas ses membres tétanisés. Bien sûr, sans son soutien, elle ne serait jamais arrivée à destination. Mais tout de même, cela n'enlevait rien à l'abnégation qu'elle faisait de sa souffrance.

- Que puis-je faire d'autre pour t'aider ? lui demanda-t-il finalement avec une infinie douceur. Tu veux de l'eau ? Quelque chose à manger ?

D'un regard las, la jeune femme l'observa quelques instants. Puis, sans rien répondre, elle ferma les yeux. Elle avait juste besoin d'un peu de repos. Alors, **Deux** n'insista pas. Tournant aussitôt les talons, il se dirigea vers la table aux provisions et se servit un grand verre de jus d'orange. Après toutes ces émotions, il avait besoin lui aussi de se requinquer un peu, les vitamines ne pouvant être ici que de bon aloi. Sans ressentir le moindre plaisir, il vida son gobelet par petits traits, l'œil absent. Et puis soudain, la voix de **Six** l'arracha à ses rêveries :

- J'en veux bien aussi finalement.

Ainsi, malgré tout ce qu'elle avait pu dire, elle consentait à s'intéresser encore un peu à lui ? Soulagé, **Deux** lui dédia un sourire compréhensif en la servant à son tour. Puis, guidé par une patience sage, il s'assit dans un fauteuil, attendant qu'elle vide tranquillement son verre. Si, comme il le croyait, elle voulait engager la conversation, il valait mieux lui laisser le temps de le faire à sa façon.

Après de longues secondes d'un silence attentiste (il était maintenant 18h15), **Six** prit enfin la parole. Même si l'on retrouvait dans sa voix ce ton direct et sans fioriture qui la caractérisait, quelque chose de sa fermeté coutumière semblait s'être brisée :

- Pourquoi as-tu fait cela ? Tu étais pourtant sans doute à deux doigts d'en réchapper.

Au lieu de lui répondre franchement, son compagnon lui posa à son tour une question :

- Et toi, pourquoi t'acharnes-tu à gâcher toutes tes chances alors que la fin est proche désormais et que tu as fait, en quelque sorte, le plus dur ?

À cette interrogation pourtant légitime, la jeune femme se renfrogna un peu.

- Parce qu'il est des principes au-dessus de tout, cracha-t-elle d'un ton péremptoire, et qu'il ne doit y avoir aucun compromis.

- Bien sûr, acquiesça **Deux** sous le sceau de l'évidence. Mais, en l'occurrence, ils auraient pu te coûter très cher ici.

Indifférente, l'éternelle rebelle haussa les épaules et le transperça du regard :

- Tu n'as pas répondu à ma question.

Pendant un court instant, **Deux** hésita à s'engager encore avec elle sur le terrain glissant des confessions. Mais le sujet lui brûlait bien trop les lèvres.

- Si pourtant, soupira-t-il, mais tu ne veux pas voir la vérité... Lorsque je t'ai fait ma déclaration ou lorsque je me suis joint à toi dans ta révolte, c'était mon cœur qui parlait. En fait, j'essaye depuis le début de n'écouter que lui. Je ne dissimule aucune stratégie ni ne souhaite de mal à autrui. Je me laisse juste porter par mes sentiments. Cela peut paraître parfois étrange et me donner un côté girouette mais je te jure que j'ai toujours été sincère, avec toi comme avec tous les autres...

Trop éprouvée pour s'emporter encore, **Six** l'écoutait, le visage voilé d'un léger trouble.

- Pour répondre précisément à ta question, je ne voulais pas te voir disparaître ainsi. Toi qui t'es montrée si forte depuis le début du jeu, toi qui, malgré tes remarques acerbes et assassines, nous as plus d'une fois donné des leçons de courage et de détermination, tu ne pouvais pas tomber à cause d'un point de détail du règlement. Même si tu ne t'en rends pas compte, en résistant ainsi tu es devenue un modèle pour nombre de gens, et pour les femmes en premier lieu sans aucun doute. On se souviendra de toi comme de celle qui a dit non au système arbitraire et aveugle qui nous entoure… Repense donc aux éditions précédentes. Y avait-il eu déjà un candidat pour s'insurger comme tu l'as fait ? Non. Personne. Nous étions tous résignés, enfermés dans l'inacceptable. Mais toi aujourd'hui, à ton modeste niveau, tu nous as montré certaines choses, certaines vérités que l'on se refusait à voir…

Galvanisé par son propre discours et la force de ses sentiments, **Deux** s'était mis à parler d'un ton de plus en plus exalté. Face à lui, **Six**, écrasée dans son canapé, le contemplait d'un air grave et profond.

- Certes, nous avons tous accepté, en pleine connaissance de cause, de participer à un show macabre. Mais nous ne sommes pas du bétail que l'on fait avancer à coups de fouet ou de bâton. Nous avons tellement peur, ou sommes à ce point désespérés, que nous avons oublié jusqu'à notre condition d'êtres humains.

Il s'arrêta quelques instants, à bout de souffle et les yeux égarés. Puis, après quelques tacs de répit au cours desquels il rassembla ses esprits, il reprit d'une voix beaucoup plus posée :

- J'aurais de nombreuses raisons de t'en vouloir ou de te détester pour tout ce que tu as dit ou fait contre moi. Mais, pourtant, ce n'est pas le cas. J'ai trop d'admiration et de respect pour toi. Par ta persévérance et ton franc-parler, ou à travers ton regard qui brille d'une énergie débordante, tu me rappelles quelqu'un qui me manque cruellement. Alors si tu dois mourir bientôt, que cela se fasse au moins dans les règles.

Abattue dans sa rage sans faille, **Six** le fixait toujours d'un air interdit. Jamais personne encore ne lui avait parlé avec une telle force, et surtout avec autant de foi en elle. Évidemment, **Deux** semblait dresser une comparaison gênante et mal-placée avec sa compagne disparue... Qu'importe au fond, le problème n'était pas là mais dans ce sentiment poignant qui lui donnait l'impression d'être transpercée de part en part. Pour quelques mots seulement et une preuve d'humanité, le monde vacillait autour d'elle. Alors, comme un coup de tonnerre, une terrible boule d'amertume explosa en elle.

- Un modèle dis-tu ? répéta-t-elle avec un ricanement sans joie. Dans ce cas, explique-moi comment j'en suis arrivée là ? Pourquoi…

Réalisant subitement qu'elle glissait insidieusement vers la confession honnie, **Six** se pinça les lèvres et se figea. Que lui arrivait-elle ? Voilà qu'elle se livrait en pâture aux vautours de la production ! ... Et alors ? Pourquoi pas ? Cela ne lui ferait-il pas le plus grand bien de se dévoiler... rien qu'une fois.

Plus curieux et compatissant qu'opportuniste et stratège, **Deux** sentit immédiatement qu'elle était en train de craquer. En proie à un affreux doute, c'était plus que jamais qu'elle avait besoin de soutien.

- Encore une fois, tu te trompes, rectifia-t-il donc d'une voix douce. Malgré toutes tes tentatives pour me repousser, je me suis attaché à toi. Et je suis prêt à parier que c'est également le cas de nombre de téléspectateurs.

Concentrée, trop occupée à résister à cet ardent désir de confession qui la dévorait de plus en plus, **Six** l'avait à peine entendu. Brutalement poussée face à un miroir, c'était à elle seule maintenant de décider si elle allait ou non se plonger dans son reflet. Et revoir le fil tourmenté de sa vie.

Tac, tac, tac. Martelant tranquillement la spirale du temps, la trotteuse avançait, peu soucieuse du véritable déchirement qui s'opérait en la jeune femme. Il était 18h18.

- Je t'en prie, la supplia encore **Deux**. Ne nie pas l'évidence. Jamais personne ne s'était montré aussi solide que toi et, même si tu dois tomber tout à l'heure, tu auras marqué les esprits à jamais. La victoire est déjà tienne. Accepte-la et libère-toi de ta haine.

La mine grave et les yeux embués de larmes, **Six** se mit à trembler furieusement. Ses dernières défenses s'effritaient. Ce n'était plus qu'une question de secondes avant qu'elle ne craque et que les producteurs obtiennent leur ultime récompense : des sanglots et l'image pathétique d'un roc brisé. Mais qu'avait-elle espéré cette impudente ? Être la seule, en quatre éditions du Requiem, à ne pas s'écrouler, à ne pas pleurer ou geindre ? Pauvre insensée ! Personne ne pouvait tenir face à un tel machiavélisme ! Le public exigeait sa dose de misérabilisme et de confession larmoyante.

Mais ? Que voulait dire ce sourire mutin ? ... Non ! Non ! Elle ne pouvait pas s'opposer encore à l'inéluctable ! Que **Deux** fasse quelque chose !

Qu'il continue à l'amadouer, que diable ! Elle va craquer...

Des traits du visage contractés, un regard noir et déterminé : **Six** revenait à la vie. Se libérer de sa haine ? Jamais ! Elle était son moteur et sa force, la seule compagne toujours fidèle qui lui avait permis d'avancer et de survivre. Et puisqu'elle faisait office de « modèle », elle se devait de tenir jusqu'à la dernière minute. Pour l'exemple ou pour la postérité.

Cloué sur son fauteuil, les yeux rivés sur la jeune femme, **Deux** attendait avec appréhension le déchaînement de fureur qui allait immanquablement suivre. Elle avait été tout près de déposer les armes cette fois. Même si son seul souhait avait toujours été de l'aider, par ses aveux et ses déclarations il était en grande partie responsable de son état, et elle allait le lui faire payer très cher. Pour le moment, un bref répit lui était offert. **Six** s'en prenait d'abord, par caméras interposées, aux producteurs.

- Vous pouvez retourner dans vos tanières, bande de chacals ! vociféra-t-elle. Il n'y aura aucun os à ronger. Jamais je ne vous céderai quoi que ce soit. Vous avez définitivement perdu votre pari. La petite rebelle ne craquera pas.

Sans aucune forme de transition, elle jaugea ensuite **Deux**, l'air aussi sévère que triomphant :

- Toi aussi, tu as échoué. Me forcer à parler alors que j'étais en état de faiblesse, m'attaquer comme tu l'as fait sur mon point sensible était franchement dégueulasse. Mais (sa voix se fit d'un coup moins courroucée) ... mais je ne suis pas sûre que tu l'aies fait volontairement.

Il y eut un silence pesant puis elle soupira :

- À vrai dire, je ne sais plus trop quoi penser. D'un côté tu m'exaspères avec ta condescendance et ta lâcheté, mais de l'autre tu es le seul à avoir su me parler. Contrairement aux autres, tu as cherché à me comprendre et...

Elle se raidit d'un coup, un regard pénétrant braqué sur son compagnon.

- Oh, et puis merde ! s'exclama-t-elle. Je ne vais pas faire dans le sentimentalisme. Globalement, j'ai apprécié ton attitude envers moi depuis le début. Mais surtout, et bien que j'aie encore du mal à comprendre ton geste, je trouve admirable le soutien que tu viens de m'apporter face au diktat des producteurs. En t'exposant ainsi, tu as pris un risque énorme et, en dépit du bon sens, tu m'as peut-être même sauvé la vie. Pour ma part, je n'aurais jamais été capable de faire une telle chose et je crois, en fait, que bien peu de gens auraient pu se résoudre à un acte aussi désintéressé.

Stupéfait mais aussi bizarrement mal à l'aise face à une **Six** devenue enfin sociable, **Deux** n'en revenait pas. Il s'était préparé à un sévère règlement de comptes et voilà qu'il assistait presque à un accord de paix. Pour la première fois, la jeune femme parlait sans le moindre accent de haine, sans le moindre ton cassant. C'était là une expérience inédite, encore inconcevable seulement quelques minutes auparavant. Même s'il avait espéré un moment pareil, le choc était de taille.

- Au fond, tu es un personnage ambigu, poursuivit-elle, car j'ai eu pour toi autant de respect que de colère. Si l'on avait dû survivre tous les deux, cela m'aurait ennuyée mais maintenant ça n'a plus guère d'importance… Bref, si nous avons eu des différends, je considère pour ma part qu'ils sont réglés. À condition, bien sûr, que l'on tire un trait définitif sur toutes tes tentatives d'explications foireuses.

Après quelques longues secondes, nécessaires sans doute pour pleinement assimiler ce qui venait de se passer, **Deux** se sentit soulagé. À défaut d'avoir obtenu une confession partagée et un vrai dialogue, il avait au moins remporté sa considération. De la part d'une individualiste, d'une enragée comme elle, c'était déjà une gageure. Pourquoi avait-il désiré si fortement une telle chose ? Qu'avait-il cherché à son contact pourtant si froid, si mordant ? Il n'en avait pas la moindre idée. Ou plutôt si. Il avait retrouvé en sa bouillonnante personnalité quelque chose de sa défunte bien-aimée. Mais il ne savait pas vraiment quoi, ni même si c'était sincère et non issu du contexte sordide et oppressant dans lequel ils étaient plongés. La frontière entre le palliatif et le véritable sentiment était bien mince après tout.

Mais, comme l'avait si bien résumé **Six**, tout cela n'avait « plus guère d'importance ». Dans une bonne demi-heure, l'un d'eux serait mort. Seul comptait donc l'instant présent, fragile et fugace, cette construction éphémère dans laquelle un semblant de concorde existait enfin. Bien sûr, la déclaration de paix, formulée si maladroitement, comportait bien des interdits – en particulier une intimité dévoilée – mais il saurait s'en contenter… à condition d'éclaircir d'abord un point qui continuait de le chagriner.

- Puis-je te poser une question ? lui demanda-t-il donc.

La mine pensive, la jeune femme acquiesça en silence.

- Tu me crois donc sincère ?

- Je pense que tu n'as jamais voulu m'abuser, précisa **Six** après un bref temps de réflexion. À mon avis, tes actions envers moi – même si je ne les apprécie ou ne les comprends pas – sont toujours parties d'un bon sentiment. C'est pourquoi, je ne peux pas vraiment te blâmer de ce qui vient d'arriver. Pourtant, tes paroles ensorceleuses ont bien failli me faire craquer pour de bon. Mais elles m'ont aussi renforcée, remotivée en quelque sorte pour affronter la dernière ligne droite. Tu avais raison. Je suis venue ici avec pour premier objectif de résister, de ne rien lâcher et de donner un exemple.

S'arrêtant un instant, elle sembla bien peser tous ses mots avant de continuer :

- Si ce maudit jeu doit continuer, je veux que les futurs candidats apprennent que l'on peut y participer sans rien offrir aux raclures de la production. Je veux que le public comprenne que, même si nous faisons le choix de venir ici, nous ne lui appartiendrons jamais. Je veux que la société tout entière tremble à l'idée que je puisse sortir de cet enfer.

Abasourdi, **Deux** la contempla un long moment dans son attitude triomphante. Il était désormais évident que jamais elle ne se dévoilerait. Et c'était une cruelle amertume d'imaginer qu'elle mourrait en emportant ses secrets dans sa tombe, ou que lui-même disparaîtrait sans n'avoir rien su de la raison de sa participation au Requiem. En lui avouant ses sentiments et en l'encourageant par des paroles réconfortantes au moment où elle doutait le plus, il avait bien évidemment espéré susciter sa confession. Pendant un instant, comme tout le monde sans doute, il y avait même cru. Mais l'espoir s'était vite évanoui, il l'avait en définitive perdue à jamais.

Sans doute était-ce mieux ainsi ? L'attachement, voire même l'amour, n'avait aucune place au milieu de la mort et du désespoir. Il n'avait été qu'un sombre fou pour se faire, ne serait-ce que fugitivement, à cette idée. Et puis cette image d'une **Six**, parfaite insoumise, méprisante et révoltée jusque dans la mort, n'était pas pour lui déplaire. Lorsqu'il lui avait dit voir en elle un modèle, il avait été sincère même s'il ne cautionnait pas sa rage aveugle. Finalement, pour donner un sens à toute cette cruauté déversée sur les autres, il fallait que **Six** reste fidèle à elle-même jusqu'au bout. Aucun sanglot, aucune confession ni aucune repentance, elle devait être ce modèle de révolte, une icône qui résonnerait pour l'éternité dans les arcanes de la télé-réalité… Certes, elle avait garanti, malgré elle, l'audience à travers ses remarques assassines, ses accès tempétueux de colère ou sa propre résistance. Mais encore ce bémol ne suffisait-il pas à briser son image. Car si les producteurs pouvaient à la rigueur s'en plaindre (et encore ?), le public, lui, en était certainement très friand.

Deux secoua vigoureusement la tête. Bon sang, toutes ces réflexions lui donnaient de nouveau le tournis. Il était parvenu à un terrain d'entente avec elle. Même si ça pouvait paraître futile, qu'il en profite que diable !

- En tout cas, je te préfère comme ça, lui avoua-t-il soudain avec un clin d'œil complice. Plus loquace et plus ouverte.

Pendant quelques secondes, d'apparence figée, **Six** dévisagea son compagnon. Puis un sourire franc et chaleureux, magnifique dans son masque d'habitude si sombre et si austère, éclaira son visage. L'image était tellement invraisemblable que **Deux** se sentit honoré et troublé. Comme il l'avait perçu auparavant, il y avait derrière toute cette façade un joyau qui aurait pu briller de mille feux loin des remous du Requiem…

Répondant à une alerte silencieuse, il s'arracha brutalement à cette vision. **Six** était vraiment une belle femme, et son charme sauvage ne le laissait pas indifférent. Mais il devait impérativement faire abstraction de tout cela. Et avec d'autant plus de vigueur même que c'était la première fois qu'il ressentait un pareil trouble depuis que son amie était morte. Avec une précipitation évocatrice, il laissa donc ses yeux vagabonder vers un autre sujet de pensée, s'arrêtant bien vite sur le cadavre de **Cinq**. Alors un sentiment de honte l'envahit.

Une minute s'écoula ainsi sans que **Deux** ne parvienne à en détacher son regard. Même s'il avait obtenu la paix avec **Six**, une ombre terrible planait toujours au-dessus de sa conscience. Et il ne pouvait plus impunément s'en détourner. Qu'il cherche à s'en défendre ou à l'expliquer ne changeait rien. À deux reprises, il avait odieusement abandonné son ami. Pour la première, juste avant la sentence, il ne pouvait plus rien y faire. Mais la seconde pouvait encore être rachetée. **Cinq** méritait, aussi sordides fussent-ils, qu'on lui rende à lui aussi les derniers hommages. S'arrachant enfin à sa contemplation macabre, il se tourna vers **Six** :

- Je ne peux pas me résoudre à le laisser ainsi. Je sais, je suis pire qu'une girouette mais…

Il s'interrompit brusquement, un sourire gêné pendu aux lèvres.

- Tu comprends ? Je ne renie rien de ce que j'ai pu déclarer mais le prix est trop lourd à payer. Je ne peux pas supporter qu'on l'expose de manière aussi barbare. Je lui dois au moins ça.

Étrangement apaisée depuis quelques minutes, la jeune femme lui adressa un regard compréhensif. Mais **Deux**, en proie à une confusion fébrile, ne s'en rendit pas compte.

- Rassure-toi, poursuivit-il à la hâte. Je me débrouillerai tout seul, même si je dois m'épuiser à la tâche ou si je dois y mettre le temps qui me reste.

Puis, sans même attendre une quelconque répartie, il fit face à une caméra.

- Quant à vous, déclara-t-il de façon solennelle, je tiens à ce que vous sachiez bien que je ne fais pas cela pour votre fichu règlement, mais pour celui qui fut ici pour moi, quoi qu'on puisse en penser, un vrai ami.

Se dressant d'un bond, **Deux** joignit aussitôt le geste à la parole. En quelques vives enjambées, il se retrouva à côté de **Cinq** et reprit son tractage laborieux. *Tac, tac, tac.* Il était 18h25. À sa grande surprise, **Six** hésita un court instant à lui prêter main-forte. Décidément, cette pièce était propice à la valse des atermoiements ! Mais, bien vite, elle se raisonna. Elle venait de triompher dans sa résistance. Pourquoi aurait-elle donc tout gâché, en risquant de briser son image ? Pour lui, en paiement de son soutien ? Ridicule ! Elle ne lui devait rien, il avait juste racheté ses fautes.

En s'accordant quelques pauses, **Deux** parvint finalement à traîner le cadavre jusqu'au tapis roulant. Restait maintenant le plus dur à accomplir : le soulever suffisamment pour pouvoir l'allonger sur le système d'évacuation, situé au niveau de sa taille. Or, déjà fortement éprouvé par sa pénible traversée du Requiem, il se sentait à bout de forces. Ses muscles, du dos surtout, avaient été meurtris par la charge, et ses joues empourprées traduisaient l'effort consenti.

Pourtant il fallait à tout prix continuer. D'autant plus même qu'il restait très étonné de cette énergie insoupçonnée qu'il venait de trouver en lui. Contrairement à ce qu'il avait imaginé, il lui avait, en effet, fallu à peine plus d'une minute pour amener le gros homme jusqu'à destination. La seule volonté pouvait parfois accomplir des miracles, et il se refusait obstinément à tout nouvel abandon. Il allait donc réussir, quoi qu'il lui en coûte !

Après avoir assis **Cinq**, dos contre le tapis, il se laissa tomber à son tour et se reposa quelques instants. À les voir installés ainsi, côte à côte, on aurait pu croire qu'ils attendaient patiemment un bus pour l'au-delà ;

à ceci près, bien sûr, que l'un d'eux s'y trouvait déjà avec ses anciens compagnons d'infortune. Comme s'il venait de saisir cette image macabre, **Deux** se redressa vivement sur ses jambes puis, avec un empressement angoissé, ferma les yeux jusqu'alors grands ouverts du défunt. Au moins ce dernier pouvait-il donner maintenant l'impression d'avoir, comme au début du jeu, simplement perdu connaissance.

Avec une résolution affichée, il grimpa ensuite sur le tapis roulant et se plaça au-dessus du gros homme. Tandis qu'il se préparait au choc physique qu'il allait endurer, il jeta un rapide coup d'œil en direction de **Six**. Même maintenant – mais il s'y attendait de toute façon – elle n'allait pas l'aider. D'ailleurs, elle ne lui accordait pas la moindre attention. Étrangement absente, elle restait impassible, le regard dans le vague…

Allons, il était temps de s'y mettre ! Attrapant de nouveau **Cinq** sous les aisselles, il aspira une grande goulée d'air puis, bandant tous ses muscles, il se redressa. Péniblement, le gros homme se souleva… et retomba dans un bruit mou. Le souffle court et grimaçant, **Deux** porta sa main dans le bas du dos. Bon sang, il allait juste se faire un lumbago à s'échiner ainsi !

Mû par une sourde obstination, il se saisit cependant derechef du cadavre et, dans un cri rageur, se remit à le lever. Sous l'insoutenable tension qu'il s'imposait, tous ses membres se mirent bientôt à trembler furieusement. Mais, passant outre, il trouva la force de continuer. **Cinq** se soulevait franchement maintenant. Il y était presque. Et puis, il céda du côté droit. Incapable de compenser cette défaillance, il s'écroula à moitié sur son compagnon qui retomba durement cette fois.

Malgré toute sa bonne volonté, il n'y arriverait pas. S'il avait été en bonne condition physique, les données auraient sans doute été différentes mais là, après plus de cinq heures de supplice, son corps avait été mis à trop rude contribution… Pendant un long moment, **Deux** resta ainsi, la respiration haletante et la tête appuyée contre l'épaule du défunt. Puis la colère monta d'un coup en lui, tandis qu'il réalisait combien était pathétique et affligeant le spectacle qu'il offrait. Dans un accès de rage et de découragement, il imagina soudain un public et des producteurs hilares, se régalant de son impuissance. Il se vit subitement avec une panoplie de clown, plongé dans un numéro de cirque où il devait batailler avec une baudruche aussi lourde qu'inamovible. Il entendit tout à coup des centaines de voix l'encourager par des « Ho, hisse ! Ho, hisse ! » moqueurs. Alors, redressant brusquement la tête, il explosa :

- Ça vous amuse, bande d'enfoirés ! Vous vous marrez bien, hein ? Espèce de charognards, soyez maudits tous autant que vous êtes !

Définitivement arrachée à ses pensées, **Six** le contempla d'un air stupéfait. C'était la première fois qu'il invectivait si violemment tous ces automates qui végétaient, bêtement et inutilement, devant leurs écrans de télévision. Il y avait même une telle fureur dans ses propos qu'elle crut un moment se reconnaître dans une de ses nombreuses colères. Plus que quiconque, elle savait quel soulagement pouvait apporter une telle explosion de rage, et elle décida donc de le laisser s'exprimer librement avant d'intervenir.

Mais elle n'eut pas à attendre. Prostré sur le tapis roulant, son alter-ego semblait en avoir déjà fini. Alors, sans avoir vraiment à se faire prier, elle prit le relais :

- Ne gâche pas ta salive. Cela fait longtemps que tous ces zombis ne savent même plus ce que les mots « pitié » ou « compassion » veulent dire... Crois-moi, le seul horizon de ces décérébrés c'est leur excitation sordide face à la mort. Téléspectateurs ou producteurs, ils n'ont pas plus d'intérêt que des légumes rances.

Après un silence pesant, au cours duquel chacun apprécia sans doute à sa juste valeur cette comparaison cinglante, **Deux** redressa lentement la tête et fixa d'un air hagard la jeune femme. Devait-il profiter de son sens inimitable de la répartie ou bien plutôt lui sauter à la gorge ? Car, comme les autres, elle aussi était responsable de son incapacité à « évacuer » son ami. Pour réussir, il suffirait pourtant qu'elle daigne abandonner un instant son attitude orgueilleuse. Mais sans doute préférerait-elle mourir que de s'abaisser à porter **Cinq** ! ... Épuisé, écrasé par un effroyable sentiment de honte et de culpabilité, il se sentit tout à coup vidé de toute énergie et de toute envie.

Puis rapidement, ses pensées se focalisèrent de nouveau sur l'absurdité de la situation, sur sa cruauté même dans ce qu'elle suscitait de moquerie. Était-ce là encore un stratagème volontaire des producteurs ? Avaient-ils fait exprès de faire disparaître **Cinq** à ce moment du jeu ? Avaient-ils prévu cette sinistre mascarade en escomptant sur l'imposant poids mort que constituerait, pour les deux frêles survivants, son cadavre ? Guidés par leur sadisme méticuleux et leur souci écœurant du détail, ils en étaient bien capables.

Pressé de s'arracher aux nouvelles divagations de sa conscience, **Deux** sauta subitement du tapis roulant. Une idée venait de germer dans son esprit et il allait se concentrer désormais vers ce seul but. Le problème était simple. Hormis une question de force, et il ne manquait d'ailleurs pas grand-chose, sa tactique ne fonctionnait pas parce qu'elle le mettait dans une position instable et défavorable. Il devait donc en changer…

Sous l'œil perplexe de **Six** et une froide détermination gravée sur le visage, il s'empara d'une chaise d'un geste décidé avant de revenir sur ses pas et de la déposer à plat, perpendiculaire au système d'évacuation. Sans s'accorder de pause, il renversa ensuite **Cinq** sur le dos et plaça sa tête au niveau des pieds du siège. Puis, bloquant celui-ci avec son propre poids, il tracta son compagnon en le soulevant suffisamment pour qu'il retombe sur le dossier. Il avait réussi la première phase de son opération. Le gros homme était maintenant « assis » sur la chaise. Ne restait plus désormais qu'à s'en servir comme d'un levier pour le faire basculer sur le tapis. À condition, bien sûr, qu'il trouve la force nécessaire et que la chaise ne craque pas ou ne se renverse pas. Mais même si cela devait se produire, il recommencerait encore et encore, avec la même stratégie ou une autre. Tant qu'il aurait un semblant d'énergie, il essaierait. Parce qu'il se refusait à abandonner son ami une nouvelle fois.

Éberluée de voir autant d'opiniâtreté déployée à l'égard d'un simple macchabée, **Six** fixait la scène, agitée de sentiments contradictoires. Elle se sentait de nouveau étrangement tenaillée par l'envie de lui porter secours. Que lui arrivait-elle ? Il y a quelques minutes à peine, elle y avait pourtant résisté avec force. Comme pour échapper à la démangeaison de sa conscience, elle porta son attention sur le ballet des aiguilles. *Tac, tac, tac.* L'horloge indiquait 18h31. Moins d'une demi-heure maintenant. Bon sang, elle n'allait pas tout remettre en cause si près du grand final ! Elle pouvait bien tenir encore un peu…

Un cri rageur mit brutalement fin à son dilemme. Agrippant fermement aussi bien la chaise que le gros homme, **Deux** venait de soulever l'ensemble jusqu'à la taille. Le dos arqué, les jambes repliées vers l'arrière, les bras tendus dans l'effort, il s'était immobilisé d'un coup, comme un haltérophile entre deux positions de travail. Mais le plus dur était encore devant lui, dans l'ultime impulsion à puiser dans un corps déjà mis au supplice… Sous l'injonction d'un élan incontrôlable, **Six** se précipita dans sa direction. Au moment où il allait céder, incapable malgré des ressources héroïques de porter plus haut sa charge, elle se posta à ses côtés et effectua une violente poussée. Aussitôt, sous la combinaison des deux forces réunies, le gros homme s'éleva de nouveau de quelques centimètres. Et puis soudain les pieds arrière de la chaise, qui s'étaient presque calés sur la moquette, se mirent à craquer dangereusement.

Il était temps d'en finir ou de perdre tout le bénéfice de l'effort déjà consenti ! Alors **Deux**, bientôt imité par **Six**, balança sa jambe en avant et au moyen d'une savante balayette fit basculer le siège tandis que, profitant de l'impulsion ainsi donnée, les deux forçats poussaient une dernière fois avec toute l'énergie qui leur restait. Après un tangage incertain, le gros homme, entraîné par son propre poids, s'étala de biais sur le tapis, la tête d'un côté et les pieds de l'autre. L'obstination avait fini par payer.

Il fallut près d'une minute à **Six** pour reprendre son souffle et recouvrer totalement ses esprits. Pourquoi avait-elle fait ça ? En se comportant ainsi, elle venait de tout gâcher. Adieu le modèle de résistance ! L'insoumise avait plié… Et puis non ! En quoi avait-elle cédé ? Elle n'avait fait qu'aider un autre candidat et en aucun cas obéir au diktat arbitraire des producteurs. Ce qui venait de se passer n'avait rien à voir avec sa mutinerie de tout à l'heure. À vrai dire, bien des choses avaient changé depuis ce moment. À commencer par son respect naissant pour **Deux** et cette paix qu'elle avait conclue avec lui. Était-ce pour ces mêmes raisons qu'elle avait agi ainsi ? Peu importe ! **Six** faisait partie de ces gens qui refusent de se torturer trop longtemps l'esprit pour comprendre le pourquoi du comment. Les faits étaient là… et l'important ailleurs.

Rassurée d'une certaine façon, elle s'intéressa à **Deux** qui, avachi sur le tapis roulant et les joues encore rougies par l'effort, paraissait n'avoir toujours pas récupéré. Captant toutefois l'attention qu'elle lui adressait, il releva soudain la tête, un sourire aux lèvres.

- Merci, murmura-t-il d'une voix encore incrédule.

Six opina du chef sans rien dire puis se tourna vers une caméra.

- Inutile, je suppose, persifla-t-elle, de vous préciser que je ne suis pas intervenue moi non plus pour votre foutu règlement. En fait, je rends juste la pareille à mon compagnon dont la hargne méritait d'être récompensée et surtout je me fais plaisir en vous pourrissant le spectacle. Car je suis sûre, tas de cons, que vous vous réjouissiez à le regarder s'échiner de la sorte.

Elle aurait bien ajouté que si elle voulait la paix et un peu de silence avant le prochain verdict, elle n'avait pas eu d'autre choix que de sortir de sa réserve, mais elle s'en abstint pour une fois. Par égard pour **Deux** et parce qu'elle n'était pas certaine que ce fût le cas de toute façon.

- Allons, finissons-en ! apostropha-t-elle durement son acclyte.

Une lueur de stupéfaction au fond des yeux, **Deux** se leva péniblement et, sans dire un mot, fit le tour du tapis roulant pour se placer face à elle. Même s'il avait mal à toutes ses articulations, il était lui aussi pressé d'en terminer. Sans même attendre donc, il se saisit des bras du gros homme tandis que la jeune femme faisait de même avec les pieds, et ensemble ils le firent lentement pivoter sur le tapis. La tâche fut encore assez rude mais comparé à ce qu'ils avaient enduré auparavant, cela leur apparut comme un jeu d'enfant. Et bientôt **Cinq** fut allongé comme il convenait pour passer enfin par la trappe d'évacuation.

- Y'a pas à dire, ce gros porc faisait vraiment son poids !

Par cette attitude pleine de mépris, **Six** effaçait encore, si besoin était, tout malentendu : elle n'avait pas fait cela non plus pour l'infortunée victime. Éreintée elle aussi par l'effort qu'elle avait dû fournir, elle se laissa bientôt tomber sur le canapé et ferma les yeux. Parfaitement indifférente à ce qui allait maintenant se produire.

Pendant d'interminables secondes, **Deux** resta à contempler le cadavre de son ami, une ombre opaque imprimée sur le visage. Puis, sans crier gare, il s'agita et se mit à inspecter avidement la pièce. Que cherchait-il ? ... Tel un possédé, il fit tout à coup un aller-retour entre l'endroit où était tombé le gros homme et le tapis roulant. Dans sa main, il serrait le chapelet.

- Tiens, chuchota-t-il en le lui glissant entre les doigts, tu le lui rendras toi-même.

Alors, vaincu par ses émotions, il s'affala sur ses genoux et baissa la tête. C'était le signal tacite du départ. Après bien des revirements de situation, le système d'assainissement du Requiem pouvait se remettre en marche, et **Cinq** glissa lentement vers la bouche béante. Lorsque la trappe se referma enfin sans un bruit, **Deux** n'avait toujours pas bougé. Des larmes coulaient silencieusement sur son visage. *Tac, tac, tac.* Il était tout juste 18h36.

Depuis la première édition du jeu, jamais aucun candidat n'avait été évacué avec autant de retard. Y aurait-il des conséquences ? Sans aucun doute mais les survivants n'en avaient cure. Dans toute cette affaire, c'était avant tout les producteurs qui avaient perdu la face devant le comportement rétif et obstiné de **Six**.

D'un coup, les pensées de **Deux** dérivèrent vers ce seul sujet. Dans sa mutinerie, il n'avait fait en définitive que suivre la jeune femme. Pour la sauver certes, mais les risques qu'il avait pris étaient bien moindres en comparaison de ce qu'elle avait souffert. C'était elle qu'il fallait féliciter et non pas lui qui n'avait fait que s'engouffrer dans la brèche. Dans toute révolte, l'honneur revenait avant tout au premier, à celui qui, encore désespérément seul, osait crier son désaccord à la face du monde. Or, dans ce schéma, la responsabilité allait aussi de pair, et c'était bien là que résidait le problème. Parce que si les producteurs cherchaient à se venger, c'est sur **Six** qu'ils frapperaient. Sur cette impudente qui, depuis le début, s'était arrangée pour saboter constamment leur spectacle…

Saisi par cette réalité qui frigorifia son âme, **Deux** releva subitement la tête et scruta la jeune femme. Si le hasard n'avait vraiment aucune place dans ce maudit jeu, ce serait donc elle la prochaine ! Elle qui les avait copieusement insultés ! Elle qui avait été tout du long l'icône de l'insoumission ! Elle qui avait affirmé plus d'une fois qu'en sortant d'ici elle jouerait de sa nouvelle popularité pour se venger !

Les raisons de la réduire au silence étaient légion, à commencer par son incapacité évidente à incarner le champion rêvé par la production. Celui prêt au compromis pour multiplier les interventions médiatiques et permettre aux producteurs de gagner encore plus d'argent, encore plus de notoriété à travers son image. Livre, disque, film, simple prestation rémunérée dans une émission de variétés ou dans un festival, peu importait ! Du moment que l'enrichissement était au rendez-vous.

Or **Six** ne correspondait vraiment pas à ce profil. La garder, c'était s'assurer une source d'ennuis – et cela même si, dans le contrat signé par chaque candidat avant le jeu, une clause stipulait qu'ils ne pouvaient à leur sortie attenter aucune action en justice contre la production. En fait, ils pouvaient toujours se protéger en multipliant les précautions, l'évidence restait là. **Six** serait bien plus virulente et dangereuse dehors ! Il fallait donc l'éliminer maintenant, à la toute fin. Pour, rancune oblige, qu'elle savoure bien toute la frustration d'échouer si près du but et de l'accomplissement de sa vengeance.

En même temps… elle était aussi ce lauréat solide, au caractère bien trempé, que les producteurs espéraient depuis les débuts du Requiem. Les vainqueurs des éditions précédentes avaient lamentablement craqué, tarissant trop vite la belle mine d'or annoncée. Mais elle tiendrait bon. Il n'y avait pas besoin d'être devin pour savoir qu'elle n'était pas du genre à faire le grand plongeon ou même encore à finir avec une camisole de force. Même si sa haine pouvait l'aveugler, elle avait quelque chose à accomplir en sortant d'ici, un plan qu'elle avait ruminé depuis si longtemps que, si on lui en donnait la possibilité, rien au monde ne pourrait l'entraver. Et puis, n'était-elle pas aussi, par son insoumission caractérisée et son attitude insolente un show à elle toute seule que tous les médias auraient tôt fait de s'arracher ?

Pourquoi s'inquiéter donc ? Parce que s'ils faisaient abstraction des insultes – un point contre lequel ils devaient d'ailleurs être blindés – et s'ils passaient outre un éventuel ressentiment, les maîtres d'œuvre avaient tout à gagner à la garder vivante. Certes, jamais elle ne vaudrait un lauréat malléable (du pain béni !) mais elle avait un tel potentiel par rapport à ses aînés ou à lui-même, fade numéro sans relief, qu'ils ne pouvaient pas se permettre de chipoter.

Étourdi par toutes ces hypothèses qui ne faisaient qu'ajouter à sa confusion, **Deux** secoua la tête. Ah qu'il aurait aimé, en cet instant, qu'on lui « débranche » le cerveau ! Qu'on efface de son esprit toutes ces données parasites qui le faisaient flirter avec la folie ! Mais c'était impossible. Seule la mort ou la bienheureuse inconscience pouvaient l'en délivrer. Dans l'immédiat, il ne fallait rien attendre, rien espérer. Ce n'était tout simplement pas l'heure !

Mais, au fait, quelle heure était-il ? Déjà ! Bien, le temps avait au moins filé depuis qu'il s'était mis en tête de s'occuper de la dépouille de **Cinq** et, avantage minime à toute cette simagrée, le supplice de l'attente s'était temporairement envolé. Avec une certaine philosophie donc et le regard inévitablement attiré vers **Six**, il se releva doucement et s'approcha du lavabo. Après tous ses efforts ou tout ce qu'il avait bu ces dernières heures, il avait autant besoin de se rafraîchir que de se soulager. Derrière son masque d'indifférence, pensait-elle comme lui à la fin prochaine ? Supputait-elle également sur les chances de victoire de chacun ? Oui, forcément. Il n'était même pas utile de se poser pareilles questions…

Contrairement à ce que pouvait imaginer son compagnon, **Six** ne pensait pas à l'ultime verdict. Déstabilisée par les derniers évènements, troublée par sa propre attitude, la jeune femme ne savait plus vraiment où elle en était. Même si elle se persuadait de maîtriser encore la situation, elle sentait bien que l'instant présent lui échappait, que sa volonté, pourtant si tenace, se dérobait. Alors, pour se recentrer, elle s'était retranchée sur le seul terrain qui pouvait encore paradoxalement lui apporter de la force. Sur ce territoire impénétrable qu'elle s'était depuis longtemps interdit d'explorer puisqu'il s'agissait de son passé, de ce passé atroce et révoltant qui l'avait condamnée à s'inscrire ici.

Rassemblant un à un tous les souvenirs honnis qui l'avaient façonnée, elle avait commencé par en retisser d'abord les fils. Puis, derrière ses yeux clos, elle s'était mise à dévider secrètement sa vie…

La haine. Aussi loin qu'elle remontait dans sa mémoire, c'était le premier sentiment qu'elle avait appris de la vie. Et pourtant, de cet enseignement, il n'y avait pas grand-chose à en dire. Car tout cela relevait du mauvais cliché, de l'effrayante banalité d'une femme confrontée à la violence d'un homme. Un milieu modeste, un père alcoolique qui battait régulièrement son épouse, une mère aussi absente qu'inexistante, le fait qu'elle ait été une enfant non désirée et qu'elle ait dû faire son éducation dans la rue. Bref, il n'y avait vraiment rien eu de très exceptionnel jusqu'à ses douze ans. Et ce fameux soir où son existence avait un peu plus basculé dans l'horreur et le sordide.

Ce jour-là donc, son père, qui avait bu plus que de raison, avait violemment molesté sa mère. Plus que d'habitude s'entend. Sans autre raison apparente que celle qu'il venait, pour la énième fois, de perdre son emploi – un poste de chauffeur-livreur, ce qui était quand même le comble pour une outre imbibée d'alcool telle que lui. C'était elle, en rentrant d'une de ses nombreuses pérégrinations nocturnes, qui avait découvert le corps ensanglanté et sans vie de sa mère. Elle se souvenait très bien qu'elle n'avait alors pas pleuré ni même ressenti le moindre chagrin, cette dépouille méconnaissable, percluse de coups et de contusions, n'étant après tout pour elle que celle d'une étrangère. Et puis ce n'était pas la première fois qu'elle voyait la mort en face. Avec ses fréquentations d'alors, pour la plupart des mauvais garçons plus âgés, elle était déjà tombée, dans une benne à ordures, sur le cadavre lardé de coups de couteau d'un vagabond. Tout ce sang ne l'avait donc pas impressionnée plus que ça.

Son premier réflexe avait été de ressortir et, comme si de rien n'était, de retourner traîner son ennui dehors. Mais elle avait entendu un râle sourd dans la chambre de ses parents. Alors, poussant la porte, elle avait trouvé son père, vautré misérablement par terre, au milieu de son vomi et d'un charnier de bouteilles vides. Une odeur écœurante flottait dans l'air. En découvrant ce triste spectacle, l'image du clochard tailladé lui était aussitôt revenue en mémoire, et l'envie furieuse de s'emparer d'un couteau dans la cuisine et de poignarder sauvagement la loque humaine qui lui servait de paternel l'avait brutalement envahie.

Mais elle n'avait rien fait. Car elle ne parvenait pas à ressentir de la colère pour l'acte barbare qu'il venait de commettre. Sans la moindre émotion et passant outre l'épouvantable odeur, elle s'était donc assise sur le lit et avait longuement contemplé ce déchet geignant qui, en temps normal, lui inspirait de la crainte. Avait-il réalisé qu'elle était là, son regard froid et impassible posé sur lui ? Jamais, elle ne le saurait. Ce qui était sûr, en tout cas, c'est que ce salopard avait ingurgité tellement d'alcool (pour oublier son crime ?) qu'il était au bord du coma éthylique. Les yeux à moitié révulsés, la bave au menton et le corps agité de violentes convulsions – une image qu'elle avait pu de nouveau apprécier ces dernières heures avec les agonies successives des candidats éliminés – son père était en proie au délire. Prisonnier d'une folie secrète dans laquelle il affrontait sans doute ses pires démons.

Combien de temps était-elle restée ainsi à le voir rendre ses tripes et s'agiter inutilement ? Elle ne le savait pas exactement. Elle se souvenait juste qu'elle avait voulu assister à ce moment où, enfin défait par les morsures de l'alcool, il déposerait les armes. Et cet instant tant attendu avait fini par arriver. Dans un dernier haut-le-cœur répugnant, il s'était étalé de tout son long et avait sombré dans l'inconscience. Elle s'était alors levée et l'avait sommairement examiné. Plongé dans ce qui ressemblait fort à un coma, son père respirait encore faiblement. Mais l'ombre de la mort l'enveloppait déjà peu à peu.

Or ça, elle ne pouvait pas l'admettre. Pour une raison qui aujourd'hui continuait de lui échapper, elle voulait qu'il vive, qu'il croupisse en prison et qu'il soit à jamais confronté à sa conscience. Alors, s'activant subitement, elle avait appelé les secours et les avait patiemment attendus. Lorsqu'ils étaient enfin arrivés, elle avait, selon les dires des témoins, fait preuve d'un sang-froid extraordinaire en leur expliquant posément qu'elle venait tout juste de découvrir la scène. Et tout le monde, bien évidemment, l'avait crue… même si les gens s'offusquaient de telles sorties tardives pour une fillette.

Malheureusement, son souhait n'avait pas été exaucé. Malgré tous les efforts consentis par les médecins des urgences, son père s'était éteint quelques heures plus tard à l'hôpital. Elle se rappelait très bien la mine déconfite des docteurs, des pompiers ou des policiers exposés à ce terrible drame familial, leur gêne apparente lorsqu'ils regardaient ou parlaient à cette pauvre petite orpheline. Mais elle n'avait aucune peine, ni même n'était en proie à aucun malaise. Juste un sentiment de haine de plus en plus exacerbé contre la vie… Depuis cette nuit tragique, elle n'avait d'ailleurs plus jamais pleuré.

Brièvement hébergée à l'hôpital, elle avait aussitôt été placée sous la tutelle de son oncle, du côté de sa défunte mère, à vrai dire la seule famille qui lui restait désormais, avec une grand-mère à moitié folle qui végétait alors dans un hospice à la campagne. Contrairement à ce qu'elle avait connu auparavant, elle s'était retrouvée plongée dans un monde puritain, tout ce qu'il y a de plus respectable, où la vertu et la bienséance faisaient force de loi. Ses nouveaux parents étaient prévenants et attentionnés, voire même trop protecteurs, ce qui la changeait infiniment. Quant à ses deux cousines dont elle était de quatre ans l'aînée, des petites filles « charmantes et toujours polies » aux dires de tout le monde, elles étaient supportables car effacées et insipides.

Mais dans ce milieu trop parfait, trop lisse, où l'on récitait ses bénédicités à chaque repas, où le dimanche commençait toujours par la messe et où l'on donnait ostensiblement et généreusement pour les bonnes œuvres, elle était bientôt apparue comme la brebis galeuse. Incapable de se soumettre aux normes imposées par cette nouvelle vie empreinte de catéchisme, et parce qu'elle avait sans doute appris à grandir trop vite, elle bafouait régulièrement les interdits, allant même jusqu'à fuguer parfois. S'ils restaient toujours fermes dans leurs punitions, ses parents adoptifs se montraient pourtant patients et compréhensifs. Sachant pertinemment combien son passé avait été épouvantable, ils entretenaient encore le secret espoir qu'elle plierait et qu'elle accepterait de prendre un nouveau départ. Mais c'était trop tard. Elle était née une seconde fois dans le sang.

Guidée par une rage inextinguible contre cette vie qui s'était acharnée sur elle jusqu'à présent, elle avait peu à peu appris à survivre, à haïr autrui, à se défendre contre tous les obstacles qui entraveraient sa route. Elle avait appris à juguler sa colère et son ressentiment pour en faire une arme redoutable. Chaque humiliation, chaque punition l'avait rendue plus forte, plus volontaire, plus déterminée à prendre un jour sa revanche. Celle-ci avait commencé par une fugue mieux réussie que les autres à dix-sept ans. Une période bien sombre de sa vie faite d'errance perpétuelle, de mauvaises fréquentations, de larcins en tout genre, d'excès sans queue ni tête… Puis, épuisée par de longs mois de vagabondage, elle avait fini par renoncer d'elle-même.

Elle était restée alors longtemps à la charge des docteurs. D'abord physiquement puis moralement, sa trop longue connaissance des psys remontant à cette époque. Puis, pour ses vingt ans, elle était enfin sortie de sa thérapie, se lançant dès lors dans une succession de petits boulots, tous plus minables les uns que les autres. Après un an de cette vie fade et sans relief, elle avait gagné enfin son indépendance et s'était trouvé une chambre de bonne – que dire un réduit ! – au loyer exorbitant.

Mais cet avenir misérable et formaté qui s'ouvrait maintenant devant elle, elle n'en voulait pas. Sa haine avait besoin de s'exprimer et sa vengeance de s'accomplir. Alors, hypnotisée par sa télé devenue sa nouvelle compagne, elle avait imaginé un plan au son du *Tac* de la trotteuse. Le Requiem de l'horloge serait pour elle un tremplin vers le renouveau ou un plongeoir vers le néant… Contre une société malade et déshumanisée qui avait admis l'inacceptable, elle serait la voix enfin entendue, l'incarnation rageuse de tous les révoltés muets d'un système déliquescent. Et qui n'avait pas un jour ressenti pareil sentiment ?

Un an et cinq suppliciés plus tard, son stratagème était en passe de se réaliser. Dans un sens ou dans l'autre, la fin était proche et elle en éprouvait un incroyable soulagement. Mais comme tout cela avait été difficile ! Comme il avait été pénible de retrouver chez **Quatre** le caractère soumis et insipide de sa mère ou de la femme de son oncle. Comme il avait été insupportable d'écouter les sermons de **Sept**, véritable réminiscence de sa période « puritaine ». Comme il avait été troublant de respirer à nouveau, avec **Cinq**, cette même odeur écœurante de vomi qui empestait dans la chambre de son père. Les parallèles cruels et douteux n'avaient pas cessé de l'accabler tout au long du jeu mais elle avait tenu bon… Jusqu'à ce qu'une main sincère et charitable, au moment où elle s'y attendait le moins, se tendît vers elle. Celle de **Deux**. À cette pensée troublante, elle ouvrit soudain les yeux.

Pendant quelques secondes, **Six** sembla redécouvrir, l'air légèrement hagard, l'environnement dans lequel elle se trouvait. Non, rien n'avait changé. Son compagnon venait manifestement de se rafraîchir longuement au lavabo. Une serviette sur le visage, retranché comme elle du monde extérieur, il s'essuyait en se massant doucement les tempes. Quant à l'horloge, elle tournait toujours avec indolence et indifférence. Il était 18h42.

Un sourire discret s'étira sur ses lèvres. Eh bien, son introspection l'avait vraiment menée loin d'ici ! Elle était sortie de ce lieu maudit, retrouvant un instant, malgré la dureté de ses souvenirs, la liberté d'antan. Et chose curieuse, en se revoyant ainsi plongée dans ses tourments, elle n'avait pour la première fois pas souffert. En fait, et même si elle ne l'avait pas vraiment cherché, elle se rendait compte qu'elle venait tout simplement de faire le deuil de ses blessures secrètes. Parce qu'une page fatidique allait bientôt être tournée, elle s'y était enfin pliée. Depuis l'au-delà, ce foutu abbé de **Sept** devait sans doute arborer un sourire triomphant. Quant aux producteurs ? Ah, qu'ils trépigneraient de frustration s'ils apprenaient qu'elle venait, au mépris de tout sens du spectacle, de « confesser » silencieusement sa vie.

S'arrachant d'un coup à son isolement, **Deux** lui jeta un regard surpris : au comble de la satisfaction, elle venait de ricaner sans s'en rendre compte.

- Qu'est-ce qui te fait rire comme ça ? lui demanda-t-il d'une voix fatiguée.

Seul le silence lui répondit et, pour une fois, il n'insista pas, se dirigeant d'une démarche lourde et pesante vers l'un des fauteuils. Il se dégageait de lui une telle résignation que la jeune femme eut l'impression qu'il venait d'un coup de prendre dix ou vingt ans.

- Prêt pour le grand final ? l'interrogea-t-elle subitement avec un petit sourire narquois... Parce que moi, je connais toute une tripotée d'enfoirés qui ne doivent plus tenir en place. Tu comprends, il ne faut surtout pas que la fin de tout ce joli spectacle soit gâchée. Et ce, même si j'ai l'impression que depuis quelques minutes, on s'ennuie ferme ici, hein les trous du cul ?

Tac, tac, Tac... Une minute s'envola paresseusement dans le tourbillon du temps. Chacun des survivants, replié dans ses angoisses et ses aspirations, laissait son regard osciller nerveusement entre le ballet des aiguilles et son vis-à-vis, dernier obstacle à franchir avant la délivrance. Et puis **Deux**, comme pour échapper au malaise ambiant, reprit la parole :

- J'aurais aimé mieux te connaître.

- On avait pourtant convenu de ne plus parler de ça, répondit d'un ton sec la jeune femme.

- Je sais. Mais je ne peux pas m'en empêcher. Je me sens irrésistiblement attiré vers toi...

- Ah, ça suffit ! s'exclama-t-elle en bondissant de son siège. Je ne veux pas entendre ce genre de connerie !

- Je ne veux pas que tu meures ! s'écria à son tour **Deux**, pathétique et miséreux. Pas plus que je ne le souhaite pour moi d'ailleurs...

N'en pouvant plus, **Six** poussa un cri de rage puis, serrant les poings, elle le fusilla du regard :

- Tu sais pertinemment comment tout cela finira. Alors, tais-toi ou je te promets que je te réduirai au silence.

Face à la menace, son compagnon hésita un instant. Mais le verdict maintenant de plus en plus imminent donnait des ailes à son cœur.

- Pourquoi t'énerves-tu ainsi ? s'entêta-t-il donc. Je ne vois aucune raison, à part celle que... que tout cela ne te laisse pas non plus indifférente.

Totalement hors d'elle-même, la jeune femme s'empara d'une des bouteilles en plastique – qui se trouvait sur la petite table – arma son bras pour la lui balancer au visage et, tremblante, se figea. Comme si, pour de mystérieuses raisons, son corps refusait de lui obéir.

- Et merde ! lâcha-t-elle soudain, en changeant de cible et en jetant violemment la bouteille contre le mur (dans un craquement, celle-ci se déchira et l'eau se répandit sur la moquette).

Il avait raison. Pourquoi se mettait-elle dans des états pareils ? ... Parce que ses sentiments la trahissaient, bien sûr ! **Deux** était le seul dans toute sa chienne de vie à lui avoir tendu spontanément la main, de façon désintéressée et sans souci du devoir. Elle s'était pourtant efforcée à haïr chacun des candidats et en retour, par ses attaques dures et mordantes, à se faire détester de tous. Mais cela n'avait rien pu changer : lui n'avait eu pour elle que des mots réconfortants et fraternels, des attentions touchantes et sincères.

Sur ce point, elle n'avait d'ailleurs plus aucun doute, il respirait la franchise. Il y avait une telle détresse, un tel malheur dans ses yeux et dans son insistance à se confesser que cela ne pouvait être simulé. Il s'était vraiment attaché à elle et, manifestement, elle n'y était pas insensible... Non ! Elle ne pouvait pas se laisser aller si près du but. Elle ne voulait pas sentir ce déchirement qui se dessinait déjà au fond de son cœur. Elle se devait de rester solide. Son image de « modèle » indéfectible, sa vengeance contre le monde en dépendaient. Elle devait donc aller de l'avant et ne plus rien céder, ne plus rien croire, ne plus rien regretter.

Après un long silence tendu, elle fit de nouveau face à son compagnon qui, écrasé par la valse cruelle de ses sentiments, ne la lâchait plus du regard.

- Si tu as la moindre once d'affection pour moi, déclara-t-elle finalement d'une voix posée et presque suppliante, je t'en prie, ne parlons plus de tout ça.

Tournant ensuite la tête, elle inspecta l'horloge (il était 18h45) et murmura :

- Il est trop tard... Bien trop tard pour ce genre de confidence.

Déchiré entre son désir d'accepter sa supplique et son envie dévorante de pousser plus loin son avantage, **Deux** ne sut pas tout de suite comment réagir. Et puis, après quelques longues secondes, il décida d'en rester là. Autant pour sa propre santé mentale que pour celle de la jeune femme, tout cela ne pouvant les mener qu'à encore plus de souffrance et de doute. Opinant donc du chef, il fit signe à **Six** que la discussion était close. Puis ne sachant dès lors quoi ajouter, hormis les sempiternelles banalités des condamnés, il se perdit dans la contemplation songeuse de leur antre de cauchemar.

Bien vite, l'absence de ses compagnons disparus s'imposa durement à son esprit. Comme cette pièce paraissait encore plus lugubre, encore plus macabre, maintenant qu'ils s'en étaient presque tous allés. Comme elle semblait immense, horriblement disproportionnée pour eux seuls, pauvres condamnés toujours en sursis. Le semblant de vie qu'ils avaient pu tous apporter ici, en bavardant et en gesticulant inutilement, n'était plus. La seule chose qui dominait désormais, c'était cette terrible impression de vide, ce sentiment effrayant de non-vie qu'il percevait seulement et qui commençait à l'étouffer.

Venait-il de sombrer dans la folie ou cherchait-il désespérément un palliatif pour ne pas lui céder ? Que ce soit l'un ou l'autre, il revit bientôt les spectres de ses compagnons défunts, il réentendit leurs voix geignantes, rageuses ou chaleureuses, qui se mêlaient en un brouhaha étourdissant. Assise discrètement dans un coin, **Quatre** maugréait ainsi contre son patron. Plus loin, **Sept** encourageait les autres à se confesser et à s'en remettre à Dieu. **Un** éructait sa rancœur puis partait dans de violentes crises d'hystérie. **Trois** paradait, une lueur de suspicion paranoïaque au fond des yeux. Et **Cinq**… **Cinq** restait immobile et silencieux, un masque d'incrédulité et de déception tourné dans sa direction. Si l'on exceptait leur forme ectoplasmique, tous ces fantômes paraissaient bien réels, et même plus vivants qu'eux… leurs pitoyables survivants.

Tac, tac, tac. Puis un son, d'abord indistinct, s'imposa peu à peu sur tous les autres. Avec force et obsession, martelant sauvagement son crâne. *Tac, tac, tac.* Le temps effaçait de nouveau ces âmes égarées entre-deux mondes, ces aberrations qui n'avaient plus de raison d'être. *Tac.* L'image de **Quatre** s'évapora. *Tac.* **Sept** se dissipa. *Tac.* L'aigreur de **Un** se volatilisa. *Tac.* Adieu **Trois**. *Tac.* Non ! **Cinq** ne pouvait pas partir ! Il devait lui parler, lui expliquer son geste, lui demander pardon. *Tac.* Il ne restait plus que le néant… et cette maudite horloge qui annihilait toute vie, qui se substituait à tout élément du décor ou à toute pensée. Juste cet instrument de malheur et son martèlement assourdissant qui rendait vaine toute action. *Tac, tac, tac, tac, tac, tac…*

Poussé par une volonté surhumaine, **Deux** s'arracha comme un forcené à cette mélopée funèbre. Puis, avec un regard halluciné, il scruta frénétiquement autour de lui, le temps de retrouver ses repères. Des sueurs froides lui coulaient le long du dos, des tremblements intempestifs lui secouaient les membres, un bourdonnement diffus et obsédant résonnait dans sa tête. Il était 18h47 ou peut-être 48 ?

- Eh bien, l'apostropha **Six**, le moins que l'on puisse dire c'est que tu as une sale tête.

Toujours avec le même air égaré, il se tourna vers la jeune femme qui, incapable de tenir sur ses jambes, s'était de nouveau affalée sur le canapé. Puis, après un bref silence, un rire nerveux monta du fond de sa gorge.

- Oui, mais ne t'en fais pas, ironisa-t-il. Je n'ai pas encore donné mon maximum.

Pendant un long moment, les deux complices rirent franchement, de manière presque hystérique même. C'était comme s'ils s'efforçaient, avec rage et au mépris de la syncope, d'évacuer à tout prix la tension accumulée... Une démarche vaine, bien sûr, car ils avaient depuis longtemps atteint dans ce domaine le point de non retour.

Ce fut **Deux** qui mit brutalement fin à cette manifestation aussi décalée que pathétique.

- Je n'en peux plus, se lamenta-t-il dans un soupir. J'ai donné tout ce que je pouvais. Je... je ne tiendrai pas. Il y a trop d'hypothèses et de doutes dans mon esprit qui s'entremêlent et qui m'étouffent. Jamais, je ne leur échapperai.

L'ombre de la colère enveloppa d'un coup le visage de **Six**, tandis que son rire s'étouffait dans sa gorge.

- Quoi ? s'emporta-t-elle, inconsciente qu'elle luttait à son tour contre ses intérêts. À presque dix minutes de la fin ! Tu te moques de moi ?

- Non, murmura **Deux**, les yeux fixés honteusement sur ses chaussures. Je sais désormais que, même si je survis aujourd'hui, je ne sortirai jamais de ce cauchemar. Je...

- Silence ! le coupa violemment la jeune femme. Tu vas te ressaisir, pauvre crétin, ou je te botte les fesses !

La menace rétablit le silence mais pas le reste. La mine penaude, **Deux** ne savait pas comment réagir face à cette vérité qui lui éclatait au visage... Ainsi donc, il ne s'était pas trompé. La jeune femme, malgré toutes les barrières qu'elle s'imposait, se souciait de lui. Elle n'était pas indifférente à cette relation fragile et étonnante qu'ils avaient laborieusement tissée, au mépris du bon sens et de la raison. Mais, mon Dieu, que cette révélation était futile et cruelle !

De longues secondes s'étirèrent dans un silence pesant. De plus en plus agacée par le mutisme de son compagnon, **Six** haussa ostensiblement les épaules et se renfonça dans son siège. En dépit de toute sa bonne volonté, elle se montrait incapable de trouver les mots ou les gestes qui convenaient, tout simplement parce qu'elle ne l'avait encore jamais fait pour quiconque. Alors, puisant dans ce cynisme qui la caractérisait si bien, elle opta pour ce qu'elle savait le mieux faire : le provoquer durement et vertement. Avec l'espoir diffus que cela réveillerait chez lui un sursaut d'orgueil :

- Oh, et puis après tout, si tu tiens tant que ça à crever, vas-y ! Ne te gêne surtout pas pour moi. Mais fais ça vite, je commence à sérieusement m'ennuyer.

Toujours prostré dans son fauteuil, **Deux** leva un œil timide et maussade dans sa direction.

- Cela étant, poursuivit encore **Six** d'un ton dédaigneux, dois-je te rappeler que tu nous as déjà fait le coup tout à l'heure ? À force de réclamer à cor et à cri ta mort d'un côté et de t'acharner à survivre de l'autre, tu perds en crédibilité. Pire, tu lasses tout le monde.

Même si la situation ne s'y prêtait guère, **Deux** grimaça dans l'ombre de son visage. Il n'en avait vraiment que faire de sa crédibilité. Toutefois, son style mordant mis à part, il n'en demeurait pas moins qu'elle avait raison. Il ne pouvait pas continuer ainsi à louvoyer entre une foultitude d'hypothèses. Il ne restait que quelques neuf minutes à attendre. Qu'est-ce que cela représentait, après tout, par rapport aux presque six heures de torture qu'il avait déjà endurées ? Qu'était-ce par rapport à sa vie misérable depuis un an et la disparition tragique de son amie ? Un souffle, un songe, une illusion qu'il pouvait bien traverser.

D'un bref signe de tête, **Deux** sembla remercier la jeune femme pour son soutien aussi maladroit que spontané. Puis, après s'être éclairci la voix, il asséna une vérité :

- Il est temps de se préparer pour le grand final, je suppose.

- Se préparer ? ricana amèrement **Six**. J'aurais plutôt tendance à dire qu'avec l'entraînement intensif qu'on s'est tapé, on est fin prêt depuis un bon moment.

Les deux sursitaires se fixèrent longuement, sans rien ajouter. Il y avait quelque chose de terriblement solennel dans leur attitude...

d'irrémédiable. Effrayés à l'idée de plonger dans ce gouffre sans fond qui s'ouvrait devant eux, ils avaient envie de parler, de communier avec ferveur, de s'encourager mutuellement. Mais ils savaient au plus profond d'eux-mêmes qu'ils en étaient arrivés à un point où même cet échange basique leur était interdit, les mots ne pouvant maintenant que leur faire plus de mal.

Retranchés dans leurs souffrances secrètes, ils repensèrent en même temps à cette suite de moments et de décisions fatidiques qui les avait menés ici, dans cet enfer sans nom. Il y a une heure, les aveux de **Cinq** sur son lourd secret leur avaient fait effleurer le sujet. Maintenant, à la fin de tout, ils y replongeaient franchement. Ils se revirent, au comble de la douleur et d'une vie par trop abjecte, faire le choix insensé d'une participation au Requiem. Ils s'observèrent passant à l'acte et allant, telles des ombres parmi des dizaines de milliers de zombis volontaires, dans les centres de recrutement. Ils se souvinrent même des phrases empreintes d'une terrible gravité qu'ils couchèrent sur le papier en ce premier jour des sélections...

Dans les conditions d'un examen scolaire, il s'agissait de faire son portrait autour de deux axes essentiels : « Pourquoi voulez-vous mourir ? » et « Qu'attendez-vous du Requiem de l'horloge ? ». Se mettre ainsi face à soi-même, réfléchir posément et sereinement à des questions aussi graves avaient de quoi désorienter et déstabiliser les moins déterminés. Et c'était là justement le but de cette première phase : distinguer ceux qui auraient le cran d'aller au bout de cet exercice aussi pénible que déroutant. Dès cette étape sinistre et absurde, ils étaient bien sûr nombreux à renoncer, tous ces déprimés à la petite semaine, tous ces candidats à un suicide romantique. Place n'était donnée qu'à ceux qui savaient parler de leur mort avec froideur et détermination ! Les esprits confus, les hésitants ou les mauvais plaisantins étaient impitoyablement écartés.

Pour les élus, commençait ensuite la valse interminable des psys et des médecins. Tests psychologiques, examens physiques, résistance au stress ou à l'isolement, manière de se comporter devant une caméra, rien ne leur était épargné. Et puis, il y avait la fameuse « salle de vérité » – enfin c'était du moins ainsi que les candidats l'avaient surnommée entre eux – celle que l'on affrontait toujours seul et qui constituait l'étape décisive dans les phases éliminatoires. C'était dans ce contexte que les derniers sélectionnés rencontraient pour la première fois les tout-puissants producteurs. Et que ce soit **Deux** ou **Six**, ils se souvenaient encore parfaitement de ces heures interminables et terrifiantes...

Plongés dans une pièce obscure, ils se revirent rivés à un fauteuil à bascule et branchés à toute une série de détecteurs qui traquaient leur moindre palpitation cardiaque, leur moindre malaise. Ils ré-aperçurent l'équipe de production soigneusement alignée à une table placée dans la pénombre, sorte d'entité menaçante, informe et insaisissable. Ils sentirent de nouveau tout autour d'eux l'œil voyeur et pénétrant des caméras thermiques, cette invention diabolique dont les images retranscrivaient sur des écrans d'ordinateurs les variations de leur circulation sanguine. Le mensonge provoquant – entre autres signes – un léger afflux sanguin autour des yeux, en temps normal imperceptible, il leur devenait impossible de jouer double jeu. Avec un tel appareillage, les producteurs pouvaient pénétrer leurs esprits, détecter leurs émotions avec une fiabilité presque totale. Tout était fait pour les démonter, les pousser dans des retranchements inconnus d'eux-mêmes. La procédure ne leur laissait aucune chance.

La séance durait ainsi plusieurs heures. Combien exactement ? Nul, parmi les participants, n'aurait pu le dire. Car, face aux questions cruelles et indiscrètes des bourreaux, presque tous craquaient, certains fondant en sanglots, d'autres sombrant dans un état catatonique passager ou bien encore arrachant furieusement les détecteurs qui les connectaient aux machines avant de sortir en hurlant. Céder ne constituait d'ailleurs pas ici un critère éliminatoire parce que, pour les producteurs, il s'agissait juste de tester la résistance du postulant et la véracité de ses réponses – sinon, et pour la présente édition par exemple, seuls l'ineffable **Trois** et l'insoumise **Six** auraient affronté aujourd'hui le manège implacable de la trotteuse.

C'était après cette étape décisive, et de longues journées de tractations entre les maîtres d'œuvre du Requiem, qu'une liste définitive était enfin arrêtée avec ses titulaires et ses remplaçants. Celle-ci n'était communiquée que quelques jours avant l'émission avec pour les désignés l'impératif non négociable de ne rien dévoiler de leur sélection à leurs proches avant la veille de la diffusion. Vérification oblige, le jour dit les élus passaient une seconde et dernière fois par la « salle de vérité ». Si l'un d'eux n'avait pas tenu ses engagements, et quelle que soit sa valeur personnelle, la sanction était impitoyable : sa place était attribuée à un remplaçant plus docile. Mais, généralement, les producteurs n'avaient pas besoin de recourir à l'équipe bis. À ce stade, la motivation et l'envie de pénétrer dans l'arène étaient telles que tous les candidats se pliaient scrupuleusement au règlement.

Ne restait dès lors plus aux heureux lauréats qu'à remplir certaines formalités d'usage : la signature du règlement et d'un contrat qui les liaient désormais à la production, un tirage au sort des numéros alloués à chacun et, pour ceux qui en faisaient la demande, la formulation auprès d'un notaire assermenté de leurs dernières volontés. Ensuite, ils avaient en quelque sorte quartier libre, la production autorisant enfin la divulgation de la nouvelle auprès des proches souhaités... à condition toutefois que ceux-ci soient strictement consignés dans le centre de sélection pour ne rien gâcher du suspense à venir. À cette fin, des jets privés pouvaient être affrétés pour réunir en un temps record des clans par trop dispersés.

Bref, dans les ultimes d'heures d'attente, chargées d'une fébrilité et d'une tension indescriptibles, les maîtres d'œuvre du Requiem se mettaient aux petits soins pour satisfaire au maximum les moindres désirs des candidats. Tout était fait pour que les adieux se passent pour le mieux, une batterie de psys et de médecins se tenant en alerte pour des parents et des amis exposés brutalement à une terrible vérité. Au final, même si tout cela relevait d'une machinerie complexe et limite ingérable, tout était si bien compartimenté que les risques encourus par les producteurs demeuraient minimes et les incidents rares.

Dans ce gigantesque couloir de la mort enfin, les candidats étaient bien sûr tenus à l'écart les uns des autres. Il était, en effet, plus que vital que les prochaines icônes de la télé-réalité ne se rencontrent pas avant le jour J. Il en allait de cette spontanéité et de cette franchise qui faisaient l'un des principaux attraits de l'émission. C'est donc quelques minutes à peine avant la prise d'antenne que **Deux** et **Six** s'étaient vus pour la première fois, au milieu de leurs compagnons disparus. Dans une autre vie pour ainsi dire, même s'ils se souvenaient encore parfaitement de chacun de ces instants terribles et angoissants passés dans les coulisses...

- C'est curieux, intervint subitement **Deux**, avec l'expression lointaine de celui qui se parle à lui-même, plus je repense à tout ce que j'ai dû endurer pour en arriver là, plus j'ai l'impression de m'en détacher... Comme si ma vie ne m'appartenait déjà plus.

S'arrachant à la contemplation de la trotteuse qui achevait méthodiquement 18h53, **Six** lui adressa un regard fatigué.

- Laisse couler, soupira-t-elle simplement.

Deux acquiesça en silence avant de replonger dans ses pensées... Décidément, les dernières minutes de cette édition ne dérogeaient pas à la règle établie par les précédents opus. Elles étaient, pour le public, d'un morne ennui. Les survivants éprouvés, pressurés jusqu'à la moindre goutte d'adrénaline par un supplice interminable, n'avaient plus rien à donner ou à opposer. Même la vaillante **Six** ne pensait plus à se révolter. Comme **Deux**, elle attendait juste avec impatience la mort ou la délivrance.

Tout le monde, en fait, acteurs, téléspectateurs, producteurs avides de conclure en beauté une émission déjà culte – du moins l'espéraient-ils ! – souhaitaient ardemment accélérer la marche du temps. Mais en potentat absolu d'un horaire strict et rigide, l'horloge restait sourde à leur précipitation. *Tac, tac, tac*... il fallait bien apprécier encore une fois la cruelle incertitude de la sentence. La mort était une chose sérieuse qui ne se faisait pas à la va-vite, que diable !

Pourtant cette fébrilité de la fin, de l'instant tant attendu, ne parvenait malgré tout pas à dissimuler un sentiment collectif et frustrant d'inachevé. En fait, il était étonnant de constater que, là encore, aucun final du Requiem n'était pour le moment parvenu à faire exception à cette vérité. Au-delà du système compartimenté du jeu, c'était finalement comme si la nature humaine ne pouvait pas s'empêcher de déborder les cadres figés du temps.

Entre **Deux** et **Six** par exemple, et ils étaient les premiers à le ressentir, l'histoire devait continuer d'une façon ou d'une autre. Une relation – dont la nature exacte restait certes à définir – les liait désormais... mais pour tout un chacun elle ne serait qu'un bref aperçu, une vision fugitive et éphémère déjà prête à s'évanouir dans le néant. Parce que c'était cela aussi le Requiem de l'horloge, un mauvais feuilleton qui n'allait pas au bout des choses et qui, enfermé dans son schéma rigide, n'offrait aucun espoir de continuité.

D'ailleurs, la production avait-elle jamais promis le jeu de la vérité ? Bien sûr que non. Il n'y avait aucune réponse, aucune conclusion véritable à attendre dans ce spectacle étouffant et dérangeant qu'elle orchestrait depuis quatre ans. Juste une myriade d'hypothèses que les fossoyeurs de l'après se chargeraient vite de déterrer et de colporter.

Dans une lenteur pesante et presque théâtrale, les ultimes minutes s'évanouirent les unes après les autres. Alors que 18h58 se fissurait déjà sous les coups de boutoir implacable de la trotteuse, **Deux**, se levant soudain de son fauteuil, le visage exsangue et contracté, se dirigea d'un pas mécanique vers l'horloge. La délaissant au dernier moment, il pivota d'un quart de tour et tendit une main tremblotante à **Six**.

- Je t'en prie, la supplia-t-il d'une voix vacillante. Affrontons ensemble cette dernière épreuve.

Bouleversée par cette demande inattendue, la jeune femme se figea et, sans pouvoir répondre quoi que ce soit, le dévisagea d'un air ahuri. Puis rapidement ses yeux se dérobèrent pour la vision plus rassurante de ses pieds. Un cortège de sentiments contradictoires la submergeait et elle se sentait défaillir.

- Allons, insista **Deux** dans un écho lointain, prends ma main.

De plus en plus mal à l'aise, **Six** se recroquevilla un peu plus sur elle-même et serra les poings. Que faire ? Maudit soit ce foutu jeu, que faire ? Elle était incapable de le regarder en face ou même de couper court à cette mascarade. Alors, bouger…

- Viens, prends ma main… Je t'en conjure… Prends ma main.

Mais la supplication, elle, ne s'interrompait pas, supplantant même en force et en intensité les tacs étourdissants de la trotteuse. Et son cœur battait la chamade, son cerveau bouillonnait sous les assauts cruels du pire des dilemmes. Devait-elle accepter cette main fraternelle ou rester ferme jusqu'au bout ? Ah, tout cela était au-dessus de ses forces ! Elle ne pouvait plus tenir ! C'était trop dur ! Que quelqu'un l'aide, par pitié !

Redressant brusquement la tête, **Six** osa enfin voir cette main secourable tendue vers elle. Oh oui, elle avait peur ! Terriblement. Comme jamais même. Mais elle n'était pas la seule. **Deux** était lui aussi tétanisé à l'idée d'affronter sans aucun soutien ce dernier sommet vertigineux dans l'effroi. Tous les verdicts passés semblaient si faciles, si dérisoires par rapport à celui-ci. Une chance sur deux ! Cinquante, cinquante ! La mort ou une nouvelle vie ! La fin d'un cycle quoi qu'il arrive.

Dans un cri, **Six** bondit du canapé et se jeta vers son compagnon dont elle agrippa avec force la main. 18h59… Les larmes aux yeux, les corps moites et tremblotants, les deux suppliciés se dévisagèrent longuement en silence. *Tac, tac, tac.* En fond sonore inaltérable, la trotteuse paraissait les rappeler à la dure réalité du verdict. Mais rien n'y faisait. C'était comme si ces deux âmes perdues communiaient enfin dans une autre dimension, un autre temps où l'impitoyable joug du Requiem n'avait pas prise. Oublieux de leurs angoisses, ils puisaient dans l'autre la force nécessaire pour avancer encore un peu… Rien qu'un tout petit peu.

Bientôt, leurs lèvres s'agitèrent péniblement… Mon Dieu, qu'avaient-ils dit ? Hein ? Qu'avaient-ils dit ? … Rien. Aucun son n'avait pu s'échapper de leurs gorges nouées… Et l'horloge ? Où en était le compte à rebours ? *Tac, tac, tac.* On venait de rentrer dans les trente dernières secondes.

Resserrant plus fermement leur poigne, **Deux** et **Six** se tournèrent lentement vers leur bourreau mécanique. Au-dessus d'eux, la trotteuse avalait goulûment les derniers espoirs de l'un d'entre eux. *Tac, tac, tac. Tac, tac, tac. Tac, tac, tac.*

Dix

Elle réalisa soudain que c'était la première fois qu'elle tenait avec chaleur la main d'un autre.

Neuf

Il comprit avec désespoir qu'il aurait pu sincèrement l'aimer.

Huit

Elle pensa qu'il aurait pu peut-être la sauver d'elle-même.

Sept

Il vit le visage angélique de sa bien-aimée qui l'attendait dans l'au-delà.

Six

Elle évacua une dernière fois sa haine de cette vie qui l'avait toujours condamnée.

Cinq

Il demanda pardon à son amour perdu pour l'avoir abandonné.

Quatre

Ils tournèrent la tête l'un vers l'autre et comprirent au plus profond d'eux-mêmes …

Trois

… que leur avenir, leur seule rédemption était là, devant eux.

Deux

L'amertume la plus indicible les submergea…

Un

… et leurs regards, fatalistes et angoissés, se posèrent à nouveau sur l'horloge.

19h. Le poison s'insinua dans ses veines avec la fulgurance d'un éclair. Ainsi, l'échec était au bout du chemin… **Deux** se crispa d'un coup. Ah ! Il ne méritait pas cet acharnement cruel du destin ! Pas après tout ce qu'il avait vécu. Le dévisageant avec compassion, **Six** se cramponna désespérément à lui en saisissant avec force ses deux mains. Elle le perdait sans même avoir eu le temps de lui avouer quoi que ce soit. Non ! Il devait tenir et ne surtout pas pleurer. Ce n'était pas la fin de toute chose. Tout commençait maintenant au contraire…

Ses jambes manquèrent soudain de se dérober mais elle tint bon, contractée dans un masque de souffrance et d'orgueil. Face à elle, le visage ravagé par les larmes, **Deux** tremblait furieusement, incapable lui aussi de se maintenir debout. La douleur était trop insupportable, comprimant aussi bien son corps que son âme. Mais aucun cri ne parvenait à s'échapper de sa bouche, et seuls des sanglots étouffés passaient la barrière de ses lèvres.

Curieuse image en vérité que celle de ces deux suppliciés chancelant dans un silence aussi oppressant qu'irréel et se tenant l'un l'autre pour ne pas défaillir. Étaient-ils donc en train de mourir tous les deux ? À les voir ainsi, on pouvait le croire et, dans le public, la confusion devait sans doute être totale. Pourtant, dans le strict respect du règlement, un seul d'entre eux venait d'être frappé. Mais qui ? … **Deux** ? **Six** ?

Comme pour répondre à cette angoissante question, le premier céda soudain et s'affala lourdement sur ses genoux. Tandis qu'au même instant, la seconde le lâchait et se reculait vivement, raide comme une statue et le teint blême.

Plongeant ses yeux dans ceux de son compagnon, **Six** secoua doucement la tête en signe d'impuissance résignée… puis, presque instinctivement, son regard se porta sur son bracelet désormais vide. Jamais elle n'avait eu aussi mal de toute sa vie. Mais pourtant elle résistait avec une dignité incroyable, maîtrisant héroïquement, comme **Sept** auparavant, l'insidieux poison qui flétrissait cruellement et en secret son corps. Maintenant que tout était foutu, ils pouvaient toujours rêver tous ces salopards de la production pour lui arracher le moindre cri, le moindre appel à la pitié. Comme une ultime bravade, elle se contenta de jeter un regard haineux et rageur aux caméras. C'est ainsi que l'au-delà l'accueillerait !

Puis ses dernières défenses s'ébranlèrent. Son corps se mit à tanguer dangereusement, l'écume lui monta aux lèvres et ses yeux durent lutter sauvagement pour ne pas se révulser. Dans un brouillard opaque, elle aperçut une dernière fois la silhouette recroquevillée de **Deux**, piteux et sanglotant. Non, ne cède pas… Dans un long râle d'agonie, elle s'écroula d'un coup, ultime victime d'un jeu aberrant et sadique.

L'œil hagard, désespérément rivé sur le cadavre, **Deux** n'entendit pas le cliquetis électronique du sas d'entrée qui se déclencha presque instantanément. Il restait là simplement, à pleurer et à geindre doucement. Puis, lorsque la porte eut enfin terminé son lent processus d'ouverture, il tourna mollement la tête dans sa direction. Après une brève hésitation qui donnait l'impression qu'il ne réalisait pas totalement ce qui se passait, il se redressa… du moins essaya-t-il d'abord, car il dut s'y reprendre à plusieurs fois pour enfin se maintenir un minimum sur ses jambes.

Alors, le dos voûté, le visage vieilli et fatigué, les yeux rougis et gonflés, il s'avança d'un pas chancelant jusqu'au cadavre de sa bien-aimée, horriblement tordu après cette terrible chute… Devait-il l'évacuer ? Non, bien sûr, ce n'était plus la peine maintenant. Il n'y avait plus que lui. Lui et sa nouvelle vie. Lui et ses nouvelles blessures. Et cette rédemption qui jamais plus ne viendrait…

Mais il l'entendait l'appeler dans un murmure à peine audible. Elle était toujours vivante ! Il pouvait encore la porter et l'amener jusqu'à un médecin… Oui, il y arriverait ! Il se sentait fort, il était prêt à marcher jusqu'au bout du monde, à se tuer à la tâche si nécessaire… pourvu qu'elle vive !

Comme s'il avait de nouveau la mort aux trousses, **Deux** la prit dans ses bras et se précipita vers la sortie pour s'arrêter presque aussitôt. Levant lentement les yeux, il scruta avec appréhension l'arrogante horloge qui trônait, toujours menaçante, au-dessus de lui. Aujourd'hui, il lui avait échappé. Mais demain ? … Demain ? … Tenaillé par une peur indicible et poursuivi par ses tacs obsédants, il franchit le seuil de la porte, le corps sans vie de **Six** ballottant entre ses bras…

19h02. De nouveau seule, et comme si ces dernières heures n'avaient été qu'un mauvais rêve, l'horloge continuait d'égrener calmement les secondes. Puis soudain… *tac, tac,* t… sa trotteuse s'arrêta. La marche du temps pouvait bien s'interrompre jusqu'au prochain Requiem.

Paris, Janvier 2005

Table des matières

Achevé d'imprimer en novembre 2022
sur les presses de la SCOP "Nouvelle Imprimerie Laballery"
58500 Clamecy

Numéro d'impression : 211004

Imprimé en France

La Nouvelle Imprimerie Laballery est titulaire de la marque Imprim'Vert®